好女人的心意

THE LOVE OF A GOOD WOMAN

Alice Munro

短篇小說系列

艾莉絲·孟若——著

張茂芸——譯

獻給安・克羅斯

我敬重的編輯與不變的好友

作者注

感謝露絲．羅伊、瑪麗．卡爾、D. C.柯曼為本書收錄的作品，提供某些重要專業資訊。瑞格．湯普森多次為協助我寫作，費心做了詳盡的資料研究，特此致謝。

本選輯中有些作品曾刊於《紐約客》雜誌，惟形式有極大差異。

目錄
contents

好女人的心意

瓦利鎮上有間博物館，已有幾十年的歷史，專門保存些老照片、攪乳器、馬的挽具、古早時代的牙醫看診椅、笨重難用的蘋果削皮器，還有好些希奇古怪的玩意兒，像是瓷與玻璃材質的絕緣器，小巧精緻，以前的電線桿上都有。

還有一只紅箱子，上面印著「D.M.韋林斯，驗光師」幾個字，旁邊幾行註記寫著：「此驗光師儀器箱為D.M.韋林斯先生所有。D.M.韋林斯先生於一九五一年不幸葬身遊隼河，是以此箱雖無悠久歷史，卻對本地意義非凡。此箱倖免於難，經不具名之捐贈者拾獲，送至本館列為館藏特色展品。」

看到檢眼鏡，你或許會聯想到雪人——特別是它的頂部，固定在一根中空的把手上。一個大圓盤頂著一個小圓盤，大圓盤上有個可以望出去的洞，裡面有許多不同的鏡片可以轉動。把手裡面裝著電池，所以很重。把電池拿出來，插上另附的一根管子，利用管子兩端的圓形頂蓋，就可以插上電線。在沒電的地方，想必非用電池不可。

視網膜鏡的樣子則複雜得多。圓圓的額頭夾下方，是個很像精靈頭的東西，有張扁圓臉，配上尖尖的金屬帽。這顆頭朝著修長的柱子傾斜四十五度角，柱子頂端有盞小燈，檢查時燈會亮。扁臉是玻璃做的，像一面黑鏡子。

整支工具都是黑的，但只是上了黑漆而已。有幾塊地方想必因為驗光師經常握著，不斷磨擦的結果，黑漆都磨掉了，底下閃亮的銀色金屬清晰可見。

｜賈特蘭（Jutland）

這地方叫做賈特蘭。從前這裡有間磨坊，也算有個小聚落，不過在上個世紀末已全數消失。無論古今，這裡從來就算不上什麼好地方。很多人相信這地名是紀念第一次世界大戰的著名海戰，其實早在海戰前多年，這兒就已是廢墟一片。

一九五一年春，某個周六早晨，有三個小男生到這兒來玩。當地小朋友對這地名的由來自有另一個版本——河岸地有一根根凸出[1]的老木條，那群木條旁的河中又豎著一些厚木板，合起來就成了一整排高高低低的木柵（這些木條木板，其實是木造水壩的部分遺跡，是混凝土時代之前的產物）。這一排木柵、一堆基石、紫丁香花叢、染了黑癌病扭曲變形的碩大蘋果樹、每年夏天長滿蕁麻，淺淺的磨坊引水渠——這些物事是過往僅存的痕跡。

有條馬路（或說小路），是從鎮上的主要道路延伸過來，不過始終沒鋪上碎石，在地圖上不過是條虛線，是政府的公用道路保留地。夏天這條路很熱鬧，有人會開車到河邊游泳，晚上則有情侶來找地方停車。這條路上可以掉頭的點在引水渠之前，不過假如那年雨量豐沛，這整塊地就成了蕁麻、牛防風、野鐵杉的天下，車有時只得一路用倒的回到正常路面上。

那個春日早晨，要看到一路通往河邊的車痕並不難，只是這幾個男孩完全沒注意，他們滿腦子想的都是游泳。至少他們會說自己是去游泳——等他們回到鎮上時會對外說，他們可是趁雪還沒融，就去賈特蘭游泳了哩。

1 譯注：此處原文是"...old wooden planks that jutted（凸出、伸出）out of the earth..."，故小朋友稱該地為Jutland。

河上游這邊，比鎮區附近的河灘還要冷。河岸的樹尚未長出新葉——這時唯一可見的綠意，是從土裡探出頭的韭蔥，是嫩得像菠菜的立金花，隨便哪條流往河川的小溪，都可以看到岸邊滿滿的立金花。這幾個男生在對岸的幾棵雪杉下，看到了他們刻意尋找的目標——一長排低矮的雪堆，結實異常，石般的灰。

雪還沒融。

他們會跳入水中，感受寒意如冰做的匕首長驅直入。那冰匕首從眼後刺穿，自體內直往頭骨頂端搗去。人人隨即揮動四肢，使勁往岸上前進，一邊哆嗦，一邊任牙齒不住格格打顫，再把凍麻了的手腳伸進衣褲中。被酷寒凝結的血液再度流動起來，加上先前誇口終於名實相符，他們這才安心，在隱約疼痛中，重新感到身體真實存在。

他們沒注意到的那車痕直直穿過溝渠。小路上寸草不生，只有前年留下的壓得扁扁的枯草。這車痕直通河邊，沒有掉頭的跡象。這幾個男生直接踩踏過去。只是這時他們離河邊算近，發現有個東西比車痕更引他們注意。

水裡有個淺藍色的東西閃閃發光，卻不是藍天的倒影。那是一輛車，斜斜倒插進水中，前輪和車的前端插進河底的淤泥，後保險桿幾乎露出水面。那年頭淺藍色的車不多見，而且那車圓滾滾的，也不是常見的車款。這幾個男生馬上就認出來了。英國製的小車，奧斯丁，整個縣大概就這麼一輛吧。是那個驗光師的車，韋林斯先生的車。他開車時模樣活像卡通人物，因為他個子矮，體型卻頗壯碩，上半身骨架厚實，頭也很大，彷彿是被人硬塞進那輛小車，好似硬穿上快要撐爆的西裝。

這輛車的車頂有個天窗，韋林斯先生碰上天氣暖和時就會打開。這會兒天窗是開著的，不過他們看不清楚車裡的樣子。車的顏色模糊了車在水中的形狀，而且水也不怎麼清澈，把原本就不顯眼的地方弄得更渾濁。幾個男生先是蹲在河岸上看，後來索性趴下來，像烏龜伸長脖子猛張望。有個黑黑毛毛的東西，從車頂的洞伸出來，很像什麼大型動物的尾巴，在水中悠悠擺動。他們不多久就認出，那是隻手臂，外面罩著深色外套的袖子，外套應該是毛料，很重。看來車裡應該是有具男屍（想必是韋林斯先生的屍體），而且擺成某種特殊的姿勢。想必是水的力量（即使是磨坊的水池裡，這季節水的衝力還是很大）讓他從座位上漂起，搖來晃去，他才會一邊肩膀貼近車頂，一隻胳膊伸出來，頭則被水的重量壓下去，抵著駕駛座那邊的門窗。一只前輪首當其衝深陷河底，所以車不但呈倒栽蔥之姿，車體也歪向一邊。其實，車窗應該早已打開，讓頭探出來，身體才會擺成那個姿勢，不過這幾個男生都沒看出來。他們只想著記憶中韋林斯先生的臉——既大且方，總是誇張地皺眉，卻不會叫人看了不舒服。一頭捲捲的細髮，到了頭頂就變成紅中帶金，挨著額頭斜斜地分線。眉毛的顏色比頭髮還深，而且濃密異常，像眼上爬著兩隻毛蟲。他們覺得滿多大人的臉都怪怪的，這張臉更是怪，所以就算這臉的主人淹死了，他們也不怕看。不過這會兒只看到那隻胳膊，和他蒼白的手。等他們漸漸習慣隔著河水觀察時，那隻手便清晰可見，樣子雖結實如麵團，在水中卻似羽毛飄忽顫抖。待你看慣了這景象，也就不覺希奇。那手的指甲宛如一張張整潔的小臉，以平日聰慧的神情向你招呼，也理性地與周遭劃清界線。

「這王八蛋。」幾個小男生脫口而出，勁頭來了，嗓音也流露愈來愈深的敬意，甚至感激。「這王八蛋。」

這是他們今年頭一次出來玩。一行人走過遊隼河上的橋。這橋只有一線道，雙跨距，當地人都管它叫「地獄之門」，或者叫「死亡陷阱」——其實真正危險的地方，是橋朝南那端的急轉彎，橋本身倒是沒什麼問題。

橋上有行人專用的便道，他們卻放著不走，也從不記得要走那兒。真要說走過，大概也是還很小的時候，得由大人牽著走。只是對他們來說，那段時光早已遠去，就算有人拿出老照片為證，或家人講起他們當年如何如何（只能忍著聽下去），這幾人也是矢口否認。

他們沿著便道對面的一整排鐵架走，它有八吋寬，離橋面約一呎高。遊隼河挾著融化的冰雪滾滾流過，流向休倫湖。它每年都會淹水，把河灘變成湖，連帶沖斷小樹，只要在它的流域範圍，船隻也好，小屋也好，一概難逃摧殘。淹過水後，河岸就很難再框得住河了。從田野流出的雨水雪水弄髒了河，配上河面暗淡的陽光，整條河就像滾得冒泡的牛奶糖布丁。但萬一你掉進河中，就只有全身血液變冰塊的份兒；要是你腦袋沒先撞上兩邊的扶壁，那最後就是以沖進湖裡收場。

路過的車朝他們按喇叭（代表警告或責備），他們理都不理，只管走成一列縱隊，處變不驚往前行，活像夢遊。到了橋北端，他們直接轉向河灘走，找尋印象裡前年走過的小路。最近才淹過大水，要找小路不太容易，得走過幾經踐踏的矮樹叢，在土堆間跳來跳去（土堆頂端的草全糊滿了泥濘），有時難免跳不準，一腳踏入泥裡，或踩進積水未退的水塘。腳既然都濕了，跳得準不準，也就無所謂了。大夥兒噗唧噗唧踏過泥濘，使勁踩進水塘，水花四濺，從橡膠靴的靴口滴進靴裡。吹來的風是暖的，把雲團扯成了絲絲舊羊毛。海鷗與烏鴉在河面上時而喧鬧，時而一頭鑽入水中。鵟則在高處繞著牠們兜圈子。寒冬時南遷的知更鳥回來了；成雙成對的紅翅黑鸝閃電般來去，在你眼前綻開一瞬斑斕，宛如翅膀沾了顏料。

「早知道就帶點二二來。」

「早知道就帶霰彈槍來。」

他們早就過了以木棍代槍、模仿槍聲玩兒的年紀。這幾句話講來帶著不經意的遺憾，好像他們身邊隨時都有槍似的。

一行人爬上北邊的河岸，來到一塊全是沙的地方。這裡本該是烏龜產卵之地，只是此刻離產卵季還久得很，再說，烏龜在此產卵，也是很多年前的事，這幾個男生沒一個親眼見過。但他們還是踢著沙子，不時跺個兩下，看看有沒有可能看到什麼。接著這群人又改變搜尋目標——他們之中有個男生，去年和另一個男生在這兒找到一塊牛的髖骨，是屠宰後的殘肢，給洪水沖來的。這條河每年暴漲時，都會掃走一堆東西，棄置四處。品項林林總總，可能是讓人嚇一跳的東西，也可能是很笨重、很詭異、很普通的物品：成捲的電線、沒拆封的摺疊梯、折彎了的鏟子、煮玉米的大鍋。上次那塊牛髖骨，就卡在一棵漆樹的枝幹間——好像也滿合理的，漆樹樹枝很光滑，而且樣子很像牛角鹿角，有些枝頭末端還長著鐵鏽色的圓錐狀果實。

幾個男生吵吵嚷嚷四處走了一陣（西西．佛恩斯把去年卡著髖骨的那段樹枝指給他們看），卻什麼也沒找到。

去年發現牛髖骨的，是西西．佛恩斯和洛夫．迪勒。有人問起那牛髖骨的下落，西西就回說：「洛夫拿走了。」和西西同行的兩個男生（吉米．巴克斯和巴德．索特）也明白這是必然的結局。因為除非是很小很好藏的東西，不會讓西西的爸爸發現，否則西西平常什麼都不敢帶回家。

三人聊起這趟可能會找到什麼有用的東西，也提到這幾年來發現的各種玩意兒。籬笆橫條可以做成小舟；幾塊漂流木可以拼湊成小屋或船。萬一能找到打開的麝田鼠陷阱，那更是中了頭彩，足以好好撈一票。你可以搜集木材來做撐板，偷幾把刀來，好幫麝田鼠剝皮。他們還聊到可以利用某間空著的小屋，就在以前馬棚後面的死巷裡。小屋門上有鎖，但應該能從窗戶進去，只要在夜裡先把窗外那層木板拿掉，天亮了再回復原狀就好。你也可以帶手電筒去，不對——要帶燈籠。你可以剝掉麝田鼠的皮，把整張毛皮撐開，能賣不少錢。

這個計畫講講就成真的似了，他們反倒擔心起來，把值錢的毛皮留在小屋裡一整天沒人管可不行。他們得推派一人留守，另外兩人去觀察那一排陷阱的動靜（完全沒人提到上學）。

他們走出鎮區時，聊的就是這些話題，彷彿三人都是自由之身（或很接近自由之身），沒上學、沒和家裡住、沒因為這個年紀受欺侮。彷彿無論他們打算做什麼、進行哪種冒險，鄉間和這兒的人家，都會提供所需的物資，他們只需承擔少許風險，出一丁點力而已。

他們出了鎮的談話，還有一點和在鎮上不同，那就是不再用名字互稱。反正他們平常也不太叫對方的真名（連對方在家的小名也不叫，好比「巴德」）。可是在學校，幾乎人人都有別號，有的是取自長相或講話的樣子，例如「金魚眼」、「咕嚕」，或「屁疼」、「草枝擺」之類；有的是和對方生活中的真實或虛構事件有關，也可能是從對方的兄弟、父親、叔伯身上取得靈感（像是家傳數十年的名字）。他們走到林間或河灘時，這些名字全都拋到腦後。萬一非得喚對方不可，只頂多喊個「嘿」。連喊個比較誇張或淫穢的名字（大人不該聽到的那種），都會壞了這種時候的感覺，把彼此的長相、習性、家庭、過去，全視為理所當然的那種感覺。

然而他們很少把對方當朋友。他們從不會稱某人是自己「最好的朋友」或「第二好的朋友」，也不會像女生一樣，沒事把幾個人的好友排名調來調去。這三人之中隨便哪一人，換成街上某個男生也一樣，另外兩人同樣會接納他。這三人多在九歲到十二歲之間，已經過了在自家院子和社區街上玩的年紀，但要找工作又嫌太小——哪怕是掃掃店家門前的人行道、騎腳踏車幫忙送貨，對這年紀都太吃重。他們大都住在鎮的北端，換句話說，等這三人長到一定年紀，大人就會覺得他們該找工作，不會送他們去念中學。這幾個男生之中，沒有人住破爛小屋，也沒有坐牢的親戚。然而他們在家過的生活，和大人對他們未來的期望，有很明顯的差距。只是他們一旦走到看不見郡立監獄、升降式穀倉、教堂尖頂的地方，也聽不見法院傳來的鐘聲時，這差距也可以放下。

回程時他們走得很快，有時變成小跑步但不致狂奔。原先還嬉笑蹦跳，玩得水花四濺，磨蹭著不肯離去，這會兒可不敢了。平常走出林間時故意發出嘻嘻呵呵的鬧聲，也全都置諸腦後。大水沖來的各種玩意兒，他們也只看一眼便繼續往前走。可以說他們行進的方式就像大人一樣，以穩健的速度前進，走最妥當的路線。想到自己得去的地方，想到接下來該做的事，便覺扛著千斤重擔。有什麼擺在他們跟前，一幅畫面就在眼皮底下，卡在他們與這人世之間，畫面裡是大多數成人都有的東西。水塘、車、胳膊、手。

他們都有種感覺，等走到某處時，就要扯開嗓門大喊。他們會到鎮上喊著叫著，四處去傳剛剛看到的事，人人聽了無不驚呆，消化這突如其來的噩耗。

他們同樣走著鐵架過了橋，只是完全感受不到這其中的危險，也無所謂勇敢與漠然。他們走的也很可能是行人便道。

這幾個男生沒有順著路上的急轉彎走（這樣可以一路走到碼頭和廣場），反而走進鐵軌棚架附近的一條小路，逕自爬上河堤。整點後十五分鐘的鐘聲響起。十二點十五分。

那年代，上班的人都走路回家吃午飯。在辦公室工作的人，下午不用上班。不過在商店工作的人，只能遵循傳統營業時間——商店週六晚間要到十點、十一點才打烊。

大家多半會回家吃一頓分量十足的熱騰騰正餐：豬排、臘腸、水煮牛肉、農家火腿。一定會有馬鈴薯，做成薯泥或油炸。冬季囤積的根莖類蔬菜、甘藍菜、奶油洋蔥（有些家庭主婦比較有錢，或提不起勁做菜，就可能開罐豌豆或利馬豆了事）。麵包、馬芬、醬菜、派。連無家可歸的人、因種種緣故不想回家的人，都會到「坎伯蘭公爵」酒館或「商人飯店」吃類似的東西，或坐在「謝維小館」朦朧的窗後用餐，那兒價格更低廉。

走路回家吃午飯的多半是男人，女人是早就在家了——女人永遠在家。不過有些中年婦女，是在商店或公司行號上班。會出門工作，問題不在她們，而可能是丈夫已故、臥病，或根本沒有丈夫。她們和這幾個男生的媽媽是朋友，要是路上碰到了，哪怕隔條街，也會興致盎然、神采奕奕大喊著打招呼（巴德·索特最倒楣，她們都叫他「巴迪」〔Buddy，好夥伴之意〕）。這一招呼，他們就會想到——這些阿姨知道他們家某些事，也記得多年前他們還是小娃娃的種種。

男人就算和這幾個男生都熟，也懶得叫他們名字，只喊「小朋友」、「年輕人」，偶爾換成「先生」。

「幾位先生，你們好啊。」

「小朋友，你們現在是要回家嗎？」

「你們這些年輕人，今天早上又在搞什麼鬼？」

這些招呼多少都有打趣的成分，不過其中還是各有差異。叫他們「年輕人」的男人，和叫他們「小朋友」的人相比，態度較為友善（或者說，希望自己表現得比較友善）。「小朋友」這幾字之後的話，很可能就是喝止他們別惹事（可能是很概括的提醒，也可能是針對具體事件）。「年輕人」則表示講這三個字的人，自己也曾年輕過。說「幾位先生」則明擺著是取笑與不屑，卻也不到出口責備的地步，因為講話的人，根本連罵都懶了。

這幾個男生答話時，只一逕盯著女性的皮包或男性的喉結，但嘴上還是規規矩矩清楚應聲「哈囉」，因為要是不好好回話，只怕得吃一頓排頭。大人問他們話，他們的答案一律是「是的先生」、「沒有先生」、「沒什麼」。就連這天，這些朝他們招呼的聲音，讓三人都多了點戒心與茫然，只能以慣常的沉默回應。

一行人走到某個街角，非得分手不可。西西．佛恩斯向來急著回家，最先脫隊，拋下一句：「吃完飯見嘍。」

巴德．索特應道：「好。到時我們非得去鎮上不可。」

這句話大家心領神會，意思就是「去鎮上的派出所」。像是他們用不著再討論，便已展開新的行動計畫，要用更冷靜的方法，講出他們看到的事。不過他們倒是沒講清楚，回了家是否該封口。吉米．巴克斯和巴德．索特倒是很有可能講出來，沒什麼理由不講呀。

西西．佛恩斯大小事都不對家裡說。

西西・佛恩斯是獨生子。他爸媽的年紀比一般男生的爸媽大些，也可能是因為他們家過得不順遂，讓他爸媽顯得老了點。西西和玩伴們道別後便小跑起來，到家前的那最後一條街，他都是小跑步回家。他並不渴望回家，也不覺得早點到家就能讓事情好轉。或許他是為了想讓時間走快點，因為來到這最後一條街時，總是憂心忡忡。

他媽在廚房。很好。她雖然身上還是睡衣，但好歹下床了。他爸不在家，很好。他爸在升降式穀倉上班，週六下午休假。假如他這時還不在家，那很有可能是直接去「坎伯蘭公爵」了。這表示他們那天到深夜才必須應付他。

西西他爸的名字也是西西・佛恩斯，這是瓦利這兒很出名、大家都很有感情的名字。三、四十年後講古的人會說，這名字無人不曉是因為爸爸，不是兒子。假如有剛搬到鎮上的外地人說「那聽來不像西西呀」，鎮上的人會說，我們講的不是「那個」西西。

「不是講他，我們講的是他老頭。」

眾人講到有次西西・佛恩斯因肺炎（還是什麼重病）去醫院（或是被送進醫院），護士幫他全身裹上濕毛巾被單好退燒，他出了一身汗，燒就退了，但毛巾被單全染成褐色。那是他體內的尼古丁。護士這輩子還沒看過這種事。西西很高興，他總對人說自己打從十歲起就抽菸喝酒。

還有他上教堂的故事。實在很難想像西西這種人會上教堂，不過那是浸信會教堂，他太太又是浸信會教徒，也許他是為了讓太太高興才去，只是這就讓人更難想像了。他去的是週日禮拜，有聖餐可領，只是在浸信會教會，聖餐的麵包是真的麵包，酒則用葡萄汁代替。「這什麼玩意兒？」西西．佛恩斯咆哮。「如果說這是羔羊的血，媽的一定是個貧血鬼！」

佛恩斯家的廚房正在準備午餐。桌上擺著切好的麵包，一罐甜菜丁已經開了蓋。幾片臘腸已先在鍋裡煎過（她先煎臘腸再煎蛋，雖然順序應該倒過來才對），擺在爐上保溫。西西的媽剛把蛋下鍋。她一手執鍋鏟，對著爐子俯身，另一手緊按著胃，忍著痛。

西西從她手裡接過鍋鏟，電爐火力太強了，他把它轉小了些。他得先把鍋子拿開，等爐子稍稍降溫，免得蛋白變得太硬，或把蛋的邊緣燒焦。他沒能及時擦掉之前的油漬，在鍋裡放一點新鮮的豬油。他媽從不擦去舊油漬，就讓它一直黏在鍋上，一餐又一餐，只在必要時放點豬油進去。

等他覺得到了合適的溫度，便把鍋放在爐上，把蕾絲般的蛋白邊緣細心調整成俐落的圓形，又拿了根乾淨的湯匙，舀點滾燙的油澆在蛋黃上，讓它定型。他和他媽都喜歡這種吃法，不過他媽常沒能把這招做得很到位。他爸則喜歡把蛋翻面，壓成圓鬆餅那樣扁扁的，煎得硬到像鞋底，再撒上滿滿一層黑胡椒。西西也會把蛋煎成他爸喜歡吃的樣子。

這些男生沒一個知道西西在廚房裡何等能幹——他們同樣完全不知西西在屋外蓋了一個藏身所，就在過了飯廳窗子後，某個外面看不見的角落，一叢日本小檗後面。

他忙著煎蛋時，他媽坐在窗邊的椅上，一邊留意著街上的動靜。他爸還是有可能回家來找東西吃，也可能還沒喝醉。不過話說回來，他爸的所作所為和喝醉的程度，未必總是有關聯。萬一他爸現在就走進廚房，大概會叫西西也幫他煎個蛋，接著或許會問西西圍裙到哪兒去了，說他以後會是個好老婆。這是他爸心情好的時候。倘若他爸是別種心情，一開始的戲碼可能是用某種眼神死盯著西西（既誇張又詭異的威脅眼神），叫他最好小心點。

「你自以為很厲害啊，小鬼？嗯，你最好給我小心點。」

假如西西回瞪他，或者不回瞪，又或者失手掉了鍋鏟，或是哐啷一聲放下鍋鏟，或甚至小心迴避，不掉東西、不出聲音——他爸大多會露出一嘴牙，像狗一樣咆哮。假如他不是來真的，這景象還可能頗荒謬（也真的很荒謬）。沒多久，飯菜碟子或許會統統摜到地上，椅子桌子全翻了身，他爸可能會追著西西滿屋跑，吼著這次一定要好好修理他、把他的臉按在爐子上，給他一點顏色瞧瞧，怎麼樣？你會十分肯定他爸已經瘋了。不過只要這時傳來敲門聲（比方說，他爸的朋友來帶他出門），他的臉會瞬間重新排列組合，他會打開門，用開玩笑的語氣大喊朋友的名字。

「我馬上就來。本來想請你進來坐，可是我老婆又在摔盤子了。」

他講這話，也不指望對方相信。他這麼說，只是要把剛剛家裡發生的一切變成玩笑。

西西的媽問他，天有沒有變熱，他早上到哪兒去了。

「有。」他回道，然後才說：「到河灘那邊去了。」

她說她覺得可以聞到他身上有風的氣味。

「你知道我吃完飯以後要幹麼嗎？」她問。「我要帶熱水袋爬回床上去，躺一躺，或許我會有點力氣，會想找點事做。」

她幾乎次次這麼說，不過那鄭重宣告的語氣彷彿是說，這是個剛冒出來的念頭，一個充滿希望的決定。

巴德・索特有兩個姊姊，平日正經事一件沒做，只在母親叫她們做事時才動個手。而且這對姊妹忙著弄頭髮、塗指甲油、清理鞋子、化妝，甚至穿衣打扮的地方，不單是自己的臥室和浴室。她們的梳子、髮捲、蜜粉、指甲油、鞋油，擺得整間屋子都是，而且還喜歡把剛燙好的洋裝、上衣之類掛在椅背上，全家的椅子無一倖免。地板上只要有空間，就鋪著大毛巾，上面放著她們洗好待乾的毛衣（只要你走近這些放衣服的地方，她們會立刻放聲尖叫）。兩人平日最常待的地方，就是不同的鏡子前——玄關衣帽架附的鏡子、飯廳餐具櫃上方的鏡子，還有廚房門旁的鏡子，底下有層架子，總是擺滿安全別針、銅板、鈕釦、寫到最後只剩短短一截的鉛筆。這兩姊妹不管哪一個，有時就往鏡子跟前一站，一站就是二十分鐘左右，用各種不同角度看著鏡中的自己，檢查一下牙齒，先把頭髮往後攏，再整個往前撥，等看得滿意了（或至少看完了）才走——不過這「走」，也只是走到下一個房間、下一面鏡子前而已。她可以在那兒把整套作業從頭再來一遍，活像剛領到一個新的頭。

這會兒巴德的大姊（應該是長得不錯的那個）就在廚房那扇鏡子前，把髮夾一根根拆下來。她滿頭都是發亮的髮捲，像爬滿了蝸牛。另一個姊姊則奉母命，忙著把馬鈴薯搗成薯泥。五歲的弟弟坐在飯桌邊，邊拿刀叉猛敲桌面，邊喊：「來人啊，來人啊。」

這話是和他爸學的，只是他爸這麼做是鬧著玩。

巴德走過弟弟身邊，悄聲說：「看，她又把馬鈴薯塊丟進薯泥去了。」

巴德對他弟有套說辭，說薯泥裡的馬鈴薯塊是另外加的，從碗櫥裡拿就有，和在米布丁裡加葡萄乾，是一樣的道理。他弟居然也相信。

他弟這下子不喊了，開始連聲埋怨。

「她放塊塊進去，我就不吃了。媽媽，她放塊塊進去，我就不吃了。」

「哎喲，別鬧了。」巴德的媽回道，她正忙著把蘋果切片與洋蔥圈和豬排一起炸。

「又不是小娃娃，不要一直鬧好不好。」

「都是巴德先鬧他的啦。」大姊發話了。「巴德先跟他講，她放了馬鈴薯塊進去。巴德每次都這樣講，他知道什麼啊他！」

「巴德應該把臉放進來搗一搗。」搗著薯泥的姊姊朵瑞斯搭腔。她這種話可不是每次都隨便講講——她有次用指甲抓傷巴德一邊臉頰，留下一道疤。

巴德走到五斗櫃前，那兒有個烤好的大黃派擺著放涼。他拿了把叉子，背著大家，小心翼翼把派殼撬開，那股美味的蒸氣飄出，帶著細緻的肉桂香。他想打開派頂上預留的某個透氣孔，打算先嘗嘗內餡。結果他弟看到了，卻嚇得什麼也說不出。他弟在家備受嬌寵，做什麼總有兩個姊姊護著——巴德是全家上下他最敬重的人。

「來人啊。」他弟又喊起來，這次語氣稍稍緩和了點。

朵瑞絲到五斗櫃來拿碗裝薯泥，巴德正好一個不小心，把派頂的一部分派殼弄塌了。

「這下可好，他把派弄壞了。」朵瑞絲說。「媽媽——他把妳的派弄壞了。」

「閉上妳的狗嘴。」巴德怒道。

「別去碰那個派了。」巴德母親的語氣有種歷經千錘百鍊、近乎不動如山的嚴峻。「不准講髒話。不准打小報告。別那麼幼稚好不好。」

吉米．巴克斯和一桌子人擠在一起吃午飯。他和爸媽及兩個妹妹（四歲和六歲）一起住在外婆家。家裡除了他們，還有外婆、瑪麗姨婆，和一個還沒成家的表舅。他爸在家後面的小棚屋開了間修理腳踏車的小店，媽媽在「宏內克百貨公司」上班。

吉米的爸爸二十二歲那年得了脊髓灰質炎，從此不良於行，走路時上半身總是往前傾，得拄枴杖才行。店裡忙時他總是得彎腰，所以這殘缺倒不是那麼明顯；等他走在街上，姿態便十分怪異，不過也沒人奚落他、模仿他走路之類。他曾是代表該鎮的知名曲棍球選手與棒球選手，這昔日榮耀的光環並未因殘疾而褪色，大家反而更能接受現在的他。所以也可說，這是某種人生階段吧（雖然對他而言是最終的階段）。他的言行更印證眾人對他的看法——他喜歡講無厘頭笑話，總是樂觀開朗，不願承認他凹陷的眼中總有掩不住的痛，讓他在無數的夜裡輾轉難眠。不過他和西西．佛恩斯的爸爸不同，他回自己家時，語氣還是一樣。

不過，當然，那不是他自己的家。他和太太在他生病前便訂了婚，病後兩人才結婚，所以搬到她娘家住，感覺順理成章，這樣若日後有了孩子，岳母可以在太太去上班時幫忙照顧。這樣安排，岳母好像也覺得頗自然，不過就是多照顧一個家庭——岳母的妹妹瑪麗視力減退，所以搬來和他們一起住。瑪麗有個兒子弗列德，生性極度怕羞，所以也一直住在家裡，萬一他真找到喜歡的住處才會搬出去。這個家欣然接納各種重擔，比起無常的天氣，他們對這些磨難更能泰然處之。而且老實說，這個家裡，沒人會說吉米父親或瑪麗姨婆[2]的身體狀況是重擔或麻煩，也不會嫌弗列德內向。缺陷、厄運和健康、好運，他們一視同仁，無需特別留意。

吉米家裡有個流傳已久的說法，說吉米的外婆廚藝一流，只是這說法過去可能沒錯，但到這幾年，她手藝已大不如前。他們儉省的程度，遠遠超過現實所需。吉米的媽媽和表舅薪水都算不壞，瑪麗姨婆有老人年金，腳踏車店的生意也很興隆，但在他們家，該用三個蛋時，只用一個蛋；家常肉餅則是肉少放一點，燕麥多放一杯。萬一有人在菜裡多放了辣醬油，或在卡士達上多灑了點肉豆蔻，總會有辦法在別的地方扣點什麼打平。不過大家毫無怨言，只有讚美。這個家裡，怨言猶如球狀閃電，都是難得一見。人人把「對不起」掛在嘴邊，連吉米的兩個小妹妹不小心撞到對方，也會急忙說「對不起」。人人在餐桌上不忘說「請」、「謝謝」，彷彿每天家裡都有訪客。他們就是這樣過日子，所有人在屋裡擠成一堆，每個掛鉤掛滿層層衣服，樓梯欄杆上總搭著一堆外套，飯廳裡永遠擺著折疊床，給吉米和他表舅睡。餐具櫃隱身在待熨待縫補的衣服堆下。沒人踏著重步上下樓，沒人摔門，沒人把收音機開得很大聲，沒人會說難聽的話。

吉米就是因為這樣，才在那個週六的午餐桌上一語不發嗎？他們完全封口，三人都一樣。西西的情況不難理解，他爸從不覺得西西講的事有多重要，而且必會理所當然說

---

2 譯注：此處原文可能有誤。吉米家人首次出場時，原文是：… lived in his grandmother's house with his grandmother and his great-aunt Mary and his bachelor uncle. 瑪麗是他姨婆，uncle是表舅。但此處瑪麗又變成aunt。以下仍比照首次介紹出場的輩分處理。

他鬼扯。西西的媽對事情的判斷標準，完全是看事情對他爸會有什麼影響，所以要是她聽他說了，應該會認為就算他報警，家裡也會鬧翻天（這點她沒想錯），所以八成會拜託他什麼都別說。不過另外兩個男生的家庭狀況算是正常，大可以吐實的。吉米家應該會有一陣驚惶與反對聲浪，不過應該過不了多久便會說，這不是吉米的錯。

巴德的兩個姊姊應該會問，他是不是腦袋壞了，甚至還有可能故意扭曲他的說詞，說他這人就是這樣，一定是因為平日那些個壞習慣，才會碰上死人。不過巴德他爸從前在火車站當貨運代理，聽了不知多少又臭又長的詭異故事，耐性很夠，是個明理人。他會叫巴德的姊姊閉嘴，和巴德好好談談，確定他句句實言，沒有加油添醋，再打電話報警。

只是他們這三人的家好像都飽和了，事情已經太多。西西家更是如此，即使他爸不在，他爸抓狂時的所作所為，那陰影、那記憶，始終充塞在屋裡。

「你講了嗎？」

「你呢？」

「我也沒。」

他們走到鎮上，卻完全沒去想往哪裡走。一行人轉到席普卡街，然後才發現路過韋林斯夫婦住的那棟灰泥平房。他們還沒認出這棟房子，人已經站在房子跟前。前門兩邊各有一扇小小的廣角窗，通往門口的樓梯最頂階有塊空間，擺得下兩張椅子，此刻雖然沒椅子，不過夏日傍晚，常可見到韋林斯夫婦坐在那兒乘涼。屋側有一處加蓋的平頂空間，有自己獨立的面街門和通道。門旁一塊招牌，「驗光師D.M.韋林斯」。這幾個男生都沒來這兒看過診，不過吉米的瑪麗姨婆常來拿眼藥水，外婆的眼鏡也是在這兒配的。巴德．索特的媽媽也在這兒配眼鏡。

這棟平房的灰泥是混濁的粉紅色，門框窗框則漆成褐色。防風窗還沒拿下來，這鎮上的房子大多如此。這戶人家的外觀毫無特殊之處，前院種的花卻是名聞遐邇。韋林斯太太是出了名的園藝家，她種花的方式不像吉米的外婆、巴德的媽媽，習慣在菜園旁把花種成長排。她把花種在圓形與新月形的花床裡，還把花種在樹下圍成一圈，幾乎無處不種。不出幾週，草坪上就會有滿滿的水仙花。不過此時唯一盛放的，只有屋角的連翹叢，長得幾乎有屋簷那麼高，讓四周的空氣裡都瀰漫著亮眼的黃，宛如柔柔釋出水霧的噴泉。

連翹叢稍微搖晃了一下，但不是風吹的緣故，而是忽地出現一個彎著腰的褐色身影。那是韋林斯太太，依然是那襲穿舊的園藝服，手腳不太靈光，個頭嬌小，穿著垮垮的休閒褲，一件破外套，頭上頂著大盤帽，想是她丈夫的——帽子滑下來壓得低低的，差點蓋住她眼睛。手裡拿著園藝剪。

三個男生隨即慢下腳步——倘若不停步，只有拔腿狂奔一途。他們或許自以為她不會發現，說不定也可以立時一動不動變成化石。不過她自是早就看見這三人，還因此加快腳步朝他們走來。

「我看你們幾個，愣頭愣腦的，一直打量我種的連翹。」韋林斯太太先開了口。「要不要帶點回家去？」

他們愣愣看著的，不是連翹，而是這整個畫面——房子模樣依舊，診所大門旁的招牌，可以透光的窗簾。沒有空無的氣息，沒有不祥的意味，沒有一絲跡象顯示韋林斯先生不在屋內，車不在診所後方的車庫，而在賈特蘭的水塘中。雪才剛融，韋林斯太太就在院子裡忙，大家也都知道她這習慣（鎮上的人都這麼說）。她長年菸不離手而沙啞的熟悉嗓音，常冷不防發話，語氣咄咄逼人卻無惡意——哪怕是半條街外，或是隨便哪間店家很裡面的角落，你都聽得出，這聲音絕對錯不了是她本尊。

「等等。」她喊住他們。「等一下，我剪一點給你們帶回去。」

她隨即挑出適合的枝葉俐落揮剪，把豔黃的枝子咔咔咔剪了一堆下來，看看數量差不多夠了，便朝他們走去，隔著一大排花叢。

「呶。」她說。「把這些帶回去給你們媽媽。連翹看著就是舒服，春天最先開花的就是它。」她邊說邊把那堆枝子分給他們一人一堆。「就像高盧呀。」她接著道：「高盧總共分三部分，你們要是有上拉丁文課就知道。」

「我們還沒上高中。」吉米回道，他因為家庭環境的緣故，和女性應對時，比另外兩個男生沉得住氣。

「喔，你們還沒上高中啊？」她這才明白，又道：「那，你們以後可有得學了呢。記得回去跟你們媽媽說，把花放在溫水裡。唔，我想她們一定都知道啦。我特地挑還沒全開的枝子給你們，這樣可以放很久很久。」

三個男生說了謝謝——吉米先道謝，另外兩個才跟著有樣學樣。三人一起抱著花朝鎮上走，完全不打算掉頭把花帶回家，也算準她不清楚他們住哪兒，一直等走過半個街區，才偷偷回望她有沒有盯著他們看。

答案是沒有。人行道邊有棟大房子，本來就會擋住視線。

這一大把連翹，讓他們腦裡轉起念頭。一來帶著花很尷尬，二來還得想辦法扔掉。要不是這花害他們傷腦筋，他們想的應該會是韋林斯夫婦。事情怎麼會是她在院子裡忙，他卻在自己的車裡，成了水下亡魂？她知道他上哪兒去了嗎？還是不知道？看她的樣子是不知情。她到底知不知道他出門？從她的舉止來看，沒什麼不對勁，一點事都沒有，他們三人站在她跟前時，看來確實如此。他們先前所知所見，在她啥也不知的神色前，像是立時矮了一截，抬不起頭。

兩個女生騎著腳踏車轉過街角，其中一個是巴德的姊姊朵瑞絲，兩人一見他們這德性，立刻大呼小叫起來。

「唉呀呀，看看，有花耶！」她們高喊。「婚禮是在哪兒啊？看看這些伴娘可美的！」

巴德在這當兒，想到惡劣至極的一句話予以反擊。

「妳屁股上都是血。」

當然這不是真的，不過之前確實發生過——她放學回家時，裙子上有血跡。大家都看到了，而且還一直記得。

他覺得她回家一定會告他的狀，她卻始終沒吭聲，因為上次的事情已經夠丟臉了，就算她一心想整他，也實在難以啟齒。

他們知道那花非趕快扔掉不可，於是乾脆往旁邊停著的某輛車底一塞了事，隨即一邊拂掉身上的零星花瓣，一邊轉向廣場走去。

那個年代，週六還是大日子，住在鄉下的人會到鎮上來，廣場周遭和小巷裡停滿了車。無論是大一點的鄉下男生女生，或鎮上和鄉下的小小孩，都會去看下午場電影。

要去廣場，非得先經過「宏內克百貨公司」不可。於是吉米就在某個一覽無遺的櫥窗裡，看到他的母親。她已經在飯後回到工作崗位，把帽子放在女模特兒人偶上戴正了，調整一下面紗，又撥弄起洋裝的肩頭處。她個頭並不高，得踮腳才能幫模特兒穿戴這些東西，況且為了在櫥窗內的地毯上走動，她早已脫了鞋，腳跟兩團粉色的肉墊透過絲襪清晰可見，使勁踮腳時，膝膕便從裙子開叉處露出來。膝膕之上是一對闊臀，但曲線不失曼妙，看得到內褲或束腹的邊緣。吉米可以聽見自己腦中響起她邊做事邊嘟噥的聲音，也嗅得到她有時一回家就脫下、免得磨損的絲襪。絲襪、內褲，就連乾淨的女性內褲，都泛著淡淡的、私密的氣味，引人遐想，也令人作嘔。

他盼著兩件事。一、身邊這兩個男生沒注意到她（當然他們已經看到她，只是做母親的每天打扮得漂漂亮亮出門、到鎮上拋頭露面，實在超出這兩個男生的理解範圍，他們既然無法發表意見，唯有表示不屑）；二、她，千萬不要、拜託不要——轉過身來發現他。萬一她真看到他，是可以敲敲玻璃窗，打個嘴形說哈囉。她上班時，便失了在家的寡言持重與刻意的和婉。她向來熱心助人，在家時溫良恭儉，上班時滿場飛。他曾經很喜歡她這一面，喜歡她如此活躍，一如他喜歡宏內克百貨，喜歡它大片大片的玻璃櫃檯、擦得晶亮的木材、樓梯間頂階的大鏡子，他拾級而上前往二樓的女裝部時，還能看到鏡中的自己。

「這是我的小搗蛋。」他媽會這麼說，有時還偷塞個十分錢硬幣給他。他連一分鐘都沒法待，宏內克夫妻搞不好會監視他們。

小搗蛋。

曾是那麼悅耳，如硬幣叮噹作響的幾個字，如今成了讓他丟臉的一個詞。

那些都過去了。

等走到下個街區，非得經過「坎伯蘭公爵」酒館不可，西西倒不擔心。他爸要是午餐沒回家，就代表會在這酒館待上好幾小時。只是「坎伯蘭」（Cumberland）這字總在他心上有種重量。他連這字的意思都還不明白時，就已經有某種哀傷的墜落之感。重物從遙遙的高處，直直墮入黑水。

「坎伯蘭公爵」與鎮公所之間，有條路面沒鋪的小巷，鎮公所後面就是派出所。三人旋進小巷，不多久便有陣陌生的喧鬧迎面而來，和街上的吵雜聲打對台。這聲音不是酒館的——那兒的啤酒間只有像公廁那種開在高處的小窗，傳出的喧鬧就隔了一層。現在這聲音是從派出所來的，通往所裡的門，只要天氣暖和就會敞開，所以連走在小巷裡，都聞得到菸斗的菸草和雪茄的味兒。派出所裡坐的不單是警務人員（尤其是週六的下午），冬日火爐暖烘烘，夏天電扇嗡嗡響，冬夏之間的日子（好比今天），大門就會敞開，讓舒服的空氣進來。派出所所長巴克斯都會在——三人其實早就聽見他發出的咻咻聲，因為他有氣喘，一陣大笑後，總會這樣氣吁吁地好一陣子。他是吉米的親戚，不過吉米家的人對他不怎麼熱絡，因為他當年並不贊成吉米他爸娶他媽。他每次看到吉米，講話總有點訝異又酸溜溜的味兒。「萬一哪天他給你個銅板或什麼的，你就說你不需要。」吉米的媽曾這樣叮囑他，不過巴克斯所長從來也沒給過吉米什麼東西。

剛從藥妝店工作退下來的波拉克先生也在所裡，還有佛格斯．索利——他人不呆，卻因為在一戰中吸了毒氣，變得一副呆相。這些男人成天就在派出所裡打牌、抽菸、喝咖啡、聊是非，全是鎮民埋單（套巴德爸爸的話）。要是有人想來派出所投訴或報警，就得當著這堆人的面，搞不好什麼都被聽光了。

一種走向刑場的感覺。

三個男生在那扇敞開的門前差點停步。沒人注意到他們。只聽得巴克斯所長一句「我還沒死呢」，想是把什麼故事的最後一句又講了一遍。三人垂頭不語，緩緩走過派出所門前，踢著路上的小石頭。等走過那棟樓的轉角，才加快了腳步。男公廁的入口旁，牆上有道疙疙瘩瘩的嘔吐物痕跡，看來是不久前的事。地上倒著幾只空瓶。他們得先走過垃圾桶與鎮公所辦公室的高窗之間，才轉到石子路上，走回廣場。

「我有錢。」西西說。講得淡然尋常，讓大夥兒全都鬆了一口氣。西西把口袋裡的銅板弄得叮噹響。他洗好碗，走進臥房跟媽媽說他要出門了，媽媽回道：「你自己去櫃子上拿五十分。」她手邊有時會有點錢，只是他從沒見過爸爸給過她錢。她每次說「你自己去拿」，或塞幾個銅板給他時，西西懂得，她為他們一家這種日子而抬不起頭，她為他羞愧，在他面前同樣抬不起頭。這種時候他根本不願見到她（但還是很高興有錢拿），尤其是，萬一她誇他乖，他便不能說她對他所做的一切毫無感激之情，所以更不願見她。

三人走上通往碼頭的街。在「帕奎特加油站」旁有個小攤子，帕奎特太太在那兒賣點熱狗、冰淇淋、糖果、香菸之類的雜貨。她不賣香菸給他們，吉米說是要買給佛列德表舅的，也沒用。不過她倒沒有因為他們撒謊就不睬他們。她體型圓滾滾，但長得不錯，是講法語的加拿大人。

他們買了黑色和紅色的甘草糖，想等午餐消化之後，再來買點冰淇淋。三人走向一棵綠蔭蔽天的大樹，樹下的籬笆旁，豎著兩張破舊的車內座椅。他們坐在那兒，分食了甘草糖。

特維特船長坐在另一張車椅上。

特維特船長曾是貨真價實的船長，負責的是湖上的船，而且做了很多年。他現在是特別保安官，在校門口幫過街的孩童指揮交通，請車暫停；冬天則叫孩子們別在小巷裡玩雪橇。他會一邊吹哨，一邊舉起一隻戴著白手套的手（活像小丑的手）。儘管年邁白頭，還是高大挺拔，上半身結實寬闊。他一聲令下，所有車輛乖乖聽話，孩子們也一樣。

他夜裡挨家挨戶檢查各個商店的大門，看看是否上了鎖，確定店裡沒人闖空門；白天就睡在光天化日之下。天氣不好時，他就睡圖書館；天氣好，在戶外挑張椅子就睡。他不泡派出所，可能是他重聽，沒戴助聽器就完全跟不上談話，但重聽的人很討厭助聽器，他自然不例外。再說他也習慣了一個人，過去的他，在湖上總是待在船頭遠眺。

此刻他閉著眼、仰著頭，這樣臉才晒得到太陽。三個男生走上前去想和他講話（這也是三人沒商量就決定了，只消交換一個無奈而存疑的眼神），還得把他弄醒。特維特船長過了一會兒才搞清楚狀況，知道自己身在何處何時、來者何人。他接著從口袋掏出一只很大的老式懷錶，儼然認定這幾個小孩是來問時間。不過他們仍對他說個沒完，表情急躁又帶點羞愧，七嘴八舌說著「韋林斯先生在賈特蘭水塘裡」、「我們有看到車」、「淹了」等等。他不得不半舉一隻手，示意叫他們安靜，另一手則在褲袋裡翻找，拿出他的助聽器，這才鄭重點點頭，帶著鼓勵的意味，彷彿在說，耐心點、耐心點，等我戴上助聽器吧。在他測試助聽器是否正常時，雙手都舉起來了，意思是，別動、別動。最後才快快點了個頭，嚴峻地開口（不過他的嗓音有點嚴峻不起來），說「繼續吧」。

三人之中最沉默的西西（吉米最有禮貌；巴德嘴巴最大），卻扭轉了一切。

「你褲子拉鏈沒拉。」他說。

三人隨即咻地一溜煙跑走。

他們這股興奮勁兒一時還沒退燒，不過這無法分享也無法明說——他們得分道揚鑣了。

西西回家去蓋他的藏身所，厚紙板做的地板凍了整個冬天，此時早已濕透，得換新的。吉米爬上車庫頂層的房間，他最近在那兒發現一箱很舊的《薩維奇博士》漫畫，是佛列德表舅的收藏。巴德回了家，發現只有媽媽在，她正忙著幫飯廳地板打蠟。他看了一小時左右的漫畫書之後，把事情對她說了。他覺得他媽沒見過世面，出了這房子就一點威嚴也無，必定會先打電話給他爸，才拿得定主意。結果大出他意料，她想也不想就報了警，然後才打給他爸。還有人去通知西西和吉米出來會合。

一輛警車從鎮區主要道路開到賈特蘭，確認一切屬實。有個警察和聖公會的牧師一起去找韋林斯太太。

「我沒打算麻煩你們。」韋林斯太太的反應據說是這樣。「我原本想等天黑了再看情況。」

她說，韋林斯先生昨天下午就開車去鄉間，幫一個瞎眼的老先生送眼藥水。有時候他會有事耽擱，她說。他可能順便去看看誰，要不就是車壞了什麼的。

他之前情緒低落還是怎麼了嗎？警方問她。

「噢，怎麼會呢。」牧師發話了。「他可是我們合唱團的鎮團之寶。」
「他可不會用這詞兒。」韋林斯太太說。
後來，關於這幾個男生何以在家乖乖坐著吃午飯，半點口風也沒露，之後又去買一堆甘草糖，自有一套說法。新的綽號（「死人」）於焉誕生，安在三人頭上，吉米和巴德一直到搬出了這個鎮，才終於徹底擺脫；西西（後來他很年輕就成了家，在升降式穀倉上班）則是眼睜睜看著他兩個兒子繼承了這綽號，那時已經沒人去管其中的典故了。
他們作弄特維特船長的事，始終沒曝光。
三人後來上學過街碰見特維特船長指揮交通，不得不走過他高舉的臂時，都希望能有什麼發生，或許是某種受了傷或帶著成見的高傲眼神，能讓他們憶起那件事。特維特船長卻只是舉起戴著手套的手，那高貴又如小丑的白手，和善沉穩如常。他表示許可。
繼續吧。

II 心臟衰竭

「腎絲球腎炎。」依妮德在筆記本上寫下這幾個字，她是頭一次看到這樣的病例。問題是昆恩太太的腎功能愈來愈差，已經無法可醫。她的腎逐漸乾癟萎縮，就要變成兩團毫無用處、滿布顆粒的硬球。目前尿量也不多，混濁如蒙上一層煙，嘴裡和毛細孔散發出刺鼻與不祥的氣味。還有一種比較沒那麼明顯的味道，像爛掉的水果，依妮德認為這應該與昆恩太太身上的淺紫褐色斑塊有關。疼痛突然發作時，昆恩太太的腿會扭曲抽筋，皮膚也奇癢無比，依妮德只得用冰塊幫她擦身。她把冰塊裹上毛巾，幫昆恩太太在特別不舒服的地方冰敷。

「到底是怎樣才會得這種病？」昆恩太太的大姑問。她是格林太太，奧莉芙．格林[3]（她說自己從沒想過這全名聽起來是怎樣，一直到婚後，人人聽了都忽地一陣爆笑，她才明白）。她住在幾哩外的農場，就在公路旁，每隔幾天就過來，把床單毛巾睡衣都帶

3 譯注：Olive Green，字義為橄欖綠。

回自己家洗，連孩子們的衣服也一併洗了，再把衣物都燙好疊好送回來，而且連睡衣的緞帶也一樣熨得平平整整。依妮德很感謝她，因為依妮德之前接過得自己洗衣服的案子，有時情況更糟，只得靠她媽幫忙。她媽的解決辦法是付錢請鎮上的洗衣店洗。而此刻，依妮德感覺得出格林太太這問題想套的是什麼話，卻也不想得罪對方，就只回道：「這很難說。」

「妳難免會聽到各式各樣的說法。」格林太太說。「有時候，女人會找藥來吃，像是月經晚了就吃藥什麼的。要是她們照醫生規定吃，又是為了身體好，那也就算了，可是萬一吃多了，或是為了什麼不好的事才吃，腎就給搞壞了。我說的對不對？」

「我從來沒碰過這種病例。」依妮德說。

格林太太個子高，長得也結實。她弟弟魯柏就是昆恩太太的丈夫。她和弟弟很像，圓臉塌鼻子，滿臉皺紋卻很可親，依妮德的母親管這種臉叫「馬鈴薯似的愛爾蘭臉」。但魯柏樂天開朗的神情下，是多疑與保留；格林太太的外表下則是渴望。依妮德不知她渴望的是什麼。格林太太即便只是和人聊聊天，都有極大的需求，或許那只是對新鮮事的渴望。重大的消息。某個大事件。

當然，有個大事件就要發生了，重大的事，至少對這個家而言。昆恩太太就要走了，不過才二十七歲（她當時自稱是這樣——依妮德覺得應該再加個幾歲，只是病情惡化到這地步，要猜實際歲數也很難）。等她的腎全部停擺，心臟也會隨之罷工，她就會走了。醫生已經對依妮德說過：「這病會拖到夏天，不過妳在天氣轉涼之前，應該還有機會度個假。」

「魯柏去北邊的時候認識了她。」格林太太說。「他自己一個人，去那邊的森林做工。她在那兒的飯店上班，我是不知道她做什麼啦，大概是打掃房間一類的吧。不過她不是那地方的人——她說她是在蒙特婁的孤兒院長大的，那也沒辦法。妳以為她一定會講法語，不過就算她會，也沒表現出來就是。」

依妮德的反應是：「這人生還真有意思。」

「一點沒錯。」

「這人生還真有意思。」依妮德說。有時她也管不住自己——明明知道笑話講了也沒人笑，她還是會講。她帶著慫恿的意味挑起眉毛，格林太太終於展開笑顏。

不過，依妮德心裡難過嗎？魯柏當年在高中的笑就是這樣，用笑來擋掉可能的嘲弄。

「他認識她之前，根本沒交過女朋友。」格林太太說。

從前依妮德和魯柏是同班同學，只是她沒對格林太太提，要提會有點不好意思，因為那時她和一堆女同學總愛取笑捉弄幾個男生，魯柏就是其中之一（老實說，是主要的那個）。她們那時用「找碴」這個詞。她們愛找魯柏的碴，尾隨他走到街上，大喊「哈囉，魯柏，哈囉，魯──柏。」故意惹他火大，看他氣得整個脖子漲得通紅。「魯柏有猩紅熱喔。」她們會這麼說。「魯柏，你應該隔離起來比較好吧。」這群女生還會假裝有人（依妮德、瓊安．麥考勒菲、瑪麗安．丹尼其中一人）迷戀他。「她想跟你聊聊耶，魯柏，你怎麼都不約她出去？你至少可以打個電話給她呀，她想你想瘋了。」

她們並不覺得他會因為這樣三催四請就照辦，可是萬一他真做了，該有多好玩呀。他會馬上碰釘子，這事兒立刻會傳遍全校。為什麼？為什麼她們要這樣對他？巴不得羞辱他？很簡單，就只是因為，她們辦得到。

他不可能忘得了這些舊帳，可是他卻把依妮德當才剛認識的人、他妻子的看護，不知從哪裡來到他家，照顧她。依妮德看他怎麼對自己，就怎麼對他。

一切都安排得出奇妥貼，省了她不少工夫。魯柏睡在格林太太家，飯也在那兒吃。兩個女兒原本也是可以住在那兒，不過這樣就得幫她們轉學──反正學校差不多再一個月就放暑假了。

魯柏晚上會回家來和兩個女兒聊聊。

「妳們乖不乖？」他問。

「給把拔看妳們堆的積木。」依妮德說。「給把拔看妳們畫的著色本。」積木、蠟筆、著色本等等，都是依妮德帶來的。她打了電話給她媽，請她媽去舊箱子裡翻翻，看能找到什麼。結果她媽除了積木蠟筆那些以外，還帶了一本紙娃娃的書，是依妮德以前從別人那邊得來的收藏品——有伊莉莎白公主姊妹倆的紙娃娃，和各色各樣的服飾搭配。兩個孩子收了禮物卻沒說謝謝，依妮德便把所有的東西都放在高處，說除非她們道謝，否則她就會一直把東西擺在那兒。七歲的露薏絲和六歲的席爾薇，皮得像小野貓。

魯柏沒問這些玩具是哪兒來的，只對女兒說要乖乖的，然後又問了依妮德需不需要他從鎮上買什麼東西來。之前她對他提過，她才換了地下室走道的燈泡，他可以幫她買備用燈泡來。

「這事兒怎麼沒叫我呢。」他說。

「我換燈泡沒問題的。」依妮德說。「換保險絲、釘釘子，我都行。這麼久了，我媽和我身邊沒男人，房子都是我們在修。」她本想藉此開開玩笑，也算示好，不過顯然沒效。

後來魯柏終於會詢問妻子情況如何，依妮德會說，她的血壓有點降下來；要不就是，她晚飯吃了一些煎蛋捲，還好沒吐；或者是，冰敷好像可以幫她的皮膚止點癢，她終於可以睡得好一點。魯柏會說，如果她睡著了，那他最好還是別進房去。

依妮德回道：「哪兒的話。」女人呀，見到丈夫，比小睡一下好得多。她會帶孩子們去睡覺，讓他們夫妻有獨處的時間，只是魯柏總是待幾分鐘就走了。待依妮德下得樓來，回到客廳（現在是病房了），幫病人準備就寢時，昆恩太太靠著枕頭坐著，表情有點不安，卻無不滿之色。

「他都待不久，對吧？」昆恩太太說。「想了都好笑。哈哈哈，妳好嗎？哈哈哈，我走嘍。我們幹麼不把她抬出去，往糞堆裡一扔了事？就當她是隻死貓丟了算了？他就是這麼想的，對不對？」

「我想不會。」依妮德說著，拿來臉盆和毛巾、擦身用的酒精和爽身粉。

「我想不會。」昆恩太太惡狠狠跟著說，卻很聽話地任依妮德脫去睡衣，幫她把頭髮往後梳攏，拿毛巾墊在她臀部底下。依妮德早習慣了眾人對裸身大驚小怪，連年紀很大的人、病得很重的人，也難免扭扭捏捏。有時依妮德只得開玩笑逗他們，或勸他們這實在稀鬆平常。「你以為我沒看過人家下面？」她會這麼問。「下面的，上面的，看了一陣子之後就膩啦。反正人不就這兩種樣子嘛。」不過昆恩太太沒有半點羞怯，兩腿張得開開，稍稍抬起身子，方便依妮德做事。她骨架十分嬌小，只是此時身體已扭曲成怪異的形狀，腹部與四肢腫脹，乳房萎縮成兩只小小的布袋，莓果乾似的乳頭。

「腫得跟豬一樣。」昆恩太太說。「就是乳頭不腫，不過這東西從來也沒什麼用處。我不像妳，奶子從來就沒大過。妳看我就不會覺得噁心嗎？我死了，妳難道不會開心喔？」

「我要是這麼想，就不會在這兒了。」依妮德回道。

「可終於擺脫掉了。」昆恩太太說。「你們肯定都會這麼講。終於擺脫掉了。我對他是一點用處都沒了，不是嗎？我對哪個男人都沒用處。他每天晚上從這兒出去，就去找女人了，對吧？」

「就我所知，他是去他姊姊家。」

「就妳所知。不過妳知道的也不多。」

依妮德自以為懂得她的意思，這怨毒、這為了叫罵而保存的體力。昆恩太太為了敵人精力充沛。生病的人總會逐漸怨恨起健康的人，有時夫妻，甚至母子也無法倖免。而以昆恩太太的情況來說，是夫妻與母子之間都發生了。有個週六早晨，露薏絲和席爾薇在門廊下玩，依妮德喚她們來看打扮得漂漂亮亮的媽媽。那時昆恩太太才剛洗完晨澡，換上乾淨的睡衣，稀疏的金色細髮梳攏起來，繫著藍絲帶（依妮德若是去照顧女病人，身邊必定帶著各色絲帶，外加一瓶古龍水、一塊香皂），確實十分美麗——你也可以說，至少看得出她當年美麗的痕跡。她額頭和顴骨都很寬（只是顴骨現在凸得像門把，幾乎要穿出皮膚），一對大大的碧眼，小孩般晶瑩的牙齒，固執的小下巴。

兩個孩子雖然不很起勁，還是很聽話地走進房裡。

昆恩太太立時道：「不要讓她們靠近我的床，她們髒死了。」

「她們只是想看看妳。」依妮德說。

「那，這不就看到了嗎。」昆恩太太回道。「她們可以走了。」

她這反應，孩子看在眼裡倒也不怎麼驚訝或失望，只是望著依妮德，依妮德只好說：「那好，就讓妳們媽媽休息吧。」孩子立刻跑出去，摔上廚房的門。

「妳可不可以叫她們別摔門？」昆恩太太問。「她們每次摔門，都像一塊磚頭朝我胸口砸。」

你或許以為這兩個女兒是吵鬧不休的孤兒，被迫不斷來看她。但有些人在接受自己快死的事實前，就是這種反應，有時甚至到死前那一刻亦然。個性比昆恩太太溫和的人或許會說，他們很清楚自己的手足、夫妻、孩子有多恨他們；別人對他們何等失望，他們又是對別人何等心寒；大家看到他們死了，會有多開心，等等等。他們很可能是在平靜充實的一生終點，身邊有親愛的家人環繞時，忽然沒來由冒出這種話。通常這陣感嘆會過去，但往往就在生命最後幾週甚至幾天中，他們會反覆回首前仇舊恨，或哀哀說起七十年前受了什麼不公懲罰。有一回，有個女的請依妮德幫她從碗櫥拿一只英國藍白瓷盤來，依妮德以為她是想看這美麗的收藏品最後一眼，豈知這女人竟使出全身最後一點力氣，把盤子朝床柱砸去。

「這下子我很肯定，我姊姊這輩子休想來碰我的盤子。」這女人說。

病人也往往會說探病的人只是來幸災樂禍，說都是醫生害自己受這麼多罪。他們看到依妮德就討厭，因為她不眠不休耐力驚人，因為她有雙不厭其煩的手，因為生命之泉在她體內循環不息，達成絕佳的平衡。依妮德對這樣的態度也慣了，她懂得病人承受的苦楚，死亡的苦，還有他們自己生活中的苦，相形之下，他們對她的反感，顯得微不足道。

但面對昆恩太太，她茫然失措。

問題不在她沒法讓病人舒服點。問題是，她不想這麼做。她對這位霉運纏身的可憐少婦，有自己也止不住的厭惡。她不喜歡自己每天都得擦洗撲粉、用冰塊與酒精擦抹止癢的這副身軀。現在她終於懂得有人說不喜歡生病、不喜歡見到生病的人，是什麼意思；現在她終於了解某些女人的心情，她們對她說，真不曉得妳怎麼受得了，我絕對沒法當護士，這輩子都辦不到。她就是厭惡這人的身體，厭惡這身上的病顯現的一切徵兆。這身體的氣味、改變的顏色、長相邪惡的小乳頭、可憐兮兮長短不齊的牙齒。她認為這一切都是相由心生的衰敗跡象。她和格林太太一樣壞，專門揪出愈發猖獗的劣質品，即使她是醫學知識豐富的護士，即使關懷同情是她的工作（當然也是她的天性），她完全不知這念頭從何而來。昆恩太太有點讓她想起高中時認識的一些女生——穿著廉價衣飾，一臉衰相，毫無前途可言，展現的卻是臉皮超厚的自滿。只是這自滿撐不到一、兩年，有些人懷了孕，大多數都結了婚。後來有些人在家生產，依妮德還去照顧過她們，發現這些人當年的自信早已如癟了的氣球，那副天不怕地不怕的膽識，變成綿羊般溫馴，甚或虔敬。她替她們難過，即便有時想起這些女生當年想什麼就非到手不可的決心，她還是替她們難過。

昆恩太太的情況就更棘手了。她或許會一再崩潰，但更大的問題是整個人只剩下陰鬱乖戾的一面，裡面是整個爛掉了。

依妮德對病人生出這種嫌惡，已經夠難堪了，更難堪的是，昆恩太太一清二楚，無論依妮德努力表現得多耐心多溫柔多開朗，也無法掩飾這事實。昆恩太太因為知情，覺得自己完全占了上風。

終於擺脫掉了。

依妮德二十歲那年，也是護校受訓畢業的前夕。她父親臥病瓦利醫院，來日無多。就是在這時，他對她說：「我是不太懂妳這一行，不過我不希望妳在這種地方工作。」

依妮德俯身向他，問，你覺得這是哪種地方？「這不就是瓦利醫院嗎。」她說。

「這我當然知道。」她父親的語氣仍是一貫沉穩明理（他以前是保險與房地產仲介）：「我腦袋清楚得很。答應我，妳不會。」

「不會怎樣？」依妮德問。

「妳不會做這種工作。」她父親說。她再怎麼問，也問不到他這麼說的緣由。他緊抿著嘴，像是嫌惡她問東問西。他唯一能說的就是「答應我」。

「他是怎麼回事？」依妮德問她媽，她媽只回道：「噢，妳就照著做，答應他就是了嘛。有差嗎？」

依妮德覺得她媽這樣講很過分，卻一句話也沒說。這答案正也反映了她媽對很多事情的看法。

「我自己都不懂的事情，怎麼能答應。」依妮德說。「反正我也不會隨便答應什麼事，不過，要是妳懂他的意思，妳應該跟我說。」

「不過就是他現在有這麼個想法。」她媽說。「他覺得，做護士會害女人變粗。」

依妮德跟著說：「變粗。」

她媽說，她爸反對護士工作的主因，是這一行必須對男人身體知之甚詳。她爸覺得（他就是這麼認定），女生這麼了解男人的身體，自己會變，而且男人對這個女生的看法也會變。這樣一來，會壞了她的好機緣，惹來不怎麼好的機緣。有些男人會對她沒興趣；有的男人則會對她有不當的興趣。

「我想這都是因為他希望妳成家吧。」她媽說。

「那他可要失望嘍。」依妮德說。

不過她最後還是答應了她爸。她媽說：「好吧，妳高興就好。」不是「他高興」，而是「『妳』高興」。她媽好像比她還早知道，這樣的承諾有多誘人。在他人臨終前的承諾，把自己完全抹去，徹底犧牲。愈不合常理愈好。她是為了這點讓步。不是為了對父親的愛（她媽有暗示這點），而是做出這種承諾的快感。完全反其道而行，何等崇高。

「萬一他叫妳別做的事，妳根本不在乎，妳八成就會說辦不到。」她媽說。「好比說，他叫妳以後別擦口紅，妳恐怕還是照擦不誤。」

依妮德帶著忍耐的表情聽著。

「妳有為這個禱告嗎？」她媽忽地問了這麼一句。

依妮德說有。

她在護校辦了退學，就此待在家裡，成日忙進忙出。家裡錢還夠，用不著她出去上班。實情是，她媽本來就不想讓依妮德當護士，說護士是窮人家女兒做的，有時爸媽養不起女兒，或供不起女兒念大學，念護校就成了出路。這話裡有矛盾，但依妮德沒點破。她粉刷了籬笆、束緊玫瑰叢好過冬；學會了烘焙、學會打橋牌。之前她爸媽每週都會和隔壁的韋林斯夫婦打橋牌，現在由她來頂替她爸的位置。沒多久，她就成了韋林斯先生口中「好得引起公憤」的好手。他開始會帶巧克力或一朵粉紅玫瑰上門找她，為自己牌藝不精略作補償。

冬日傍晚她會去溜冰。她也打羽毛球。

她身邊從沒少過朋友，如今亦然。她高中最後一年的同學，現在大多在念大四，要不就是已經在遠一點的地方上班，當老師、護士、會計師等等。但她又交了別的朋友，這些人中學升上高年級前便輟學就業，在銀行、商店、公司行號上班，或當了水電工、女帽商等等。這群女生的人數猶如中拍的蒼蠅急速墜落（這是她們彼此間的玩笑）——大家一一墜入婚姻。依妮德成了新娘賀禮派對的主辦人，也在新娘母親主辦的婚前茶會上幫忙。沒兩年，她又會出席受洗禮，成為人見人愛的教母。和她沒有血緣關係的孩子，長大了會叫她阿姨。在她母親那一輩（或更長一輩）的女性眼中，她早就是模範女兒，是唯一有時間參加讀書會與園藝協會的年輕女子。就這樣，儘管她年紀還輕，卻不費吹灰之力，很快便成為不可或缺的核心人物，卻也是孤立的角色。

不過坦白說，她一直都扮演這種角色。她高中時總是當學藝股長，要不就是活動股長。她受歡迎，個性開朗，打扮得宜，容貌姣好，只是總有點那麼特立獨行。她有些男生朋友，卻從來沒男朋友。她應該不是刻意如此，不過也不擔心。她的心思都放在自己的志業上——她在某段有點尷尬的時期想當傳教士，後來又想當護士。她從沒把護士當成婚前過渡時期的工作。她盼望的是當好人、做好事，未必要規規矩矩照世俗慣例當人妻，才能行善。

她在新年那天去鎮公所參加舞會。那晚有個男的一直來和她跳，後來還送她回家，按著她的手道晚安。他是乳品工廠的經理——四十來歲，始終未婚，舞跳得很棒，對很難找到男伴的女生而言，是個很像叔叔的朋友，只是沒有女人會把他當回事。

「也許妳該去上點企管課什麼的。」她媽建議。「要不就念大學怎麼樣？」大學裡的男人比較能欣賞她這種人，她媽一定是這樣想。

「我太老了。」依妮德說。

她媽大笑。「講這話只顯得妳年紀小。」像是很欣慰發現自己女兒還有那年齡該有的一點傻氣——例如，覺得二十一歲和十八歲差很多。

「我才不要和一堆高中畢業生湊熱鬧。」依妮德說。「我說真的。妳幹麼要把我趕出門？我在這兒待得好好的。」她這話裡的不快（或說尖銳），似乎讓她媽既高興，又放心。不過沒多久，她媽嘆了口氣，說：「妳會發現時間一溜煙就過了。」

那年八月有很多人得麻疹，還有些人同時得了小兒麻痹。依妮德父親的主治醫生因為看過依妮德在醫院裡忙進忙出，知道她能幹，便問她願不願意來幫一陣子忙，照顧在家的病人。她說她會考慮。

「妳是說幫忙禱告？」她媽問。依妮德瞬間浮現某種執拗又神祕的表情，別的女孩若有這表情，八成是為了和男朋友碰面。

「我答應的那事，」她隔天問她媽：「那是說在醫院工作，對吧？」

她媽說她印象是這樣，沒錯。

「還有，從護校畢業，當註冊護士，對吧？」

對。對。

所以說，假如病人住在家裡，需要照護，沒法負擔去醫院的醫藥費，或是不想去醫院；假如依妮德是去病人家裡照顧他們，當大家所謂的「執業護士」（不是註冊護士），就等於根本沒違背她對她爸的承諾，不是嗎？再說，她照顧的對象大多是小孩、產婦、垂死老人等等，她爸擔心的「變粗」，也就不太會發生了，對吧？

「假如妳會碰到的男人，都是永遠下不了床的人，那妳說得沒錯。」她媽回道。

不過她媽忍不住還是補了句，依妮德要是這麼做，就等於放棄在醫院找到好工作的機會，換來的是在生活條件極差的人家，做非常耗體力的粗活，酬勞又少得可憐。依妮德得從受汙染的井裡打水，冬天得打碎水槽裡結的冰，夏天得忙著與蒼蠅作戰，還得用戶外的茅坑。沒有洗衣機、沒有電，只有洗衣板和煤油燈。在這種情況下，除了照顧病人，還得料理家務，顧一堆又窮又調皮的小鬼頭。

「可是，假如這就是妳人生的目標，」她媽說：「再說，我也看得出來，我把它說得愈慘，妳就愈鐵了心要做。所以只剩下一點——我也要妳答應我幾件事。答應我，妳喝的水都要燒過，還有，妳不許嫁給農夫。」

依妮德的反應是：「希奇古怪的事兒這麼多，妳要求的就這兩件？」

這是十六年前的事。開始的頭幾年，大家變得愈來愈窮，愈來愈多人沒錢上醫院，依妮德去照顧的人家，往往破敗到正如她媽形容的狀態。洗衣機不是壞了，就是沒法修；電不是被切了，就是根本沒電，所以床單尿布等都得在家用手洗。依妮德自然不會做白工，否則對做同類照護工作的女性，和不像依妮德那樣有選擇權的女性，都不公平。不過她把大部分的酬勞都還了回去，改成幫孩子們買鞋、買大衣，付牙醫費用、買聖誕節玩具等等。

她媽則四處向她朋友打聽，有沒有舊的嬰兒床、高腳椅、小毯子、舊床單（她可以撕成條，改製成尿布）等等。大家都說她一定很以依妮德為榮，她說是啊，那當然。

「不過有時候，還真是累死人了。」她說。「當一個聖人的娘可真累。」

戰爭爆發。醫護人員大量短缺，依妮德變得極為搶手。戰後出現嬰兒潮，依妮德的盛況又延續了一陣子。直到如今，醫院紛紛擴大經營，許多農場生意興隆，於是她的職責，彷彿就退減為照顧怪病絕症之人，或是脾氣太壞，遭醫院踢出來的怪人。

這年夏天，每隔幾天就是一陣大雨，雨後露臉的陽光格外毒辣，在濕漉漉的草葉上閃耀。清晨濃霧滿布，幾乎緊貼著河面，即便霧全散去，無邊的炎夏仍是窒悶，無論往哪個方向看去，也看不遠。蓊鬱的樹林與灌木叢、野葡萄藤、五葉紅葡萄藤、玉米、大麥、小麥、乾草作物等，望去已融為一體。一如大家說的，東西自己會長。要做乾草的植物六月收割，魯柏得趕著割好收進穀倉，免得雨淋。

他進家門的時間愈來愈晚，只要還有燈光，他就一直工作。有一晚他是摸黑進門的，屋裡只有廚房桌上一根蠟燭。

依妮德忙去打開紗門的鉤環。

「停電了？」魯柏問。

依妮德只回：「噓。」然後輕聲對他說，樓上房間太熱，她把孩子們移到樓下睡，把椅子拼起來、鋪上被子枕頭當床，所以得把燈關了，她們才好入睡。她在抽屜裡找到一根蠟燭，就著燭光寫她的筆記也算夠用。

「她們以後一定不會忘記，有個晚上在客廳睡覺。」她說。「小時候要是在不一樣的地方過夜，你會記得一輩子。」

他放下一個紙箱，裡面裝著他幫病房買的吊扇。為了買這吊扇，他還特別跑去瓦利。此外他還買了份報紙，拿給依妮德。

「我想，妳可能會想知道外面發生哪些事。」他說。

她把報紙放在桌上的筆記本旁，攤開，上面有張照片，幾隻狗在噴泉裡玩耍。

「報上說有一波熱浪。」她說。「知道這些事不是很好嗎？」

魯柏則小心翼翼把吊扇拿出紙箱。

「有吊扇真是太好了。」她說。「現在房裡涼了些，不過有吊扇，明天她會舒服很多。」

「我明天會早點過來裝。」他說，接著問妻子當天狀況如何。

依妮德說他妻子的腿沒那麼痛了，還有，醫生幫她開的新藥，好像可以讓她睡得好些。

「只是有個問題，她很快就會睡著。」依妮德說。「你要來看她就更不容易了。」

「她多睡一下比較好。」魯柏說。

兩人輕聲細語，讓依妮德憶起高中時光，那時她和魯柏都是高年級班。之前的嘲弄、殘忍的調情玩笑等花招，都早已成往事。高中最後那整整一年，魯柏都坐在她後面，兩人常交換簡短的幾句話，十之八九都是有事才開口。你有沒有擦原子筆的橡皮擦？「incriminate」（歸罪於）怎麼拼？第勒尼安海在哪裡？通常都是依妮德發問，從座位半轉過身，只是感受到魯柏離她有多近，沒有真的去看。她是真的想借橡皮擦，真心想知道地理常識，不過也想和魯柏熟絡。她更想補償——她為之前與朋友那樣待他而羞慚，但道歉無濟於事，只怕又會害他窘迫。他只有坐在她背後，知道她無法直視他時，才覺得自在。萬一兩人街上遇見，他會掉開視線，直到兩人要碰上的最後關頭，才微弱地喃喃招呼，她則欣然喊著：「哈囉，魯柏。」只聽得舊日她喚他的那逼人語調嗡嗡回響，那是她想徹底驅逐出腦海的聲音。

可是待他把一根指頭擱上她的肩，輕拍兩下引她回頭；他微微俯身，幾乎要碰著她

（也可能真的碰到了她，她自己也分不清）時，她那頭厚髮即使剪成鮑伯頭，還是亂七八糟——她便覺得他已原諒了她。從某個角度來說，還覺得頗為榮幸。重新認真相待與尊重。

第勒尼安海，到底，究竟在哪裡？

她納悶，不知現在他還記不記得這些事。

她把報紙的正刊和副刊分開來。瑪格麗特．杜魯門正訪問英國，向皇室家族致禮。御醫正設法用維他命E治療國王的貝爾格氏病。

依妮德把報紙正刊拿給魯柏。「我要看填字遊戲。」她說。「我喜歡玩填字遊戲，可以讓我一天忙完之後輕鬆一下。」

魯柏坐下來看報，她問他要不要喝杯茶。他當然回以不用麻煩，不過她還是去泡了茶。她懂「不用麻煩」在鄉下很可能代表的就是「要」。

「南美的主題。」她邊看填字遊戲邊自語。「拉丁美洲的主題。橫一是音樂劇的……衣服。音樂劇的衣服？衣服。字母又多。喔，噢，我運氣真好。合恩角（Cape Horn）！」

「這玩意兒有時還真莫名其妙，這些個字啊。」她邊說邊起身倒茶。

倘若他都記得，會因此怨恨她嗎？或許她高中最後那年開朗的親和，在他眼裡只是惹人厭：一副高高在上的架子，和前幾年她嘲弄他時沒兩樣？

她在這個家初見他時，覺得他沒怎麼變。從前的他是高大結實的圓臉男孩；現在的他是高大結實的圓臉男人。頭髮剪得很短，始終如此，所以即使現在髮量少了些，髮色從淡褐色轉為灰褐，也看不太出來。從前雙頰發紅處，印上了永久的晒傷痕跡。當年那一臉愁容煩惱的心事，或許到現在還是沒變——如何在世間找到自己的位置、掙得聲名，成為人人爭相往來之人。

她憶起當年在高中的那一班。那時的班並不大——不消五年，這群無心課業、游手好閒、一派滿不在乎的學子，終究歷經自然淘汰，只剩下一群小大人，一本正經的孩子，乖乖學習三角函數、拉丁文。這群孩子以為自己在為怎樣的生活做準備呢？他們覺得自己會變成怎樣的人？

她彷彿看見一本深綠色軟皮封面的書，《文藝復興與改革史》。可能是二手書，也可能歷經十手——反正沒人會買全新教科書。歷任主人都在書裡留名，有些是中年家庭主婦，或鎮上的生意人。很難想像這些人會想學這類知識，或用紅筆在「南特詔書」下面畫線，在書的空白處標示「注意」。

〈南特詔書〉。依妮德想到這堆書裡講的事，想到這些學生腦袋裡、她自己的腦裡、魯柏的腦裡裝的東西，其實沒什麼用處，又頗有異國風，不由感到一股溫柔，一種玄妙。其實他們今日的模樣，並不是勉強自己違背志願的結果。不是的。魯柏不會想像管理這間農場以外的未來，畢竟這農場狀況不錯，他又是獨子。而依妮德後來的發展，想必亦是如她所願。也不能說他們選擇了錯誤的路、違背自己的真心、不了解自己的選擇。只能說，他們不了解光陰會怎樣流逝，卻不曾為他們加分，只讓他們比往昔的自己失色。

「『亞馬遜的主食』。」她看著填字遊戲說。「『亞馬遜的主食』？」

魯柏接道：「樹薯（manioc）？」

依妮德數了一下。「七個字母。」她盤算著。「七喔。」

他又想到一字：「木薯（cassava）？」

「木薯？那字有兩個s對吧？木薯。」

昆恩太太每天對吃的要求變得更加反覆無常。她有時會說想吃吐司，有時說想吃淋上牛奶的香蕉。某天她要的是花生醬餅乾。依妮德全數一一備妥（反正孩子們也會吃），可是等一切都弄好了，昆恩太太又說不喜歡食物的樣子或氣味。連果凍也有種她自稱受不了的味道。

有時候她恨透了所有的聲音，連風扇都不准開。又有些時候她想開著收音機，聽專門接受聽眾為生日、特殊紀念日點歌的電台，這種電台還會打電話給聽眾問問題，假如聽眾答對了，就可以贏得尼加拉大瀑布行程、免費加油、買菜金、電影票等等好康。

「那都是安排好的啦。」昆恩太太說。「他們只是假裝打給外面的人，其實人就在隔壁，電台都先告訴他們答案了。我以前認識在電台工作的人，真的是這樣。」

這種時候，她脈搏狂飆，講話飛快，氣若游絲，上氣不接下氣。「妳媽買的是哪種車？」她問。

「紅褐色的車。」依妮德答道。

「我是問『哪一款』？」昆恩太太問。

依妮德說她不曉得，這是實情。她原本知道的，可是後來忘了。

「她買的是新車嗎？」

「對。」依妮德說。「對，不過那也是三、四年前的事了。」

「她住在韋林斯家隔壁那間很大的石頭房子，對吧？」

對，依妮德回道。

「那房子有幾個房間啊？十六間吧？」

「總之很多就對了。」

「韋林斯先生後來淹死了，他告別式妳有去嗎？」

依妮德說沒去。「我不太喜歡去告別式。」

「我原本要去的，我那時候還沒病得那麼厲害。本來我要坐賀維家的車去，他們家就在公路旁邊，說我可以搭他們的車，結果她媽和妹妹都要去，車的後面就不夠坐。後來克萊夫和歐莉芙要開卡車去，我是可以到前座和他們擠一下，不過他們也沒想到找我就是。妳覺得他是自殺嗎？」

依妮德想起遞給她一朵玫瑰的韋林斯先生。他故作風趣的殷勤，讓她牙神經隱隱作痛，糖吃得太多的那種痛。

「我不知耶。我不覺得他會自殺。」

「他和韋林斯太太處得好嗎？」

「就我所知，他們感情很好啊。」

「噢，是嗎？」昆恩太太只回了這一句，便學起依妮德含蓄的語氣：「很—好—啊。」

依妮德睡在昆恩太太房裡的沙發上。昆恩太太渾身原本癢得抓狂，現在已快好了，頻尿也幾乎不再犯。她現在大多可以睡到天亮，中間不太會醒，不過還是偶爾會傳出陣陣憤怒沙啞的呼吸聲。讓依妮德驚醒而再也睡不著的，是她自己的心事。她做起很不堪的夢來，和從前做過的夢完全不同。過去她印象中的惡夢，不外乎發現自己在陌生的屋子裡，房間換了又換；要不就是工作不斷堆上來，她再也無力消化；以為已經做好的工作其實沒完成；數不清的事情令她分心，等等。後來，想當然耳，她做起自以為的春夢，夢裡有男人伸臂環住她，甚或擁住她。可能是陌生人，也可能是她認識的人——有時是平日根本無感、真要往那方面去想便覺可笑之人。這春夢令她左思右想也有點感傷，不過能因此明白自己還有這些感受，多少是種寬慰。春夢想來或許臉紅，不過和她現在做的怪夢一比，簡直不值一提。如今夢裡的她，可能正在與人交媾，或打算要交媾（有時會突然有人闖進來，或周遭環境突然變化而壞了事），對象是完全於法不容，或根本意想不到之人。可能是蠕動著的胖娃娃，可能是裹著繃帶的病人，可能是她自己的母親。她滿懷色欲、空虛，純熟做著，伴隨呻吟。準備開始做時，她粗暴、心術不正；

務實，只求完事。「好，也只能這樣了。」她對自己說。「假如沒有更好的選擇，這樣也行了。」她無情、淡漠的墮落行徑，只是更讓她的欲念肆無忌憚。她醒時毫無悔意，渾身大汗，筋疲力竭，像動物屍體那樣躺著，直到她的自我、羞恥心與疑心，整個當頭澆下。汗黏在皮膚上，是冷的。她在暖和的夜裡躺著發抖，只覺噁心羞辱，完全不敢再睡。久了，她適應了黑暗，看著那覆著紗簾的長方形窗戶滿溢微光。那重病婦人的呼吸，鋸磨著，怒罵著，之後，又幾乎化為無聲。

她想，倘若她是天主教徒，這種事是不是可以在告解時說出來？要她在私下禱告時講這種事，她說不出口。她若非正式場合，已經不太禱告，要把自己經歷的那些事跟上帝說，好像也無濟於事，而且對神有不敬之虞。祂會受辱。她用自己的想法侮辱了自己。她的信仰講希望、講理智，容不下「惡魔入侵她睡夢」這種低劣戲碼。她腦裡的那些個淫穢思想是她自己的問題，沒必要誇大其詞，說它有多要緊。當然不。它不值一提，只是腦子裡的垃圾。

房子與河岸之間的一小片草地上有牛群。她聽得見夜裡牛群吃草時咀嚼與互相推蹭的聲音。她想著牛群溫和龐大的身軀，身邊是麝香、菊苣、開著花的草，想著，牠們的生活還真愜意啊，這些牛。

當然，最後這一切都在屠宰場告終。結局終究災難一場。

雖然對每個人來說，也都一樣。邪惡在我們沉睡時攫住我們，痛苦與崩壞在暗處伺機而動。動物的驚恐，比你預想的更不堪。床的舒適，牛群的呼吸，群星排列的形狀——這一切可以在瞬間翻盤。於是她就這樣，依妮德，任這一生在忙碌工作間流逝，假裝事情並非如此。努力撫慰別人，努力當個好人。套她媽的話，她是慈悲心腸的天使，一天天過去，她媽譏諷的語氣也愈來愈淡。連病人和醫生也都說，她是大好人。

這麼些年來，有多少人覺得她根本就是呆瓜？她費心照料的那些人，或許暗地裡根本鄙視她，想說自己若是她，絕對不會做一樣的事。絕對不要這樣傻，絕不。

重罪之人，這詞竄進她腦海。重罪之人。

悔改者求主赦免。

於是她起床去上班，這是她自認最佳的悔改方式。她無聲而沉穩地徹夜工作，清洗碗櫥中汙濁的玻璃杯、黏膩的碗盤，把原先毫無條理可言的地方，整理得井井有條。她出現之前，毫無條理可言。茶杯擺在番茄醬和芥末醬之間；衛生紙捲擱在一桶蜂蜜上。層架上連一張蠟紙或報紙都沒墊。袋中的紅糖硬得像石頭。若說這幾個月來，家務沒人打理才亂成這樣，或許還說得過去；但這副模樣，完全就像從來沒人照顧整理這個家，從來沒有。紗簾全部被煙染灰，窗櫺油膩不堪。果醬瓶裡剩一點沒吃完的果醬，就這麼放著長黴。壺裡的花束不知放了幾百年，卻沒人倒掉發臭的水。但這還是棟好房子，好好刷洗油漆一番，就能回復原貌。

只是，客廳地板不久前才草草刷了難看得要命的褐色油漆，你能拿它怎麼辦？

她若當天下午得空，會在魯柏母親的花床上拔拔雜草、挖挖牛蒡，拔掉蓋住常年生植物的草。

她教兩個孩子拿好湯匙，做飯前禱告。

求您降福給我們，
和我們所享用的食物……

她教兩個孩子刷牙，刷好牙後做禱告。

「上帝請您保祐媽咪和爹地，還有依妮德和歐莉芙姑姑和克萊夫姑爹，還有伊莉莎白公主和瑪格麗特．羅斯。」這些都說完之後，再說彼此的名字。她們乖乖照做了好一陣子，結果有次席爾薇問：「那是什麼意思？」

依妮德問：「什麼是什麼意思？」

「『上帝保祐』是什麼意思？」

依妮德做了蛋酒，不過沒有調味，連香草都沒加，她拿湯匙一口口餵昆恩太太喝。蛋酒很濃，她一次只餵昆恩太太一點點，如果是小口小口喝，昆恩太太就可以順利嚥下去。要是她一次喝不了那麼多，依妮德便用湯匙餵她放到微溫、氣泡全跑光的薑汁汽水。

昆恩太太現在除了受不了一丁點聲音，也同樣痛恨陽光，無論哪種光都惹她嫌。依妮德只得把幾床厚被子掛在窗前擋光，因為連百葉窗全都放下來她也嫌太亮。昆恩太太還不許開電扇，所以房間裡很熱，依妮德俯身照顧她時，汗就從前額滾滾而下。昆恩太太卻不時發抖，永遠覺得不夠暖。

「這問題也拖太久了。」醫生說。「一定是妳給她喝的那些個奶昔，害她一直好不了。」

「是蛋酒。」依妮德這語氣，彷彿「蛋酒」很重要似的。

昆恩太太常常很疲倦，要不就是體力差到連話都沒力氣講。有時她只是躺著，意識不清，氣若游絲，連脈搏都似有若無，不像依妮德這麼老經驗的人，很可能會以為昆恩太太早已身亡。不過有時她又好轉起來，想打開收音機，沒多久又要關掉。她很清楚自己是誰，也認得依妮德，而且有時眼裡會閃著猜測與探詢的神情，望著依妮德。她臉上早無血色可言，嘴唇也無法倖免，不過雙瞳倒是比過去綠了些——一種摻了灰，混濁的綠。依妮德努力回望那牢牢盯著她的眼神。

「妳要我請神父來和妳談談嗎？」

昆恩太太露出想狠狠啐口痰的表情。

「我長得像愛爾蘭人的樣子嗎？」她反問。

「那找牧師來？」依妮德問。她曉得這是該做的事，只是她問這問題的居心並不良——冷酷，有那麼點不懷好意。

不要。這都不是昆恩太太想要的。她很不高興地嘟噥著。看來她還有點體力，依妮德直覺覺得，她保留體力有其原因。「妳想和兩個女兒講講話嗎？」依妮德問，裝出非常同情與熱心慫恿的語氣。「妳想嗎？」

不想。

「那，見見妳先生？妳先生待會兒就來了。」

依妮德講是這麼講，但其實並沒把握。魯柏有時夜都深了才來，那時昆恩太太早已吃完當天最後一次藥睡了。他便和依妮德一起坐著，而且總是帶報紙來給她看。他問她在那些個筆記本裡是在寫什麼（他注意到有兩本筆記本），她就說了。一本是給醫生看的，裡面有血壓、脈搏、體溫的紀錄，還有吃了什麼、吐了什麼、大小便如何、吃過的藥，還整理了些病情概況。另一本是寫給自己的，與前一本大同小異，只是沒寫得那麼詳盡，卻補充了不少關於天氣和周遭大小事的細節，外加提醒自己該記得的事。

「好比說，我前兩天寫了點東西，」她說：「是露薏絲說的話。有天格林太太過來，露薏絲和席爾薇正好進來，格林太太正說到莓果叢沿著巷子長，都長到路上去了，露薏絲就說：『好像《睡美人》喔。』我看過《睡美人》，所以就特別記了下來。」

魯柏的反應是：「我得把那叢莓果整理整理，剪短一點。」

依妮德覺得他應該是聽了露薏絲的話很歡喜，也很高興她寫了下來，只是他怎麼也說不出口。

某晚，他跟她說要出遠門幾天，去牲口拍賣會。他先問了醫生是否可行，醫生說他可以出門，沒問題。

那晚他在昆恩太太吃最後一次藥之前就到了，依妮德想說他應該是設法在出遠門前看到醒著的妻子。依妮德對他說直接去昆恩太太房裡就好，他便往裡走，帶上門。依妮德拿了報紙，想說上樓去看，可是兩個孩子八成還沒睡，會千方百計叫她去房裡。她當然也可以去門廊上看報，不過這時候會有蚊子，特別是像那天下午那種大雨後。

她很怕不小心聽見夫妻之間的親密互動，也怕兩人可能吵起來，然後等他出得房來又得面對他。昆恩太太顯然蓄勢已久只待爆發——依妮德很肯定這點。結果她還沒決定該往哪兒走，倒是先聽見某種聲音。不是互相指責，也不是互訴情衷（假如這還有可能的話），更不是她以為可能會有的啜泣，都不是，而是笑聲。她聽見昆恩太太虛弱地笑著，那笑聲中有嘲弄，有快意，是依妮德聽過的，卻也有她沒聽過的什麼，這輩子都沒有——是某種刻意的壞心眼。她應該去別的地方的，卻一動不動，待他出來時，她仍坐在桌邊，愣愣望著房門。他並沒迴避她的眼神——她也沒迴避他，她無法不看他。但她也不能確定他是否真的看到了她。他只是朝她掃了一眼便出了門。那眼神，就像他突然觸到電線，為自己的身體因這愚蠢之災倒下而請求原諒。（請誰原諒？）

隔天昆恩太太突然又有了無比的精力，舉止很不自然，像是裝出來的，依妮德曾看過一、兩次這種情況。昆恩太太想坐起來靠著枕頭，也想打開電扇。

依妮德說：「好啊，這樣好。」

「我可以跟妳說個事兒，妳絕對不會相信。」昆恩太太說。
「大家跟我說的事兒可多了。」依妮德回道。
「當然啦，瞎說嘛。」昆恩太太不以為然。「我敢說，全是騙人。妳知道韋林斯先生之前來過這個房間嗎？」

Ⅲ 錯誤

昆恩太太坐在搖椅上，讓韋林斯先生檢查眼睛，他整個人湊到她面前，拿著檢驗工具對著她的眼。他和她都沒聽見魯柏進來。當時魯柏本該在河邊伐木，只是又偷溜回來。他刻意從廚房進屋，沒發出半點聲響（他想必是在進門之前，就看到韋林斯先生的車停在他家外面），再輕輕打開那房間的門，眼見韋林斯先生跪著，一手把工具湊近她的眼，另一手放在她腿上，穩住自己的身子。由於他抓著她腿來穩住重心，她的裙子便跟著往上捲起，露出一截光溜溜的大腿，但既然都已經這樣了，她為了專心維持不動的姿勢，也沒法做什麼。

魯柏就這麼進房來，屋裡的兩人全沒聽見，魯柏如閃電般一躍向前，撲到韋林斯先生身上。韋林斯先生還來不及起身或轉頭，就被壓在地上。魯柏抓起他的頭狠狠往地上撞，一下，又一下，撞到他一命嗚呼為止。而她則在那一瞬間立時跳起，弄翻了椅子，撞倒韋林斯先生的工具箱，箱內的各種物事全飛了出來。韋林斯先生是被魯柏揍死，還是頭撞到火爐腳，她不清楚，她只想著，下一個就輪到我了。只是她沒法繞過他們兩人逃出房去，卻也隨即看出魯柏並沒追殺她的意思。他氣消了，把搖椅扶正，自己坐在搖椅上。她走到韋林斯先生身邊，雖然他很重，她還是使勁拖起他，把他身體右側翻上來。他眼睛半開半閉，嘴裡流出某種液體。不過臉上沒破皮，也沒明顯的瘀青——也可能是還沒浮現出來而已。他嘴裡流出的東西也不像血，粉紅粉紅的，硬要說的話，倒是很像煮草莓做草莓果醬時，最上面的那層泡沫，很豔的粉紅。魯柏之前把他的臉摁在地上，所以這玩意兒糊了他一整臉。她把他身子翻過來時，他發出某種聲音，「咕嚕—咕嚕」。就這樣了。「咕嚕—咕嚕」，他就這麼癱在那兒，化為石頭。

魯柏猛地從搖椅上躍起，搖椅仍搖個不停。他動手拾起散落地上的東西，把韋林斯先生工具箱裡的物件一一歸位，原本放哪兒就放哪兒，藉此殺殺時間。那工具箱有紅絨布襯裡，他用的每樣工具都有自己特殊的位置，得把它們一一放對，否則頂蓋就闔不起來。魯柏一一放妥，關上頂蓋，便又往搖椅一靠，拍起自己的膝蓋來。

桌上有一塊沒什麼用處的布，是魯柏的爸媽北上去看「狄翁五胞胎」[4]帶回來的紀念品。她拿那塊布來包住韋林斯先生的頭，把那粉紅色的玩意兒稍稍吸掉，也省得他們倆一直盯著他看。

魯柏只不住用扁平的大手拍膝。她說，魯柏，我們得找個地方把他埋了。

魯柏只望望她，像是在說，幹麼埋他？

她說，他們可以把他埋在地下室，地下室是泥土地。

「沒錯。」魯柏說。「那我們要把他的車埋哪兒？」

她說，可以放穀倉，拿乾草整個蓋起來。

他說，太多人會來穀倉東摸摸西看看。

於是她又想了個點子，把他丟河裡去吧。她想到他坐在自己車裡，沒入水中的畫面。這畫面自然而然浮現她腦海。魯柏起先什麼也沒說，她遂去廚房倒了點水，幫韋林斯先生擦洗乾淨，免得他身上滴下什麼東西。他嘴裡沒再湧出那黏液了。她從他口袋裡拿了鑰匙，透過他長褲的布料，可以感覺得到，他腿上的脂肪還是溫熱的。

她對魯柏說，快動手吧。

他接過鑰匙。

她抬腳，他抱頭，兩人合力把韋林斯先生抬起來，感覺有一噸重，像鉛。她抬起他時，他一隻鞋稍稍戳了她兩腿間一下，她不由想，好傢伙，你還不放手啊，你這老色魔。連他這一命嗚呼的老腳，都忍不住要戳她一下。她其實從來沒讓他得逞，但他只要有機會，總是蓄勢待發，就像幫她檢查眼睛時，在她裙下攫住她的腿，她也沒法阻止他，魯柏又非得這麼偷偷摸摸進來撞見這幕，整個想歪了。

一路過門檻、穿過廚房、走過門廊，走下門廊的台階。都沒人。不過那天風很大，第一個意外就是風吹跑了她幫韋林斯先生裹頭的那塊布。

所幸他們的院子從馬路上看不到，除了屋頂最高處和樓上的窗戶。不會有人發現韋林斯先生的車。

魯柏已經把後續該做的事想了一輪。把韋林斯先生帶到賈特蘭，那兒水很深，小路又一直通到最裡面，可以解釋成韋林斯先生從大路上開進來，結果開錯方向。好比說，

4 譯注：Dionne Quintuplets，一九三四年五月生於加拿大安大略省，是世上罕見順利存活的五胞胎。一九三五年安大略省政府將她們安置於特殊醫院，五姊妹因此一度成為安大略省的觀光資產。

他從賈特蘭路轉進這條小路，也許天太黑，他發現苗頭不對之前，已經駛入水中，他搞錯了。

是的。韋林斯先生確實犯了錯。

問題是，這代表他們得開出家門前的小巷，沿著大路一直開，開到賈特蘭路轉進小路的那個路口。只是那邊根本沒人住，賈特蘭路轉彎後又是死巷，所以大概只有半哩路左右，你得暗暗禱告不要遇上什麼人。然後魯柏會把韋林斯先生挪到駕駛座上，連人帶車推下岸去，墜入水裡。把這一切推進水塘去。這是件苦差事，不過至少魯柏很壯。要不是他這麼壯，他倆一開始也不會惹上這麼大的麻煩。

魯柏發動韋林斯先生的車，卻不太順利，畢竟他之前沒開過這種車，不過終究順利發動、掉頭，開進小巷。韋林斯先生隨著車顛顛簸簸，不時碰到魯柏的身體。魯柏還先幫韋林斯先生戴好帽子——那頂帽子一直擺在車座上。

韋林斯先生幹麼在進屋前脫帽？應該不單是為了禮貌，而是這樣才比較方便抓住她，吻下去——假如一手拎著工具箱往她身上蹭、另一手攫住她，淌著口水的那張老嘴對著她猛吸猛親，這樣也能算「吻」的話。吮嚼著她唇舌，往她身上推擠，工具箱的一角狠狠抵著她背後，頂了又頂。她沒防到他會這樣，詫異之下完全想不出方法脫身。他又推又吸又淌口水，戳著她又傷了她。這淫邪的老色鬼。

那塊五胞胎紀念布被風吹到籬笆上去了，她忙去拿下來，又非常仔細檢查台階上有沒有血跡，門廊廚房是否有不該有的東西，結果只在客廳找到血跡，有些則滴在她鞋上，她忙把鞋脫了，刷洗地板又刷了鞋，忙完這些，她才發現自己胸前有塊血漬。這是怎麼沾上的？就在她瞧見這血漬的瞬間，聽見一陣聲響，頓時整個人呆若木雞。有車來，而且是她不認識的車，開進小巷裡。

她透過紗簾往外看，心裡便有了數。車樣子很新，墨綠色。而她胸前有血漬、脫了鞋、地板一片濕。她往後退到別人看不見的地方，卻想不出可以躲在哪兒。車停了，一扇車門敞開，但車沒熄火。她聽見車門又關上，車隨即掉頭，開回小巷。接著是露薏絲和席爾薇在門廊上的聲音。

那是她們老師男友的車。他每週五下午會來接老師，今天是週五沒錯。老師跟男友建議，我們就載這兩個小朋友回家吧，她們在班上年紀最小，住得又最遠，再說好像快下雨了。

結果也真的下雨了。魯柏回家時，雨下了起來。他沿著河岸一路走回家。她說，這樣好，你推車下去時走過的痕跡，這下可全是泥濘了。他說，他脫了鞋，動手時只穿著襪子。唔，你腦袋又靈光起來啦，她說。

那五胞胎紀念布和她的上衣都有汗漬，她決定不花工夫先泡再洗淨，索性放到火爐裡直接燒掉。結果這堆東西燒出一股駭人的味兒，害她非常不舒服。這也就成了她大病的源頭。這件事，加上粉刷地板。她把地板清理乾淨後，還是覺得看得到血漬，便拿了魯柏粉刷台階剩下的褐色油漆，把地板整個漆過。但她被油漆熏得不斷俯身狂吐，又吸進不少油漆味。她的背痛——也就從這時開始。

她漆完地板後，幾乎不再進客廳一步。可是有天她忽地想起，最好還是換塊布鋪在那張桌上，這樣應該更會有一切如常的感覺。假如她不鋪上那塊布，她那大姑肯定會來東窺西探，說，咦，爸媽上回去看五胞胎帶回來的那桌布呢？要是她換個別的花樣的桌布，便可理直氣壯說，我就是想換個花樣看看。只是那麼滑稽的桌布很難找了。

於是她換上一塊魯柏母親親手繡的花籃圖樣桌布，拿到那房間去，卻仍聞得到那股氣味。桌上擺著暗紅色的箱子，裡面是韋林斯先生的工具，印著他的名字，這箱子就這麼一直擱在那兒。她完全不記得是自己放在那兒的，還是看到魯柏把它放在那兒。她忘得一乾二淨。

她拿走箱子，藏在某處，後來又換了個地方藏。至於藏在哪裡，她從沒露半個字，以後也絕不會說。她或許可以把箱子砸個稀爛，可是裡面那些玩意兒要怎麼砸爛？那都是檢查視力的儀器。噢，太太，妳願意讓我幫妳檢查眼睛嗎？請坐下，放輕鬆，一隻眼睛閉起來，另一隻眼睛張大，要張很大喔，好。每次都像是同樣的遊戲，她本不應起疑，他拿出工具對著她眼睛時，要她穿著內褲，他這頭老色狼，一邊把手指滑入，一邊氣喘吁吁。到他停手，把檢驗儀器收進箱中，她才能開口，而且她的台詞應該是：

「噢，韋林斯先生，我今天該付你多少錢？」

這一句就是給他的信號，他可以把她推倒，像頭老山羊，對她肆意踩踏。就在這光溜溜的地板上，抓著她往地上撞了又撞，把她搥打成肉醬。他的那一根宛如噴火槍。

這樣妳喜歡嗎？

接著就是報上的新聞了。韋林斯先生遇溺。

他們說他的頭撞到方向盤，卡住了。又說他落水時，人其實還活著。真好笑。

IV 謊言

依妮德整夜沒睡——甚至也沒睡的打算。她沒法在昆恩太太的房間睡，就到廚房坐著，一坐就是幾小時，連動一動都顯吃力，更別說去泡杯茶或上廁所。身體動了，就會把她努力想整理、消化的事情全部打亂。她沒換衣服、沒放下頭髮，連刷牙都成了種辛苦而陌生的差事。月光透進廚房窗戶，坐在黑暗中的她，就望著那一方光影在夜裡漸漸挪移，爬上亞麻油地板，然後消失無蹤。她見光影沒了，一驚；之後聽見屋外鳥兒醒轉，新的一天開始了，又是一驚。這夜如此長卻又太短，因為主意還沒拿定。

她撐著僵硬的身子站起，轉開門鎖打開門，坐在晨曦中的門廊上。光是這一連串動作，便讓她的思緒打了結。她得再次釐清，把這些念頭分成兩邊。已經發生的事（或者說，別人跟她說的舊事）放一邊；接下來該怎麼做，放另一邊。該怎麼做——這就是她還沒想清楚的部分。

牛群已經被移出房子與河岸之間的那片小草地。假如她想往那個方向去，大可打開大門柵欄。她明知自己應該進屋去看看昆恩太太，手卻拉開了柵欄的門閂。

牛群沒吃掉所有的雜草，濕漉漉的草拂過她的絲襪。小路上倒是暢通，河岸邊的樹下，巨大的柳樹上，串串野葡萄如猴子毛蓬蓬的胳膊緊攀著樹。霧氣冉冉上升，幾乎不見河影，得非常認真定住視線專心看，便可慢慢見到霧中透出一點水影，靜得像鍋中的水。水自然一定流動著，只是她看不到。

之後她看到了有什麼在動，卻不在水裡。是艘小船，繫在樹枝上，很簡單很舊的一艘划槳小船，被河水微微推高，又放下。她發現這小船，便一直盯著看，彷彿小船會對她說些什麼。沒錯，它說了溫和而決絕的幾個字。

妳知道的。妳知道的。

兩個孩子醒來時，只見她梳洗妥當，神清氣爽，換好衣服，頭髮也放了下來，而且早做好了塞滿水果的果凍，準備給她們午餐時吃。烤餅乾的麵糊也已經混合好，預備在天還沒熱起來前進烤箱。

「那是妳們把拔的船嗎？」她問孩子們。「停在河上那艘？」

露薏絲回說是。「可是我們不可以去裡面玩。」隨即補上一句：「妳和我們一起去就行啦。」她們馬上就察覺今天的氣氛格外不同，像是她們可以做點平常無法做的事，說不定可以放個假，而且依妮德舉止反常，無精打采，卻又興頭十足。

「再說吧。」依妮德答道。她想讓這天變成她們非常特別的一天。固然事實擺在眼前——她可以十分肯定地說，這天就是姊妹倆母親的最後一天，除了這件事之外，她希望能為她倆特別做點什麼。她要讓她們心底有個回憶，無論之後等在眼前的是什麼，這回憶多少算是補償。也就是說，對她自己，對她影響她倆人生的作法，也是種補償。

那天早晨，昆恩太太的脈搏就微弱得幾乎摸不到了，連抬頭或睜眼都辦不到，和昨天的精神奕奕判若兩人，但這是依妮德意料中事。她見昆恩太太突然精力十足，莫名滔滔不絕，便知這是迴光返照。她拿湯匙舀水湊到昆恩太太唇邊，昆恩太太只喝了一點點，發出貓叫般的聲音——這肯定是她最後一丁點的怨言了。那天醫生預計晚點就會過來，大概是下午兩、三點，所以依妮德沒打電話給醫生。

她拿玻璃罐做了點肥皂水，找到一根鐵絲弄彎了，又照樣做了一根，當吹泡泡的棒子。她示範做肥皂泡泡給兩個孩子看，小心翼翼吹出泡泡，吹到泡泡像個發亮的膀胱不斷脹大，在鐵絲上顫抖，再輕輕把它甩出去。孩子們在院子追著泡泡玩，讓泡泡不斷飄浮在空中，直到微風吹破泡泡，或把泡泡吹上樹或門廊屋簷才停手。孩子們看得入迷，不斷歡呼，開懷尖叫，似乎愈叫愈起勁。依妮德今日從寬處理，沒叫她們小聲點。肥皂水用完後，她又做了一些。

她幫孩子們端上午餐時（果凍、一碟灑了彩色糖粒的餅乾，配上摻了巧克力糖漿的牛奶），醫生打電話來，說有個孩子跌下樹，他一時走不開，可能得到晚餐時分才能得空過去。依妮德柔聲說：「我想她可能要走了。」

「那，妳就盡量讓她舒服點。」醫生說。「怎麼做，妳和我一樣清楚。」

依妮德沒有打電話給格林太太。她知道，魯柏去拍賣會沒法回來，倘若昆恩太太還有那麼一瞬知覺，應該不想見到聽到她大姑在自己房裡。看來昆恩太太也不想見自己的孩子。孩子們若記得自己媽媽這副樣子，只怕也不妥。

到了這地步，依妮德連昆恩太太的血壓體溫也懶得量——只拿海綿幫昆恩太太擦擦臉和胳膊，不時拿水給她喝，只是已經沒有回應。依妮德打開電扇，那是昆恩太太老愛抱怨的聲音。從那身軀發出的氣味似乎變了，少了原本刺鼻的阿摩尼亞味，變成常見的死亡氣味。

依妮德走出門，坐在台階上，脫去鞋襪，在陽光下伸長雙腿。孩子們小心翼翼試探地鬧她，問她可不可以帶她們去河邊，可不可以坐在船裡，要是她們找到槳，可不可以帶她們去划船？她明白，一走了之也不能做到這種程度，不過她問孩子們，想不想有個游泳池？一人一個？她拿來兩只洗衣盆放在草地上，用貯水箱的幫浦幫盆子注滿水，兩個孩子樂得脫到只剩內褲，懶懶地泡在水裡，儼然成了伊莉莎白公主和瑪格麗特．羅斯公主。

「妳們覺得喔，」依妮德仰頭閉眼坐在草地上，問姊妹倆：「妳們覺得喔，假如有個人做了很壞很壞的事，要不要受處罰？」

「要。」露薏絲馬上接口。「一定要打他們一頓。」

「誰做了很壞很壞的事？」席爾薇問。

「隨便想個人就好。」依妮德說。「好，那，假如有人做了很壞很壞的事，卻沒有人知道，那怎麼辦？這些人應該老實說出來嗎？然後再受處罰？」

席爾薇說：「有人做壞事的話，我會知道。」

「才怪。」露薏絲說。「妳怎麼知道？」

「我會『刊』到。」

「才怪。」

「妳們曉得，我為什麼覺得他們應該受罰嗎？」依妮德說。「因為他們自己都會覺得自己很糟糕。就算沒人看到他們做壞事，根本沒人知道，也一樣。假如你做了很壞很壞的事，卻沒受罰，你感覺會更不好，比受罰的感覺還糟糕。」

「露薏絲『兜』了一支綠色的梳子。」席爾薇告狀。

「哪有。」露薏絲回嘴。

「我希望妳們兩個記住這一點。」依妮德說。

露薏絲話沒停：「它明明就掉在路邊。」

依妮德大約每半小時就會回到昆恩太太的房間，幫她用濕布擦擦臉、手。她沒再對昆恩太太說話，除了用濕布擦身外，也沒再碰昆恩太太的手。她過去照顧垂死之人時，從不曾像這次這樣，居然離開病人的床前。待她大約下午五點半打開房門時，她知道，這房裡已無活人。她抽掉床單，昆恩太太的頭就這麼軟軟垂在床側，這件事，依妮德沒記下來，也沒對人提。她在醫生來之前，已把屍體整理好，清潔過，重新鋪好床。孩子們仍在院子裡玩耍。

「七月五日。清晨下雨。露和席在門廊下玩。電扇開開關關，抱怨太吵。用湯匙分次餵半杯蛋酒。血壓上升。脈搏快。沒抱怨痛。下雨沒涼快多少。傍晚R.Q.5。弄完乾草。

「七月六日。天很熱，非常近。試圖開電扇，但不要。頻繁海綿擦身。傍晚R.Q.。明天開始割小麥。因為太熱又下雨，什麼都超前一、兩週。

「七月七日。天仍熱。不喝蛋酒。用湯匙餵薑汁汽水。非常虛弱。昨晚下大雨颳風。R.Q.沒法割，作物堆在某些地方。

「七月八日。不喝蛋酒。薑汁汽水。早上吐了。更加警覺。R.Q.要去拍賣小牛，出門兩天。醫生說只管去。

「七月九日。非常暴躁。可怕的談話。

「七月十日。病人魯柏．昆恩太太（名珍奈特）於今日下午約五時死亡。尿毒症（腎絲球腎炎）引發心臟衰竭。」

依妮德有個規矩，自己照顧的病人死後，她絕不留下來等告別式。她覺得還是及早在能好好道別時離開比較好。只要她在，難免會讓人想起病人死前不久的日子，而那很可能是充滿病痛的窒悶回憶，只是在人人行禮如儀、吃喝一番、鮮花蛋糕堆滿屋之餘，美化了那段回憶。

再說，通常病人家屬中會有些女性親戚，來全盤接管家裡的事，依妮德便突然間成了不受歡迎的客人。

後來事情的發展是，格林太太在葬儀社的人來之前，就到了昆恩家。魯柏那時還沒回來。當時醫生在廚房喝茶，對依妮德說，現在這案子結束了，有個病人她應該可以接。依妮德沒正面回答，只說她考慮休一陣子假。孩子們在樓上，有人對她們說媽媽上天堂去了，這一句對她們來說，就算是為這熱鬧又難得的一天劃下句點。

格林太太裝出一副怕生的樣子，醫生走了才打開話匣子。她站在窗邊看著醫生把車掉頭開走，才幽幽開口：「這話我也許不該現在提，可該說的還是得說。我很慶幸這事兒是現在發生，沒拖到過了夏天，孩子們開學的時候。這下子我就有時間幫她們適應一下我們家，也讓她們慢慢接受轉到新的學校。至於魯柏呢，他也得學著接受這件事。」

依妮德這才頭一次明白，格林太太一直都想帶兩個孩子去和她住，而不是暫住。格

5 譯注：即魯柏全名 Rupert Quinn 之縮寫。

林太太早就巴不得安排搬家事宜，說不定已經有好一陣子直盼著那天到來。她很可能已經把孩子的房間都布置好，還買好材料準備幫她們做新衣服。她有間大房子，只是沒有自己的孩子。

「想必妳也很想回自己家了吧。」格林太太對依妮德說。只要有另一個女人在這屋裡，就是一山不容二虎，而且假如依妮德在，她弟弟就更可能不解為何非讓孩子搬走不可。「魯柏回來的時候，就可以載妳回去。」

依妮德說沒關係，她媽會來接她。

「噢，我都忘了妳媽。」格林太太說。「她有輛很時髦的小車。」

格林太太整個人頓時容光煥發，逐一打開碗櫥的門，查看裡面的玻璃杯和茶杯——那可是告別式要用的，夠乾淨嗎？

「有人都沒閒著喔。」她說，對依妮德的戒心不但整個放下，還有心情誇她兩句。

格林先生則在屋外的卡車裡，和家中的狗兒「將軍」一起等著。格林太太往樓上喊，叫露薏絲和席爾薇下來，兩個孩子隨後拿了裝著衣服的牛皮紙袋跑下樓，一路穿過廚房，摔上門，完全沒理會依妮德。

「這真得改一改。」格林太太這句話指的是摔門。依妮德可以聽見孩子們大聲喚著

「將軍」，「將軍」則報以開心的吠聲。

兩天後依妮德回來了，這次她自己開母親的車。她那天下午約四、五點才到，告別式應該已經結束。屋外沒停別的車，這代表來幫忙張羅吃喝的女性親友都已回家，也帶走教會支援的椅子茶杯大咖啡壺等等。草地上有車痕，還有些壓碎了的落花。

現在她得敲門了。她得等著別人請她進去。

她聽見魯柏沉重而穩健的腳步聲。他就隔著紗門站著，她打了招呼，卻沒看他的臉。他穿著襯衫沒穿外套，不過下半身是西裝褲。他拉開門鉤。

「我不確定這裡有沒有人。」依妮德說。「我以為你可能還在穀倉。」

魯柏說：「他們都自告奮勇來幫忙。」

她在他講話間嗅到威士忌的味兒，不過他並無醉相。

「我以為妳和那些女的一樣，回來拿自己忘了的東西。」他說。

依妮德回道：「我沒忘東西。我只是在想，不知孩子們好不好。」

「她們很好。在歐莉芙家。」

他是否要讓她進門，還不確定。倒不是他對她反感，問題是他自己都有點糊塗，一時不知如何是好。兩人對話一開始總是有點尷尬，她卻毫無準備，只好不去看他，只打量著天空。

「感覺天比較早黑了。」她說。「離白天最長的那天，還沒過一個月呢。」

「真的。」魯柏接道。這會兒他開了門，往旁挪了一下，她便進去了。桌上有一只杯子，沒配碟子。她在他座位的對面坐下。她穿了件墨綠色真絲皺摺洋裝，配同色的麂皮鞋。著裝時她還想著，這可能是她最後一次打扮，也可能是此生穿的最後一套衣服。她把頭髮編成法式辮，臉也撲上了粉。這番梳理妝扮，看似傻氣，對她卻是必須。她已經連續三晚沒睡，一直醒著，什麼都沒法吃，連在她媽面前都無法假裝。

「是這次的案子特別麻煩嗎？」她媽問。她媽其實很不喜歡討論生病或死這些事，可是居然願意開口問，足見依妮德狀況之嚴重。

「是妳後來還滿喜歡的那兩個孩子？」她媽問。「可憐的兩個小淘氣。」

依妮德說，這次的案子時間很久，結束後有點難回復正常生活，而且原本就知沒救的案子，自有它的壓力。她住在母親那邊，白天不出門，但晚上只要確定不會碰到人、不需要開口講話，她會出去散步。她發現自己走過縣立監獄的外牆。她知道牆後面就是監獄的院子，也曾是執行絞刑的地方，不過已經很多年沒再做這用途。現在要是非用絞刑不可，應該是在大型中央監獄執行吧。這個社區，已經很久沒人犯這種程度的重罪了。

她就隔著桌子坐在魯柏對面，正對著昆恩太太當時的房門，她一時裡竟差點忘了上門的藉口，不知接下來該做什麼。她覺著大腿內卜卜跳著的脈搏，和重甸甸壓在腿上的相機——於是她想起來了。

「有件事我想麻煩你。」她終於開口。「我想還是現在說比較好，因為以後應該就沒機會了。」

魯柏問：「什麼事？」

「我曉得你有艘小船，所以我想請你載我一程，划到河中央，讓我拍張照。我想拍張河岸的照片，那兒風景很好，岸邊都是柳樹。」

「好啊。」魯柏一口答應，鄉下人標準的反應，對訪客輕率（甚或無禮）的請求，總是小心地不露出吃驚的神情。

那就是她現在的身分——訪客。

她的計畫是這樣的——等他們划到河心，就跟他說她不會游泳。她要先問他覺得水大概多深，他應該會說，這陣子下了不少雨，水應該有七、八呎深，甚至十呎，都有可能。然後她再說自己不會游泳，這可不是騙人。她在瓦利湖邊長大，小時候每年夏天都去沙灘玩，她是健壯型的女孩，也很會玩，卻很怕水，無論怎麼哄騙教導取笑，都動她不了——她一直沒學游泳。

他只消拿槳來推她一把，就可以讓她跌入水中，任她沒頂。他可以把船留在河上，自己游回岸邊，把衣服換了，對別人說他才從穀倉出來（要不就是散步回來），發現她車在那兒，但人呢？萬一後來還找到她的相機，這劇本就更說得通了。她自己划船出去拍照，結果不知怎地掉進河裡。

等他明白自己占上風，她就要問他。她要問，這一切都是真的嗎？

倘若不是真的，他會恨她這麼問。倘若這是真的（她不是一直都相信這是真的嗎？），他會因為別的緣故、更險惡的緣故而恨她，哪怕她趕緊補上一句——我絕對不會說出去（她是認真的，她說到做到）。

她會始終壓低嗓子，她記得，夏日傍晚，河上的聲音可以傳到很遠。

我不會說出去，可是你會。你不能守著這祕密過一輩子。

你沒法扛著這副擔子在這世上過下去。你會受不了這種人生。

假如她講到這裡，他都沒否認，也沒推她下水，那她就知道，她贏了這場賭局。要想讓他把船划回岸邊，還得再多費點唇舌，堅定卻平靜地說服他。

或者她也可能賭輸，他會說，那我該怎麼辦？她會一步步引導他，頭一句說的就是，划回去吧。

漫長、痛苦的旅程的第一步。她會向他解釋每個步驟，每一步都盡可能和他一起做。把船綁起來。走上河岸。穿過草地。打開大門柵欄。她會走在他後面，或前面，看怎樣對他比較好。穿過院子，走上門廊，踏進廚房。

他們會互相道別，鑽進各自的車，他要去哪兒，那就是他自個兒的事了。她隔天也不會打電話報警，她會等，等警察打給她，她會去監獄看他。每天都去，或者就照規定的次數去，她會在獄中和他對坐聊天，也會給他寫信。要是他們把他轉到別的監獄，她就跟著去；就算只准一個月探他一次，她也不會走遠。還有，法庭上也一樣——是的，每個出庭的日子，她都會坐在他看得見的地方。

她不覺得有誰會因這種謀殺案被判死刑。這樣的謀殺是意外，也肯定是一時感情沖昏了頭才犯的罪，但當她又覺如此的奉獻，如此像愛卻超越愛的牽繫都染上道德的汙點，那陰影就在那兒，令她醒覺。
話已出口。她請他帶她去河上，佯稱拍照。她和魯柏雙雙起身，她正好面向病房房門——此刻又成了客廳。門是關的。
她冒出一句莫名其妙的話。
「那幾床掛在窗前的被子，拿下來了嗎？」
他好像有半晌不知道她指的是什麼，然後才答：「被子啊，對，我想應該是歐莉芙拿下來了。那是我們辦告別式的地方。」
「我只是想到，被子一直晒到太陽，會褪色的。」
他打開客廳門，她繞過桌子走去，兩人就那麼站著望向裡面。他開口：「妳想進去就進去吧，沒關係，進去吧。」
床沒了，想當然耳。家具全部推到牆邊，房間中央空無一物（告別式時應該擺滿了椅子）。朝北的幾扇窗之間也空蕩蕩的——那想必就是之前放棺材的地方。依妮德過去放臉盆、布巾、脫脂棉、湯匙、藥品的桌子，現在推進某個牆角，上面擺了一束大飛燕草。幾扇高窗的採光仍相當好。
昆恩太太那時在這房裡說了這麼多，此刻的依妮德，耳裡只迴盪著「騙人」兩字。

騙人，我敢說全是騙人。

一個人有可能編得出這麼詳盡又邪惡的事嗎？答案是肯定的。重病之人的腦袋裡，垂死之人的腦袋裡，可能塞滿各式各樣的骯髒事兒，還能把這些骯髒事兒編排得活靈活現。依妮德睡在那房間時，自己腦裡也生出一堆最最淫穢不堪的念頭。這種特質的謊言，可能就如高懸的蝙蝠，在一個人腦海的各個角落等著，等著把握黑暗降臨的良機，無論哪種黑暗都好。所以我們永遠不能說「沒人編得出這種事來」，我們做的夢不就很複雜嗎？裡面一層又一層，那麼多層次，你記得住、形容得出的部分，不過是表面刮下來的那薄薄一層而已。

依妮德四、五歲時，有天跟她媽說，她去了爸爸的辦公室，看見他在辦公桌後，有個女人坐在他腿上。無論當時或現在，她對這女人的印象，就是她戴了頂有面紗的帽子，帽子上有很多花（這帽子就以那年代的標準都嫌過時）。女人上衣（或是洋裝上半身）的鈕釦全部敞開，單邊乳房光溜溜暴露在外，乳房尖端沒入依妮德父親的口中。她非常篤定地告訴母親，她看到了。她說的是「她前面有一邊在把拔嘴巴裡。」那時她還不知有「乳房」這詞，不過倒是知道乳房有兩個。

她媽問：「依妮德，妳在說什麼？『前面』到底是指什麼？」

「就像冰淇淋甜筒那樣。」依妮德說。

因為她就是這麼看的，也還是有可能這麼想。餅乾色的甜筒，堆得高高的香草冰淇淋，整個壓在女人胸口，只是插在她爸嘴裡的不該是甜筒末端。

於是她媽有了出人意表之舉。她解開自己的洋裝，拿出裹著灰暗外皮的一團東西，垂在掌心。「像這個嗎？」她問。

依妮德說不像。「是冰淇淋甜筒。」她還是這麼說。

「那妳就是作夢了。」她媽說。「夢有時候就是很沒道理，別跟把拔說，太扯了。」

依妮德當時沒立刻信她媽的話，但過了一年左右，她體會到這樣解釋必定是對的，因為冰淇淋甜筒不會自己在女士的胸口那樣倒過來，而且甜筒也不會那麼大。依妮德長大後，還是覺得那帽子一定是她看過哪張圖片的印象。

謊言。

她還沒問他，她還沒開口。還沒有讓她發問的理由出現。那仍是「之前」。韋林斯先生仍是自己開進賈特蘭水塘，可能是故意的，也可能是意外。人人仍深信如此，在魯柏看來，依妮德也不例外。只要大家都這樣相信，這間房間、這棟房子、依妮德的人生，都會有不同的可能，與她過去幾天過的這種生活（或者說，她引以為豪的生活——隨便你怎麼形容）相較，徹底不同的可能。這不同的可能距她愈來愈近，她只需保持緘默，讓它來臨。只要她始終緘默，暗中合作，會有多少好處呀。對別人如此，對她自個兒也是如此。

這是大多數人早就明白的道理。很簡單的一件事，卻花了她這麼久才明白。這是讓這世間還能住人的辦法。

她哭了起來，不是因為傷心，而是一股她自己也不知道自己在尋求的解脫感，忽地整個湧上。她這才望著魯柏的臉，看見他眼中的血絲，眼周的皮膚又乾又皺，像是也哭過一般。

他說：「她這輩子過得並不順。」

依妮德說了聲不好意思，回廚房桌上去拿皮包裡的手帕。想到自己如此盛裝準備，竟是為了如此矯情的結局，不由十分窘迫。

「我不知道自己在想什麼。」她說。「穿這種鞋怎麼去河邊啊。」

魯柏關上了客廳門。

「妳要是想去，我們還是可以去。」他說。「我應該找得到合腳的橡膠靴子給妳穿。」不要是她的靴子啊，依妮德暗暗盼望。不要。她的靴子會太小。

魯柏走到廚房門外的工具房，打開一只大桶子。依妮德從沒看過那桶裡放著什麼，以為是些柴薪之類，她夏天自然用不著。魯柏撈出幾隻單隻橡膠靴，連雪靴都有，想找到成對的一雙。

「這雙看起來還可以。」他說。「可能是我媽的，也可能是我的，那時我腳還在長。」

他又拖出一個看來像是帳棚一角的東西，又拉出一根斷掉的帶子，後面拖著一只舊書包。

「我都忘了這裡面擺些什麼了。」他說，放手讓這堆東西掉回桶裡，又把沒用到的靴子扔回桶去，再蓋上桶蓋，鄭重其事又悲哀地默默嘆了口氣。

一個家住在這樣的房子這麼多年，過去幾年又不太保養房子，自然會有很多桶子、抽屜、層架、行李箱、儲物箱、狹小空間等等，塞滿一大堆東西，得靠依妮德分類整理，決定留下哪些並寫好標籤、哪些修修又可以用、哪些可以裝箱丟掉。假如她有機會這麼做，她會毫不猶豫動手。她會把這棟房子打理成一個對她毫無隱瞞、由她定下規矩的地方。

他趁她彎身打開鞋子扣環之際，把靴子放在她面前。她在那衝鼻而來的威士忌味之下，聞到的是無眠的夜，漫長艱苦的一天；聞到一個終日操勞的男人被汗層層浸透的皮膚，再怎麼洗（或者說用他那種方法洗）也難以真的洗乾淨。她對人體的各種氣味（連精液的味道也算）瞭若指掌，但這身體的味道有種陌生而刺鼻的什麼，只是這身體的主人，很明確地不受她控制，也不由她照料。

這是好事。

「看看穿上妳能不能走。」他說。

她可以走。她走在他前面，迎向大門。他就在她頭頂上俯身，幫她打開柵欄。她等他鬥上門，站到一旁，讓他先走，因為他從工具間拿了把小斧頭，好幫他倆開路。

「那些牛本來該多吃點草的，草就不會長這麼高。」他說。「不過有些草牛不吃。」

她說：「我只來過這裡一次。一大早。」

那時她心態之急切，現在想來似乎也是幼稚。

魯柏邊走邊砍掉大叢大叢的茂密薊草。陽光在他們身前的樹叢上投下漫著塵埃的光。某些地方霧氣散開了，但你突然間又可能走進一大群小飛蟲中。小如塵埃的蟲子，不斷飛舞著，卻聚集成團，像柱子又像雲朵。牠們是怎麼辦到的？牠們為什麼會在這地方聚集，而不選別的地方？想必與牠們吃什麼很有關係，不過這些蟲好像始終停不下來，沒法吃東西。

她和魯柏走過夏葉織成的綠蔭下時，已近黃昏，快入夜了。這時得留心腳下，以免被小徑上隆起的樹根絆倒，頭還得小心別撞到垂落的藤蔓（看起來很軟，其實硬得嚇人）。之後，一道水影閃過黑色枝椏間。對岸的河面閃爍，那兒的樹仍然浴著暮光。而他倆所在的這一岸（他們正穿過柳樹林，走下河岸），河面則呈茶色，卻很清澈。

小船等著，在暗影中起伏，一如往常。

「槳藏起來了。」魯柏說著，就去柳林中找槳。她有那麼一瞬看不到他。她往水邊走近了點，靴子略略陷進泥中，她一時動不了。倘若她努力去聽，應該還能聽到魯柏在林間走動的聲音。但假如她專心觀察船的動作，一種細微而鬼祟的移動，她可以感覺到，彷彿從周遭至遠處的萬物都沒了聲息。

雅加達

1

凱絲和桑耶在海灘上有自己的一塊地方，隱身在成堆鋸斷的粗大樹幹後。她們刻意選了這裡，一來因為這裡偶爾有強風，凱絲又帶著寶寶來，這堆樹幹可以擋風；二來，這裡有一群女的，每天都會去海灘，她倆不想看見這群人。她們私下稱這群女的是「莫妮卡團」。

「莫妮卡團」的成員，每人都帶著二至四個小孩不等。領頭的是正牌莫妮卡本尊。她頭一次在沙灘上發現凱絲、桑耶和小寶寶，便趨前自我介紹，還邀她們入團。

兩人只好一邊一個，合力抬著手提嬰兒床，跟在莫妮卡後面，不然還能怎麼辦？只是從那天起，她倆總在樹幹堆後面偷偷行動。

「莫妮卡團」的海灘全套配備，有大陽傘、毛巾、媽媽包、野餐籃、充氣筏、充氣小鯨魚、各式玩具、乳液、換洗衣物、遮陽帽、用保溫壺裝的咖啡、紙杯紙盤、裝自製果汁冰棒的保冷箱。

這群女人要麼大大方方挺個大肚子，要麼一副像是懷孕的樣子，因為她們身材都已經走樣。孩子們在水裡或騎浮木，或騎充氣鯨魚，難免不時落水，這些做媽媽的，便步履蹣跚走到水邊，高喊孩子的名。

「你的帽子咧？你的球咧？你在上面也坐夠了吧，讓珊蒂也玩一下。」

她們就連彼此交談，也得提高音量，好蓋過孩子們的大呼小叫。

「妳去『伍德瓦』買啦，那邊的絞肉跟漢堡肉餅一樣便宜。」

「我有用氧化鋅軟膏，可是沒什麼效。」

「他這會兒在胯下長了個膿瘡。」

「妳不能用泡打粉啦，要用小蘇打。」

這些女的年齡並不比凱絲和桑耶大多少，卻已經走入她倆最怕進入的人生階段。她們把整個海灘變成自己的舞台。她們為育兒心力交瘁、行動受限，這重擔，還有那為人母的威嚴，足以摧毀眼前的這一切——耀眼的海面，宜人小巧的海灣，還有高崖石縫間長的歪扭的樹，像是枝子泛紅的楊梅樹與雪杉。這群女人尤其讓凱絲不舒服，因為她自己也為人母。她餵奶時，常邊餵邊看書，偶爾抽根菸，免得陷入「自己是頭乳牛」的錯覺深淵。此外，她之所以餵奶，除了可以給寶寶（取名叫諾艾兒）珍貴的抗體外，也是為了讓子宮縮小、腹部平坦。

凱絲和桑耶各自準備了裝咖啡的保溫壺，也多帶了一些毛巾，便用毛巾幫諾艾兒搭了個可以避風的小棚。兩人也各自帶了菸和書。桑耶帶了一本霍華·法斯特[6]的作品。她丈夫曾說，假如她非看小說不可，當看此人之書。凱絲讀的則是凱瑟琳·曼斯菲爾德，與D.H.勞倫斯的短篇小說集。桑耶已經養成一個習慣，自己的書擱著不睬，反而拿凱絲當下沒在讀的書來看，不過她規定自己只看一個短篇，看完再回去讀霍華·法斯特。

她倆要是餓了，其中一人就得爬上一段長長的木頭台階。這個海灣周遭高聳的岩壁上，環了一圈屋舍，有高大的松樹與雪杉為它們遮蔭。這些房子原本都是避暑小屋，獅子門大橋還沒蓋好之前，溫哥華的人大多會跨海到這兒過暑假。有些小屋（像凱絲和桑

6 譯注：Howard Fast, 1914-2003，美國小說家、編劇，最知名的小說及改編電影作品為《萬夫莫敵》（*Sparctus*）。

耶兩家租的屋子）仍十分簡樸，租金也便宜。有的小屋（像正牌莫妮卡住的那間）設備就好得多。不過沒人打算長住此地，大家都想搬到一般正常的屋子，唯有桑耶和她丈夫例外，他們的計畫似乎比別人多了一絲神祕色彩。

這批小屋共用一條半圓形小路，路面沒鋪石子。路的兩端都可通「海洋大道」。這半圓形的小社區，滿布高大的樹，樹下是茂密的各種蕨類與美莓叢，和幾條交錯的小徑，從小徑可以抄近路，走到「海洋大道」的商店。凱絲和桑耶會到這家店買外帶薯條當午餐。不過常來跑這一趟的是凱絲，因為能在樹下散散步，對她是奢侈的享受——一旦帶著嬰兒車就沒轍了。

她剛搬到這兒住時，還沒生諾艾兒，她幾乎天天在林間散步，從沒想過這是種自由。有天她遇見桑耶。兩人恰巧之前都在溫哥華公立圖書館服務過一陣子，不過不是同部門，也從沒交談過。凱絲辭職是因為懷孕六個月，規定非辭不可，以免有礙觀瞻；桑耶辭職則是因為醜聞纏身。

如果不用「醜聞」兩字，那至少可說是報上登的某事。桑耶的丈夫卡特（在凱絲從沒聽過的雜誌社當記者）曾去過中國大陸，報上說他是左翼作家，還把桑耶的照片和他的照片並排刊出，也寫了她在圖書館任職。於是就有人擔心她會在圖書館推廣宣揚共產主義的書籍，影響來館的孩童，孩童因此可能會成為共產主義者。沒人說桑耶真的做了這些事——只是怕有這個可能。加拿大人去中國旅行也不犯法，不過搞了半天，原來卡特和桑耶是美國人，所以他們的所作所為就更令人憂心，或許也更顯得別有意圖。

「我認識那個女的。」凱絲在報上看到桑耶的照片時，對她丈夫肯特說。「至少我見過她，所以認識她。滿害羞的一個人，出了這種事，她肯定抬不起頭的。」

「才怪。」肯特說。「這種人啊，最喜歡覺得全世界都迫害他，不這樣，他們活著就沒意義了。」

據報載，圖書館館長表示，桑耶完全不負責選書，也沒機會影響孩童——她上班時間大多在打書籍清單。

「這可真好笑。」桑耶和凱絲巧遇相認後，在小徑上聊了約半小時，桑耶講起這段，對凱絲這麼說。好笑在於，桑耶根本不會打字。

圖書館沒請她走，但她還是遞了辭呈。她想，反正卡特和她的生活之後會有些變化，不如就辭了吧。

凱絲在想，所謂的變化，其中之一或許是生小孩。對她來說，學校畢業後，人生繼續往下走，感覺像通過一連串考試。第一關是結婚，假如二十五歲之前還沒結成，這關就是慘敗（她簽名總是簽「肯特．梅貝瑞太太」，帶著如釋重負的心情與微微的得意）。接著就要考慮生第一個孩子，先等一年再懷孕，不錯。等兩年再懷孕，嗯，好像有點太慎重了。過了三年，大家便開始納悶。接著總會有第二個孩子。這之後，整個發展便有點失去方向，你再也沒有十足把握，自己此刻擁有的，是不是當初自己想要的。

桑耶不是會跟妳分享自己嘗試懷孕啦、試了多久啦、用了什麼方法的那種朋友。她從不用這種方式聊性、聊月事、聊身體的各種反應——不過她很快便對凱絲說了些常人聽了會更驚駭的事。她自有一番優雅的姿態——她曾一心要當芭蕾舞者，只是後來長得太高沒能如願，始終引以為憾，直到遇見卡特。卡特對她這志願的意見是：「噢，又一個想變成垂死天鵝的布爾喬亞小女生。」她有張沉靜的寬臉，蘋果紅的肌膚，從不化妝，卡特也反對化妝。濃密的金髮用髮夾固定成飽滿的髻。凱絲覺得她長得真是美——靈氣與智慧兼具的美。

凱絲與桑耶在海灘上邊吃薯條，邊討論手邊正在看的小說人物。怎麼會沒有女人愛史丹利．勃奈爾[7]？史丹利這個人是怎麼回事？他表達愛的方式太咄咄逼人，在餐桌上貪得無饜，又那麼自鳴得意，完全是長不大的小男孩。反觀強納森．特勞特——噢，史丹利的妻子琳達，實在應該嫁給強納森．特勞特。強納森優游水中時，史丹利只會搞得水花四濺，哼哼唧唧的。「您好，我天使般的桃花美人。」強納森低沉圓潤的嗓音說著。他充滿矛盾，他敏銳而謹慎。「人生苦短，人生苦短。」他說。而史丹利的浮華世界終致崩壞、名譽掃地。

凱絲有心事，只是沒法提，也無法去想。肯特是否有點像史丹利？有天她倆吵起來。凱絲和桑耶有次為了D. H.勞倫斯的一則短篇，出乎意料吵了一架，頗不愉快。那篇小說叫〈狐狸〉。

故事的主角是一對戀人，一名軍人與一位名叫瑪區的女子。故事最後，他倆坐在海邊懸崖上，遠眺大西洋，那彼端就是加拿大，他們未來的家。兩人就要離開英國展開新生活，也決心廝守終生，只是他們並不算真的幸福，還不到那個程度。

軍人心裡明白，只有女方願意把一生託付給他，他們才會真的幸福美滿，只是她還沒做到這一步。瑪區仍然在掙扎，仍努力保留與他之間的距離，努力想保有自己身為女性的靈魂、屬於女性的心智，而這讓他倆莫名痛苦。她不許再這樣了——她不許再思

7 譯注：Stanley Burnell，凱瑟琳．曼斯菲爾德短篇小說〈在海灣〉（*At the Bay*）中的人物。後述之強納森．特勞特（Jonathan Trout）亦同。

考、不許追求自己想要的，她應該放手任自己的意識下墜，讓自己的意識完全沒入他的意識。猶如水面下的蘆葦。向下看，向下看啊——看蘆葦在水底隨波款擺，有自己的生命，卻絕不露出水面。她的女性本質，就該像這樣，活在他的男人天性中。她會因此幸福快樂，他會因此堅強自得。這樣他倆才能成就真正圓滿的婚姻。

凱絲說她覺得這是鬼話連篇。

她解釋起自己這麼說的原因：「他講的是『性』，對吧？」

「不單是『性』，」桑耶說：「講的是他們兩人生活的整個層面。」

「對，整個層面，就是不講『性』。有了性就會懷孕，我是說正常情況下。好，所以瑪區會有小孩，搞不好還不只一個，然後她就得照顧小孩。假如妳的腦袋在海面下隨波搖來搖去，是要怎樣照顧小孩？」

「妳這是完全看字面解釋吧。」桑耶回道，有那麼一點優越的姿態。

「妳要麼就是有想法、可以自己做決定；要麼就是無能。」凱絲說。「好比說，寶寶伸手去拿刮鬍刀，妳該怎麼辦？難道妳會說，噢我想我還是先去做別的事，等我先生回家，看他想怎麼做才好，那我們就怎麼做？」

桑耶說：「妳這例子太極端了吧。」

兩人的嗓音都不由冷峻起來。凱絲是語鋒犀利帶不屑；桑耶是語氣陰沉又執拗。

「勞倫斯不想要小孩。」凱絲說。「弗麗妲和他結婚前不是生了幾個小孩嗎，他還吃他們的醋呢[8]。」

桑耶只垂眼看著自己兩膝間，任沙從指縫間滑落。

「我只是覺得，要是，」凱絲又說：「要是女人能有想法、自己做決定，那就太好了。」

凱絲自己心裡也明白有哪裡不對勁。她自己這套說法就有些不對勁。她發的是哪門子火？幹麼這麼激動？幹麼把話題轉到小寶寶、孩子身上？難道因為她有個小娃娃，桑耶沒有？難道她提到勞倫斯與弗麗妲，是因為她懷疑卡特與桑耶也是差不多的情況？只要你在主張「女人必須照顧小孩」時，是以小孩為出發點，你就安了，不會有人怪你。但凱絲這麼說的時候，卻是口是心非。她受不了水中蘆葦的比喻，反對的說法卻前後不一，自己也覺得自己講得太過頭，透不過氣的難受。這代表她講這些話的時候，想的是自己，根本不是孩子。她自個兒正是勞倫斯痛斥的這種女人。她無法坦然揭露這點，因為桑耶或許會疑心（也或許會讓凱絲自己都疑心）凱絲的生活有什麼已經給掏

---

8 譯注：此處指D.H.勞倫斯與其妻Frieda。

空了。

桑耶曾在另一次談話（同樣也是讓人神經緊張豎起耳朵的談話）中說：「我的幸福就靠卡特了。」

我的幸福就靠卡特了。

這句話大大震撼了凱絲。她絕對不會這樣形容肯特。她不希望這是自己的真心話。可是她也不希望桑耶把她想成與愛無緣的女人，不曾相信、不曾有人讓她明白，愛也會枯竭。

II

肯特還記得卡特和桑耶搬去奧勒岡州的那個鎮叫什麼，或者也可說，是桑耶在夏末搬去的那個鎮。她去那兒照顧卡特的母親，卡特則赴遠東出差，說是公費支付的採訪行程。打從卡特去過中國以後，他回到美國境內就一直有狀況，可能是真有問題，也可能是憑空想像。他打算回來時和桑耶在加拿大碰頭，或者讓母親搬到加拿大住。

桑耶現在應該不太可能住在那鎮上了。她婆婆或許還比較有可能，但機率也是很小。肯特說這鎮實在不值得他們特別停下來，可是黛博拉說，有什麼關係？去看看她們人還在不在，不是很有意思嗎？於是他們從郵局問到了怎麼開過去。

肯特與黛博拉往鎮外的郊區開，穿過許多沙丘——開車的是黛博拉，他倆度這種長假時，多半是她開車。他們兩人去過多倫多，看肯特的女兒諾艾兒；也去看過肯特與第二任妻子派特生的兩個兒子，一個住在蒙特婁，一個在美國馬里蘭州。他倆還去過亞利桑納州，拜訪肯特與派特的幾位老友，跟著他們一起住（這些人現在住在豪宅社區，社區最外面還有大門，嚴格管制出入）；也到過聖塔芭芭拉，住在黛博拉爸媽家（他們年齡和肯特差不多）。而此刻他倆沿西岸往北開，目的地是溫哥華的家，不過他們每天都慢慢開，不急著趕路，免得肯特太累。

沙丘上長滿了草，和一般小山丘沒什麼不同，只是偶爾會有塊沒草的坡面露出來，癩痢頭似的頗有喜感。像是孩子堆的沙堡，放大到不可收拾的規模。

路的盡頭就是郵局跟他們說的房子，很明顯，錯不了。有塊招牌寫著「太平洋舞蹈學校」和桑耶的名字。招牌下還有一塊「吉屋出售」的招牌。院子裡有位老婦正用園藝剪修剪一處灌木叢。

原來卡特的母親仍健在啊。不過肯特這會兒想起來，卡特的母親眼睛看不見，所以在卡特父親過世後，得有人和她同住，以便照顧她。

假如她看不見，那這樣拿把大剪刀喀嚓喀嚓，是在剪什麼？

他又搞錯了，他總是沒意識到已經過了多少年（或說，幾十年），倘若卡特的母親現在還在世，那可真是人瑞了。他也沒想到桑耶會有多老，還有，此時的他自個兒，又有多老呢。那位老婦就是桑耶，而且她起先同樣沒認出他。她彎腰把園藝剪插在土裡，往牛仔褲上擦了擦手。他看著她僵硬的動作，自己的關節也感同身受。她稀疏的白髮在微微吹來的海風中飄動（這風居然能穿越重重沙丘，找到路吹到這兒來）。原本包覆著骨架的結實肌肉變得單薄許多。她身上始終是胸部沒什麼肉，腰際的肉卻不少，大骨架寬臉的北歐型女孩。不過她的名字不是因族譜而來——他想起她之所以叫桑耶（Sonje），是因為她母親很喜歡桑雅．海尼[9]主演的電影。她刻意換了個字母，代表對母親如此淺薄十分不屑。當時他們都基於某種理由，藐視自己的父母。

陽光很強，他看不太清她的臉，倒是看到幾個白點映著光，八成是切除皮膚癌部位後的痕跡。

「唉呀，肯特啊。」她說。「真好笑，我還以為你是打算來買我這棟房子的人。這位是諾艾兒嗎？」

她也搞錯了。

黛博拉其實比諾艾兒還小一歲，但她一點花瓶嫩妻的味道都沒有。肯特開過第一次刀之後認識了她。她是未嘗過婚姻滋味的物理治療師，他是鰥夫。她嫻靜沉穩，不信流行那套，也不時興把復古當流行——她的長髮編成一條辮子垂在背後。她介紹他做瑜伽，開運動處方給他做，現在則要他吃維他命和人蔘，一派老練淡定，與淡漠相差無幾。或許對她這一代的女人來說，覺得人人都有轟轟烈烈、無法細說的過去，十分理所當然。

桑耶邀他們到屋裡坐。黛博拉說讓他們好好聊聊，她想去找附近有沒有健康食品店（桑耶跟她說了哪裡有），也想去海灘走走。

肯特最先注意到的是這屋子很冷，而當時是豔陽高照的夏日。不過美國西北岸靠太平洋這區的房子，大多是外表很溫暖，屋內則不然——只要少了陽光照射，馬上可以察覺空氣濕黏起來。霧氣與冬季陰雨不斷的嚴寒，想必經年累月毫無阻擋、長驅直入這棟

9 譯注：Sonja Henie, 1912-1969，挪威花式溜冰選手，曾三度贏得奧運金牌，後從影。

房子。木造的大平房，蓋得有點粗陋，但有門廊，有老虎窗，也還不算單調。肯特住的西溫哥華，過去有很多這樣的房子，不過大多都賣了，拆掉蓋新屋。

兩間相連的大客廳，除了一台直立式鋼琴外別無他物。房間中央的地板是斑駁的灰，各個角落則上了深色的蠟。有面牆裝了一排欄杆，對面的牆則是蒙塵的鏡子，他在鏡中望見兩個清瘦的白髮人走過。桑耶說她正在想辦法把這房子賣掉——嗯，他看屋外那塊招牌即知。她覺得，既然屋子這邊已經布置成舞蹈教室，不如就留著原來的樣子。

「有人接著用，應該也能做得不錯。」她說。舞蹈學校是一九六〇年左右開的，她們接到卡特死訊後沒多久的事。卡特的母親迪莉亞負責彈鋼琴，而且一直彈到她快九十歲，出現失智症狀為止。（「對不起，」桑耶說：「只是您真的對什麼都無感了。」）桑耶只得把她送到安養院，每天過去餵她吃飯，哪怕迪莉亞已經不認得她。她又找了新的人來彈鋼琴，但學校經營得並不順利。此外，她也明白自己無法再示範動作給學生看，只能用講的。因此她覺得放手的時候到了。

從前的她有自己的身段，不是隨和的女子。老實說，也不是很親切，至少他這麼覺得。而現在的她，忙進忙出、聊起來天南地北的神態，正是一個人孤單過頭時會有的樣子。

「學校剛開始的時候，生意很好，那年頭的小女孩能學芭蕾都好高興。後來這種活動就不時興了，你知道的，太正經了嘛。不過也沒完全消失就是了，後來到了八〇年代，一堆人搬到這兒來，都是年輕的小家庭，好像都很有錢。他們哪來那麼多錢？所以應該是有機會可以再把學校做起來，只是我沒法子顧得好。」

她說，她婆婆走了，或許也把那股氣勢，那種重整旗鼓的需求一併帶走了。

「我們兩個感情一直非常好。」她說。「一直都是。」

廚房是另一個大空間，有碗櫥和各類家電用品，但還是顯得有點空。地板是灰色與黑色的磁磚——也可能是黑色與白色的，只是因為刷地水不乾淨，把白磁磚洗灰了。他們走過一條通道，通道兩邊是整排高到天花板的架子，塞滿了書和破破爛爛的雜誌，可能連舊報紙也塞在裡面。有股紙放久了變脆的陳味。這裡的地板鋪了一層瓊麻地蓆，一路鋪到屋側的門廊，他倆走到這兒，他才終於有機會可以坐下。貨真價實的藤編扶手椅與靠背長椅，若不是已經破舊得快散了，可能還值好些錢。窗前有捲起或放了一半的竹片百葉窗，同樣滿布歲月的痕跡。窗外的灌木叢長得太茂盛，抵到了窗。肯特叫得出名字的植物不多，不過他認得窗外這些植物常見於沙質土壤。它們葉片偏硬，發亮——不同層次的綠，綠得像過了一層油。

他倆穿過廚房時，桑耶便燒了水準備泡茶。這會兒她找了張藤椅坐，整個人倒進椅中，很慶幸終於可以坐下的神態。她舉起指節分明的一雙髒手。

「我待會兒就把手洗乾淨。」她說。「剛剛沒問你要不要喝茶，我就燒水了。我也可以煮點咖啡。還是，你有興趣的話，我也可以跳過茶和咖啡，直接做琴湯尼來喝。不如就這麼辦吧？這點子真不錯。」

電話響起。老式的鈴聲，很大聲、很刺耳。聽那聲音，會以為電話機在通道上，不過桑耶卻急忙走回廚房。

她講了一會兒電話，中間因為水燒開了，水壺哨音響起，她得把火關掉，暫停了一下。他聽見她說「現在有客人」，暗暗希望沒礙到她安排別人看房子。她語氣有點緊張，所以他想應該不是一般往來的電話，說不定和錢有關。他強迫自己別去聽她講話。

堆在通道上的書和報紙，令他想起當年桑耶與卡特海灘岩壁上的那個家。坦白說，是進了屋後的不適，和這屋子乏人照料的感覺，讓他憶起當年。那個客廳（他就待過那麼一次）是靠一端的石砌壁爐取暖，當時壁爐裡雖然正燒著火，之前的灰卻不斷飄出壁爐來，不時還夾雜著燒焦的橙皮與些許垃圾。屋裡到處都是書、小冊子。客廳裡沒有沙發，而放著行軍床——你要不就得坐在床上，腳放地上，背沒處靠；要不就是爬上床、背靠牆，盤起腿來。凱絲和桑耶就是這樣坐的，她們完全不加入談話。肯特坐在椅上，還得先挪走一本原先擺在椅上的書；書封灰撲撲的，《法國內戰》。他們現在是這麼稱呼「法國大革命」嗎？他暗想。接著看到作者名，卡爾．馬克思。其實他早在這一刻前，就感到這屋裡的敵意與成見。就像你走進某間房，發現裡面堆滿了傳福音的小冊和耶穌畫像——耶穌騎驢、耶穌在加利利海上之類，你會覺得有審判從天而降。而那天，不是只有書和報紙給他這種感覺，還有壁爐裡的那團髒亂、花樣快磨光的地毯、粗麻布窗簾。肯特的襯衫和領帶也沒配好。從凱絲之前打量他那身打扮時的神情，他就猜應該是配錯了，但他一穿上也就無意再換。凱絲自己則穿了他某件舊襯衫，蓋在牛仔褲外，拿一串安全別針固定住。他原本覺得穿這樣去人家家晚餐有點邋遢，但後來又覺得或許她只穿得下這樣的衣服。

那是諾艾兒出世的前夕。

負責煮飯的是卡特。那晚他煮咖哩，結果十分美味。大夥兒喝了啤酒。卡特那時三十來歲，比桑耶、凱絲、肯特都大。個子高，窄肩，額頭也高，一片光禿，蓄著細細的落腮鬍。講起話來有點急促，聲音壓得很低，像是在講機密似的。

當晚還有一對較年長的夫妻，太太有對像布袋、垂得搖來晃去的乳房，花白的頭髮挽到頸後；先生小個子，傳統男性的模樣，穿得邋遢，舉止卻頗有分寸，講話字正腔圓，略顯急躁，習慣邊講邊用手比劃四方形。另外有個紅髮青年，水亮的雙眼有點腫，皮膚布滿斑點。他半工半讀，平日開送報卡車到報童取報的地點。這年輕人顯然才上工沒多久，那個較年長的先生原本就認識他，跟他開玩笑說，送那種報紙不覺得丟臉嗎。那不過就是資本家階級的工具，精英份子的傳聲筒。

那先生是半開玩笑，但肯特可聽進去了。他想說與其等一會兒再加入對話，不如現在就講吧。他說，他不覺得那報紙有何不妥。

一夥人就是在等這種話頭出現。年長的先生已經聽說了肯特是藥劑師，在連鎖藥房上班。那青年也問：「你會往上升到管理階層嗎？」那語氣讓大家都覺得是開玩笑，肯特卻不。他說希望如此。

晚餐的咖哩上菜了，大夥兒大快朵頤，又喝了一堆啤酒。壁爐的火添了柴薪，春季的夜空漸暗，越過柏拉德灣，可見格雷岬角的點點燈火。肯特站出來幫一堆事情說話，資本主義、韓戰、核武、約翰·福斯特·杜勒斯、處決羅森堡夫婦等等——無論他們說什麼，他都一一反擊。像是美國企業說服非洲的媽媽們不餵母奶，改買嬰兒奶粉；又如皇家加拿大騎警對印地安人極凶殘，這些他都嗤之以鼻。更有甚者，他也不覺得卡特的電話可能遭竊聽。他引用《時代》雜誌的話，還大方對大家說他是引用。

紅髮青年不由得猛拍膝蓋，大搖其頭，因難以置信而狂笑。

「我不相信這人說的。你們信嗎？我不信。」

卡特繼續帶動話題，他自詡是個理性的人，想降低現場的火藥味。年長的那位先生話鋒一轉，說教似的喋喋不休；掛著布袋乳房的太太，則不時突然插話，雖然禮貌，話裡卻處處是刺。

「為什麼政府哪兒出包，你就忙著幫它說哪兒的好話？」

肯特自己也不知道，他不知為何非這麼做不可。他甚至沒認真把這些人當自己的敵人。這些人吊在真實生活的邊緣，只會滔滔不絕，目中無人，無論哪種狂熱份子，都有這種特徵。若拿他們和肯特的同事相比，這些人一點都不實在。肯特這種工作，犯錯是大事，責任一直來，你根本沒時間亂想連鎖藥房這種概念是不是不好，神經兮兮認定藥廠有陰謀等等。他每天早上出門面對的是真實的世界，肩上扛著的是他的未來與凱絲的未來。他接受這現實，甚至以此自豪。他才不要跟一屋子只會哀哀叫的人去辯這種事。

「儘管你講了這麼多，但生活真的變好了。」他對這些人說。「你只要看看你身邊，就知道了。」

此刻的他，對當年的那個自己並無異議。他覺得自己那時或許是無禮，卻沒有錯。但他也曾納悶，當時滿屋子的憤怒，那股被挫了的銳氣，不知後來怎麼樣了？

桑耶講完電話，在廚房裡朝他喊：「我真的決定不喝茶，直接喝琴湯尼嘍。」

她端酒來時，他問她卡特死了多久，她回說三十多年。他猛吸一口氣，搖搖頭。有這麼久了？

「他染上什麼熱帶的病，一下子就死了。」桑耶說。「在雅加達發生的事，我連他生病都還不知道，他們就把他埋了。雅加達以前叫巴達維亞，你知道嗎？」

肯特回道：「不是很清楚。」

「我還記得你家的樣子。」她說。「客廳其實是門廊，房子前面一整排都是，跟我們家一樣。百葉窗是用遮篷的布料做的，有綠色咖啡色的條紋。凱絲喜歡陽光透過百葉窗照進來，說是有叢林風味的光。你說你們家是升級版小破屋。每次你講起來，都這樣形容。『升級版小破屋』。」

「門廊其實是靠柱子撐著，柱子就插在混凝土裡。」肯特說。「柱子都爛了，房子沒倒真是奇蹟。」

「你和凱絲以前會出門看那一帶的房子。」桑耶又說。「你休假的時候，就會用嬰兒車推著諾艾兒，繞著外面那些社區走，把新蓋的房子全都看過。你很清楚那些社區的樣子。那邊完全沒有人行道，因為大家好像都不必再走路似的。他們把樹全砍了，那堆房子就黏在一起，只能透過窗子，彼此大眼瞪小眼。」

肯特問：「大家都只買得起那樣的房子，哪還能買別的呢？」

「我懂，我懂，不過你會問：『妳喜歡哪間？』凱絲從來不回話。你最後就惱了，問她，好嘛，不管這裡，妳喜歡哪種房子？她就說：『升級版小破屋』。」

肯特不記得有過這件事。不過他想應該是真的發生過，反正凱絲是這麼跟桑耶說的。

III

卡特和桑耶趁著卡特出發去菲律賓（還是印尼？管他是哪兒）、桑耶去奧勒岡州照顧婆婆之前，辦了一個惜別派對。他們邀了這海灘社區的每家每戶——因為派對是露天的，順理成章應該這麼做。此外受邀的還有兩人搬到海灘前、住公共住宅時的鄰居，外加卡特認識的新聞同業，與桑耶之前在圖書館的某些同事。

「等於把全世界都邀來了嘛。」凱絲說，肯特則開心地接著問：「還會來一堆親左派？」凱絲回說不知道，只知道一堆人都會去。

正牌莫妮卡請了她平常雇的保母來，這樣大家都可以把小孩暫時託在莫妮卡家，再一起分攤請保母的費用。天快黑時，凱絲把諾艾兒放在手提嬰兒床裡，也帶了過去，跟保母說她午夜之前就會回來，那應該是諾艾兒醒來要奶吃的時候。她其實也可以把已經在家備妥的奶瓶帶著，但她後來沒帶，因為她不知派對狀況會如何，想說或許中途開溜也不壞。

她和桑耶始終沒再談那晚肯特在桑耶家槓上一屋子人的事。那是桑耶頭一次見到肯特，事後桑耶只說，肯特長得真的很帥。凱絲聽來卻只覺「長得帥」是客氣的搪塞之詞。凱絲在桑耶家作客的那晚，只是靠牆坐著，抱著抱枕抵住腹部，她已經習慣了拿抱枕蓋著寶寶踢她的地方。那抱枕已然褪色蒙塵，桑耶家的東西差不多都是這樣（卡特與桑耶租這小屋時，是附家具的）。抱枕上原有的藍色花葉，已褪成一片銀。凱絲目不轉睛看著這些物事，肯特則被這群賓客搞得惱火卻不自知。那位青年正對肯特講得慷慨激昂，活像盛怒的兒子對自己老爸發火。卡特則是耐性快磨光的老師對學生講話的口吻。那年長的先生被逗樂了；他太太則對肯特一臉鄙夷，彷彿廣島原爆、亞裔女生在密閉廠房內活活燒死、政客一堆擺爛謊話、自吹自擂惺惺作態，全都是肯特的錯。不過在凱絲看來，肯特會這樣也是自找的。她最討厭的就是這種事。出門前她見了肯特的襯衫領帶，便決定捨漂亮的孕婦裝就牛仔褲。而到了桑耶家後，就只得坐一整晚，扭絞著那只抱枕，也才這樣發現它發出的銀光。

屋裡的每個人對一切都那麼篤定。大家停下來喘口氣時，也只是為了補充那源源不絕、永不匱乏的能量，純粹的美德，純粹的篤定。

或許，只有桑耶例外。她一個字也沒說，但她靠的是卡特。卡特就是她篤定的能量。她起身又去拿了些咖哩來給大家。在大夥兒各懷怒氣的片刻沉默中，她開了口。

「好像沒什麼人想吃椰子啊。」

「唉喲，桑耶，妳是不是想當那種八面玲瓏的女主人？」那個太太說。「像吳爾芙的小說那樣？」

這下子好像連吳爾芙都是貶語了。這裡面有太多事凱絲搞不懂，不過至少她曉得有事情不對勁，只是還不到她開口說「這是搞什麼鬼」的程度。

不過她倒是暗暗盼望羊水可以在這當兒破掉，只要是可以讓她分娩的招數都好。倘若她在這堆人面前弄得一地水，倒在地上扭來扭去，他們應該就會住口了。

肯特後來倒是沒怎麼把這晚的事放在心上，原因是他覺得自己講贏了那些人。「他們都是親左派，非得那樣講話不可。」他說。「他們也只會這一招。」

凱絲煩得實在不想再談政治，便話鋒一轉，跟他說那對較年長的夫妻，是桑耶和卡特在公共住宅的鄰居。另外還有一對夫妻，也是後來搬走了。當時，那些人之間有依序交換性伴侶的規矩。那個先生在外面有女人，而太太則和別人交換伴侶。

肯特問：「妳是說，會有小伙子和那老女人上床？她肯定也有五十歲了吧。」

凱絲回道：「卡特也三十八啦。」

「就算這樣，」肯特說：「還是很噁好不好。」

但凱絲覺得那種規定好的、強制性的交媾，很刺激，也很噁心。把自己順服地交出去，不必承擔過錯，一人又一人，看名單上輪到誰就是誰——和廟妓沒兩樣。色欲是職責所在。一想至此，她打從骨子裡湧起淫穢的快感。

桑耶可沒因此興奮。她在這段過程中沒有高潮的經驗。她回到卡特身邊時，他會問她有無高潮，她必須說沒有。他失望，她則為他而失望。他跟她說的理由是，她太想獨占、太拘泥於性財產的觀念，她也知道他說得沒錯。

「我知道，他覺得假如我有那麼愛他的話，對這事應該會更在行。」她說。「可是我真的愛他呀，愛得好苦。」

凱絲雖有一堆撩人的遐想，卻深信她這輩子只能和肯特上床。性，就像他倆發明的、只有他倆能懂的東西。和別人嘗試這件事，就等於換接電路——她這一輩子會在她面前炸得粉碎。然而她卻說不出，她愛肯特愛得好苦。

她從莫妮卡家沿著海灘往桑耶家走，一路看到等著派對開始的賓客。這些人或三三兩兩站成小圈圈，或坐在鋸斷的樹幹上，欣賞日落餘暉。大夥兒都喝啤酒。卡特和一個男的忙著洗垃圾桶，準備用來調製潘趣酒。圖書館館長坎波小姐獨個兒坐在樹幹上。凱絲使勁朝她揮手，卻沒過去和她一起坐，因為只要在這種時候和某個落單的人攀談，便難脫身，然後就會演變成與他人隔絕的二人組。這時的最佳策略是加入三、四人的談話，哪怕遠遠看這些人好像聊得很開心，實際的對話內容卻乏味至極。不過，在她與坎波小姐揮手招呼之後，她也很難加入那種三、四人的團體。她得趕去某個目的地。於是她只好繼續走，經過肯特身邊。他正在與莫妮卡的丈夫聊，說在海灘上鋸樹幹大概要花多久時間。她一路順著台階拾級而上，走到桑耶家，踏進廚房。

桑耶正忙著攪動一大鍋辣肉醬，之前見過的那個中年太太（桑耶在公共住宅時的鄰居）則把切片裸麥麵包、義式臘腸、乳酪等一一擺在大盤上。這婦人的裝束，和那天咖哩晚餐時沒兩樣——同樣是寬鬆的裙子、灰撲撲的鬆垮毛衣，貼著毛衣的乳房直垂腰際。凱絲暗忖，這八成和馬克思主義有關——卡特就喜歡桑耶不穿胸罩，不穿絲襪，不塗唇膏。這想必也和自由自在、不必吃醋的性有關，最大方純淨不受汙染的欲望，即使面對五十歲的女人也不受影響。

圖書館有個女生也在廚房，幫忙切青椒和番茄。有個凱絲不認識的女人，坐在廚房的高腳椅上抽菸。

「妳有一點我們實在很不爽。」圖書館女生對凱絲發話了。「我們辦公室的人都很不爽。聽說妳生了個好可愛的寶寶，妳居然還沒帶來讓我們看過。她人呢？」

凱絲回道：「我想應該睡了吧。」

這女生名叫蘿倫，不過桑耶和凱絲回想之前在圖書館上班時，暗地裡給她取了綽號叫「黛比．雷諾斯」[10]。她是很活躍的那型。

「喔。」蘿倫回道。

布袋乳房的中年婦人意味深長地瞟了蘿倫和凱絲一眼，滿是嫌惡。

凱絲開了瓶啤酒遞給桑耶，桑耶接過來道：「噢，謝了，我一直在忙辣肉醬，完全忘了可以喝一杯。」她擔心自己的廚藝不如卡特。

「妳不喝是對的。」圖書館女生對凱絲說。「妳在餵母奶的話就不能喝。」

「我餵母奶的時候，還不是常喝個痛快。」高腳凳上的女人開口了。「我想是有人推薦可以這麼做。反正喝了還不是一泡尿撒光光。」

這女人的雙眼用黑眼線筆描得拉長了眼角，從眼皮到兩道油亮的黑眉間，全抹上藍紫色眼影。扣掉眼部不算，整張臉白得出奇，要不就是刻意化妝化成這樣。粉紅色唇膏也因為雙唇泛白，幾乎成了全白。凱絲之前是見過這樣的臉沒錯，但也僅限於雜誌裡而已。

「這位是愛咪。」桑耶介紹。「愛咪，這是凱絲。真對不起，之前沒幫妳們介紹。」

「桑耶，妳老是在說對不起。」那個中年太太說。

愛咪撿了塊剛切下的乳酪，吃掉。

愛咪就是那情婦的名。中年太太的丈夫的情婦。凱絲忽地很想認識她，和她交個朋

---

10 譯注：Debbie Reynolds, 1932-，美國知名喜劇演員，電視影集《黃金女郎》主角之一。

友，一如她曾企盼與桑耶為友。

暮色濃成了夜，海灘上的人群也比較沒那麼自成一圈，漸漸一起行動。女的在水邊脫了鞋，手往腰際探、脫下絲襪，拿腳趾稍稍碰一下水。大部分的人放下啤酒，改喝潘趣酒。潘趣酒的成分也跟著變換，起先大多是蘭姆酒配鳳梨汁，後來就變成別的幾種果汁，配蘇打水、伏特加、葡萄酒等等。

大夥兒紛紛慫恿已經脫鞋的人再脫點什麼。有人穿著衣服就衝進水中，再把衣服一件件脫下，扔給岸邊的人。有人則是原地脫個精光，還互相說沒關係，反正天太暗了，什麼也看不見。其實大家當然還是能見到裸體在黑黝黝的水中潑水玩耍、奔跑、跌倒。莫妮卡從家裡帶來一大疊毛巾，朝大家喊說上岸時別忘了披上毛巾，免得重感冒。

明月在岩壁頂端漆黑的樹間冉冉升起，極大，極莊嚴，令人望而生畏，現場傳出陣陣驚歎。那是什麼呀？即使後來月兒爬上夜空，縮成比較正常的大小，大夥兒還是不時望著它說「秋分的滿月」，或「你有看到月亮剛升起來的樣子嗎？」

「其實我以為是個超大的氣球。」

「簡直無法想像那是什麼玩意兒。我覺得月亮不可能那麼大。」

凱絲在海邊和那個中年男人聊天。她方才在桑耶家廚房裡，一口氣見到了男人的妻和情婦。而他的妻此刻正在游泳，和那堆尖叫玩潑水的人有段距離。男人說，他在另一輩子是個牧師。

「『信仰之海也曾漲潮。』」他玩笑似的說。「『環繞大地之岸，層層如閃亮腰帶』[11]——我那時娶的是完全不同的女人。」

他嘆了口氣，凱絲以為他是在想接下來的詩句。

「『此刻只聞，』」她接道：「『浪濤悲悽悠長呼號，無盡幽暗天際，塵世裸露砂石。』」她頓了一下，因為下面還有好長的句子。「噢心上人，讓你我真心相對……」

他的妻朝他倆的方向游過來，水其實才到她膝蓋，她卻得費很大的勁才上岸。乳房朝兩側搖晃，在她吃力走來時，淌下串串水珠。

她丈夫張開雙臂喚她：「歐蘿巴。」像歡迎同袍歸來的語氣。

「那你就是宙斯了。」凱絲壯著膽說。那一刻，她想要個這樣的男人吻她。一個她

---

11 譯注：出自英國詩人馬修．阿諾德（Matthew Arnold）之詩〈多佛海灘〉（*Dover Beach*）。

幾乎不認識，也不在意的男人。他也真吻了她，冰涼的舌頭在她口中翻動。

「妳想想，一塊大陸，用一頭母牛取名字[12]。」他說。他的妻就站在他們倆跟前，奮力游泳後開心地喘著氣。她站得太近，凱絲實在很怕她長長的深色乳頭或那團黑色陰毛蹭到自己身上來。

有人生了火，原先在水裡玩的人也都上岸了，裹著毯子或毛巾，或蹲在樹幹堆後面費力穿好衣服。

有樂聲傳來。莫妮卡家隔壁的鄰居有個碼頭與船屋。有人拿來了電唱機，有人跳起舞來，碼頭上、沙灘上，只是在沙灘上比較難跳。甚至有人就站在長長的樹幹堆上邊走邊跳，跳個一、兩步之後便搖晃不止，不是跌下來就是自己跳下來。有的女人把衣服穿好，有的根本沒脫；有人完全坐不住（如凱絲），就沿著海邊散步（這時已經沒人游泳了，游泳已成眾人遺忘的過去式）。因為現場有音樂，她們的步伐也不同了，含羞帶怯地搖擺，帶著玩笑的意味，之後變得更加狂放，如電影裡的美女。

坎波小姐仍坐在原地，靜靜微笑。

凱絲和桑耶口中的「黛比．雷諾斯」則坐在沙灘上，背靠著一根鋸斷的樹幹，哭著。她見凱絲來，展顏一笑道：「別以為我是傷心。」

她丈夫從前是大學美式足球隊員，現在則經營一間修車行。他來圖書館接她下班時，完全就是美式足球員的模樣，對除了自己以外的世界，有那麼點嫌惡的表情。不過此時他正跪在她身邊，玩著她的髮。

「沒事的。」他說。「她每次想到這件事都是這樣，對不對，親愛的？」

「對呀。」她回道。

凱絲發現桑耶在火堆邊閒晃，把棉花糖發給大家。有人把棉花糖串到木棍上，再拿去烤；有人則把糖扔來扔去玩，不多久糖就落到沙地上不見了。

「黛比．雷諾斯在哭耶。」凱絲說。「不過沒事，她很開心。」

她倆笑起來，互相擁抱，一整袋棉花糖就夾在她們中間。

「噢，我會好想妳。」桑耶說。「噢，我會好想念我們的友誼。」

「是啊，是啊。」凱絲道。兩人拿了冷的棉花糖吃，邊笑邊瞅著對方，滿腹甜蜜與哀愁。

「你們也應當如此行，為的是紀念我[13]。」凱絲說。「妳是我最真最真的朋友。」

---

12 譯注：歐蘿巴的原文是Europa，希臘神話中宙斯之妻，也是歐洲名為Europe的由來。

「妳是我最真最真的朋友。」桑耶也說。「最真實的，最真誠的。卡特說他今晚要和愛咪睡。」

「別讓他這麼做啊。」凱絲忙道。「假如妳會為這個難過，就別由著他。」

「喔，這不是『由著他』的問題。」桑耶換上堅強的語氣，隨即喊：「有誰要吃辣肉醬？卡特在那邊幫大家盛。要辣肉醬嗎？要辣肉醬嗎？」

卡特已經把裝辣肉醬的大鍋搬下台階，放在沙地上。

「小心那個鍋喔。」他像個慈父不斷提醒大家。「小心那個鍋喔，很燙。」

他蹲著幫大家服務，身上只裹著毛巾，而且還有一大片是掀開的。愛咪在他身邊忙著發碗給大家。

凱絲走到卡特面前，只用雙手比成碗狀。

「求求您，主教大人。」她說。「我沒有資格拿碗。」

卡特一躍而起，放下湯匙，把雙手放在她頭上。

「祝福妳，我的孩子，那在後的將要在前[14]。」他吻了她低垂的頸。

「啊。」愛咪低呼一聲，彷彿她才是那個頸間受了一吻（或是吻了凱絲）的人。

凱絲抬起頭來，視線卻望向卡特後方。

「我倒是想試試那樣的唇膏。」她說。
愛咪隨即道：「跟我來。」把那疊碗一放，手輕搭上凱絲的腰，推著她走向台階。
「去上面。」愛咪說。「我們來幫妳整個好好打扮一下。」
她們去了卡特與桑耶臥房後面的小浴室，愛咪拿出一堆瓶瓶罐罐妝筆等等，但沒有地方讓她全攤開來，只得把馬桶蓋放下來權充小桌。凱絲坐在浴缸邊，臉幾乎要碰到愛咪的腹部。愛咪先把某種液體在凱絲頰上抹開了，又在她眼皮上推開某種膏。接著就是上粉。她把凱絲的眉毛刷過、塗亮，又在睫毛上陸續刷了三層睫毛膏。雙唇則先用唇筆勾邊，再上唇膏，接著拿吸油紙略略按壓，再上一層唇膏。她托起凱絲的臉，讓臉朝著光。
有人來敲門，接著竟搖晃起門板來。
「等等。」愛咪大喊，隨即開罵：「你這人怎麼回事，就不能去找根樹幹後面尿？」
等她全部弄完了，才肯讓凱絲照鏡子。

13 譯注：語出《聖經》〈路加福音〉第廿二章第十九節。
14 譯注：語出《聖經》〈馬太福音〉第廿章第十六節。

「別笑喔。」她提醒。「否則效果就毀了。」

於是凱絲沉著嘴角，鬱鬱望著鏡中的自己。她雙唇一如飽滿的花瓣，百合花瓣。愛咪把她拉開。「我不是這個意思。」愛咪說。「最好別看妳自己的樣子，也別想辦法照鏡子，妳會很美的啦。」

「外面那個，你的寶貝膀胱就再撐一下，我們要出來了。」愛咪朝著又在浴室外面排隊的人喊（也可能是原來敲門的那個），同時一把將所有化妝道具掃進袋子裡，塞到浴缸下，對凱絲說：「來吧，美女。」

愛咪和凱絲在碼頭上跳舞，邊笑邊鬥起嘴來。有些男的想介入，但她倆卻有辦法不讓外人插手。之後她們就放棄了，有人把她倆拉開，兩人各自露出惱怒的表情，頻頻揮動雙臂，活像發現自己被圈起來的雞鴨，滿地撲翅亂走。她倆各自被帶開，和別的舞伴跳舞。

凱絲整晚都和一個男的跳，但她對他毫無印象。他年紀和卡特差不多，高個子，腰間厚了也軟了，濃密的灰捲髮，眉宇間有種既驕縱又受傷的神情。

「我搞不好會摔下去。」凱絲說。「我頭好昏，可能會摔下碼頭。」

他說：「我會接住妳。」

「我頭好昏，可是我不是喝醉喲。」她說。

他笑笑，她想，醉了的人不就最常說這句話？

「是真的。」她強調。這話沒錯，因為她連一瓶啤酒都沒喝完，也沒碰潘趣酒。

「除非我的皮膚會吸收酒精。」她說。「滲透作用嘛。」

他沒應，只是把她拉近了些，又放開她，定定望著她的眼。

凱絲與肯特之間的性，很熱切，很激烈，卻也內斂。他倆不曾主動挑逗對方，而是自然而然發生親密關係（或者說，他們自認的親密關係），也就一直維持原樣。倘若人的一生中只能有一位伴侶，那也無需再費心製造什麼特別的事物——一生一人，已經很特別了。他倆曾互望對方的裸體，但即使是那樣的時刻，他們也不曾直視對方的眼，除非湊巧。

於是這就是凱絲與這位陌生舞伴整晚做的事。兩人有進、有退、轉圈、閃身，為彼此賣力演出，直視對方的眼。他們的眼神說著，假如他倆願設法安排一場激烈的翻雲覆雨，那這雙人舞的演出，相形之下簡直無足輕重。

然而這都是玩笑。兩人肢體一相觸，隨即又分開。他們緊貼時，張口互相用舌挑逗對方的唇，又迅即後退，裝出暈陶陶的樣子。

凱絲穿的是短袖刷絨羊毛衣，尖領開得很低，前面是整排釦子，方便餵奶。

兩人再次相貼時，她的舞伴舉起單臂，像是幫自己擋著什麼，但他的手背、他裸露的手腕和前臂，卻掠過她羊毛衣下堅挺的乳房，一股電流竄出。兩人為此幾乎站不住，差點跳不下去，但仍勉力繼續——只是凱絲已然腳軟，跌跌撞撞。

她聽見有人喊她的名字。

梅貝瑞太太。梅貝瑞太太。

是保母，在莫妮卡家外的台階中段處呼喊。

「妳的寶寶，妳的寶寶醒了。妳能來餵她嗎？」

凱絲倏地停下動作，發著抖吃力穿過其他跳舞的人，在光照不到的地方，跳下船塢，磕磕絆絆在沙地上走著。她曉得舞伴就在她背後，也聽見他跳下船塢。她早已蓄勢待發，要對他獻上自己的嘴或喉嚨。但他一把抓住她的臀部，把她轉過身，自己則跪下，隔著她的棉質長褲，吻她胯下。之後他放輕動作起身（以他這樣的大個子能做到的程度），兩人同時轉身背對彼此，各自往前走。凱絲急忙走進光亮，爬上通往莫妮卡家的台階，手搭著台階的欄杆奮力往上爬，氣喘吁吁，完全像個老婦。

保母在廚房裡。

「喔，妳先生，」保母見她來了便說：「妳先生剛剛帶奶瓶過來了。我不曉得你們怎麼安排的，否則我哪用得著大喊大叫呀。」

凱絲逕自走進莫妮卡家的客廳。雖然走道和廚房是唯一的光源，她還是看得出，這是貨真價實的客廳，不像她家和桑耶家把門廊改裝成客廳。裡面擺了張新潮的丹麥茶几、裝上布套的座椅、打摺的落地窗簾。

肯特坐在扶手椅裡，拿奶瓶餵諾艾兒。

「嗨。」他招呼，聲音放得很輕，不過諾艾兒正吸得起勁，不可能睡著。

「嗨。」凱絲回道，在沙發上坐下。

「我想說帶奶瓶來也不壞，」他說：「萬一妳喝了酒的話。」

凱絲說：「我沒。沒喝。」她觸了一下乳房，看看奶是否足夠，毛衣摩擦乳房的觸感，卻帶來一陣再也按捺不住的肉欲電流。

「那，如果妳想餵的話，就換妳餵好了。」肯特說。

她就坐在沙發前緣稍稍俯身，心裡很想問他，他是從屋前或屋後進來的？也就是，他是沿著屋前的路過來？還是沿著沙灘走來？假如他走沙灘，那應該肯定看得到她和別人跳舞。但當時船塢上跳舞的人很多，他說不定也不會特別注意到誰。

不過話說回來，保母有看到她，他也聽到保母喊她了。他應該會看保母是朝哪個方向喊。

萬一他走沙灘過來的話，就會看到。假如他走大路，從前門進屋子，而不經過廚房的話，他根本看不到那群跳舞的人。

「你有聽見她叫我嗎？」凱絲問。「所以你才回家去拿奶瓶？」

「我原本就在想要不要帶了。」他答道。「我想時間也差不多。」他拿起奶瓶，看諾艾兒喝了多少。

「餓得很哩。」他說。

她應道：「是呀。」

「所以妳現在要把握機會呀，如果妳想喝到茫的話。」

「你自己呢？你喝茫啦？」

「我應該算夠了。」他說。「妳想的話，就痛快點，好好玩吧。」

她覺得他那得意的語氣可悲又做作。想必他看見她跳舞了，否則他的反應應該會是：「妳怎麼把臉搞成這樣？」

「我寧願等你。」她說。

他朝寶寶蹙了下眉，把奶瓶底舉高。

「快喝完了。」他說。「妳想去就去，沒關係的。」

「我得去洗手間。」凱絲說。進了浴室，果然如她所料，莫妮卡家的浴室有很多面紙。她開了熱水龍頭，把面紙浸濕，拚命擦去彩妝，浸了又擦，浸了又擦，不時把染成黑紫的面紙團扔進馬桶沖掉。

IV

第二杯酒喝到一半，肯特講到西溫哥華近來高到令人髮指的房價，桑耶突然說了：

「你知道嗎，我有個想法。」

「我們以前住的那些地方啊，」他說：「早就沒影兒啦。和現在的房價一比，那真是賤價啊。我這會兒都不曉得買那種地方要做什麼了。只是為了那塊地，等著拆了再蓋。」

她的想法是什麼？是關於房價嗎？

不，是關於卡特。她不相信他死了。

「噢，我一開始是相信的。」她說。「我從沒想過有懷疑的必要。後來有天我突然清醒過來，覺得這未必就是事實。我用不著非把這事兒當真不可。」

你想想當時發生的這些個事嘛，她說。有個醫生寫信給她。老遠從雅加達寫來呢。某個人寫信來，自稱是醫生，說卡特死了，跟她講了死因，只是她也忘了那醫學名稱是啥。總之是什麼傳染病。不過她哪知道這人真的是醫生？或者這麼說吧，就算他是醫生好了，她哪知道他寫的是真的？卡特要認識醫生並不難，有個醫生朋友也不難，卡特哪種朋友都有。

「或者就是拿錢寫信啊。」她說。「也不是沒這種可能。」

肯特問：「他幹麼做這種事？」

「反正做這種事的醫生，他也不是頭一個。說不定他有個幫助窮人的診所，要經營就得花錢，他需要這筆錢，我們哪知道？搞不好錢是進他自己的荷包。醫生又不是聖人。」

「不是，」肯特說：「我是說卡特。卡特幹麼做這種事？再說他有錢嗎？」

「沒有，他自己是沒錢，不過——我不曉得。反正我只是這麼假設，說他花錢辦事。再說我人在這裡，你知道，我在這裡照顧他媽。他真的很關心他媽，也知道我不會丟下她不管。這都無所謂。

「真的無所謂。」她說。「我很喜歡迪莉亞，也不覺得照顧她是負擔。我搞不好還比較適合照顧她，而不是當卡特的老婆。你知道，有件事兒很玄。關於卡特，迪莉亞和我想的一樣。她懷疑的是一樣的事，只是從沒跟我提，我也從不把我懷疑的事跟她說。我們都不想傷對方的心。後來有個晚上，就在她……得搬出去之前沒多久，我念一篇推理小說給她聽，背景在香港，那時她就說，『搞不好卡特就在那兒。香港。』

「她說希望這話沒讓我傷心。於是我跟她說了我一直在轉的念頭，她笑了。我們倆都笑了。你以為老媽媽講起唯一的孩子跑了丟下她不管，會傷心得一把鼻涕一把眼淚，但沒有。或許老人家根本不會這樣。真的很老的老人家。他們不會再傷心成那樣，想必也是覺得不值得。

「他知道我會照顧她，只是他大概也不曉得我會照顧多久。」她說。「要是我能拿那封醫生的信給你看就好了，不過我把信扔了。想想真是笨啊，可是我那時整個人都垮了，完全不知下半輩子該怎麼過。我也沒想到該怎麼去追問，看看這醫生什麼來歷，或是要死亡證明來看之類的。這些事都是後來才想到，那時我手邊已經沒地址了。我也沒法寫信去美國大使館問，因為卡特最不想跟他們打交道。他又不是加拿大公民。也說不定他還有別的名字，可以換個假身分、用假證件什麼的。他以前就跟我提過這種東西，只是話沒講白而已。對我來說，他的魅力，有一部分在這裡。」

「那也許多少有自己吹牛誇大的成分。」肯特說。「妳不覺得嗎？」

桑耶回道：「當然啦。」

「之前沒有保險嗎？」

「別鬧了。」

「假如有保險，他們會找出真相的。」

「沒錯，可是我們沒保險。」桑耶說。「所以啦，我自己是打算這麼做。」

她說有件事，她始終沒對她婆婆提過。那就是，在她恢復自由身後，她要自己去找答案。找到卡特，找到真相。

「我想你會以為這是什麼突發奇想吧？」她問。

我看她是腦袋壞了吧，肯特不快地想，驚訝之餘也很失望。他這趟出遠門，一路拜訪的每個點，都會有讓他極度失望的時候。也就是，他發現坐在他面前、和他談話的對象，這個他刻意主動聯絡、重拾感情的人，完全無法給他此行所期盼的東西。就像他去亞歷桑納州看的那位老朋友，即使住在管制良好的豪宅社區，還是覺得生活中危機四伏。老友的妻子七十多歲，不斷拿一堆照片給他看，照片裡的人若不是她，就是一些演出音樂劇、打扮成克朗代克舞廳女郎的老婦人。而他自己的孩子都已成年，各忙各的。他覺得這順理成章，並不意外，意外的是這些人的生活，他的幾個兒子和女兒過的生活，貌似十分封閉，也有點了無新意。就連他可以預見（或有人通知他）他們生活中即將出現的變化，也全是意料中事——像是諾艾兒即將離開第二任丈夫。他沒對黛博拉提這些（連他自己都無法坦然面對），但確實如此。而現在讓他失望的換成桑耶。他從前不特別喜歡，也可說有點提防，但因仍參不透，故而敬重的那個桑耶——已經變成一個喋喋不休的老婦，而且腦袋還不太正常，只是外人並不知情。

他還有一個來看桑耶的理由，只是他們忙著數落卡特的不是，目前還沒談到。

「嗯，老實說，」他開口：「去找他，不太明智，說真的。」

「大海撈針啊。」桑耶的語氣倒是很開朗。

「他現在也可能已經死了。」

「沒錯。」

「他哪裡都有可能去，也有可能住下來，前提是假如妳那個想法成立的話。」

「沒錯。」

「所以唯一的指望就是他當時真的死了，妳的假設不成立，之後妳總會知道他的死訊，那，比起妳現在這樣，也沒好到哪裡去。」

「噢，我覺得還是有差。」

「妳當時要是留在這裡，也很可能過得不錯，可以寫信四處打聽。」

桑耶說她不贊成這種說法。她說，要打聽這種事，不能透過官方管道。

「你得到街上去放風聲，讓大家都曉得有你這號人物。」

也就是雅加達的街上——她是指從這裡開始找。像雅加達這樣的地方，民風並不閉鎖，老百姓成日在街上走動，大小事都逃不了他們的眼。店家更是消息靈通，而且大家總會認識什麼人，一個拉一個，就是人脈。她要是打聽起來，話必定會傳開，一傳十十傳百，大家都會知道她人在雅加達。卡特這種男人，走在街上不可能沒人注意。即使過了這麼多年，一定會有人記得他，多少可能有點消息。有些情報得花昂貴的代價才能取得，不過當然，有消息，不代表消息都是真的。

肯特想問她對錢有什麼打算。她是否從爸媽那邊繼承了財產？他依稀記得，她結婚時，父母便與她斷絕關係。說不定她以為賣掉這棟房子可以拿到不少錢。這希望有點渺茫，不過或許她是對的。
即便如此，要在短短幾個月內花掉這一大筆錢，也不是沒可能。她若真要去雅加達放風聲，就由她去吧。
「那些個城市真的變了很多。」他只這麼說。
「我可沒忘記一般該走的管道。」她說。「能找的人，我一定都會找。大使館啦、下葬紀錄啦、醫療紀錄等等，只要有，我一定會去問。其實我也寫過信，不過他們只會跟你打官腔搪塞。你得親自過去和他們面對面問清楚，人一定得到，親自去。一直去找他們、一直去煩他們，看他們的罩門在哪兒，必要時，也得有私下塞點什麼給他們的心理準備。我從來也沒自欺欺人，以為這事兒很簡單。
「好比說，我可以想到那裡一定熱得要命。嗯，雅加達——光聽這地名，就覺得不像什麼好地方，到處都是沼澤啦、低地啦。我也不笨，該打的疫苗我會打，該做的預防措施也會做。我會帶著該吃的維他命，再說雅加達是荷蘭人建的城，琴酒應該少不了吧。荷屬東印度公司呀。它不算很老的都市，其實，我想建城大概是一六〇〇年代的事。欸等等，我存了一堆……我拿給你看啊，我有……」
她放下酒杯（杯裡已經空了好一陣子），迅即起身，走了沒幾步，就被起皺的瓊麻地蓆絆到，不過她馬上扶住門框，才沒摔倒。「真該把這舊墊子扔了。」她一邊數落，一邊飛快走進屋內。

他聽見她使勁拉開卡住的抽屜，接著是一堆紙嘩啦啦落在地上的聲音，但在這堆混亂中，她朝他喊的話仍沒停，而且講得急切，幾近語無倫次，生怕不講話，你就會忘了他們存在。他其實聽不懂她在嚷些什麼，也沒費神去聽，反而趁這空檔吞了顆藥丸——方才這半小時他一直想著該吃藥，卻苦無機會。藥丸很小，不必喝水就能吞（反正他酒杯也空了），他剛剛其實也可以假借某個動作把藥放進嘴裡，就不會惹桑耶注意。但他或許是不好意思，也或許是迷信吧，還是沒這麼做。黛博拉一直很清楚他的健康狀況，他無所謂，孩子們自然也非知道不可，但要讓他同輩的朋友們知道，似乎是種禁忌。

藥吞得正是時候。一股暈眩感猛地襲來，令他渾身難受的熱流，加上搖搖欲墜的崩解之感，從腳底一路往上竄，化為他太陽穴周邊的大顆汗珠。有幾分鐘，他以為自己就要被擊潰，但他強自鎮定、調勻呼吸，又重新換了個舒服的姿勢坐，伸展一下四肢，便覺得控制住了。就在這當兒，桑耶抱了一堆紙走來——有地圖、有一疊影印的文件，想必是從圖書館的藏書影印來的。她坐下時，又有幾張紙從手上飛了出去，散落在瓊蔴地蓆上。

「嗯，他們稱之為老巴達維亞的這地方，」她說：「是按幾何圖形規劃的，非常整齊，非常荷蘭風。有個郊區叫 Weltevreden，就是『非常滿足』的意思。要是我發現卡特住在這兒，豈不妙哉？有間老葡萄牙時期的教堂，是一六〇〇年代晚期建的。當然，那是個穆斯林國家，他們有全東南亞最大的清真寺。庫克船長為了修船，把船停在那兒，還大大稱讚那邊的修船廠。不過他也說，沼澤裡的水溝很臭，恐怕現在還是一樣。卡特從來就不是身強體壯的那型，可是卻比你想的還會照顧自己。他才不會去充滿瘴癘之氣的沼澤，也不會跟路邊攤買飲料。嗯，當然啦，假如他現在在那邊，我想他一定已經完全適應那邊的環境和天氣了。我不曉得會是怎樣。我可以想像他已經完全融入當地，要不就是安頓下來，有了家，有個咖啡色皮膚的小個子女人在家等著他。躺在池邊吃水果之類的。要不就是四處幫窮人乞討。」

其實肯特倒是記得一件事。海灘派對那晚，卡特全身精光，只半掩著毛巾，跑來找他，想說他既然是藥劑師，想問問關於熱帶疾病的事。

不過這樣問也沒什麼不對，像他一樣要去那種地方的人，應該都會有同樣的疑問。

「妳想的是印度吧。」他點了一下桑耶。

他的狀況現在穩住了，吃了藥，又找回他內在運作的自信，方才那種骨髓潰堤之感，已然止住。

「你知道，我曉得他沒死，有一個原因？」桑耶說。「我就是沒夢到他。我會夢見死了的人。就像我婆婆，我老是夢見她。」

「我不做夢的。」肯特回道。

「誰不做夢呀。」桑耶說。「你只是不記得。」

他搖搖頭。

凱絲沒死。她住在安大略省，哈利波頓區，離多倫多不算遠。

「妳媽知道我在這兒嗎？」他之前問諾艾兒。她回說：「噢，我想是吧。一定的。」可是始終沒人來找他。黛博拉問他想不想繞去看看凱絲，他的答案是：「還是別多跑這一趟吧，不值得。」

凱絲一人住在某座小湖邊。她有個同居多年的男伴，當年就是兩人一手打造那間湖邊小屋，但他已經死了。不過諾艾兒說，凱絲有些朋友，日子過得還不錯。

他和桑耶聊起來沒多久，桑耶曾提到凱絲，他聽見那名字，便浮起一種溫馨又危險的感覺——這兩個女人仍然有聯絡。或許這代表他會聽見他不想知道的事，但也代表桑耶有可能會和凱絲說，他現在有多帥（他確實是帥，他有這個自信，因為他的體重始終算穩定，加上又在美國西南方晒得黝黑）、婚姻有多美滿（這是他天真的盼望）。諾艾兒之前可能也說過類似的話，不過桑耶的話多少比諾艾兒有分量。他靜靜等著桑耶再次提到凱絲。

只是桑耶沒再回到這話題，她只是不斷談著卡特、愚行，還有雅加達。

那股騷動這會兒在外面——不在他體內，而是在窗外。原本不斷掀動矮樹叢的風，加重了搖撼的力道。這些矮樹也不是在風中長枝款擺的品種，不但樹幹堅韌，葉片也有相當的重量，要從根部撼動，才能搖擺到這種程度。那片樹一搖，陽光隨之在綠油油的葉上跳動。有陽光，也沒有雲層隨風而來，這代表不會下雨。

「再來一杯吧？」桑耶問。「我琴酒少放一點？」

不了。他剛吃了藥，不能喝了。

一切如此匆促，只有在一切幾近停滯之時例外。他和黛博拉一起開車旅行時，光是等黛博拉開到下一個城鎮，他就得等了又等，等了再等。然後呢？什麼都沒有。但偶爾會有一種時候，萬事萬物都似乎對你釋放出某種訊息。搖動的灌木叢、刺眼的白光。一閃即逝，瞬間來去，就在你注意力渙散的時候。當你想回顧所見一切，卻像開車兜風，僅餘高速下變得扭曲可笑的景象。於是你就有了錯誤的解讀，絕對是錯誤的解讀，就像一個死人很可能還活著，在雅加達。

然而當你曉得某人還活著，當你可以開車去對方家裡敲門，你卻讓那機會溜走了。什麼會讓你覺得不值？是見到如陌生人般的她，那個他無法相信曾是他妻子的她；還是發現她絕非陌生人，卻莫名的疏離？

「他們逃走了。」他說。「他們兩個。」

桑耶任腿上的那疊紙滑落，跌入一地凌亂。

「卡特和凱絲。」他說。

「幾乎天天都這樣。」她說。「每年這時候，天天都這樣，快傍晚了就會颳這種風。」

她講話時，臉上的小圓斑映著陽光，宛如用鏡子打訊號。

「你太太已經離開好久了。」她說：「說也奇怪，我覺得年輕人好像一點都不重要，他們可以從地球上消失，完全無關緊要。」

「正好相反。」肯特反駁。「妳說的是我們。無關緊要的是我們。」

想是藥力發作，他的思緒拉得又長又薄又透明，閃著光亮，猶如飛機飛過拉得長長的白線。他轉著一個念頭，留在這裡的念頭，在狂風把沙吹落沙丘之際，聽桑耶聊雅加達的念頭。

不必繼續下去、不必回家的念頭。

科爾提斯島

小新娘。那時我二十歲，身高五呎七吋，體重大約一百三十五、一百四十磅左右。不過有些人——像是切斯的老闆娘、他辦公室裡那個老祕書，還有樓上的戈瑞太太，都稱我是小新娘，有時則叫「我們的小新娘」。切斯和我私下會取笑這件事，不過在外人面前，他聽到這稱呼，便會露出深情款款的憐愛眼神。我的反應則是嘟起嘴微笑——含羞帶怯，代表默許。

我們住在溫哥華一間地下室。我原先以為房子是戈瑞太太的，結果不是，真正的屋主是戈瑞太太的兒子，雷。雷常過來修理東西，出入都是經由地下室的門，像我和切斯。他大約三十來歲，人很瘦，上半身骨架很小，總是拎著工具箱，戴頂工人帽。可能因為他接管線、做木工時總是得彎身弓背，經年累月下來，背就永遠駝著了。不但臉色白，而且常咳嗽。那每一聲咳，都像是一句低調的宣告，代表他在地下室是必要的侵擾。他不會為進入我們的空間而致歉，卻也不會擺屋主架子，大搖大擺四處走動。我唯一會和他講話的時候，是他來敲門，跟我說要暫時切水或切電之類。我們每個月用現金交房租給戈瑞太太，我不曉得她是會轉交給雷，還是自己從裡面拿一點當生活費。否則他們夫妻倆只能靠戈瑞先生的老人年金過活（她這麼跟我說的）。只有他有年金，她沒有。我還沒那麼老啦，她說。

戈瑞太太總是從樓梯間往地下室喊，問雷還好嗎，要不要喝杯茶等等，他總是回說很好很好，他沒時間喝茶。她又說他工作太拚命真像她，也總會哄他多吃些她做的甜點：蜜餞、餅乾、薑餅之類——正是她強銷給我的那些。他會說不用，他剛吃過飯，家裡東西還很多等等。我也總是婉拒，可是在她鍥而不捨地再把甜點送上門七、八次後，我多半就會投降。在她甜言蜜語又故作失望的攻勢下，我不好意思一直回絕，也因此我很佩服雷可以不斷說「不」。他甚至連「不用了，母親」都不說。就是單純一個「不」字。

接著她又努力找話題來說。

「那最近你那邊有沒有什麼新鮮事兒？」

沒什麼。不曉得。雷從不無禮也不動怒，但在她面前一步不讓。他身體很好。感冒也好了。柯尼許太太和艾琳也都好。

柯尼許太太是他目前住處的房東，房子在東溫哥華。他在這兩棟房子總是有很多活兒要做，所以忙完一邊的事，就得趕去另一邊。他同時還幫忙照顧柯尼許太太的女兒艾琳，她患了腦性痲痺，成天都在輪椅上。「可憐的孩子。」戈瑞太太聽雷說艾琳很好後，說了這麼一句。她知道雷會帶艾琳去史丹利公園走走，要不就是趁傍晚出去遛達買個冰淇淋（她之所以知道，是因為偶爾會和柯尼許太太通電話），卻也從不說他。不過她倒是私下對我說：「沒辦法，我就是會想到冰淇淋沿著她臉蛋往下淌的那個樣兒，難看嘛。我不想都不行。旁邊的人肯定都在看笑話。」

戈瑞先生也坐輪椅（他之前中風），不過她說她推他出門時，大家看歸看，但這和雷與艾琳的情況不同，一來戈瑞先生出了門，既不動也不出聲；二來她總是會把他打扮得整整齊齊才出門。反觀那個艾琳，只會拖個身子晃來晃去，嘴裡「啊啊啊」叫個不停。可憐的孩子，她沒法控制自己。

戈瑞太太又說，柯尼許太太應該要盤算一下吧。萬一她哪天兩腿一伸，誰要來照顧那個可憐的殘廢姑娘？

「實在應該有條法律規定，健康的人不可以跟那種人結婚，只是目前為止還沒這種法律。」

戈瑞太太會找我上樓去喝咖啡，但我沒有一次真的想去。我在地下室還有自己的生活要忙。有時她來敲我的門，我會假裝不在家，不過為了裝成不在家的樣子，我一聽到她打開樓梯頂端那扇門，就得立刻關掉所有的燈、鎖上門。她會拿指甲敲我家的門，顫抖著聲音喚我的名，這種時候，我只能文風不動，接下來的一小時，還得非常安靜，連馬桶也不能沖。假如我說忙得實在抽不出空，她會笑著問我：「忙什麼？」

「我有幾封信得寫。」我回道。

「老是在寫信，」她說：「妳一定很想家嘍。」

她有粉紅色的眉——與紅中帶粉的髮色頗相近。我想那髮色應該不是天生的，但幹麼染眉毛呢？她有張紅通通又活力十足的瘦臉，一口大牙閃閃發亮，十分需要人家對她友好，又非常需要人陪，而且還不許對方回絕。切斯頭一次帶我走進這間公寓的那個早晨就是這樣。那天他先到火車站來接我，領我進了公寓，戈瑞太太來我們這兒敲門，端著一盤餅乾，臉上堆滿大野狼般的笑意。我連搭車時戴的帽子都還沒脫，而切斯那時正忙著扯我的束腹，也只能硬生生被打斷。那餅乾又乾又硬，塗了層鮮豔的粉紅色糖霜，代表慶祝新婚。切斯三兩句就打發她走，畢竟他半小時內就得趕回去上班。只是等她走了，他原本起頭的事兒，也沒時間繼續做到完，他只好一片又一片吃了那餅乾，埋怨說吃起來像木屑。

「妳老公好嚴肅喔。」她會這麼跟我說。「我實在忍不住要笑。他呀，我看他進進出出，臉上總是那副正經八百的表情。我很想跟他說，慢慢來，放輕鬆，又不是天塌了要他扛。」

我有時還非得老大不情願，撇下正在讀的書或正在寫的信，跟她上樓去，坐到她的餐桌前。餐桌鋪著蕾絲桌布，飯廳裡一面八面鏡，鏡中一隻陶瓷天鵝。我們用瓷杯喝咖啡、吃著同款花紋小瓷盤盛的食物（又是一堆那種木屑餅乾，或黏黏的葡萄乾塔，要不就是乾硬的司康餅）、用繡花小餐巾輕按雙唇拂去碎屑。我對面就是她的瓷器櫃，那櫃裡有各式各樣精美的玻璃杯、放奶油與糖的器皿組、鹽罐與胡椒罐組，每樣都那麼精緻小巧，實在不適合每天用。此外還有窄口花瓶、外形像茅草屋的茶壺、百合花形狀的蠟燭等等。戈瑞太太每個月都會把櫃中的東西逐一檢查、洗過。她話是這麼說的。她還跟我談我的未來，她覺得我應該要有哪種房子、哪種未來等等。她愈講，我愈覺得四肢都放了沉重的鐵塊，愈來愈想在上午不斷打呵欠、爬去哪裡躲起來大睡一場。但我對什麼都讚不絕口，瓷器櫃裡的擺設啦、戈瑞太太平日打掃家裡的程序啦、她每天早晨穿搭的打扮啦——裙子、毛衣，都是深淺不一的豆沙紫或珊瑚色，搭配顏色相稱的人造絲絲巾。

「早上頭一件事就是要打扮好，像要出門上班那樣，要整理頭髮，也要化妝。」——她已經不止一次看過我穿著睡衣的樣子。「假如妳得洗衣服、烤東西什麼的，那再穿上圍裙。打扮得好，可以幫妳自己打打氣。」

還有啊，一定要烤些什麼點心備著，客人臨時上門就有東西招待（我印象裡沒看過她有訪客，唯一的訪客就是我，而且也實在不能說我「臨時上門」）。也絕對不要用馬克杯裝咖啡。

她的原句不像我寫得這麼直白。她講的是「我總是如何如何」、「我總是喜歡如何如何」、「我覺得怎樣怎樣會比較好」。

「就連我當年住在很遠很遠的荒山野地裡，我也總是喜歡……」我原本想打呵欠或尖叫的衝動在那一刻暫時消退。她住在哪裡的荒山野地？是哪時候的事？

「噢，就海岸線北邊。」她說。「很久很久以前，我也當過新娘的呢。我在那兒住了好幾年。聯合灣。不過那裡算不上荒野啦。科爾提斯島。」

我問那在哪兒，她答道：「噢，很上面。」

「那樣的生活一定很有趣。」我說。

「噢，有趣？」她回我：「如果說熊很有趣，美洲獅也有趣的話，那我還寧願過得文明一點。」

戈瑞太太家的飯廳與客廳之間隔著橡木拉門，而且總是敞著一道縫，這樣坐在飯桌一端的戈瑞太太，就能隨時看到坐在客廳窗前躺椅上的戈瑞先生。她都稱他是「我那個坐輪椅的老公」，但其實只有她推他出去散步時，他才會坐輪椅。他們家沒有電視——那時電視還是希奇玩意兒。戈瑞先生坐著，看窗外的那條街、看對街的奇茲藍諾公園、看公園後方的柏拉德灣。他會自己去廁所，一手拄杖，另一手則沿路抓著椅背或扶牆（力道太大成了拍牆）。進了廁所，他完全自己來，只是得花很長時間。戈瑞太太說，有時上完後還得把廁所擦洗乾淨。

我通常只看得到戈瑞先生一隻穿著長褲的腿，在亮綠色的躺椅外伸出一截。我去作客時，他大概有一、兩次得吃力蹣跚挪步去廁所。他個頭很大——大頭、寬肩、骨架很大。

我不去看他的臉。因中風或生病而殘缺的人，對我來說都是凶兆，是無禮的提醒。我避看的不是無用的四肢，不是厄運留在他們身上的痕跡——而是他們那對，人的眼睛。我也不覺得他會朝我看，儘管戈瑞太太會喊他，說我上樓來看他們啦。他只會咕噥兩聲，或許這就是他唯一能招呼我的方式，也或許是趕我走。

我們公寓裡有兩間半房間。租的時候說附家具，不過以附家具公寓的標準來看，它只能說附了一半，而且家具的品質是一般人會扔掉的那種。我還記得那客廳地板，是一整片別人用剩的亞麻油地板碎塊補釘——正方形、長方形，不同顏色、不同花樣，拼拼湊湊，像一條看了眼花的拼布被外加金屬條。我也記得廚房裡擺的瓦斯爐，要投幣才能用。床就擺在廚房裡的凹角——而且角度卡得剛剛好，上床只能從床尾爬上去。切斯之前看過書上說，伊斯蘭教徒的女眷，要上蘇丹的床，就得用這種方法，先崇拜他的腳，再往上爬，對他身體的其他部位致敬，所以我們有時會玩這種遊戲。

我們在床腳掛起一道布簾來隔開床與廚房，因此布簾始終垂著。它其實是舊床罩，邊緣的布磨得光滑，一面是黃色與淡褐色相間，配上酒紅色玫瑰與綠葉的花樣。向床的那面是酒紅與綠色條紋配花與葉，宛如淡褐色的鬼魂。這道布簾，是我對這間公寓最鮮明的印象，這也難怪，從我們做愛開始到結束，到完事後的種種，我眼前就是這片布，它提醒了我喜歡婚姻生活的原因——我忍受被稱為「小新娘」這種意想不到的屈辱，還得承受一只瓷器櫃給我的威脅——這是給我的獎賞。

切斯和我的家庭，都認為婚前性行為很下流、不可饒恕。婚後性行為則顯然無人討論，也很快遭遺忘。我倆正好處於這套價值觀盛行時的末期，只是毫不自覺。切斯的母親在他公事包裡發現保險套時，哭哭啼啼去找他父親（切斯說保險套是他大學軍訓營時隊上發的，這是實話；只是他拿了也就忘了這回事，這是謊話）。因此能有我們自己的小天地、自己的床，在床上想做多久就做多久，實在是太神奇了。我們為了肉欲，甘願接受這種交換條件，只是從沒想過，年長的人（父母、姑嫂叔伯），也可能為同樣原因，做出同樣的事。他們最想望的，好像都是房子、財產、強力割草機、家用冰櫃、擋土牆等等。當然，對女人來說，則是寶寶。這些東西都是我們以為自己將來可能會選擇（或不選）的東西，從不覺得它們像年老、天氣，是無可阻擋之事。

此刻我想起這些，老實說，事情不是我們想的那樣。沒有一件事情不是我們的選擇。連懷孕都一樣。我們甘願冒險一試，只因我們想看看自己是否真的長大，看看是否真會發生。

我在布簾後面做的另一件事就是看書，書是我從隔幾條街的奇茲藍諾圖書館借來的。我每每看得渾然忘我，像是大口吞下豐富養分，一時天旋地轉，頭一抬，只見布簾上的條紋。不單是書中的人物、情節，連書中的氣氛，都附著在那有點假的花朵上，順著酒紅色水流或陰鬱的綠流動。我看的都是些大部頭書，書名我耳熟能詳，宛如咒語（甚至還嘗試要看《約婚夫婦》[15]）。而在這些磚頭書之間的空檔，我會看赫胥黎和亨利・格林[16]的小說，還有《航向燈塔》[17]、《最後的謝利》[18]、《心之死》[19]。我把這些書不帶偏好一本接一本吞下，就像童年時讀書一樣，逐一臣服於眾書之下。我仍在那個胃口極大的階段，貪婪飢渴到痛苦的程度。

只是童年的經驗，至此多了個變數——我似乎得成為讀者兼作家。我買了習作簿，嘗試寫作——也真的寫了，一開始自信滿滿下筆，接著變得腸枯思竭，我只得把寫了的幾頁撕下，狠狠揉成一團，當作給自己的無情懲罰，然後往垃圾桶一丟，如此一再重複，終於，我的習作簿只剩下封面。我跟著又買了一本，再次啟動這整個過程。同樣的循環——興奮與絕望，興奮與絕望，宛如妳每週都偷偷懷孕，又默默流產。

15 譯注：*The Betrothed*，翻譯自義大利作家曼佐尼（Alessandro Manzoni）原著。
16 譯注：Henry Green, 1905-1973，英國小說家。
17 譯注：*To the Lighthouse*，美國作家維吉尼亞・吳爾芙（Virginia Woolf）著。
18 譯注：*The Last of Chéri*，翻譯自法國作家柯蕾特（Sidoni-Gabrielle Colette）原著。
19 譯注：*The Death of the Heart*，愛爾蘭作家伊麗莎白・鮑溫（Elizabeth Bowen）著。

也不算是完全偷偷摸摸。切斯曉得我看很多書，也嘗試自己寫東西，而且一點都沒有勸阻我的意思。他覺得我既然書讀得多，應該順理成章會學著寫作，就像橋牌、網球，只要勤加練習就能上手。他對我這麼有信心，我卻沒因此感謝他，只覺得我已經鬧出這麼難堪的笑話，他還來火上加油。

切斯在一間蔬果零售商上班。他原本想當歷史老師，但他父親勸他，靠教書絕對養不起老婆，也混不出什麼名堂。父親幫他找了這差事，但也提醒他，一旦上了班，就別再指望家裡幫忙。他也沒抱這指望就是。我們婚後的第一個冬季，他天沒亮就出門，天黑了才回家。他賣力工作，但不求這份工能符合他曾有的志趣或珍視的意義。工作的意義只是讓我們倆過有割草機與冰櫃的日子（只是我們對割草機與冰櫃毫無興趣）。若要細想，我或許曾訝於他屈服於生活，且屈服得那麼欣然，或者可說，英勇。

只是那時，我以為，這就是男人做的事。

我自個兒出去找工作。假如外面雨不大，我會走去藥妝店買份報紙，邊喝咖啡邊看分類廣告。再一家家走去這些徵服務生、店員、女工的地方，冒著小雨也無所謂——只要徵人啟事上沒特別要求打字或工作經驗的，我都試。雨很大的話，我就搭公車。切斯說我應該一律搭公車，別因為省錢就走路去，否則我忙著省錢的同時，搞不好別的女生就錄取了。

其實我好像暗暗盼望是這種結局。聽到工作飛了，我也從來不難過。我會走到要徵人的地方，就站在人行道上，望著那間女裝店，店裡的鏡子、白淨的地毯；要不就是看著要徵檔案職員的那間公司，小姐們三三兩兩走下樓吃午餐。我心知自己的頭髮、指甲、走得磨平了的鞋，都無法幫我加分，也完全沒有走進去的意願。工廠同樣令我卻步——我聽得見廠房內機器隆隆作響，幫飲料裝瓶、組裝聖誕飾品，也看得到如倉庫的廠房天花板，吊著光禿禿的燈泡。我的指甲與平底鞋不好看，在這裡或許無所謂，可是我手腳不靈光，又是個機械白癡，若真上了工，想必會時常遭人辱罵喝斥（我也聽見那喝斥的指令壓過了機器的隆隆聲）。我將顏面掃地，唯有走路一途。我覺得自己連學習操作收銀機都不會。有間餐廳的經理似乎還真的考慮要用我，我那時就是這麼對他說的。「妳覺得妳可以學著上手嗎？」他問，我說不。他一副從來沒聽過有人坦承這種事的表情，可我說的是實話，我不覺得自己學得會，尤其是大庭廣眾之下，還要快速作業的時候，我會呆若木雞。我很容易就上手的，應該是像「三十年戰爭」紛紛擾擾這類的事吧。

說到底，當然，真正的原因是我沒有非上班不可。這個家是切斯在養，即使我們的生活非常簡樸。他已經為了這個家勉強自己融入社會，我不必強迫自己這麼做。男人就是得這麼做。

我想自己或許還能應付圖書館的工作，所以雖然他們沒登徵人廣告，我還是去問了。有個女的把我的名字列入人選清單，她人很客氣，但不怎麼歡迎我的樣子。後來我又去書店，還刻意找了看來沒有收銀機的店面去應徵，店裡人愈少、愈亂的愈好。老闆不是抽菸，就是在櫃檯打盹；如果是二手書店，還常有貓的味道。

「我們冬天生意沒那麼忙。」他們說。

有個女人說我或許可以等春天再來。

「不過我們那時候通常也不會有多忙啦。」

溫哥華的冬，和我所知的冬天大為不同。沒有雪，甚至連像樣的寒風都沒有。中午的市中心，嗅得到類似糖燒焦的味兒——我想是空中吊著的電車線。我沿著黑斯汀街走，路上除了我，一個女人都沒有，只有醉漢、流氓、窮苦老人、拖著腳步的華人。沒人對我說髒話。我路過倉庫、路過長滿雜草的空地，那兒連男人都沒了。我也會從奇茲藍諾區（高聳的木造屋密密麻麻，住滿了人，十分侷促，就像我和切斯的家）一路走到整潔的鄧巴區，那兒有灰泥平房和被削了頂的樹。我也會穿過克瑞斯戴爾區，這區的樹就比較漂亮，草坪上種著樺樹。有都鐸風格的屋架、喬治亞式的對稱，完全是白雪公主故事的美好畫面，配上仿茅草屋頂。還是說，那搞不好是真茅草屋頂？我哪看得出來？

這些人家大約下午四點就會開燈，不多久，街燈和電車裡的燈都會亮起，西邊海面上空的雲層往往會分開，露出幾道夕陽的紅光——而我回家時會路過的公園裡，冬日常青灌木植物的葉片，在淡淡玫瑰色暮光下閃閃發亮。購物的人們正在回家的路上；上班的人們想著回家；一整天待在屋裡的人，則出來散步換個心情，回家時就會覺得家更可愛了些。我遇見推著嬰兒車、拖著哭鬧小童的女人，始終沒想過自己那麼快就會加入她們的行列。我遇見遛狗的老人，動作緩慢或坐輪椅的老人，由伴侶或看護推著。我碰過戈瑞太太推著戈瑞先生。她穿著斗篷、柔軟的紫色羊毛貝雷帽（這時的我已經知道她大部分的衣服都是自己做的），玫瑰色的妝容甚濃。戈瑞先生則戴頂棒球帽，壓得低低的，頸上環著厚厚的圍巾。她打招呼的方式甚刺耳和強勢，他的招呼則幾乎如空氣無影無形，臉上也沒有很高興出來散步的表情。不過坐輪椅的人，絕大多數的表情都是無奈，有些則是一臉不爽，要不就是擺出一副刻薄相。

「喔，那天我們在公園裡碰到妳，」戈瑞太太說：「妳不是出門找工作，正要回家嗎？」

「不是。」我撒謊。我的直覺是對她不要說實話。

「喔，那好，因為我原本是想跟妳說，假如妳是要出去找事，真該好好打扮一下再出門。嗯，妳懂的嘛。」

我懂，我應道。

「我真搞不懂現在這些女人。我呀，就算只是出門買個東西，也絕對不會穿雙平底鞋、妝都不化就出去，何況是要請別人給我差事做呢。」

她曉得我在扯謊。她曉得我在地下室的門後屏息不動，故意不應她的門。假如她去翻我們家的垃圾，發現那堆揉皺的紙團，還打開來讀我那堆絮絮叨叨的鬼扯淡，我也不會意外。她為什麼就不能放我一馬？她就是無法放手。我是為她而生的苦差事——或許我的特異、我的笨拙，和戈瑞先生的殘缺是同一類，而無法校正的事情，就必須忍受。

有天我在地下室最大的那塊空間洗衣服，她下樓來。她准我每週二用她的脫水機和洗衣槽。

「工作有沒有消息呀？」她問。我當下衝口而出說，圖書館有通知我，說或許以後有機會。我想我可以假裝在圖書館上班——每天去那兒找張長桌坐一陣子，讀點書，甚至寫點東西，畢竟我之前偶爾也會這麼做。當然，萬一戈瑞太太哪天去圖書館，紙可就包不住火了，不過她沒法推戈瑞先生走這麼遠，圖書館又是上坡路。或者，萬一她對切斯提到我上班的事——只是我也覺得這不太可能。她提過，她有時會不敢向切斯打招呼，他總是擺張臭臉。

「嗯，也許趁這個空檔……」她提議：「我剛想到，也許趁這個空檔，妳可以打點零工，下午來陪陪戈瑞先生。」

她說她找到聖保羅醫院禮品店的工作，一週大約三、四個下午去那邊幫忙。「那工作沒錢拿，否則我早就會叫妳去問了。」她說。「就是個志工的工作，不過醫生說出門走走對我有好處，他是說我這樣下去會把自己累垮。倒不是說我需要這個錢，雷把我們照顧得不錯，不過就是去做點志工嘛，我想……」她望向洗衣槽，看見切斯的幾件襯衫和我的碎花睡衣、淺藍色床單，一起放在同一槽清水裡。

「唉喲真是。」她不由說。「妳沒把白色衣服和有色衣服混在一起吧？」

「我只和淡色的混在一起洗。」我回道。「不會掉色的。」

「淡色也是有顏色呀。」她說。「妳以為這樣洗襯衫還是白的，其實只是看著白，不會像之前那麼白了。」

我說下次我會記得。

「就看妳用什麼方式照顧妳的男人啦。」她像是很訝異我這種行徑，這句話帶點驚異的笑。

「切斯不在意的。」我說。當時哪曉得在後來的幾年，這漸漸也不是真話了。原本這些偶一為之、做來充滿樂趣的家事，之前只在我真實生活的周邊，後來幾年，愈來愈往前挪，邁向中心的位置。

我接下了這差事，下午去陪戈瑞先生。那張綠躺椅旁有張小桌，鋪了擦手巾（可以擦吃喝時噴濺出來的東西），擺了一堆藥瓶、藥水，還有一只提醒他時間的小鐘。躺椅另一邊的桌子則堆滿了書報雜誌，有當天的早報、昨天的晚報、一堆《生活》、

《LOOK》、《麥克林》雜誌，當時這些雜誌開本都很大。桌子下面的置物架則有一疊剪貼簿——小朋友在學校用的那種，用很厚的牛皮紙製成，邊緣很粗糙。有些剪報和照片的邊緣露了出來。這些都是戈瑞先生保存了好些年的剪貼簿，直到中風後沒法再剪東西才告停。屋裡有個書櫃，但放的都是雜誌，還有另一堆剪貼簿，另有大半空間放的是高中教科書，應該是雷的。

「我都是念報紙給他聽。」戈瑞太太說。「他能聽能看，就是沒法用雙手拿報紙，而且眼睛也會累。」

於是，就在戈瑞太太撐著花傘，輕盈步向公車站的當兒，我開始讀報給戈瑞先生聽。我會念體育版、市政版、國際新聞，還有一堆謀殺搶劫案、壞天氣等等。我也念讀者投書、醫藥信箱投書與醫師建議，還有讀者寫給安・蘭德斯的信，與她的回覆。他最感興趣的好像是體育新聞和安・蘭德斯專欄。有時我會念錯球員的名字，也可能把體育術語搞錯，所以我念出來的東西應該不太對勁，這時他就會發出幾聲不滿的咕噥，要我再念一遍。我讀體育版時，他總是十分緊張，全神貫注蹙著眉。但聽到安・蘭德斯專欄時，他不僅表情相當自在，還會發出某些類似漱口和冷哼的怪聲，我想這應該代表他喜歡專欄的內容。尤其是讀者來函寫到女人家特別關心的事、雞毛蒜皮的小事（像是有個女的寫說，她小姑老是愛假裝自己會烤蛋糕，但蛋糕上桌時，底下還墊著糕餅店的紙墊），或以那個時代的委婉口吻提到性事時，他特別會發出這種聲音。

讀社論或某些時事的長篇大論時（俄國與美國在聯合國的發言云云），他就會搭下眼皮——或著說，他視力較好的那隻眼的眼皮，會整個往下墜；視力較差、瞳孔顏色較深的那隻眼則半開半閉，胸膛明顯起起伏伏。這時我會暫停片刻，看他是不是睡著了。隨後他會發出另一種怪聲，很突兀、帶著責備意味的聲音。後來我慢慢習慣了他，他也慢慢適應我之後，這怪聲就沒那麼多責備的意思，反而像是某種安心的表示。我安心，因為他沒睡著，也因為他沒在那一刻斷氣。

想到他在我眼前死去，一開始是個駭人的念頭，畢竟他都已經半死不活了，為何不該死呢？他那壞掉的眼，如黝暗深潭中的一顆石頭。他那一側的嘴張著，露出原本奇形怪狀的真牙（老人大多都裝假牙），暗色填料在濕潤的琺瑯質間閃著晶光。他在這世上活著，在我眼裡像是個可隨時擦去的錯誤。但那時的我，如我之前說的，已經習慣他了。他塊頭實在很大，有碩大而尊貴的頭、吃力起伏的寬闊胸膛，右手軟軟地擱在套著長褲的大腿上，在我讀報時大舉侵入我的視野。他一如野蠻時期的遠古戰士，是歷史的遺跡。「血斧」埃里克。克努特大帝。

海盜王對部下說，我的體力大不如前，
再也不能以征服者之姿乘風破浪。

他就是這樣。那已呈半廢的龐大身軀，在前往浴室的關鍵歷程中，蹂躪著家具，搥打著牆壁。他身上的氣味並非惡臭，卻也不是嬰兒身上香皂與浮石粉的那種光潔味兒——那是種厚重衣物上殘餘的菸味（儘管他已經不抽了），還有肌膚悶在衣服裡的氣味（我想像那皮膚應該又厚又粗糙，仍堂而皇之地分泌著該分泌的東西，散發動物的體熱）。一種揮之不去的淡淡尿味，要是女人身上有這種味道，我會覺得很噁心；但在他身上，不但成了可以寬容的缺點，還多少代表男人自古以來就有的特權。他上完廁所、我進去清理時，總覺自己進了獸穴，裡面住著某種渾身長了疥瘡，卻依然孔武有力的猛獸。

切斯說我當戈瑞先生的看護是浪費時間。天氣現在放晴的時候多了，白天變長，店面都換上新的櫥窗陳列，一改冬日的窒悶，重現活力。這種時候，大家比較容易想到徵人。所以我應該多出門，認真找個工作。戈瑞太太給我的時薪也不過四十分錢。

「可是我答應她了。」我說。

他說有天曾看見她下公車。他就從辦公室窗戶這樣看著她。但那根本不是聖保羅醫院附近。

我說：「那可能是她的休息時段。」

切斯回道：「我可從來沒看過她大白天出門咧，拜託喔。」

這時天氣好多了，我便建議帶戈瑞先生坐輪椅出去散步，不過他以怪聲回絕了我。我聽那聲音便很肯定，他對坐輪椅出去拋頭露面十分反感——也可能因為是由我這樣的人帶他出去，顯然是拿錢辦事。

我為了問他要不要出門而暫停讀報，等我又開始讀時，他卻表示聽煩了。我放下報紙。他拿還有力氣的那隻手，朝身邊桌下置物架的那疊剪貼簿揮了揮，又發出一堆怪聲。他的怪聲各式各樣，我只能歸類為嘟噥、冷哼、清喉嚨、咆哮、咕噥等等。不過我們相處到了這階段，我已經覺得他發出的聲音十分像講話，聽來確實是一串字，不僅是斬釘截鐵的意見與要求（例如「不要」、「幫我站起來」、「讓我看一下幾點了」、「我要喝東西」），也是有比較多含義的宣告：「我的老天爺，那隻狗為什麼不閉嘴？」或「空氣好熱」（這句是在我念完講稿或報紙社論時說的）。

我此時聽到的聲音是「我們來看看這裡面有什麼比報紙還好看的東西。」

我把整疊剪貼簿拖出來，放在他腳邊的地上。每一本封面上都用黑蠟筆寫了大大的年份與日期，都是這幾年的事。我翻看一九五二年的內容，看到喬治六世葬禮的剪報，上方用蠟筆寫著「亞伯特·費得列克·喬治。一八八五年生，一九五二年卒。」三位王后戴著面紗，一臉哀戚。

下一頁是關於阿拉斯加公路的報導。

「這堆紀錄真有意思。」我說。「要不要我來幫你貼一本新的？你可以選你想剪貼的東西，我來做。」

他發出的怪聲在說「太麻煩了」或「都這時候了，何必呢？」甚至也可能是「什麼爛點子」。他把喬治六世掃到一邊，想看清楚其它幾本封面的日期，但沒有一本是他要的。他朝書櫃揮揮，我便去書櫃又拿了一疊剪貼簿來。我想他是在找特定的某一年，所以把每本都拿起來給他看封面，不時翻幾頁給他看（雖然他不要看）。這中間我瞄到一篇講溫哥華島上美洲獅的報導、一篇高空鞦韆表演者死亡的消息，還有某個小孩困在雪崩中倖免於難的新聞。我們一路回顧一次大戰那幾年、三〇年代、我出生那一年，又再倒回去快十年，才終於來到他要找的那一年。他滿意地下令。看這本。一九二三年。

我把那一本從頭開始翻起。

「二月雪掩埋多處村落……」

不是這篇。快一點，往後翻。

我趕忙一頁頁翻過去。

慢一點。別急。慢一點。

我逐一把頁面拿給他看，但什麼也不念，到我們翻到他要的那頁才停手。

就那兒。念那篇。

沒照片，也沒標題。蠟筆字寫著「《溫哥華太陽報》，一九二三年四月十七日。」

「科爾提斯島。」我念道：「是這篇嘍？」

念吧。念下去。

【科爾提斯島訊】本週六深夜或週日清晨間，位於科爾提斯島南端的一間民宅遭大火焚毀，屋主為安森·詹姆斯·外爾德。該民宅四周皆無人煙，是以島上居民皆未留意有火焰竄出。據聞週日清晨一艘航向德索雷欣峽灣的漁船曾發現大火，但以為是有人燒灌木叢。由於當地林木潮濕，燒灌木叢並無危險，船上的人不以為意，繼續航向目的地。

外爾德先生為「野果果園」所有人，居住該島已約十五年，平日深居簡出。之前曾投身軍旅，但為人和善親切。多年前結婚，育有一子，據悉乃生於大西洋省區。

火災現場僅餘瓦礫，屋梁已塌。外爾德先生陳屍於焦黑廢墟中，面目已不可辨。現場發現一只據信裝著煤油的焦黑鐵罐。

外爾德先生之妻因上週三應邀搭船，將一批蘋果自丈夫的果園運往科摩克斯，於火災發生時不在現場。她原本打算在上船當天返家，卻因該船引擎故障，旅程延宕四晚。她於週日早晨與駕船的朋友一同返家時，才發現這樁慘劇。

外爾德先生之幼子於火災發生時不在現場，恐下落不明，故有關單位立即展開搜尋，終在週日傍晚天黑前，於現場不到一哩外的森林中尋獲該名男童。男童因躲藏於灌木叢下數小時，渾身冰冷濕透，但毫髮無傷。眾人尋獲男童時，發現他身上有幾片麵包，應是男童離家前隨身攜帶的食物。

這場導致外爾德家全毀及男主人身亡的火災，將於科特奈進行起火原因的正式調查。

「你認識這些人嗎？」我問。

翻頁。

一九二三年八月四日。今年四月發生在科爾提斯島、導致安森．詹姆斯．外爾德身亡的大火，於溫哥華島上的科特奈展開正式調查後，今日調查結果顯示，無法證實這場大火係死者或不明人士縱火所致。現場發現的煤油空罐，無法成為充分證據。據科爾提斯島「梅森碼頭」商店店主博西．坎波表示，外爾德先生生前會固定到店裡購買煤油使用。

死者的七歲兒子亦無法對這場火災提供任何證據。搜救隊在大火發生後數小時，於火場附近的森林中尋得該名男童。他表示父親給了他一些麵包和蘋果，要他走去「梅森碼頭」，但他在途中迷路。數週後，男童又稱不記得事發經過，加上該路徑已是常走之路，不解自己何以迷路。維多利亞省的安東尼．郝韋爾醫師表示，經檢查男童身心狀況後，研判男童可能在目睹火災發生後即逃離現場，或許趁亂拿了食物，但此經過男童皆無印象。醫師認為，男童的說法或許屬實，只是日後壓抑了這段記憶，鑑於男童恐無法分辨此案實際經過與幻想情節間之差異，進一步訊問男童恐無所獲。

外爾德夫人於火災發生時，正搭乘聯合灣居民詹姆斯．湯普森．戈瑞的船，前往溫哥華島。

外爾德先生之死判定為意外致死，死因為不明原因造成之大火。

把本子闔上吧。

拿走。把它們統統拿走。

不對，不對，不是這樣。把它們照順序放，按年份放。這樣就對了。原來怎麼放就怎麼放。

她來了嗎？去窗子那邊看看。

好，不過她很快就會回來了。

好啦，妳怎麼看這件事？

我才不管，我才不管妳怎麼想。

妳想過人這一輩子有可能這麼過著，然後就這麼完了嗎？嗯，是有可能喲。

我常會和切斯說我這一天碰到了哪些他會覺得好玩的事，但這件事我沒跟他提。現在的他發明了一種拒聽戈瑞家各種消息的方法，他用一個詞形容他們，「怪人」。公園中灰撲撲的小樹開了花，很豔的粉紅色，像染了人工色素的爆米花。

我有了正式的工作，開始上班。

某個週六下午，奇茲藍諾圖書館打電話來，要我去上幾小時的班。於是我一反往常，身在櫃檯後面，幫民眾借的書蓋上歸還期限。有些人是熟面孔，因為之前我們都常來圖書館借書；而現在我代表圖書館對他們微笑，說：「兩週後見嘍。」

有些人聞言笑了：「喔，用不著兩週。」這種人看書成癮，和我一樣。

結果這份工我還真能上手。這兒沒有收銀機——有人來付罰鍰，你就從抽屜裡拿出零錢找錢即可。書架上每本書的位置我都熟悉，若要找索引卡，我也清楚字母順序。

圖書館幫我排了更多的班，不多久，零工就成了暫代全職班。有位全職的人流產，請假兩個月，假快休完之際，她又懷了孕，醫生勸她別再上班，於是我成了正式員工，這樣一直做到我懷頭一胎大約五個月時才離職。我的同事都是長久以來我在圖書館看熟了的人：梅維絲、雪莉、卡森太太、約斯特太太。她們都記得我以前常到圖書館來閒晃好幾小時——這是她們的說法。真希望她們那時沒那麼注意我。早知道就不要那麼常來圖書館。

每天站上工作崗位，從櫃檯後面對民眾；有人來請我幫忙，我能俐落親切應對，這是何等單純的樂趣。讓大家看見我是能手，在這世上有明確的用處。我捨棄之前的沉潛、遊蕩與幻想，成為「圖書館的那個女生」。

當然，這樣我看書的時間就少了，上班坐櫃檯時，我會捧著書一陣子（我會把書當成手裡的物品，不是非得馬上清空的水盆），心頭忽然浮現一陣恐懼，彷彿在夢境中走錯屋子，或忘了考試的時間；妳明白，這只是一個小小的徵兆，代表大難即將臨頭，或者，一生的大錯就將鑄成。

不過這種恐懼很快就會消散。

我這些同事還記得在圖書館看過我寫東西的樣子。

我回說我是在寫信。

「妳用計算紙寫信喔？」

「對呀。」我答道：「比較便宜嘛。」

最後一本習作簿冷冰冰地放在抽屜的深處，和我的襪子內褲等雜亂地堆在一起，無人聞問。望著它，我總有滿懷疑慮與屈辱。我該把它丟了，卻始終沒動手。

戈瑞太太倒沒恭喜我找到工作。

「妳沒跟我說妳一直在找工作。」她說。

我說，我很早以前就在圖書館登記求職，也早跟她提過了。

「那是妳來幫我做事之前。」她回道。「那現在戈瑞先生怎麼辦？」

「很抱歉。」我說。

「這下子對他可不妙了，是吧？」

她挑起粉紅色眉毛，對我講起話來一副唯我獨尊的語氣，我聽過她和肉商菜販講電話，他們把她訂的東西弄錯時，她就是這種語氣。

「那我現在該怎麼辦？」她問。「妳害我現在麻煩啦，沒有人幫忙了。我希望妳對別人要說話算話，別像對我這樣。」

這當然是鬼扯，我從來就沒答應她會待到多久。然而我就算沒有罪惡感，還是隱約覺得有種內疚的不安。我確實什麼也沒答應她，可是，那她敲門而我沒應的時候呢？我偷偷摸摸進出房子，走過她廚房窗前刻意把頭壓得低低的時候呢？她常照顧我（肯定是真心的），我卻僅僅偽裝表面友好的脆弱假象呢？

「問題是，說真的，」她說：「我也不想找個靠不住的人來照顧戈瑞先生。我可以老實跟妳說，妳照顧他的方式，我也不是很滿意。」

她沒多久就找到了新看護——一個小個頭長得像蜘蛛的女人，一頭黑髮用髮網包著。我從沒聽過她講話，但聽過戈瑞太太跟她說話。樓梯頂那扇門開著，所以我聽得到。

「她連他的茶杯都不洗。一天裡面有半天連茶都不幫他泡。我就不曉得她哪點好，只會坐著念報紙。」

現在我出門時，廚房窗戶都會打開，她的聲音就會在我頭頂嗡嗡響，雖然她顯然是在和戈瑞先生講話。

「唉，她走啦，出門啦。她連和我們揮揮手都懶咧。沒人要用她的時候，我們給了她份工作，結果現在她可神氣咧，理都不理啊。真是。」

我沒揮手。我得走過戈瑞先生坐著的那扇前窗，但我清楚，假如我揮了手，甚至就算只看他一眼，他都會覺得顏面掃地，或惱羞成怒。無論我做什麼，對他來說都像嘲弄。

我才走不到半條街外，就把他們倆全拋到腦後。晨曦總是耀眼，我走著走著，如釋重負，覺得人生有了目的。這種時候，我會覺得不久之前的那段經歷，似乎有那麼點不堪。躲在凹角布簾後的時光、在廚房桌上一頁頁寫著拿不出去的東西的時光、和一個老男人同在一間熱過頭的房間裡的時光。破爛的地毯與絨布椅墊、他衣服與身上的味道、黏膠都乾硬了的剪貼簿、我必須犁田般逐一念過的大疊報紙。他刻意留下來要我念的恐怖報導（我完全無法明白，在書的分類中，這類報導被歸為人間慘劇）。回想這種種，就像回想我童年大病的那段時間，我心甘情願被困在舒適的、飄著樟腦油味的法蘭絨床單裡，困在我自己的懶散裡，困在樓上窗外樹枝狂擺、閃動的種種費解訊息裡。這段時光倒沒有太多遺憾，我大多很自然地拋諸腦後。這似乎是我的一部分（令人不快的部分？），此時也在捨棄之列。你或許以為是婚姻造成這樣的轉變，但已經有好一陣子，婚姻失去了這種效用。過去的那個我，一度蟄伏、反芻——我脾氣非常拗、毫無女人味，行徑又沒來由地神祕。現在的我可以自立，也體會到自己能轉變為人妻、為員工，是多麼幸運。面對問題，我能優雅從容、遊刃有餘。一點也不彆扭。我過得了這一關。

戈瑞太太拎了兩個枕頭套到我門前，咧開不懷好意的笑（你永遠也讀不懂那笑容的意義），露出一口牙，問那枕頭套是不是我的。我毫不遲疑便說不是。我自己的兩個枕頭套，正擺在我們家床上。

她一副故作委屈的語氣：「呃，也肯定不是我的。」

我問：「妳怎麼知道？」

她臉上的笑意慢慢變得愈來愈篤定，使的不知是什麼壞心眼。

「我可不會在戈瑞先生床上擺這種東西，也不會擺我自己的床上。」

為什麼？

「因——為——它——料——子——不——夠——好。」

我只好回房去把床上的枕頭套拆下來，拿出來給她看，然後才發現這兩個枕頭套不是一套的，只是在我看來花色都一樣。那其中一個是「好」料子做的（自然是她的），而她手上的一個枕頭套是我的。

「我真不相信會有人沒注意到。」她說。「不過既然是妳，就不意外了。」

切斯聽說有另一間公寓，是貨真價實的公寓，不是「套房」——有完整的衛浴和兩間臥房。切斯辦公室有個同事和太太買了房子，所以要搬出這間公寓。位置就在第一大道和麥克唐諾街的轉角，我還是可以走路去上班，切斯則可以搭同一班公車去公司。以我們兩人的薪水，應該負擔得起這間公寓。這對同事夫妻留下一些家具，因為它們不適合搬去新房，原本要廉價賣掉，但在我們眼中，這些家具狀況極佳，好看得不得了。我們在這間位於三樓的公寓裡走進走出，欣賞一間間採光明亮的房間、刷了乳白色油漆的牆、橡木拼花地板、超大的廚房碗櫥、浴室的瓷磚地板。甚至還有一個小陽台，可以眺望麥克唐諾公園的樹。我和切斯以一種新的方式相愛，愛上我們的新身分、愛上我們揮別過渡時期暫住的地下室，抬頭挺胸走入大人的生活。這地下室將成為我們未來歲月間談的玩笑、耐力的考驗。我們每次搬家（從租獨棟房子、第一棟自己買的房子、第二棟自己的房子、第一次搬到別的城市），都讓我們對往前更進一步興奮無比，兩人之間也更緊密。直到最後一棟房子（也是截至目前為止最豪華的一棟），我踏進去時就有種大難將要臨頭的徵兆，還有種非常幽微的、出走的預感。

我們把搬家的事通知了雷，沒對戈瑞太太提。這讓她對我們的敵意又攀升至全新的高峰。坦白說，她變得有點不太對勁。

「唉喲，她自以為多聰明呀，連兩個房間都沒辦法打理乾淨。她掃地，只不過是把灰塵都掃到牆角去。」

我買第一支掃帚時，完全忘了買畚箕，有陣子就那麼掃地。不過這件事她不可能曉得，除非她趁我出門時拿自己的鑰匙開門進我家去。後來事實證明是真有其事。

「她這個人，鬼鬼祟祟的。我頭一眼看到她，就知道她有什麼見不得人，而且滿嘴謊話，腦袋也不對勁。她人就坐在那兒，說是寫信啦，結果寫的都是一樣的東西，寫了一遍又一遍——那根本不是信，就是同樣的東西寫了又寫。她神經有問題。」

於是我明白，她肯定是把我扔進垃圾桶的紙團攤開來看。我常用同樣的字句幫同一個故事起頭，就像她說的，寫了又寫。

現在天氣已經暖和起來，我上班時不必再穿外套，就只穿件針織衫，下襬塞進裙子裡，腰帶扣在最後一個洞。

她拉開前門在我背後大吼。

「騷娘們。你看看她那個騷樣，袒胸扭屁股的那德性。妳以為妳是瑪麗蓮夢露？」

還有這句：「我們不要妳待在這裡，妳早滾早好。」

她打電話給雷，跟他說我想偷她的床單云云，又碎念一堆說什麼我在街坊鄰居間傳她的流言。她對著話筒嚷嚷這些事的時候，還故意打開門，確定我聽得見，不過這實在沒什麼必要，因為我們用的是同一條電話線，要是想聽談話的內容，隨時拿起話筒就好。我從不聽他們談什麼（我的直覺反應是摀住耳朵），不過有一晚，切斯在家，居然拿起話筒講話。

「雷，你別管她，她不過就是個發瘋的老太太。我知道她是你媽，但我還是得說，她神經不正常。」

我問他雷反應如何，聽了這話有沒有很生氣。

「他只說，『是啊，對。』」

戈瑞太太掛了電話，直接對著樓梯大喊：「也不看看誰才不正常。也不看看是哪個瘋子，亂傳我和我老公的什麼鬼話……」
切斯發話了：「我們不聽妳鬼扯，妳不要來煩我太太。」之後他對我說：「她說和她老公的事，是什麼意思？」
我只回：「不知耶。」
「她就是看妳不順眼就對了。」他說。「因為妳年輕漂亮，她只是個老巫婆。」
「算了吧。」他勸我，勉強扯了個笑話逗我開心。
「老女人到底有哪點好啊？」

搬家過程很簡單，我們只帶著行李箱，搭計程車到新家。我們在人行道上，背對戈瑞家的牆，等計程車來。我想應該會有最後一輪大呼小叫，卻一點聲音都沒有。
「要是她拿把槍朝我背後開槍，怎麼辦？」我問。
「妳別學她那樣講話。」切斯回我。
「如果戈瑞先生人在窗邊，我還真想朝他揮手。」
「還是不要吧。」

我沒看那房子最後一眼，之後也再沒走過阿巴塔斯街面向公園和海的那一段。我記不太得街上的樣子，卻很清楚記得幾樣東西——凹角處掛的布簾、瓷器櫃、戈瑞先生的綠色躺椅。

我們後來認識幾對年輕夫妻，際遇和我們一樣，都是先租別人家的便宜房間住。我們因此聽了許多老鼠、蟑螂、恐怖廁所、神經女房東的故事，當然也分享了自己碰上的版本。偏執狂。

除了這樣的場合外，我完全沒去想戈瑞太太。

但戈瑞先生會出現在我夢中。夢裡，我似乎比戈瑞太太還早認識他。他身強體壯、手腳俐落，只是並非年少，神態也沒比我去幫他讀報時好多少。話或許還能講，只是仍停留在我之前學著解讀的那串怪聲——唐突、跋扈，或許是對動作十分重要卻不屑的註解。而那動作相當激烈，因為，我的夢都是春夢。做這種夢的這些年，我在夢裡先是少妻，沒多久就成了年輕的母親——忙碌、忠貞、始終滿足。我偶爾會做這種夢，在夢中，那進攻、那反應、各式各樣的可能，遠遠超越了現實生活所能給我的。而浪漫情懷、君子舉止，在夢中均遭驅逐。我們（戈瑞先生與我共享）的床，可以是滿布碎石的沙灘，可以是船上粗硬的甲板，可以是躺著很折磨人的滑膩繩索團。有種或可稱之為醜陋生出的歡愉。他身上強烈的體味，那隻渾濁的眼，兩顆犬齒。我從這歡樂放縱的夢中醒來，毫無驚異或羞愧，再度睡去，隔天清晨醒來，又慣於否認我記得的片段。這麼多年來，甚至在戈瑞先生死後很長一段時間，他都是這樣主宰我的夜生活。我想，直到我以消費死者的方式，把他利用殆盡，才終於告一段落。可是我們的互動又似乎從來不是單向——我主導一切，我帶他入夢。這似乎是雙向的關係，彷彿他也帶我入夢，那是他的體驗，也是我的體驗。

那船、甲板、岸上的碎石，或高聳入雲，或屈身探向水面的樹，周邊諸島崎嶇難辨的輪廓，朦朧卻相貌各異的群山，似乎都存在於自然的渾沌中，比我夢想的或幻想的，更加不凡，卻也更平凡。就像有個地方，無論你人在不在，始終都會存在，此時也依然存在。

但我從未見過燒焦的屋梁塌在那丈夫的屍體上。那是很久很久以前的事，而且後來廢墟四周長出了樹林。

主祐割麥人

他們在車上玩的遊戲，和當年蘇菲還小時、伊芙怕她坐車太久無聊而玩的遊戲幾乎一模一樣。那時玩的是跟蹤間諜，現在換成跟蹤外星人。蘇菲的兩個孩子菲利浦和黛西坐在後座。黛西快三歲，完全不清楚狀況；菲利浦七歲，是發號施令的角色。由他決定他們要跟蹤哪輛車——那輛車裡是才剛抵達地球的外星旅人，正要趕往地球上的祕密基地，也就是這群入侵者的巢穴。這批人從各種來源接收駕駛路線的訊號，可能是別的車裡一臉老實相的人、郵筒旁站著的某人，或是田裡面開曳引機的人。很多外星人早就來到地球，且已順利「轉換」（這是菲利浦的詞兒），所以誰都有可能是外星人。加油站的服務人員、路上推著嬰兒車的女人，甚至是嬰兒車裡的寶寶。他們都有可能發出訊號。

伊芙和蘇菲以前常在車流量很大的公路上玩這遊戲，因為車多，沒人會注意到她們的舉動（不過有次她們玩得太過頭，結果開到郊區的路上）。若是像今天伊芙開的這種鄉間道路，要玩這遊戲就沒那麼容易了。不過她想了個辦法解套，她說今天可能得不時換輛車跟蹤，因為有的車其實是誘餌，並沒有要去祕密基地，只是故意害你走錯路。

「不對不對，他們不會這樣。」菲利浦說。「他們要是發現有車跟蹤，就會把人從車裡吸出來，放到另外一輛車裡去。他們原本住在某個人身體裡，然後就會『咻』一聲化成空氣，跑到別車的人的身體裡。總之就是一直跑到別人身體裡去，大家都不曉得自己裡面有什麼。」

「真的喔？」伊芙問。「那我們怎麼知道他們在哪輛車？」

「有密碼，就在車牌上。」菲利浦答道。「他們會在車裡製造電場，換掉車牌號碼，這樣從外星追蹤他們的人就可以找到他們。很簡單的一件小事而已，不過我不能跟妳說。」

「喔，那就別說啦。」伊芙說。「我想知道這件事的人應該很少很少吧。」

菲利浦胸有成竹接口：「我是目前全安大略省唯一的一個。」

他繫著安全帶，還是努力想挨近駕駛座，偶爾敲敲自己的牙齒，這表示狀況緊急，他要專心想事情。碰到得提醒她留意狀況時，則會輕吹出類似口哨的聲音。

「喔喔，這邊要小心。」他開口。「我想妳得掉頭喔。對，對。這輛應該就對了。」

他們原本一直跟著一輛白色馬自達，結果現在顯然換成一輛綠色老貨車，福特的。

伊芙問了：「你確定嗎？」

「確定。」

「你覺得他們被吸到空氣裡去了？」

「他們被同時轉換了。」菲利浦說。「我之前大概是用『吸』這個字，不過那只是為了讓大家比較好懂。」

伊芙原本的計畫是讓那個「總部」變成村落裡那家賣冰淇淋的小店，或是遊戲場也行。他們就會發現，原來所有的外星人，都披著小孩的外殼，看到冰淇淋、溜滑梯、鞦韆等等，就不由自主樂得如飛蛾撲火，原本的超能力全部暫時停擺。只要你選對冰淇淋口味，在指定的鞦韆上盪起來的次數完全正確，就不必擔心他們或綁架你（或跑到你身體裡）。（不過即使都做到這些，還是得保留一點出事的可能，要不然菲利浦會很失望，覺得很丟臉。）問題是，這一路上都是菲利浦主導一切，現在要去調整最後結果已經很難。那輛貨車正從鋪了柏油的鄉間道路轉上碎石小路。是輛頗為破舊的貨車，載貨的地方沒有頂蓋，車身鏽蝕得很嚴重——一看就知道跑不了多遠，頂多就是從家裡開到什麼農場吧。看來伊芙他們在抵達目的地之前，沒法更換跟蹤目標了。

「你確定跟這輛車沒錯嗎？」伊芙問。「那車裡只有一個男的，你看。我以為外星人不會單獨行動的。」

「有狗呀。」菲利浦接話。

卡車後面沒加蓋的載貨區有隻狗，在卡車兩側之前折返跑來跑去，一副四處都有東西要追蹤的樣子。

「狗也算在內喔。」菲利浦說。

那天早上，蘇菲去多倫多機場接義安，菲利浦則負責在小孩睡的臥房裡看好黛西。黛西來了這些天，已經適應了這間陌生的屋子（唯一讓人頭痛的是她每晚都尿床），不過這會兒可是她媽媽頭一次出門沒把她帶在身邊。蘇菲因此請菲利浦找點事情轉移黛西的注意力，菲利浦做來也十分帶勁（是因為很高興生活中有了新變化嗎？）他趁蘇菲發動租來的車、駛離家門時，故意把玩具車從地板這端用力推向另一端，大聲模仿引擎啟動時的咆哮，好蓋過蘇菲開車的聲音。之後沒多久，他便朝伊芙大喊：「B.M.走了嗎？」

伊芙正在廚房清理早餐的廚餘，一邊克制住自己。她走進客廳。客廳擺著她和蘇菲昨晚一起看的錄影帶。《麥迪遜之橋》。

「『B.M.』是什麼意思？」黛西問。

兒童房的門開了就是客廳。這房子又小又擠，專供暑期廉價短租的那種。伊芙原本打算租棟湖濱度假別墅，畢竟這是快五年來，蘇菲和菲利浦頭一次來訪，更是黛西生平第一次。伊芙選了休倫湖岸的這一帶，因為這是她小時候，爸媽帶她和哥哥來度假的地方。只是人事已非——別墅像郊區住宅般巨大，房租貴得離譜。而這間小屋靠近湖濱可出入的沙灘北端，那邊岩石多，大家比較少去。小屋離岸邊不過半哩路，算是她能負擔的最佳選擇了，而且就在一片玉米田正中央。她把自己父親對她說的話，跟孫兒們說了——夜裡，你可以聽見玉米在長。

黛西每天尿床，蘇菲只得每天手洗床單。她去收床單時，總得甩掉上面的玉米害蟲。

「就是『排便』（bowel movement）的意思。」菲利浦一邊回黛西，一邊朝伊芙拋了個狡黠的挑釁眼神。

伊芙在門口停步。昨晚她和蘇菲一起看錄影帶，片中的梅莉史翠普坐在丈夫的卡車裡，外面下著大雨，她的手緊緊拽著車門把手，眼睜睜看著她的戀人駕車揚長而去，滿心想隨他而去的衝動，壓得她透不過氣。母女倆轉頭互望，發現彼此眼中都是淚水，不禁一起搖頭，放聲大笑。

「也是『大嬤嬤』（Big Mama）的意思。」菲利浦這句的語氣多了點安撫的意味。

「有時候爸爸會這樣叫她。」

「喔，那好。」伊芙說。「假如你剛剛問的就是這意思，答案是『對，走了』。」

她納悶菲利浦有沒有把義安當成親生父親。她也沒問蘇菲，她和義安是怎麼跟菲利浦說的。她自然不會問。菲利浦的親爹，當年是個獨自在北美遊走的愛爾蘭小子，因為打定主意不當神父，就一邊旅行，一邊思索前途。伊芙以為他只是和蘇菲一起玩玩的朋友，蘇菲自己似乎也這麼覺得，一直到她主動勾引他，才改變了這一切（「他好怕生，我怎麼也沒想到居然做得成。」她說。）伊芙見了菲利浦，才確實想起那小子的模樣。菲利浦和他完全是一個模子印出來的——澄亮的雙眼、敏銳善感、對他人不屑一顧、雞蛋裡挑骨頭、會臉紅、會畏縮、愛鬥嘴的愛爾蘭小伙子。她說，有點山繆・貝克特的味道，連皺紋都像。當然，寶寶愈長愈大，皺紋也就慢慢消失。

那時蘇菲是考古系學生，一整天都得上課，她去學校時，就由伊芙照顧菲利浦。伊芙是女演員——只要她接得到戲，她的身分就是女演員。有時她沒戲可演，或是得白天排戲時，她會把菲利浦帶在身邊。他們三代三個人，就這樣在多倫多的伊芙家同住了幾年。伊芙會用搖籃車推著菲利浦出門（之後就改成嬰兒車），沿著皇后街、大學街、史帕狄那街、奧辛頓街之間散步，走著走著，她偶爾會發現心目中理想的某棟閒置小屋出售，就在她從未聽過的某條巷子裡（她家那條街有兩個街區長，綠蔭蔽天，而且是無尾街）。她會叫蘇菲也去看看那房子，兩人再和房仲一起去，討論貸款、商量怎麼花錢翻修、有哪些工程可以自己做等等。就這麼猶豫加幻想了半天，結果不是房子賣給了別人，就是伊芙會定期發作的小氣病又開始了，要不就是某人說服她倆，這種小巷看似宜人，但論治安，還不及她倆目前住的那條亮晃晃、鬧哄哄、髒兮兮的街。她們也就這麼住了下去。

比起那愛爾蘭小子，伊芙對義安就更不在意了。義安就是個朋友，如果沒伴，他從不會單獨到伊芙家來。後來他在加州找到工作（他是都市地理學家），蘇菲和他成天打國際電話，伊芙不得不提醒蘇菲電話費很貴，於是整個家的氣氛就變了（難道伊芙當時不該提電話費的事？）沒多久，蘇菲就打算去加州看義安，還帶了菲利浦一起去，因為那時伊芙得在某地區戲院的夏季公演演出。

結果消息很快從加州傳來，蘇菲和義安要結婚了。

「先同居一陣子，不是比較好嗎？」伊芙在公演地的民宿打電話問蘇菲，蘇菲的答案是：「喔，不不不，他這人很怪，不相信那套。」

「可是我抽不開身去參加婚禮啊。」伊芙說。「我們要一直演到九月中。」

「那沒關係。」蘇菲說。「反正又不是很正式的那種婚禮。」

就這樣，到今年夏天之前，伊芙再也沒見過蘇菲。一開始是因為兩邊都缺錢。伊芙有戲演時，就有固定的收入；要是沒戲演，她也無法負擔額外的支出。而蘇菲又很快找到了工作，在某間診所當櫃檯接待。有一次伊芙終於就要訂機票時，蘇菲打電話來說，義安的父親過世了，他得飛去英國參加葬禮，再把母親帶到加州來。

「我們只有一間房間就是了。」蘇菲說。

「省省吧。」伊芙回道。「兩個親家母，在同一個屋簷下？更別說在同一個房間了。」

「那要不然就等她回去再說？」蘇菲提議。

結果這親家母一直留在他們家，這中間，黛西出生、夫妻倆舉家搬到新房，整整待了八個月。那時義安開始寫書，家裡有客人，要專心寫書總是不方便，其實有母親來作客，原本就不是容易的事。伊芙自認適合主動提議過去拜訪的那段時間，也就這麼過去。蘇菲寄來一堆照片，有黛西、新房子的花園，和屋裡所有的房間。

後來蘇菲自己說，他們可以過來看她，她、菲利浦、黛西，今年夏天可以一起到安大略省來。他們來和伊芙住三週，義安留在加州專心工作，三週後再來和他們會合，然後他們一家再去多倫多，搭機去英國，和義安的母親住一個月。

「我去湖邊租間別墅。」伊芙提議。「喔，一定會很棒。」

「當然。」蘇菲附和。「真是的，怎麼會搞到這麼久沒見啊。」

大家團聚以來，處得倒也不錯，算是愉快吧，伊芙心想。黛西成天尿床，但蘇菲好像不怎麼煩心，也不太意外。菲利浦頭幾天相當挑剔難搞，拒人於千里之外，伊芙說她可是從他剛出生就看他長大喲，菲利浦的反應卻相當冷淡。他們去湖邊，要快步穿過一片林子時，他不斷哀嚎說蚊子都來叮他。後來又吵著說要去多倫多看科學中心。不過後來他就適應了，在湖裡游泳時再也不抱怨水太冷，不斷忙著他的一人小實驗——像是把死龜拖回家，煮了之後把肉刮下來，好留著龜殼。那隻龜的胃裡還有隻沒消化完全的螯蝦，蝦殼就這麼一片片剝落，不過這些全都沒嚇著菲利浦。

而伊芙與蘇菲則慢慢建立了消磨時光的一套作息，早上忙家務，下午固定去湖邊，晚餐配美酒，飯後看錄影帶到深夜。兩人半認真半玩笑地聊起這房子可以變成什麼樣。該怎麼整修？可以先把客廳壁紙拆了，可以裝仿木牆板，把亞麻油地板拆掉，反正那金色小花的花樣很醜，也被走路帶進來的沙子和擦地的髒水染成了褐色。蘇菲講得興致一來，居然把水槽前的地板掀起一角，發現底下是松木地板，只是絕對該磨了。兩人又聊起租磨地機的費用（假定她們是這房子的主人的話）、門和木作的油漆要用什麼顏色；窗戶上要裝百葉窗片；廚房應該裝開放式層架，不要裝小不拉嘰的夾板製碗櫥。弄個燒瓦斯的壁爐怎麼樣？

那誰要來住這兒？伊芙。原本使用這間房子的，是冬天來此地駕雪上摩托車旅遊的人。現在他們要蓋自己專用的冬季聚會所，所以房東應該會很樂意把房子出租一整年，要不用很便宜的價格賣掉也可以，畢竟屋況不算好。假如伊芙能拿到她想演的角色，或許明年冬天可以來這裡度假。就算她沒戲演，也可以考慮把公寓暫租出去，搬到這兒來住。兩邊房租有差，而且她十月起就可以領老人年金，加上之前她曾幫某健康食品拍廣告的收入仍繼續進帳，應該供得起自己的生活。

「假如我們夏天過來，也可以幫忙分擔一點房租。」蘇菲說。

菲利浦聽到她們的對話，問：「每年夏天都來嗎？」

「你現在不是喜歡這個湖嗎？」蘇菲說。「你已經喜歡這兒了不是？」

「還有蚊子啊。你知道，不是每年都有這麼多蚊子。」伊芙說。「通常只有夏天剛開始的時候，蚊子才比較多。六月吧，那時你們還不會來。春天的時候，這裡的沼澤地都是水，蚊子會在這裡產卵，然後沼澤地乾了，蚊子就沒法產卵了。不過今年初下了好久的雨，沼澤地乾不了，蚊子才能再來這裡產卵，所以你現在看到的是新生代呢。」

她這時已經發現，菲利浦有多重視各類訊息，他寧願吸收知識，也不要聽她的意見和講古。

蘇菲對伊芙講古也沒什麼興致。只要伊芙一提她們母女倆共度的那段過去（即便是菲利浦出生後那幾個月，伊芙自認是一生中最快樂、最艱苦，也最有意義、最融洽的一段時光），蘇菲就會板起臉，像瞞著什麼事情，即使有意見，也耐著性子按下不表。後來伊芙發現，若講到更早一點的事，像是蘇菲小時候，那更是處處地雷。這是因為有次她們聊到菲利浦念的學校，蘇菲覺得那學校有點太嚴格，義安卻覺得沒什麼問題。

「那和『黑鳥』差別實在太大了。」伊芙說，蘇菲立時反彈，語帶殺氣：「喔，『黑鳥』啊。想到妳還花錢送我去那兒念書，簡直是給人看笑話。妳可是花、了、錢耶。」

「黑鳥」是蘇菲以前念的不分級另類學校（校名是因為〈破曉〉[20]這首歌）。學費其實超出伊芙的能力範圍，但她覺得孩子有個演員母親，父親又不在身邊，念這樣的學校比較好。蘇菲九歲或十歲那年，學校因為家長間意見不和，竟告解散。

「我學了希臘神話，還不知道希臘在哪兒。」蘇菲說。「我根本不知道希臘是什麼好嗎。我們的美術課都拿來做反核標語。」

伊芙的反應是：「噢，不會吧，真的啊。」

「真的啊。而且他們還一直逼我們聊關於性方面的事，用逼的喔。簡直就是用言語猥褻兒童嘛。這還都是妳花錢換來的咧。」

「我不曉得居然糟糕成這樣。」

「嗯，反正，」蘇菲說：「我也挺過來了。」

「這是最重要的。」伊芙嗓音顫抖。「就是要忍著，撐到最後。」

蘇菲的父親來自南印度的喀拉拉邦。伊芙在從溫哥華到多倫多的火車上遇見他，後來在車上的時間，都和他耗在一起。他很年輕，是個醫生，拿了研究獎學金到加拿大進修。在印度的家已有妻子和一個女娃娃。

這趟車坐了三天。車到卡加利，有個停車半小時的空檔。伊芙和這位醫生四處跑，想找間藥妝店買保險套，結果一無所獲。等車開到溫尼伯，雖有停車一小時的空檔，也為時已晚。其實——伊芙講到這段故事時說，車開到卡加利邊界時，八成就已經晚了。

那時他坐的是普通車廂，畢竟研究獎學金沒多少。伊芙倒是小小奢侈一下，幫自己訂了一間臥鋪。伊芙說，蘇菲之所以來到世間，自己這一生也隨之巨變，全因這次揮霍（最後關頭的衝動決定）換來臥鋪的便利與隱祕，還有，因為卡加利車站四處都買不到保險套。不為愛，也不為錢。

車到多倫多，她朝喀拉拉邦來的這位戀人揮別，神情一如與車上萍水相逢的人說再見，因為有另一個男人來接她，他是她當時生命中認真的對象、痛苦的來源。這三天，在火車搖晃震動下，顯得格外特別——戀人的動作從來不僅止於自己的發明，或許正因如此不帶內疚，無從抗拒。他們的感覺與對話想必也受此影響。在伊芙的回憶裡，這些

---

20 譯注：〈破曉〉（*Morning Has Broken*）的歌詞頭二句："Morning has broken like the first morning / Blackbird has spoken like the first bird."

事都甜蜜而寬厚，始終不嚴肅也不悲傷。再說，臥鋪的空間與規畫，讓你想嚴肅也嚴肅不起來。

她對蘇菲說了他的基督教名——湯瑪斯，因聖湯瑪斯．阿奎那得名。伊芙認識他之前，完全沒聽過南印度有古老的基督徒。蘇菲到了十來歲，有陣子對喀拉拉邦還頗有興趣，不但從圖書館借了些相關的書，還穿著紗麗去參加派對。她說等她長大點，要去找爸爸。她曉得他的名字，也知道他專長的領域（血液疾病），她覺得這樣應該就能找到。伊芙再三對她強調印度人口之多，再說他也有可能不住在那兒了。伊芙對蘇菲說不出口的是，在她父親的生命裡，她的存在是何等偶然，幾乎難以想像。所幸後來蘇菲就漸漸打消了這念頭，豔麗的民俗風裝扮流行起來後，她也不穿紗麗了。之後，她唯一提起自己父親的機緣，是她懷著菲利浦時，曾開玩笑說，她倒是保存了這個家專找「一夜父親」的傳統。

現在她們不開這種玩笑了。蘇菲出落得亭亭玉立，凹凸有致，優雅而內斂。之前有一次——他們要穿過林子去湖邊，蘇菲彎身去抱黛西，好讓大家加速離開蚊子活動的範圍——那時伊芙覺得女兒展現出全新的、晚熟的一種美，很是驚豔。那是一種圓潤、沉靜、雅致的美，不是由保養與打扮而來，而是全心捨己、付出奉獻的結果。現在的她變得更像印度人，原本好似咖啡加奶油的膚色，在加州的陽光下變得更深。雙眼下兩道黑眼圈，訴說著揮之不去的微微倦怠。

但游泳仍是蘇菲的強項。游泳是她唯一喜歡的運動，而且她現在還是游得很好，此時正往湖心游去。她來這裡頭一次游完泳後，說：「感覺好棒，我覺得好自由。」她並不是指伊芙幫忙看著兩個孩子，所以才覺得自由，不過伊芙明白，這感覺用不著說出來。「我很高興。」伊芙回道——其實自己早就嚇壞了。有好幾次她都想，往回游吧，而蘇菲只是一直往前游，完全不顧她用念力發出的求救訊號。她那黑色的頭變成一個小點，之後成了更細小的點，再化為一波波湖水間飄蕩的某種幻象。伊芙害怕的、無法去想的，不是蘇菲體力耗盡，而是不願回頭的欲望。彷彿這個新的蘇菲，這個被生活套牢的成熟女人，其實很可能對生活一派淡漠，不像伊芙印象中的那個女孩，那個敢冒險、敢愛敢恨、歷經人生跌宕的少女蘇菲。

「我們得把那錄影帶還給店裡。」伊芙對菲利浦說。「也許應該在去湖邊之前，先把片子還了。」

菲利浦回嘴：「湖邊我去膩了。」

伊芙不想和他吵。蘇菲不在，原本的旅遊計畫也變了，現在變成他們一家要走，而且是今天傍晚就走，她也沒有去湖邊的興致了。她甚至受不了這租來的房子——她滿腦子都是這屋子明天的模樣。蠟筆、玩具車、黛西玩的大片簡易拼圖，全都會收好、打包帶走。他們拿走的故事書，所有內容她都倒背如流。窗外不再晒著床單。到最後一天還有十八天，她將獨自待在這裡。

「要不然我們今天去別的地方好不好？」她提議。

菲利浦問：「什麼地方？」

「就當是驚喜吧。」

伊芙前天從村落採買回來，提了大包小包。鮮蝦是給蘇菲的——現在村落的商店變成相當不錯的超市，什麼都買得到：咖啡、葡萄酒、不含葛縷子的裸麥麵包（因為菲利浦討厭葛縷子）、熟甜瓜、他們都愛吃的深紅色櫻桃（只是要小心看著黛西，怕她把核吞下去）、一大盒摩卡糖漿冰淇淋，外加可以再吃一週的一些基本食材。

蘇菲正忙著在孩子們午餐後收拾。「噢！」她見了伊芙大包小包，不禁喊：「哇，這麼多怎麼吃得完啊？」

她說義安打了電話來。義安說，他明天就飛到多倫多。寫書的進度比他預期得還順，所以他更動了原來的計畫。他原本打算三週後再飛來，現在變成明天就來接蘇菲和兩個孩子，帶他們一起做個短程旅行。他滿想去魁北克市，因為他從來沒去過，也想說孩子們應該親眼看看加拿大的法語區。

「他一個人很寂寞。」菲利浦說。

蘇菲大笑出聲，道：「對，他想我們，所以很寂寞。」

十二天，伊芙心想。這三週已經過了十二天。她這房子的租約是一個月，同時把自己的公寓暫租給她朋友戴夫。戴夫同樣是失業演員，而且好像有點錢方面的麻煩（不知是真的，還是他想像的），連接個電話，都得裝出不同的聲音。她是喜歡戴夫，但沒法在這節骨眼回去和他同住一個屋簷下。

蘇菲說，他們會開那輛租來的車去魁北克，然後直接把車開去多倫多機場還。至於是否邀伊芙同行？她一個字都沒提。租來的車光是他們一家就坐滿了，不過伊芙或許可以開自己的車？可以讓菲利浦和她同車，陪陪她。要不然蘇菲來和她同車也可以。義安既然很想念兩個孩子，他可以和他們同車，照顧孩子，也讓蘇菲休息一下。伊芙和蘇菲可以像從前的夏天那樣，因為伊芙工作的緣故，母女同車駛往某個從來沒去過的鎮。

這點子太扯了，不可能。伊芙的車都九年了，跑不了這麼遠的路。而且義安想的是蘇菲──從蘇菲暖烘烘而別過去的臉就看得出。再說，他們也沒問伊芙要不要一起去。

「喔，那很好啊。」伊芙說。「他寫書的進度這麼順，真是太好了。」

「是啊。」蘇菲回道。她每次講到義安的書，都有種謹慎疏離的語氣。伊芙問那書是寫什麼，她只說：「都市地理學。」或許學者之妻就該有這種舉止？這種人伊芙一個都不認識。

「不管怎麼說，妳總算能有點自己的時間了。」蘇菲說。「我們來，把家裡弄得天翻地覆的。妳也可以想想，是不是真的想在鄉間買棟房子，就當度假別墅。」

伊芙只得找別的話題聊，隨便什麼話題都好，這樣她就可以不必囁嚅地開口，問蘇菲明年夏天還想不想來這裡。

「我有個朋友去過那種真的度假村喔。」伊芙說。「他是佛教徒，不對，應該是印度教徒吧。他不是印度人。」（講到「印度人」時，蘇菲報以一笑，那笑容的意思就是說，用不著再提這話題了。）「總之呢，在那邊的三個月裡，你完全不可以講話，當然那邊總是有人來來去去，但是你不能和他們講話。我朋友說，那邊的人會警告他們，住客彼此不能交談，卻常愛上對方。你不能講話的時候，就會覺得在用某種很特別的方式和別人交流。當然，這是精神上的戀愛，你什麼也不能做。他們對這種事很嚴格的。至少他是這麼跟我說啦。」

蘇菲問：「然後呢？等你終於可以和對方講話呢？」

「那真是大失所望。通常是這樣，你以為你用特殊方式交流的那個人，其實根本什麼也沒跟你交流。也許他們以為是用那種方式和別的人交流，也以為……」

蘇菲笑得如釋重負，說：「原來是這麼回事。」很慶幸伊芙沒有失望之情，沒有疙瘩。

說不定他們吵架了吧，伊芙暗忖。表面上說是來看她，其實另有盤算。蘇菲帶了兩個孩子走，或許是想給義安一點顏色瞧瞧。來和自己母親住上一陣，讓義安曉得她不是省油的燈。少了他，她同樣可以規劃假期，向自己證明她一樣辦得到。脫離常軌的作法。

最重要的問題是，這通電話是誰打的？

「妳不如把孩子們留在這兒吧？」伊芙提議。「妳開車去機場，讓他們先留在這兒，再回來接他們一起出發。這樣妳可以有一點自己的時間，也可以和義安單獨相處一會兒。帶他們去機場，狀況太多了，妳一個人肯定忙不過來。」

蘇菲的回答是：「講得我都心動了。」

於是最後她真的照辦。

這會兒伊芙不由納悶，她是不是就為了想套菲利浦的話，一手促成這小小的計畫變動？

（你爸從加州打電話來，你有沒有嚇一大跳？

他沒打來，是我媽打去的。

是嗎？喔，那我不知道。她電話上怎麼說？

她說：「我待不下去，我受不了了。我們趕緊想個辦法，把我弄走吧。」）

伊芙放低嗓音，裝成無所謂的樣子，表示她必須出手中斷這遊戲。她說：「菲利浦，菲利浦，聽好，我想我們不能玩下去了。這輛卡車是一位農夫的，它要轉到別的地方去，我們不可以再跟著它了。」

「可以啦。」菲利浦還不放棄。

「不可以。他們會問我們到底要幹麼，搞不好他們會很火大。」

「那我們就叫直升機來打他們。」

「別鬧了，你知道我們只是說著玩的吧。」

「他們會開槍打直升機。」

「我想他們沒有武器。」伊芙說著，改用另一招：「他們還沒開發出可以打外星人的武器。」

菲利浦回道：「妳說錯了。」接著開始滔滔不絕描述某種火箭如何如何，只是她沒在聽。

伊芙小時候和哥哥與在這村裡暫住時，偶爾會和母親一起乘車去鄉間。他們沒車（那時在打仗），當年得先坐火車到村裡。旅社老闆是伊芙母親的朋友，要是她開車去鄉間採買玉米、覆盆子、番茄之類，就會邀伊芙母子同行。有時她們會停下來喝杯茶，要是碰上有創業小農在自家前廊擺東西賣，她們也會去看看舊碗盤、老家具等等。伊芙的父親不跟去，他喜歡和幾個夥伴到湖邊下棋。湖邊沙灘上有一大塊正方形水泥，上面漆了棋盤。那兒像個小亭子，有屋頂遮雨，但沒有牆，所以萬一下雨，幾個大男人就得用長竿子，小心翼翼地挪動這面超大的棋盤。伊芙的哥哥有時在一旁看他們下棋，有時就自己去游泳（他畢竟長大了）。而現在，一切全消失了——連水泥棋盤、棋盤上方蓋的小屋頂，都沒了。門廊搭到沙灘上的湖邊旅館，用花床的花拼出村名的火車站，乃至鐵軌，悉數化為烏有。取而代之的，是偽復古風的購物中心、應有盡有的嶄新超市、酒鋪、賣休閒服與鄉村手工藝品的精品店。

伊芙年紀很小、頭上還頂著個大蝴蝶結的時候，很喜歡這種鄉間出遊。她喜歡吃迷你果醬塔、外罩硬殼糖霜內裡軟綿的蛋糕，頂端還綴上一顆豔紅飽滿的酒漬櫻桃。大人不准她碰碗盤，也不許她摸絲緞與蕾絲製的針包，或一臉慘白的舊洋娃娃。婦人們的談話就在她頭頂上空一來一往，讓她也不由微微憂鬱起來，宛如躲不掉的烏雲罩頂。不過她還是喜歡坐在汽車後座，幻想自己端坐馬背，或置身皇家馬車車廂內。後來，她就不願意去了。她開始厭惡當母親的跟屁蟲，也不喜歡有人認出她是母親的女兒。那句「我女兒，伊芙」，聽在她耳裡，何等高高在上又刻意親民，充滿不當的占有意味。（後來她演戲時也用起這種腔調，或者說，這腔調的某種版本。有好幾年，她最放得開、表現也最差的某些演出中，用的大多是這種腔調。）她也反對母親盛裝出門的習慣，像是在鄉間戴著大帽子和手套，和綴滿突起花朵圖樣的洋裝，活像掛了一身肉瘤。而與這呈強烈對比的，是她母親為了雞眼問題而穿的牛津鞋，總顯笨重破舊，很是丟人。

「妳最討厭妳媽哪點？」伊芙離家後第一年，常和朋友玩這個遊戲。

「束身衣。」有個女生說。另一個女生的答案則是「濕圍裙」。

髮網。胖胳膊。老愛引用《聖經》。「〈丹尼男孩〉[21]。」

伊芙的答案則永遠是「她的雞眼。」

她老早把這遊戲忘了，這陣子卻又想起來。此刻思及這點，就像伸手去碰蛀牙。

他們前面的卡車減了速，沒打方向燈，便轉進一條長長的林蔭巷。伊芙說：「我不能再跟下去了，菲利浦。」便繼續往前開。只是她開過那條巷子時，不禁注意到那兒的兩根門柱。這門柱的形狀很不尋常，有點像清真寺細細高高的光塔，只不過是簡陋版，用漆白了的碎石和少許彩色玻璃裝飾。兩根柱子都不是筆直的，大半隱沒在一枝黃和野

---

21 譯注：*Danny Boy*。古老的愛爾蘭民謠。

胡蘿蔔的花叢間，因此看來完全不像門柱，反倒像什麼耍噱頭的輕歌劇弄丟的道具。伊芙一見這兩根門柱的瞬間，便想起了另一件事——戶外一面漆白的牆，上面畫了一組圖樣，都是線條生硬、天馬行空，很孩子氣的圖樣：有尖塔的教堂、有高塔的城堡、方方正正的屋子，有正方形與斜斜的黃色窗子。三角形的聖誕樹、用熱帶風色彩畫的鳥兒，和聖誕樹差不多大。腿小身子胖的馬，睜著血紅的眼。蜿蜒如緞帶的藍色小河。月亮。喝醉的群星，碩大的向日葵，在家家戶戶的屋頂上空頻頻頷首。這全是彩色玻璃碎片嵌進水泥或灰泥做成的。她見過這面牆。而且不是在公眾場所。這片牆在鄉間，而她當時和母親一起。母親的身形，在這牆前面逐漸逼近——她在和某位老農夫談話。他應該是母親的歲數，當然，在那時的伊芙眼裡，就是老人。

她母親和旅社那位太太，會趁到鄉間時去看些希奇古怪的玩意兒，而且不單是骨董。像有次她們就去看刻意剪成熊形的灌木叢，還有專種迷你蘋果樹的果園。

伊芙其實不記得這門柱，卻又覺得這門柱非常符合她記憶中的畫面。於是她倒車，轉進樹下那條極窄的車道。那樹是笨重的老蘇格蘭松，可能有點危險——有大半枯死的樹枝盪來盪去，有些被風吹落或自然掉落的樹枝，則散落車道兩旁的草地上或雜草堆中。伊芙的車順著地上的輪胎溝紋搖來晃去，黛西也似乎樂得這樣晃動，跟著發出歡呼。耶。耶。耶。

黛西或許以後會記得這天的某件事（也可能是她唯一記得的事）：拱門般的樹、驟然臨頭的陰影，車子晃來晃去很好玩。或有野胡蘿蔔的白色臉孔不時掠過車窗。菲利浦就在她身邊的感覺——他那令人摸不透、一臉正經的狂喜，他彆扭地克制著自己童稚的嗓音。還有對伊芙的極模糊的感覺——光著兩條斑點滿布、被太陽晒得起縐的胳膊，一頭金中帶灰白的捲髮，用黑色髮網罩住。或許是氣味。不再是菸味，也不是伊芙曾花大錢買的各類號稱有奇效的乳霜化妝品等等。那是老皮？大蒜？葡萄酒味？漱口水味？等黛西真能回想起這些事時，伊芙很可能早已離開人世。黛西與菲利浦或許早已疏離。伊芙自己都三年沒和哥哥聯絡了，因為他電話上的那一句：「妳要是沒闖出一番名堂的那個料，當初就不該當演員。」

放眼望去，沒看到屋子，但樹叢間約略可見一座穀倉的骨架，牆沒了，梁還在，屋頂也算完整，只是整個傾向一側，像戴了頂滑稽的帽子。穀倉四周大片開花的雜草間，凌亂地放了些機具，舊的小客車、卡車等。伊芙忙著在崎嶇的路面把車開穩，沒那個空閒東張西望。那輛綠色的卡車已在她眼前消失——它能開多遠？不多久她便看到這巷子彎了進去。巷子有個彎，成蔭的松樹已在他們背後，此時豔陽劈頭蓋臉照下。同樣是大片野胡蘿蔔花海的浪花，同樣是一堆生鏽的機具散落四處。一邊是長得不可收拾的高聳樹籬，樹籬後終於見到了屋子。屋子頗大，黃灰色磚造兩層樓，屋頂有木造的閣樓，老虎窗塞滿了髒兮兮的泡棉。有面位置較低的窗，則從裡面貼滿了鋁箔，閃著反光。

她到了不對的地方。她對這棟房子毫無記憶。割過的草皮附近沒有牆。雜草叢間有零星的樹苗正往上竄。

卡車就停在她前面。她望見卡車的前面有一整片空曠的碎石地，她應該可以在那裡把車掉頭，只是此時她無法從那輛卡車旁繞過去。她非得跟著停車不可。她不禁納悶，卡車裡的男人是不是故意停車，好讓她下車說明來意。那男人這會兒正開門出得卡車，並不看她，只把原本就在車後跑來跑去、不斷怒吠的狗兒放出來。狗兒腳一落地，照樣吠個不停，卻沒離開男人身邊半步。那男人戴了棒球帽，帽簷的陰影罩了一臉，伊芙看不見他的表情。他就站在卡車旁瞧著他們這一家人，還沒拿定主意要不要再走近些。

伊芙先解開自己的安全帶。

「別下車。」菲利浦說。「留在車裡，掉頭，開走就好。」

「沒辦法呀。」伊芙回道。「沒關係，那狗兒只是愛叫，不會對我怎樣的。」

「別出去啦。」

早知道她就不該縱容這遊戲玩到這地步。菲利浦這種年紀的孩子，確實有可能玩得太超過。「現在這不是玩遊戲。」她說。「他不過就是一般人而已。」

「我知道。」菲利浦說。「可是妳還是別出去。」

「別玩了。」伊芙撂下這一句便下車，帶上門。

「嗨。」她先招呼。「真抱歉，我搞錯了，我把這裡認成別的地方。」

那男人只說了個很像「嘿」的字。

「我是在找別的地方。」伊芙說。「是我小時候去過一次的某個地方。那裡有面牆，上面有很多畫，都是用碎玻璃貼成的。我想是一面水泥牆，上了白漆。我剛剛看到路邊那兩根柱子，以為這裡就是我要找的地方。你可能覺得我們是在跟蹤你吧。這樣講還真好笑。」

她聽見汽車門開的聲音。菲利浦下車了，後面拖著個黛西。伊芙以為他要走到她身邊，便伸臂迎接他。結果他反而撇下黛西，繞著伊芙踱步，對那男人說話，顯然已自行解除方才的警戒模式，而且好像還比伊芙沉得住氣。

「你的狗狗乖不乖？」他的語氣頗為挑釁。

「她不會傷你。」男人回道。「只要我人在就沒事。她還算是小小狗，所以脾氣不太好。她還小嘛。」

這男人個子不高，還沒有伊芙高。身上是牛仔褲，一件五顏六色的開放式編織背心，應該是秘魯或瓜地馬拉製。袒露的胸前無毛，晒得黝黑，肌肉結實，頸上的金鍊與金牌綴飾在胸前閃著金光。他講話時頭往後仰，這讓伊芙覺得他身體年輕，只是臉上老成。門牙少了幾顆。

「我們就不打擾了。」她說。「菲利浦，我剛剛才跟這位先生說，我們一路開過來，是找一個我小時候來過的地方，那裡有面牆，上面有彩色玻璃做的畫。不過我搞錯了，不是這裡。」

「牠叫什麼名字？」菲利浦問。

「翠克西。」男人答道。狗兒一聽到自己名字，立時躍起，來頂男人的胳膊。他則把牠一把推下去。「我不曉得什麼畫不畫的。我人不住這兒。哈洛啦，哈洛可能知道。」

「沒關係。」伊芙說，把黛西一把抱起來，讓她坐在腰間。「你可以移一下卡車嗎？這樣我就可以掉頭了。」

「我不曉得什麼畫。要是畫是在房子前面，我根本沒機會看到，因為哈洛把房子前面都封起來了。」

「不不不，畫是在外面。」伊芙說。「無所謂，都那麼多年前的事了。」

「好啦好啦好啦，」男人接話，像是話匣子開了。「妳進來，讓哈洛跟妳說好了。妳認識哈洛嗎？這房子是他的。瑪麗，房子是瑪麗的，只是哈洛把她送到老人院去，所以房子變成他的。不是哈洛的問題，只是她非去不可。」男人伸手到卡車裡撈出兩箱啤酒。「我只是得去鎮上，哈洛叫我去。妳來吧，進去。哈洛會很樂意跟妳說說。」

「來吧翠克西。」菲利浦講得一本正經。

狗兒邊吠邊繞著他們蹦跳；黛西有點嚇到又開心尖叫。總之不知怎地，他們一行人就往屋子去了。伊芙抱著黛西，菲利浦和翠克西則在她身邊爭相爬上隆起的巨大泥塊，之前應該是台階。男人緊跟在他們背後，滿身都是啤酒味，想必是之前在卡車上就開喝了。

「打開門，直接進去就好。」他說。「一直往裡走。裡面有點亂，妳不介意吧？瑪麗去了老人院之後，這兒就沒人打掃，不像以前那麼乾淨。」

他們得一路轉轉繞繞穿過一大片髒亂，很多年累積出來的那種髒亂。最底層是桌、椅、沙發，大概還有一兩只爐子，上面堆了舊床單床罩、成疊的報紙、窗簾、枯死的盆栽、木材鋸斷後的小木塊、空瓶子、破掉的燈、窗簾桿子等等，有些地方還一直堆到天花板那麼高，幾乎遮住了外面所有光源。還好屋裡的門邊點著一盞燈，室內才有光可言。

男人把啤酒換到另一手拿，用空出來的那隻手打開門，大喊哈洛在嗎。一時間很難分辨他們到底在屋內的哪種空間——牆上有少了門的碗櫥，櫥架上擺著幾只罐頭，但地上又擺了幾張行軍床，床上是沒鋪床單的床墊和皺巴巴的毯子。窗邊從上到下堆滿家具，要不就是掛著拼布被，你完全看不到窗外的樣子，不知自己身在何處；加上一股怪味——集二手物品店、不通的水槽（也或許是不通的馬桶）、燒菜的油煙味、菸味、汗味、狗便、堆積的垃圾等氣味之大成的怪味。

沒人回應。伊芙回過身（這裡尚有旋身的空間，剛剛他們在門廊上，可完全沒法轉身）道：「我覺得真的不用……」只是她面前擋著個翠克西，男人又稍稍欠身繞過她，去敲另一扇門。

「他在。」男人說，門雖應聲而開，他依然扯開嗓門高喊。「哈洛在這兒。」此時翠克西一個箭步往前衝，另一個男人的聲音傳出：「幹。把狗弄出去好不好。」

「有位女士想看什麼畫。」矮個子男人開口。翠克西發出吃痛的哀鳴，想是有人踹了她。伊芙別無選擇，只得走進房間。

裡面是飯廳。擺著一張相當有分量的老餐桌，和很堅固的餐椅。三個男人坐著玩牌。第四個男的起身踹了狗一腳。房裡的溫度大約是華氏九十度。

「把門關上，會有氣流進來。」桌邊某個男的發話。

矮個男把翠克西從桌下趕出來，把牠扔到外面的房間去，隨即帶上門，伊芙和兩個孩子就這樣待在房裡。

「要命。幹。」起身踹狗的那男人大罵。他胸膛和手臂滿滿是刺青，乍看之下搞不好會以為他整片皮膚都是藍紫色。他甩動著單腳，像是受傷了，說不定他在踹翠克西時，一併踹到了桌腳。

背對門坐的是一年輕小伙子，很明顯的削肩，感覺一碰就會斷的脖子。至少伊芙覺得他很年輕，因為他有個染成金色的刺蝟頭，還戴著圈圈金耳環。他沒回頭。坐在他對面的男人，則差不多是伊芙的歲數，頭髮整個剃掉，留著很整齊的灰白落腮鬍，藍色的雙瞳旁滿是血絲。他朝伊芙望的眼神毫不客氣，卻帶著點精明，或某種理解。這一點，他就和那個刺青男不同。刺青男像是把伊芙當成某種幻覺，決心睬也不睬。

飯桌另一端的主位（或說男主人坐的位子），坐著方才下令關門的那個男人，不過他眼也沒抬，剛剛開門打斷牌局這一段，也沒讓他分心。這人骨架很大，很胖，白皮膚，汗淋淋的褐色捲髮。從伊芙看得到的程度判斷，他全身一絲不掛。刺青男與金髮男都穿著牛仔褲，灰鬍男則是牛仔褲配格子襯衫，釦子一直扣到頸間，配一條領繩領帶。桌上擺了玻璃杯和酒瓶。坐主位的男人（想必就是哈洛）和灰鬍男喝威士忌；另兩個男的喝啤酒。

「我跟她說，那些個畫搞不好就在前面，但是她沒辦法進去，你把那邊整個封起來了。」矮個男說。

哈洛叱道：「你給我把嘴封起來。」

伊芙忙開口：「真的很抱歉。」她唯一能做的便是從頭開講，而且還短話長說，從小時候住在村落裡的旅社開始講起，和母親一起搭便車、看到牆上的各種圖樣、今天回想起這些畫、看到門柱、她再明白不過的誤闖、她的歉意。這些話她直接對灰鬍男說，因為他看來似乎是唯一願意聽她說話，而且還聽得懂的人。她的手臂與肩膀都在發疼，因為黛西的重量，也因為攫住她全身不放的那陣緊繃。然而同時她卻想著，她該怎麼形容這種狀況──她應該會說，就像發現自己置身品特[22]的劇作裡。要不就像她常做的噩夢裡的觀眾，宛如冰山、一聲不響，不懷好意。

她一直講到再也想不出還有什麼好話或賠罪話可說，這時灰鬍男開口了：「不知耶，妳得問哈洛。嘿，嘿哈洛，你曉不曉得那個什麼用碎玻璃做的畫？」

「你跟她說，她坐車兜風看畫的時候，我還沒出娘胎咧。」哈洛眼也不抬回道。

「太太，妳今天運氣不太好喔。」灰鬍男說。

刺青男吹了聲口哨。「嘿，你，」他朝菲利浦喊：「嘿，小鬼，你會不會彈鋼琴？」

哈洛背後的房裡有架鋼琴，只是沒有琴凳或長椅（鋼琴和飯桌之間的空間，幾乎都給哈洛占了），而且鋼琴上堆了一堆不該放在那兒的東西，如盤子、大衣之類，這類東西堆滿了屋裡所有可以堆東西的表面。

「不會。」伊芙隨即答道：「他不會彈。」

「我是問他。」刺青男說。「你會不會彈什麼曲子？」

換灰鬍男開口：「你別鬧他。」

「我只是問問他會不會彈什麼曲子，又怎樣啦？」

「你別鬧他。」

「是這樣的，要有人把卡車移開，我才能把車開走。」伊芙說。

她心想，這屋裡有股精液的味道。

22譯注：Harold Pinter, 1930-2008，英國劇作家，二〇〇五年諾貝爾文學獎得主。

菲利浦默不作聲，只是緊倚著她。

「要是你能移一下……」她說，轉過身，以為矮個男會在她背後，但她一見背後沒人，就打住了。矮個男根本不在房裡，他何時出去的，她完全不曉得。萬一他把門鎖上了呢？

她伸手去轉門把，門把一轉，門有點吃力地開了，但另一面像是有什麼擋住了，很難推開。原來是矮個男蹲在那兒，聽著裡面的動靜。

伊芙走出門，一路穿過廚房，沒和矮個男說什麼。菲利浦跟在她身邊小步跑著，成了全世界最聽話的小男孩。她們祖孫一行，穿過一堆堆破爛，沿著門廊狹長的小道，終於走到開闊的空間。伊芙深深吸了一口舒暢的空氣，畢竟她已經很久沒好好吸口氣了。

「妳應該順著這條路一直下去，去哈洛表哥家問問。」矮個男的聲音從她背後傳來。「他們家很不錯喲，新房子，她整理得很漂亮。他們會帶妳去看畫，看妳想看什麼，他們都會好好招待妳，請妳坐下，請妳吃好吃的。他們絕對不讓客人空手回去。」

他應該沒有一直縮在門後面才對，因為他已經把卡車移走了，要不就是某人移過了。卡車不見蹤影，說不定是開到某個工具棚，要不就是她看不見的哪個可以停車的地方。

伊芙沒睬他，只管幫黛西扣好安全帶。菲利浦則不用她說，自己把安全帶扣上。翠克西不知從哪兒竄了出來，悶悶不樂地繞著她的車打轉，逐個嗅著輪子。

伊芙坐進車裡，關上門，汗涔涔的手握住了車鑰匙。車發動了，她直接往前開到碎石地上——那裡是一片茂密灌木叢環繞的空間，她想是莓果的樹叢，和長了不知多少年的大叢紫丁香，還有雜草。另有幾處灌木叢，被舊輪胎、酒瓶、空罐之類的東西壓得扁扁。很難想像眼前這間屋子會把這類雜物丟出來，畢竟那屋裡堆了一大堆，不過空地上的這些垃圾顯然是他們所為。因為灌木叢壓平了，反而露出部分殘壁，上面還有白漆的斑斑痕跡，伊芙把車掉頭時，正好看到。

她以為自己看得見嵌在牆中的玻璃碎片，閃閃發光。

她沒有為了想把那景象看清楚而減速，只暗暗希望菲利浦沒留意到，否則他可能會想停車。她讓車朝向車道，駛過屋前的那土階。矮個男站在那兒揮舞雙臂，翠克西則搖著尾，原本嚇得乖乖聽話的她，這會兒像是醒轉過來，朝他們吠著道別，還跑上車道追了他們一小段，這是禮貌使然，她願意的話，自然也大可追到車邊，好好和他們道別。

伊芙開著開著，碰到泥地上的車轍，只能立時減速。

她開得非常之慢，所以有個人影忽地從路旁高高的雜草叢中竄出，出現在副駕駛座窗外，還打開車門「咻」一下坐進來（伊芙沒想到要鎖門），也不是難事。

是那個也坐在飯桌前的金髮男，伊芙始終沒看到他的臉。

「別怕，大家都別怕。我只是想說能不能跟你們搭個便車，好嗎？」

不是男人，也不是男孩。是個女生。這會兒身上只有件髒兮兮內衣的女生。

伊芙說：「好。」她才剛使勁把車開在車道上。

「我剛剛在屋裡沒法問妳。」那女生說。「我去廁所，從窗子爬出來，就一路跑到這裡。他們八成還不知道我已經跑了。他們自己鬧成那樣。」她一把抓起身上的內衣就聞起來，那內衣她穿顯然太大。「臭死了。」她說。「我只抓了哈洛這件，就在廁所裡。臭死了。」

伊芙駛離車轍，駛離黝暗的車道，轉回到正常道路上。「我老天，好加在我跑出來了。」女生說。「真不曉得自己怎麼搞到這地步。我連自己怎麼來這兒的都不曉得。那時很晚了，我又沒地方可去。妳懂我意思嗎？」

「那些人應該醉得亂七八糟了吧。」伊芙說。

「是呀。呃，不好意思，剛剛嚇到妳。」

「沒關係。」

「要是我不突然這樣坐進來，我想妳應該不會停下來載我吧，是不是？」

「我也不曉得。」伊芙答道。「我想，假如我早知道妳是女生，應該是會停下來。剛才我沒把妳看得很清楚。」

「是啦。我現在這樣子也實在不怎樣，一團糟。我可不是說我不喜歡趴體喲，我愛得很。只是那兒有趴體，那兒也有趴體，妳瞭嗎？」

女孩翻過身，定定望著伊芙，伊芙給她這麼一望，很難繼續看路，只得轉頭片刻回望她。這一看，伊芙即知這女孩雖然還能講話，人是已經醉得一塌糊塗。深褐色的眼呆滯無神，卻仍奮力圓睜，閃著懇求卻疏離的神情，醉鬼常有的眼神：明知已經唬弄不了你，卻還是要使出最後的絕招。皮膚上偶有斑塊，有些地方則蒙上一層灰。一張臉因為酗酒太凶，整個扭成一團。她是天生紅髮，金色的刺蝟狀髮型則是人為的結果，還故意在髮根挑染成黑色。平心而論，她算長得不錯。若先不去管她此刻的邋遢相，實在很難想像她怎麼會和哈洛這幫人馬混在一起。光看她這種過日子法，還有當時風行的造型，想必讓她硬是瘦了個十五、二十磅。不過她並不高，也實在不是男孩氣的女孩。真實的她，應該會是個圓滾滾的可愛女生，嬌俏的小胖妹。

「赫伯腦袋壞掉了，才會想到帶妳進去。」她說。「那人喔，怪怪的。赫伯。」

伊芙附議。「我看得出來。」

「我是不曉得他在這裡幹麼啦，大概是幫哈洛做事吧。不過我覺得哈洛也不知道用他幹麼。」

伊芙從不覺得自己會認為別的女人有性吸引力。而眼前這女孩，一身骯髒狼狽相，更不可能有人看上眼。但或許這女孩太有把握，不信自己勾不到人（想必她早習慣引人上鉤）。總之，她把手沿著伊芙裸露的大腿緩緩挪移，就只挪到伊芙短褲褲腳縫線上方一點點。她醉成這樣，游移的手法卻很老練。不過是頭一次試探，要張開手攫住伊芙大腿，就太過頭了。她的手法純熟，理所當然帶著期盼，卻很明顯少了真實的、強烈的、扭捏的、手帕交間的那種情欲。伊芙覺得那隻手好像隨時都可能都無法繼續下去，轉而愛撫起車內的座椅。

「我ＯＫ的啦。」女孩說，嗓音一如她的手，很彆扭地想和伊芙裝熟。「妳瞭嗎？妳懂我意思的。對吧？」

「當然。」伊芙乾脆地回道，那隻手默默退下，最後一點妓女的職業禮貌也到此畫上句點，不過那手並非無功而返——不算徹底失敗。這隻手固然相當大膽，半冷不熱，卻也足以撩動塵封已久的心弦。

伊芙想到這一觸，很可能在某方面真的起了作用，不禁憂心不已。這個可能自這一刻起，為她這一生的情史罩上了陰影，那轟轟烈烈、衝動行事，也滿懷希望、認真專一，多少能說「今生無悔」的那段過去。既非突如其來的羞愧，亦非犯罪的感覺——就只是骯髒的陰影。假如她因此開始渴求更純潔的過去，更徹底地從零開始，那會是多大的笑話啊。

但也可能是，她依然渴求著愛，始終渴求著愛。

她問：「妳想去哪兒？」

女孩身子猛然往後一倒，望向馬路，隨口問：「妳要開到哪兒去？妳住這附近嗎？」那原本隱約的挑逗語氣不變，想必完事後就會變得刻薄又囂張。

「村裡有公車。」伊芙說。「加油站那裡有站牌，我看過。」

「嗯，好吧，不過有個狀況。」女孩說。「我身上沒錢。我匆匆忙忙跑出來，根本沒時間拿錢。沒錢，上公車有啥用？」

這時該做的是，別把對方想成是個威脅。可以跟她說，假如妳真沒錢，那可以搭便車。她不太可能在牛仔褲裡藏把槍，她只是想講得像有那麼回事。

不過，萬一是刀呢？

女孩這時才首次轉頭，望向後座。

「你們在後面還好吧？」她問。

沒人作響。

「他們滿可愛的嘛。」她說。「怕生啊？」

現實與危機就在旁等著，伊芙想到性，還真是笨啊。

伊芙的皮包，就放在女孩腳前的地上。她不知裡面有多少錢。六、七十元？不太可能超過這個數字了。假如她主動提議幫女孩買車票，那她一定會講一個票價很貴的地方。蒙特婁，或至少多倫多。假如她說「裡面有多少就拿去吧」，對方又會認為她棄防，可能會察覺到她害怕，乾脆得寸進尺。這女孩還能怎麼樣？偷車？萬一她把伊芙祖孫三人丟在路邊，警察應該很快就會來追她。假如她把他們幹掉，丟在哪個林子裡，或許還能跑遠一點。她也有可能因為他們還有利用價值，拿刀抵著伊芙的腰，或孫兒的喉嚨，帶著他們一起跑路。

這種事確實會發生，只是不像電視電影演得那麼常見。這種事不是常有。

伊芙轉上鄉間道路，車流頗大。為什麼看到車多就讓她安心？在這裡，安全只是假象。她很可能就在這大白天的滾滾車流中，沿著公路一直開，把他們祖孫三人送上黃泉路。

女孩問了：「這條路是通到哪兒？」

「會接上主要公路。」

「那我們開去那兒。」

「我就是要朝那兒去。」伊芙說。

「公路會通到哪兒？」

「它會往北，到歐文峽灣，或是托伯摩立，妳可以去那邊搭船。往南的話就……我不曉得，不過它會接上另一條公路，妳可以去薩尼亞，或倫敦[23]。一直走的話，也可以到底特律或多倫多。」

車到公路之前，他們都沒再交談。伊芙轉上公路後開了口：「上公路嘍。」

「妳現在往哪兒開？」

「往北。」伊芙答。

「妳住那邊？」

23 譯注：加拿大安大略省東南部的城市，與英國的倫敦同名。

「我要去村裡，停下來加油。」

「妳明明有油。」女孩說。「妳油還有半缸多哩。」

這招真笨。早知道就說要去買菜什麼的。

女孩像是拿定了什麼主意，在伊芙身邊發出一聲無奈的長長低鳴，也或許是決定放棄。

「妳知道，」女孩開口：「妳知道，我要是想搭便車，搞不好可以在這裡下車。在這裡搭便車應該也很容易。」

伊芙順勢在一旁的碎石地上停下來。原本鬆了口氣的情緒，這會兒竟轉為某種羞愧。這女孩說不定是真的倉皇逃走，來不及拿錢，反正她一無所有。醉得半死，不省人事，身上又沒錢，在路邊晃蕩，是什麼感覺？

「妳剛剛說我們是往哪邊開？」

「北邊。」伊芙又說了一遍。

「妳說往薩尼亞是哪個方向？」

「往南。只要過馬路到對面，那邊的車都是往南的。只是過馬路要小心。」

「好。」女孩說，聲音已顯疏離。她在盤算新的可能。她半個身子探出車外，一邊說：「再見嘍。」又朝後座喊：「掰了。要乖乖的喔。」
「等等。」伊芙忽地說，俯身下去在皮包裡摸索一陣找皮夾，拿出一張二十元鈔票，下了車，繞到另一邊拿給女孩。「喏。」她說。「這應該有點用處。」
「耶。謝了。」女孩說，把鈔票往口袋一塞，兩眼朝路上打量。
「這樣吧，」伊芙說：「假設妳沒地方去了，我跟妳說我家在哪兒。我家離村落往北兩哩左右，從這邊再往北大概再半哩路，就可以到村裡。往北喔，這個方向。我家人現在都在，不過今天傍晚就會走了，妳不用顧忌。我家外面有個信箱，上面寫著『福特』。我不姓福特，我也不知道上面為什麼這樣寫。我們那田裡就我們這麼一棟屋子。前面大門口一邊有扇窗，很常見的那種，另一面有個小窗，形狀比較怪。他們把浴室設計在那邊。」
「是喔。」女孩應道。
「我只是想說，萬一妳攔不到便車……」
「好啦。」女孩說。「我瞭。」
祖孫三人再度開車上路時，菲利浦開口了：「噁死了。她身上好像有人吐過的味道。」

等車又開了一段路，他說的則是：「她連用太陽的位置來看東南西北都不曉得，好笨喔，是不是？」

「大概吧。」伊芙回道。

「噁死了。我還沒見過這麼笨的人。」

車駛過村落，菲利浦問說可不可以停車去買甜筒。伊芙沒答應。

「買冰淇淋的人太多了，很難停車。」她說。「我們家裡已經有很多冰淇淋啦。」

「妳不應該說『家』。」菲利浦說。「那只是我們暫時住的地方。妳應該說『房子』。」

路東邊的田裡有巨大的稻草捲，尾端正對著太陽。稻草捲得非常緊實，望去很像盾牌或銅鑼，或阿茲特克的金屬人面。駛過稻草捲，就是一片淡金色的尾巴或羽毛。

「那叫大麥，那個金色有長尾巴的東西叫大麥。」她對菲利浦說。

他只回：「我知道。」

「那尾巴也叫做『麥芒』。」她開始背誦：「『但割麥人起早收割，在長滿芒刺的大麥間[24]……』」

黛西開口了：「什麼是『打麥』？」

菲利浦說：「是大——麥。」

「『只有割麥人起早收割，』」伊芙邊回想邊背：「『主祐割麥人，起早收割……』」她試的這幾個版本裡，「主祐」聽起來最順。主祐割麥人。

蘇菲和義安在路邊的蔬果攤買了玉米回來當晚飯。計畫變了——他們決定隔天早上再走。兩人還買了一瓶琴酒、幾瓶通寧水和萊姆。伊芙和蘇菲坐著剝玉米的外皮，義安則負責調酒。伊芙說：「買了兩打啊，太誇張了吧。」

「等著看吧。」蘇菲說。「義安最愛吃玉米了。」

義安把調好的酒端給伊芙時，朝她鞠了個躬。伊芙嘗了口之後說：「真是太讚了。」

義安不太像她記憶中的樣子，也不似她的想像。他不高，沒有德國人的樣子，更不是沒有幽默感的人。他身高中等，偏瘦，淡金的髮色，手腳很靈活，很好相處。蘇菲則比較沒自信，她來度假的這陣子，講話做事都沒什麼把握，人倒是開朗了些。

伊芙講了自己的故事。先講沙灘上的棋盤、消失的旅館、坐車去鄉間出遊；聊到她

---

24 譯注：出自英國詩人丁尼生的〈*The Lady of Shalott*〉。

母親的都會女性打扮、輕薄透明的洋裝與成套的襯裡，卻隻字未提年少的自己是如何反感。然後說了她們一起去看的景物——迷你蘋果的果園、擺滿舊洋娃娃的架子、用彩色玻璃拼成的畫。

「有點夏卡爾的味道吧？」伊芙說。

義安說。「對。連我們這些都市地理學家，都知道夏卡爾喔。」

伊芙接話：「拍——謝。」兩人都笑了。

再來講到兩根門柱、突然浮現的回憶、黝暗的車道、半毀的穀倉、生鏽的機具、亂成一團的屋子。

「那屋主在裡面和朋友玩牌。」伊芙說。「他根本不知道畫的事，而且也懶得管。老天爺，想想看——我去那邊可能是快六十年前的事了耶。」

蘇菲說：「噢，媽，真可惜。」她見義安和伊芙處得好，不由大大鬆了口氣，臉上也有了神采。

「妳確定是那地方沒錯？」蘇菲問。

「很難說。」伊芙說。「也不一定。」

她不會提到在灌木叢後的那殘壁。何必呢，她覺得最好不提的事有太多了。一是她放任菲利浦玩的那遊戲，害他樂過了頭；二是哈洛那一幫人的事。還有，突然跳進車裡的那女孩，關於她的每件事。

有種人渾身散發正直樂天的氣息，無論身在何處，似乎都能淨化他周遭的氣場，因此有些事情就是不能對這種人說，說了就等於毀了這氣場。是，義安人真的很好，蘇菲能覓得如此佳偶，真是福氣，可伊芙覺得義安就是這種人。以前都是年輕人為了老人好，所以不提這種事；但現在好像愈來愈倒過來，像伊芙這樣的老人，為了年輕人好，所以不去提自己被拋下有多麼無助。她這一生在別人眼中，很可能只是白忙一場，是天大的錯誤。

她大可說那房子臭氣沖天，屋主那一幫人一副醉相、蓬頭垢面，但她不會講到哈洛一絲不掛，自然也絕口不提自己怕得要命。她也絕不會說自己怕的是什麼。

菲利浦忙著收集剝下來的玉米外皮，拿到屋外，丟到田邊。黛西偶爾也跟著撿，只是把玉米葉隨意扔在屋子四周。菲利浦對伊芙講的事情完全沒接話，好像也不關心她講了什麼。倒是義安一聽這故事（他樂於把這當地軼事與自己的專業研究結合），便問伊芙對鄉村生活與村落固有模式的崩解有何看法，對所謂的農企業分布日廣覺得如何？菲利浦在大人腳邊匍匐爬行之餘，聽到這裡，卻不由抬眼，望著伊芙。那是不帶情緒的眼神，在那一瞬，有種密謀串供的刻意空茫，隱而不現的笑意，在你或許需要察覺之前，轉眼即逝。

這代表什麼意思？那一刻起，他開始了儲存、掩飾的私人作業，自行決定什麼該留，該如何保存；自行決定這些留下的東西，在他未知的將來，對他又會有何意義。

萬一那女孩真來找伊芙，會碰上他們這一家子，那伊芙小心翼翼遮遮掩掩，便前功盡棄。

女孩不會來的。她在公路上站不到十分鐘，應該就會有更好的機會上門。也或許更危險，但肯定更有趣，搞不好能撈到的錢更多。

女孩不會來的。除非她找到某個和她差不多年紀的冷血蹺家無賴。（我知道我們可以去住哪兒，前提是要先幹掉那個老太太。）

不是今夜，而是明晚——伊芙會躺在這間掏空了的屋子，身邊環繞著宛如紙殼的木板牆，渴望自己能發光，卸下後果的重擔，腦中空無一物，只有高聳的玉米發出的沙沙聲。這會兒的玉米可能已經不再長高，但在入夜後，還是會發出活生生的聲音。

孩子留下

三十年前，有一家人在溫哥華島的東岸度假。一對年輕夫妻帶著兩個小女兒，丈夫的父母也同行。

天氣再完美不過。每天早晨，每天早晨都是這樣，清新的晨曦初透，灑落高聳的林間，蒸發了喬治亞海峽如鏡水面上的那層水霧。時逢退潮，海邊一長段空蕩的沙灘仍濕，像快要全乾的混凝土，但人走在上面不是問題。潮水也並未完全褪去。每天早晨，沙堆都會變小一點，但沙灘的沙量還算夠。這家人之中，只有爺爺對潮水的變化相當感興趣，其他人都沒什麼興致。

至於媳婦寶琳，不算是真的喜歡海灘，她比較喜歡的是這排小屋後方這條路的景致，它往北約一哩後，會碰上一條入海小河的河岸，那就是路的終點。

若少了潮起潮落，還真不覺得這裡是海。越過水面、眺望那頭陸地上的群山，那山脈正是北美大陸西邊的牆。透過陣陣水霧，山脈的起伏與高峰逐漸清晰起來，寶琳推著女兒的嬰兒車沿著路走時，不時可從樹間的空隙窺見那山景。看山也是這一家父子（寶琳的公公，和丈夫布萊恩）的嗜好。這兩個男人始終想確定哪個是哪個——這些個山形，哪些才是屬於大陸上的山？海岸前面的這些島，到底高得有多誇張？這一眼望去的景色太複雜，而且有些部分，還會因為日光的變化而改變距離。

小屋與海灘之間有面布告欄，玻璃板下壓著一張地圖。你可以站在那兒看看地圖，再看看眼前的景色，便能弄清楚位置與名稱。父子倆每天都會站在地圖前，而且往往就吵起來（明明地圖就畫得很清楚，應該沒什麼好吵的）。布萊恩覺得地圖畫得不精確，他爸則容不得他人批評這地方一個字（是他選這裡來度假的）。這地圖，就像這次的住處和這裡的天氣，完美已極。

布萊恩的母親不看地圖，說地圖只會讓她頭昏腦脹。兩個男人一致同意她腦袋不清楚，她丈夫說因為她是女人；她兒子說因為她是他媽。她操心的永遠是有沒有人餓了、渴了、小孩出門時有沒有戴上帽子、擦防曬乳。凱特琳手臂上那個奇怪的咬傷不像蚊子咬，到底是什麼玩意兒？她要丈夫戴上柔軟的棉質帽，也覺得布萊恩應該戴帽子才好——她不禁翻舊帳說，布萊恩小時候，他們有年夏天去奧卡納干，布萊恩不就被晒得七葷八素？布萊恩對此的反應有時是：「噢，閉嘴啦，媽。」他語氣很親密，但他爸會問，你現在怎麼和你媽這樣講話？

「她又不介意。」布萊恩回道。

「你怎麼知道？」他爸反問。

「我的老天爺。」他媽說。

寶琳每天早上一醒來，就會趕緊溜下床，撇開布萊恩睡夢中仍不斷尋索的長手長腳。喚醒她的總是瑪拉那天第一聲尖叫與呢喃。睡在兒童房的瑪拉十六個月大，正是脫離嬰兒期的階段，老是抓著嬰兒床的欄杆想站起來，嬰兒床吱嘎作響的聲音，也就成了寶琳的鬧鐘。寶琳一把抱起瑪拉走向廚房，準備在地上換尿布，而瑪拉仍不停嘰嘰咕咕低聲說著她可愛的娃娃語。（這時快五歲的凱特琳，則在一旁的小床上翻身，卻仍沉睡。）換好尿布，寶琳把瑪拉放進嬰兒車，備好餅乾和一小瓶蘋果汁，自己換上無袖細肩帶洋裝和涼鞋，到浴室以最快速與最低音量梳洗完畢，便推著嬰兒車走出小屋，經過鄰居的小屋，走向完全沒鋪路面、坑坑洞洞的路。這時這條路還大多籠罩在天未全亮的陰影下，兩邊是冷杉與雪杉搭成的綠色隧道。

家裡的爺爺也習慣早起，從他住的小屋門廊上望見她們母女，寶琳也看見了他，但他們只需朝彼此揮揮手。翁媳之間向來沒幾句話好說（雖然，碰上布萊恩又臭又長的耍寶時間，或布萊恩的母親為一點小事十分堅持卻又內疚等等，他倆之間會有種不言自明的默契。他們也很清楚不要看對方，生怕自己的眼神洩露愁緒，反而影響別人）。

寶琳這次度假想辦法偷了點獨處的時間——帶著瑪拉，也等於是獨處。一大清早去散步、近午時分洗晾尿布，都是她偷來的空檔。下午瑪拉午睡時，或許還能偷個一小時左右，不過布萊恩在海灘上架了個小棚，每天都把嬰兒圍欄搬到那兒去，瑪雅可以在那邊午睡，寶琳也就不必再藉故外出。他說要是她老偷溜出去，怕他爸媽不高興。她說她九月要在維多利亞省演出舞台劇，她真的需要一點時間練習台詞，這點他倒是沒意見。

寶琳並不是職業演員，這齣戲是業餘製作，但她連業餘演員也算不上。雖說是因為她已經讀過劇本，才拿到這個角色，她也沒去角色試演。劇是法國劇作家尚・阿努伊（Jean Anouilh）寫的《尤瑞迪絲》（Eurydice）。不過寶琳早是博覽群書之人。

她之所以會接這齣戲，要說回六月時她去的那個烤肉聚會，她在那兒認識的一個男的邀她參與。布萊恩任教的高中校長在自宅辦了這聚會，所以大多是老師們帶另一半來。有個教法文的太太是寡婦，帶了兒子來——兒子已經成年，夏天回來和她住，在市中心某旅館做晚班職員。她忙不迭告訴在場的大家，兒子在華盛頓州西部某學院找到教職，秋天就要去上班。

傑佛瑞．圖姆，他的全名。「沒有B[25]喔。」他補上一句，像是這冷笑話曾刺傷過他。他和母親姓氏不同，因為母親兩次婚姻都死了丈夫，他是母親頭一次婚姻生的。至於剛找到的這教職，他的評語是：「一年一約，不保證能繼續下去。」

他要教什麼科目？

「戲——劇。」他故意把那個字拖得長長的，搞笑。

他對自己目前的工作，也沒什麼好話。

「那地方亂得一塌糊塗。」他說。「搞不好妳還聽說過——有個妓女去年冬天在那裡被殺了。我們的房客都是一堆混吃等死的傢伙，不是嗑藥嗑過頭，就是被人幹掉。」

聚會的賓客對這種談話大多不知所措，自然而然撇下他，唯獨寶琳例外。

「我想來做齣劇。」他說。「妳想不想演？」他問她有沒有聽過《尤瑞迪絲》。

25 譯注：圖姆的原文是Toom，加了字母b變成Tomb（墳墓），發音仍同Toom。

寶琳問：「你是說阿努伊寫的那齣？」他吃了一驚，卻無驚喜之意，隨即說他也不曉得這事能不能成。「我只是想，在諾爾．考沃德[26]的天下，做點不一樣的東西，應該很有意思。」

寶琳想不起維多利亞省哪時推出過考沃德的作品，不過她想應該是有過幾齣。她說：「我們去年冬天在大學看了《馬爾菲公爵夫人》。還有個小劇場演過《迴盪的叮咚聲》，不過我們沒看。」

「這樣啊。喔。」他臉紅了。她原先以為他年紀比她大，至少和布萊恩差不多（布萊恩三十歲，只是大家常說他舉止不像三十歲的人），但他一開口和她講話，冷淡而輕蔑，始終不正眼看她，她便想，他應該比自己想表現出的歲數還小一些。這會兒她見他臉紅，更確定了這點。

後來她才知道，他比她小一歲。二十五。

她說自己沒法演尤瑞迪絲，她不會演戲。結果布萊恩這時走來，聽他們在聊什麼，一聽便說，她一定得試試看。

「她就是要有人從後面推一把。」布萊恩對傑佛瑞說。「她這頭小驢子呀，要叫她動起來，難得跟什麼一樣。不是，真的，她就是太謙虛了，我老是這麼跟她說。她聰明得很，比我聰明多多。」

傑佛瑞聽了這句，才直望著寶琳雙眼——老實不客氣、像要挖她底的眼神。這回臉紅的換成了她。

他見她的長相，立刻就決定由她飾演尤瑞迪絲，卻不是因為她漂亮。「我絕對不找美女演這個角色。」他說。「我不曉得自己會不會永遠不找美女來演戲。找美女來，太超過了，讓人不能專心。」

所以，他是覺得她長相怎樣？他說主要是她的頭髮，又長又黑又濃密（不是當時流行的髮型），她白皙的肌膚（「妳今年夏天別晒太陽」），還看中她的眉毛。

「我不喜歡我的眉毛呀。」寶琳說，不過這不完全是真心話。她兩邊眉毛長得齊，又黑又濃，成了整張臉的主角，只是和頭髮一樣，都不是當下流行的式樣。不過要是她真不喜歡眉毛，幹麼不拔了算了？

傑佛瑞卻似乎沒聽到她這句。「妳有這眉毛，就是一張現成的臭臉，看上去就是叫人不舒服。」他說。「妳下巴有點寬，有希臘風。要是拍電影還比較好，我可以給妳來

---

26 譯注：Noël Coward, 1899-1973，英國劇作家。

個特寫鏡頭。一般演尤瑞迪絲的女生，都是超凡脫俗型的。我就是不要那樣。」

寶琳沿著那條路推著瑪拉走，也真的背起台詞來。她最傷腦筋的是劇末那一大段台詞。她一邊推著嬰兒車，一邊反覆自語：「你好糟糕，你知道嗎，你和天使一樣糟。你以為大家都像你一樣，勇敢、開朗地往前進——噢，別看我，拜託，親愛的，不要看我——我現在這樣，或許不如你的意，可是我人在這裡，這麼溫暖，又這麼善良，而且，我愛你。我會盡全力給你幸福。別看我。別看我。讓我活下去。」

她漏了幾個字。「『我現在這樣，或許不如你的意，可是你可以感到我存在，不是嗎？我這麼溫暖，又這麼善良……』」

她對傑佛瑞說過，她覺得這齣戲很美。

他的反應是：「真的嗎？」她這麼說，他聽了並不欣喜，也不意外——像這些話是意料中事，講了也多餘。他絕不會這麼形容舞台劇。把舞台劇講成他要跨越的障礙，還比較貼切，抑或是扔向諸多敵手的一大挑戰。扔到那些個導過《馬爾菲公爵夫人》的學院派混帳（套他的話）臉上；扔到在小劇場討生活的腦殘之輩（套他的話）臉上。他把自己當局外人，扛著自己的重擔，正面對抗這些傢伙，無懼他們的蔑視反對，大大方方把他的劇做出來（他稱這是「他的」劇）。寶琳起先覺得這肯定都是他自個兒的想像，這些人應該對他一無所知才對。結果後來還真有事情起了頭，可能是巧合？但搞不好也不是？總之，這齣戲原本預定要在教堂大廳上演，結果教堂要進行整修工程，場地泡了湯。印公演廣告海報的成本意外增加許多。這時寶琳發現，她開始用他的角度看事情了。假如妳要花很多時間和他相處，那幾乎也就等於非用他的角度看事情不可——爭吵太危險，也太磨人。

「這些混帳東西。」傑佛瑞從牙縫間忿忿迸出這幾個字，語氣卻又帶著某種快意。

「我也不意外就是了。」

他們在菲斯加街的某棟老房子樓上排戲。要能把所有成員湊齊的時間，只有週日下午，不過週間還是有些零碎的時間可以運用。飾演亨利先生的是位已退休的引水人，不僅每次排練都能來，而且每個人的台詞他都很熟，搞得人心裡發毛。演尤瑞迪絲母親的則是位理髮師（她只演過「吉伯特與蘇利文」的作品），除了週日，都沒法離開店面太久。演母親情人的是位公車司機，白天都得上班。演奧菲的男生白天則是侍者（他是這群人之中，唯一有志成為正牌演員的人）。寶琳能否脫身，則完全看她是否找得到高中生來幫她看孩子（這些學生有時也靠不住），因為暑假剛開始那六週，布萊恩都忙著教暑期班。傑佛瑞自個兒的行程，是每晚八點前要去旅館準備上工。但到了週日下午，大夥兒就會到齊。那個時段，別人會在西蒂斯湖游泳，到畢肯丘公園的樹下散步、餵餵鴨子，要不就開車出城，到太平洋沿岸的海灘玩耍；傑佛瑞和全體劇組，則在菲斯加街那挑高天花板、灰塵滿天飛的房間裡勤奮排戲。那棟樓的窗頂是圓弧形，很像某些簡樸端莊的教堂。碰上天熱時，他們就隨便找個手邊的東西把窗頂開——可能是老帳簿（這棟樓二〇年代時樓下有間帽子店），也可能是做畫框用的木塊（曾有畫家拿這間房來當畫室，還親手製作畫框，只是現在一疊疊畫布只堆在牆角，乏人問津）。玻璃骯髒不堪，但窗外豔陽高照，透過人行道反射上來，加上空蕩蕩、鋪著碎石的停車場，和附近低矮的灰泥樓房，讓這屋裡洋溢著某種特別的、週日的明朗氣息。市中心的街上，幾乎無人走動，店家也都不開，只有幾間小咖啡館和不起眼的便利商店例外。

負責在休息時段出去買汽水果汁咖啡的，都是寶琳。儘管她是這群人之中唯一早就讀過劇本的，卻最沒資格對這齣戲和排演的方向發表意見，畢竟只有她從無演戲經驗，所以她自願去買飲料，感覺也很合理。她很喜歡這段散步的小小空檔，走在空蕩蕩的街，自覺是個都會人，可以抽離自己，進入一人狀態，活在自己遠大夢想的光芒裡。她有時會想到布萊恩在家、在院子裡忙、看著孩子。說不定他已帶了孩子去達拉斯路，到池塘裡放小船玩（她記得答應過孩子們）。而排練室進行的種種——數小時投注心力、全神貫注、激烈對詞、汗如雨下、一觸即發……和這一比，家常日子立時變得疲憊乏味。在排練室，就連咖啡喝起來的感覺，那焦灼的苦澀，加上人人幾乎都選咖啡，不喝剛拿出冰櫃的清涼（或許也比較健康）飲料，在在讓她覺得滿足。她也喜歡店面櫥窗的樣子。這條街不是碼頭邊那種裝修得光鮮亮麗的商店街——這裡的店家有修鞋的、修單車的、賣平價床單布巾、平價衣服、平價家具的。商品在櫥窗裡擺得太久，新的貨也擺成舊的。有些櫥窗內裡貼上遮陽的金色塑膠布，晒久了，像舊玻璃紙一樣皺巴巴，只怕一碰就碎。這些店只有這一天空在這裡，但都看似在時間中凝結，一如洞穴壁畫，如埋於沙下的廢墟。

她說要去度兩週假，傑佛瑞那表情就像五雷轟頂，彷彿從沒想過她的生命裡也會有「度假」這種事。但他隨後便一臉不悅，帶點挖苦，像是他早料到會有這種打擊。寶琳說，她只有一個週日不能來（也就是兩週之間的那個週日），因為她和布萊恩預計週一往北開，兩週後的週日早上回來。她說一定會準時回來排戲，不過也暗自納悶到底是否真能說到做到——打包出遊耗的時間，永遠比你想得更長。她在想有沒有可能那個週日早上她自己坐巴士回來。不過這樣好像也有點太勉強，所以她隻字未提。

她也問不出口——他這麼震驚，只是因為這齣戲的關係嗎？只是因為她會缺一次席嗎？從當下那刻看來，應該是這樣沒錯。他在排戲時與她的對話，從未暗示別的可能。他對她唯一不同之處，或許在於他對她的演技，不像對別人有那麼高的期望。這點誰都能理解。她是純因為長相，莫名其妙天外飛來的人選，別的成員都是看了他四處在咖啡館和書店貼的海報，而來參加試演。他對她的要求似乎就是一動不動或生硬笨拙，對別人卻非如此。或許是因為戲演到最後，她得扮成一個已死之人。

然而她覺得大家都知情，儘管傑佛瑞態度冷淡粗魯又霸道，所有的演員都心知肚明。無人不知大家排完戲三三兩兩離去後，傑佛瑞會走到房間另一頭，閂上通往樓梯間的門。（起先寶琳是假裝和大夥兒一起離開，甚至還會開車繞著那個街區兜，不過後來這招變得有點太假了，不僅對她和傑佛瑞是種侮辱，對其他這些演員亦然——他們都在這齣戲的巨大魔力下，成為命運共同體，她很肯定他們不會出賣她。）

傑佛瑞走到房間另一端，閂上門。每次這麼做，都像他必須做一個之前沒做過的決定。她要等門關上，才會抬眼望他。門閂順利推入孔中的那一聲，金屬互碰的鏗鏘，暗示著毀滅，帶著宿命的意味，她身體的某一處猛然一震，竄過全然棄防的電流。她卻文風不動，等他走回她身邊，整個下午的勞煩逐漸從他臉龐褪去，那種無所謂的表情、他慣常掛在臉上的失望，悉數一掃而空，換上的是蓬勃的活力，這總令她訝異。

「喔，跟我們講講妳在排的那齣戲吧。」布萊恩的父親說。「是會在舞台上脫衣服的那種戲嗎？」

「別鬧她啦。」布萊恩的母親說。

布萊恩和寶琳帶孩子上床睡覺後，走到二老的小屋，和他們一起喝一杯。兩人背後就是夕陽，在溫哥華島上的蓊鬱林間西沉；他們眼前則是重重山脈，毫無遮蔽，盡收眼底，襯著向晚的天空，閃著粉紅色光芒。內陸有些高山頂上，還有粉紅色的雪。

「沒人會脫衣服啦，爸。」布萊恩用起他在教室慣用的低沉嗓音。「你知道為什麼嗎？因為他們根本不穿衣服啊，這是現在的流行風。他們接下來就要推出全裸上陣的《哈姆雷特》，還有全裸的《羅密歐與茱麗葉》。怪怪，你想想那場陽台上的戲，羅密歐要爬上棚架，又卡在玫瑰叢裡……」

「噢，布萊恩。」他母親念了他一聲。

「這個故事是講奧菲斯和尤瑞迪絲，尤瑞迪絲死了。」寶琳說。「於是奧菲斯決心去地獄把她救回來。他可以把她帶走，但前提是他得答應，絕對不能看她一眼，絕對不可以回頭看她。她就跟在他背後……」

「十二步。」布萊恩說。「只能這麼做。」

「這是希臘故事，但這齣戲的背景改成現代。」寶琳說。「至少我們要演的這個版本是這樣，差不多算是現代。奧菲是個音樂家，和他父親四處巡迴演奏，他父親也是音樂家。尤瑞迪絲是演員。背景在法國。」

「要翻譯嗎？」布萊恩的父親問。

「不用。」布萊恩說。「不過別擔心，劇本不是法文，是特蘭西瓦尼亞文。」

「怎麼都搞得有聽沒有懂。」布萊恩的母親笑容裡有憂色。「只要布萊恩在，什麼都搞得好難懂。」

「劇本是英文啦。」寶琳接話。

「妳演的那個——叫什麼來著？」

她答道：「我演尤瑞迪絲。」

「他有把妳救回來嗎？」

「沒有。」寶琳說。「他還是回頭望我，所以我活不成。」

「噢，是不好的結局。」布萊恩的母親說。

「妳是天仙下凡不成？」布萊恩的父親挖苦她。「他就是忍不住不回頭看？」

「不是啦。」寶琳回道。不過話講到這兒，她覺得她公公已然達成目的，每次和他講話差不多都是這樣。他總會問她某些事，她即使不情願，還是耐著性子說明，然後他會故意把她的說辭拆解開來、斷章取義，把意思整個弄擰，偏偏表面上做得不著痕跡。他這招歷史已久，為此她多年來一直覺得他不懷好意，不過他今晚倒是比較收斂。只是，布萊恩對這點毫不知情。布萊恩還在琢磨著要怎麼出手幫她。

「寶琳是天仙沒錯。」他最後說了這一句。

「是呀，沒錯。」他母親也附和。

「要是她能去把頭髮好好整理整理，或許有可能吧。」他爸下了結論。他爸一直不喜歡寶琳的長髮，大家也都知道，甚至成了家裡的笑話。這句一出，連寶琳都笑出來，說：「得先把門廊的屋頂修好，我才有錢去弄頭髮。」布萊恩笑得更是前仰後合，見寶琳可以把這一切當玩笑，自己也鬆了一口氣。他常勸她把公公的話當玩笑就好。

「以其人之道，還治其人之身。」他說。「只能用這種方法對付他。」

「是啦，嗯，假如妳買了棟好房子的話。」他爸說，不過這點一如寶琳的頭髮，成了沒事就翻的舊帳，大家聽了反而無感。布萊恩和寶琳在維多利亞省買了房子，外觀漂亮，但屋況很差。房子所在的那條街，滿是舊宅院拆掉重蓋的公寓樓房，但住戶不用心維修保養，搞得屋況奇差。在布萊恩父親看來，他倆買的那房子、那條街、長得亂七八糟的太平洋桿欅、居然沒跟著改建一起炸掉的地下室等等，都是不堪入目的駭人景象。布萊恩大多附和他，而且還盡量順著他的話說。要是他爸指著隔壁房子上交錯的黑色防火梯，問那邊住的是什麼人，布萊恩會答：「很窮很窮的人喲，爸。都是毒蟲。」假如他爸問說那房子天冷時要怎麼取暖，布萊恩會回說：「煤爐，這年頭很少見了。煤很便宜，不過當然會搞得很髒，也不好聞。」

所以他爸此刻提到「好房子」，或許代表他們達成了某種和平狀態？也或者可以把這想成和平的象徵。

他們家就布萊恩這麼一個兒子。他是數學老師。父親是土木工程師，後來和別人一起開了間工程承包商。他或許曾盼著兒子當上工程師、繼承家業，只是他一個字也沒提過。寶琳問過布萊恩，公公從她的頭髮、她看的書，一路批評到他倆的房子，是不是為了掩飾檯面下極度的失望，布萊恩的答案是：「不會。我們家是想抱怨啥就直說，才不會拐彎抹角呢，夫人。」

寶琳還是半信半疑，尤其是聽到布萊恩母親講起，老師應該是世上最受尊崇的職業，得到的肯定卻少得可憐，她真不知布萊恩如何日復一日熬過去云云，這時他父親就會插話了：「說得一點沒錯。」要不就是：「要是我，我可以跟你說，我才不幹呢。給我錢我都不幹。」

「別擔心，爸。」布萊恩會這麼應道。「他們也沒給多少錢。」

尋常日子裡的布萊恩，其實情緒變化比傑佛瑞還大。課堂上，他讓學生聽話的祕訣就是不斷耍寶搞笑，寶琳覺得，這其實就是他把在爸媽面前扮演的角色，搬到學校來演而已。他會裝傻，會故作委屈又打起精神，還會和學生互罵髒話。他是善良版的霸凌——他是始終開朗樂天、堅不可摧的大魔王。

「妳家小朋友在我們這兒很出名。」校長對寶琳說。「他不單是在這兒努力保住飯碗而已，光能做到這點，已經很不容易。難得的是，他真的做出一番成績。」

妳家小朋友。

布萊恩管他的學生叫呆瓜，語氣滿是關愛，像是一切天注定。他說他爸是「俗人之王」，渾然天成的野蠻人；他媽則像塊抹布，底子好，只是被折磨殆盡。他儘管對這些人都是貶詞，生活裡卻又不能少了他們。他會帶學生去露營旅行，而且每年夏天一定要和爸媽一起度假，一副「不這樣就不叫暑假」的態度。每年他最怕的就是寶琳不願一起去，要不就是雖然願意去，卻一肚子不痛快，氣他爸講的某某事、怨自己非得和他媽獨處一陣，嫌夫妻倆完全沒自己的時間。她可能會窩在她與布萊恩的小屋待一整天，看看書，假裝曬曬太陽。

前幾年，這些戲碼都上演過，但今年她決定放輕鬆。布萊恩對她說，這點他看得出來，也感謝她的努力。

「我知道妳在努力。」他說。「我就不同了。他們是我爸媽，我早就不跟他們認真了。」

寶琳的家則是凡事都很認真的型，認真到她爸媽離了婚。她媽這時已過世，她與父親和兩個姊姊的關係雖友好，卻不親。她說，他們之間沒一點共同點，但也清楚布萊恩不會懂這怎麼是理由。她自然看得出，今年她和他家處得好，他有多開心又安心。從前她以為布萊恩不願打破這暑假的慣例，是因為懶，也可能是不敢，但現在的她明白，這其中是比較正面的原因。他需要妻兒和父母成為一體，像這樣一起，才是一家人。他需要寶琳參與他與父母的生活，也要父母肯定寶琳的存在——儘管父親給她的肯定永遠是迂迴的反話；母親則沒事就誇她，肯定來得太容易，意義反而不大。同時他也希望寶琳、希望孩子接觸到他的童年——他希望這樣的暑假能與他童年記憶中的假期連結起來。好天氣、壞天氣、車子故障、駕駛紀錄、船上驚魂、蜜蜂螫傷、玩不停的「大富翁」，還有他曾對他媽說「我聽到耳朵長繭」的種種大小事。今年的他，希望拍一堆照片，放進母親的相簿裡。那相簿裡的相片，以前他一聽別人提就大表不滿，現在的他，想延續這個傳統。

夫妻倆唯一能單獨談話的時間，就是深夜的床上。不過兩人在這兒談的話，確實比平日在家裡聊得多。布萊恩平常夜裡大多累得頭一沾枕便呼呼大睡，白天又愛插科打諢，很難跟他講正經事。她看得出，他搞笑的時候，雙眼也為之閃亮（他身上的色調和她很像，同樣是黑髮、白皮膚、灰色的眼，不過她眼裡的灰帶點濁，他眼中則是淡淡的灰，宛如清澈水面下的石頭）。他不斷在別人的話中，尋找可以抓出雙關語或押韻的蛛絲馬跡——只要是可以偏離話題、把主旨整個弄擰的點，他一個也不放過。她看得出，他會因此樂得嘴角抽動。原本就稱不上健壯、高高瘦瘦、還像十幾歲小伙子的個子，總因此開心得抖顫。她婚前有個朋友叫葛蕾西，力主推翻「男性至上」的觀念，總是一臉憂國憂民。布萊恩總以為葛蕾西這種女生需要有人幫忙打氣，所以在她面前，搞笑搞得比平常更賣力。葛蕾西忍不住問寶琳：「妳怎麼受得了這種沒完沒了的秀？」

「那不是布萊恩的真面目。」寶琳那時這麼回道。「等只有我和他兩個人的時候，他就不是這樣了。」但待她回首當年，不由納悶，這句話究竟幾分是真？她這麼回，難道僅是為了幫自己的選擇講話？就像決定結婚時，也要有套說辭替自己壯膽？

因此，在黑暗中交談，也多少是因為這樣她就看不到他的臉。他也知道她看不到。但即使夜深人靜時（雖然兩人還不習慣這狀態）有了交談的機會，他還是免不了開點小玩笑。好比說，他提到傑佛瑞時，都故意用法語叫「導演大人」，這一叫，把這齣戲都叫得有點可笑了（也因為它原本就是法國人寫的，這一叫更顯做作）。也或許是傑佛瑞本身的問題，他把這齣戲看得太重了，難免讓人對他打上問號。

寶琳可不管這些。光是聽到他提傑佛瑞的名字，她便覺欣喜與安心。

她大多時候不提他，玩味著這迂迴的快感。除了他以外的人，她倒是毫不吝於形容——理髮師、引水人、侍者、自稱演過廣播劇的老人。他飾演奧菲的父親，而且對表演自有一套非常固執的想法，害傑佛瑞傷透腦筋。

演中年劇團經理「篤拉克先生」的，是個二十四歲的旅行社專員。和尤瑞迪絲差不多同年的舊情人「馬西亞斯」，則是由某鞋店的店長擔任，他已是人夫人父。

布萊恩問說，「導演大人」怎麼不把這兩人的角色對調？

「他這人做事就是這樣。」寶琳答道。「他就是能在我們身上看到只有他看得到的東西。」

她舉例說，他們劇團裡那侍者，就是個非常蹩腳的奧菲。

「他才十九歲，這不敢那不敢，傑佛瑞得一直在旁邊念他才行。提醒他，別演得像跟自己阿嬤上床一樣。傑佛瑞一個口令，他一個動作。好比說，『再多摟著她一會兒』啦，『稍微摸她這裡一下』之類的。真不曉得這樣到底有沒有用，我也只能完全相信傑佛瑞，他自己心裡有數。」

「『稍微摸她這裡一下』？」布萊恩反問：「搞不好我應該去看看，盯著你們排戲。」

寶琳講起傑佛瑞說的那些話時，打從子宮裡（或者說胃部深處）傳出一陣顫動，一道怪異的電流，由下而上竄，撼動她的聲帶，洩露她的心事。她得趕緊發出一陣表示不以為然的怪聲，掩飾過去（本意是要模仿傑佛瑞，不過傑佛瑞從來不這麼叫，也不失控咆哮，舉止從不過頭）。

「他這麼單純，會選他，當然是有原因。」她隨即補上這句。「他不會滿腦子都是上床。應對上還很嫩。」然後她講起劇裡的奧菲，不是演奧菲的這侍者。奧菲對愛也好，對現實也好，都很有意見。他無法忍受一丁點不完美。他要的是世俗之外的愛；他要的是完美無瑕的尤瑞迪絲。

「尤瑞迪絲比較實際。她和馬西亞斯、和篤拉克先生的關係都沒斷。她與母親和母親的愛人也糾纏不清。她知道人是什麼樣。可是她確實愛奧菲，某種程度來說，她比他更曉得怎麼愛他，他卻不太清楚怎麼愛她。她知道怎麼愛他，因為她並不笨。她像一個真正的人那樣去愛他。」

「可是她又和別的男人上床。」布萊恩說。

「唔，和篤拉克先生是不得已，那是她無法擺脫的關係。她一開始也不想，但或許過了一陣子之後，過了某個門檻，她自己忍不住陷下去，也開始樂在其中吧。」

所以都是奧菲的錯，寶琳斬釘截鐵地說。因為尤瑞迪絲不完美了，他才故意回頭望她，好徹底除掉她。因為他，她只得又死了一次。

布萊恩平躺著，兩眼圓睜（她聽他的語氣就知道），問：「可是他不是也死了？」

「嗯，是他自己的意思。」

「那這樣他們就可以在一起了？」

「對，就像羅密歐與茱麗葉。『奧菲終於和尤瑞迪絲在一起了』。這是亨利先生說的。這是這齣戲最後一句台詞，結局就是這樣。」寶琳說著翻身側躺，臉頰觸著布萊恩的肩——不為撩起遐想，而是強調她接下來的話。「某個角度來說，這齣戲很美，但換個角度，又很沒道理。這戲的主角沒有碰上什麼壞事，所以不像《羅密歐與茱麗葉》，它是故意設計成這樣的，這樣男女主角就用不著繼續過日子、結婚、生小孩、買老房子翻修，還有……」

「還有搞外遇。」布萊恩接話。「再怎麼說，他們都是法國人嘛。」

他的下一句是：「像我爸媽那樣。」

寶琳笑出聲來：「他們有搞外遇嗎？我可以想像。」

「喔，當然。」布萊恩說。「我是指，像他們倆這樣過日子。」

「照理說，我了解為什麼有人要自殺，免得自己變成爸媽那樣。」布萊恩說。「我只是不相信有人會這麼做。」

「每個人都有選擇。」寶琳的語氣如夢囈。「尤瑞迪絲的媽，和奧菲他爸，都算是大家唾棄的對象，可是奧菲和尤瑞迪絲犯不著走他們的老路。他們沒有自甘墮落。她是和一些男人上床沒錯，但不能因為這樣，就說她自甘墮落。她那個時候還沒遇見奧菲，不知道什麼是真愛。戲裡有段台詞，是奧菲跟她說，她過去的所作所為，都會跟著她一輩子，甩不掉的汙點。像她對他撒過的謊，還有那幾個男的，都會糾纏她一輩子。後來，當然，亨利先生後來針對這點又加油添醋。他對奧菲說，他終有一天也會被拖下水，等哪天他和尤瑞迪絲走在街上，他就會像個牽狗的男人，而他一直想擺脫掉那隻狗。」

令她意外的是，布萊恩大笑起來。

「不對。」她說。「這就是沒道理的地方。這是早就可以看到的。根本早就可以防到這一點。」

兩人繼續推想，繼續自在地唇槍舌劍你來我往，他們雖不常如此，但做來也不覺生澀。在兩人的夫妻生活中，曾經有段時間，每隔很長的一陣子，他們就會這樣——聊個大半夜，聊上帝、聊怕死的心理；聊怎麼教育孩子、聊錢到底重不重要。聊到兩人終於坦承累得開始語無倫次，才翻身調到相親相愛的睡姿，進入夢鄉。

終於是個下雨天。布萊恩和他爸媽一起開車去坎伯河買菜、買琴酒，順便也把布萊恩父親的車開到修車廠看看。這車在他們往北開到納奈摩的路上就有點不太對勁，其實不很嚴重，但因為是新車，還在保固期內，布萊恩的父親希望還是盡快檢查比較好。布萊恩想說萬一他爸的車得留在修車廠，需要有車接應，所以也開了自己的車跟著去。寶琳則說，瑪拉在睡覺，她得在家顧著。

她把凱特琳也哄睡了——交換條件是凱特琳可以帶著她的音樂盒上床，只要放得很小聲就好。寶琳隨後拿了劇本到廚房，攤了一桌，邊喝咖啡，邊一句句看奧菲和尤瑞迪斯的一場對手戲。那場戲裡，奧菲說終於受不了了，他受不了披著兩種皮，包裹著各自的血液，封存著各自的氧氣。尤瑞迪絲要他別出聲。

「別說話。什麼都不要想。只要讓你的手隨意走，讓它自得其樂吧。」你的手就是我的幸福，尤瑞迪絲說。你就接受這一點吧。接受你的幸福。

當然，他說他辦不到。

凱特琳不時喚她，問她現在幾點，還把音樂盒放得很大聲。寶琳連忙衝進臥室，壓著嗓門叫她把音量轉小，免得吵醒瑪拉。

「要是妳再放那麼大聲，我就把音樂盒拿走，聽到沒有？」

可是瑪拉已經在嬰兒床裡翻來覆去，後來凱特琳又輕聲慫恿起妹妹，存心是想吵醒她，加上音樂盒的樂聲忽大忽小，沒多久瑪拉就在嬰兒床裡大鬧，強撐著站起來，還把奶瓶扔到地上，接著嚶嚶哭泣，愈哭愈慘，直到寶琳現身。

「我沒弄醒她喔。」凱特琳忙說。「她是自己醒過來的。雨不下了。我們可以去沙灘玩嗎？」

她沒說錯，沒下雨了。寶琳幫瑪拉換了尿布，叫凱特琳換上泳衣，找出小沙桶。自己也換了泳衣，外面套件短褲，免得布萊恩一家人比她先回來。（「爸不喜歡有些女的穿了泳衣就出門。」布萊恩的母親曾這麼對她說。「我想我和他是不同時代的人吧。」）原本拿了劇本想帶去讀，卻又把它放下，生怕萬一自己讀得出神，沒一直盯著孩子們可不行。

關於傑佛瑞的種種念頭浮現她腦海，其實根本算不上念頭——說是她體內的種種變化還比較貼切。這種變化發生時，她可能正坐在沙灘上（她盡量坐在至少有一半樹叢遮蔭的地方，以免晒黑，傑佛瑞這麼規定，她就照辦）、擰乾尿布，或正好和布萊恩去看他爸媽。或許大家正在玩「大富翁」、拼字遊戲、撲克牌；也說不定她正在說著、聽著、手上正在忙、盯著孩子們，而她祕密生活中某些片段的記憶，一如輻射爆炸，令她心煩意亂。而之後某種溫暖的重量歸了位，安心的感覺又填滿了她所有空虛。只是好景不常，這種安心感點滴流逝，她像個天外橫財忽地消失的吝嗇鬼，深信此等好運這輩子僅此一回。這種渴求，逼得她武裝起自己，迫著自己養成數日子的習慣。有時她甚至把日子切割成片片段段，好更清楚時間到底過了多久。

她想編個藉口，去坎伯河一趟，找個電話亭打給他。度假小屋沒有電話，唯一的公用電話在門房的大廳。可是她沒有傑佛瑞上班的那間旅館的電話，再說，她當天傍晚也絕對沒法去坎伯河。她怕白天打去他家，會是他母親（她是法文老師）接電話。他說過他母親夏天絕少離開家，只有一次是搭渡輪去溫哥華一日遊。傑佛瑞打電話給寶琳，邀她來相會。布萊恩那時在學校，凱特琳去和朋友玩。

寶琳說：「沒辦法，我得顧瑪拉。」

傑佛瑞問：「誰？喔，抱歉。」接著問：「妳不能帶她過來嗎？」

她說不行。

「為什麼不行？妳不能帶點東西來，讓她在這兒玩嗎？」

不行，寶琳說。「我辦不到。」她答道。「我就是辦不到。」要跑這一趟，她罪惡感已夠深重，再推著嬰兒車一起去，實在太冒險。而她要去的屋子，清潔劑不會高踞架上，大小藥丸加咳嗽藥水和香菸與菸屁股不會放在搆不到的地方。就算她可以免於中毒或窒息之災，瑪拉的小腦袋也可能儲存著時間炸彈——她會記得有間奇怪的屋子，她不知為何給晾在一邊，有扇門關著，門的另一面有些聲響。

「我只想要妳。」傑佛瑞說。「我只想要妳在我床上。」

她再度開口，這次完全無力。「不行。」

他這幾個字，之後仍不斷在她腦海浮現。*我要妳在我床上。*他的語氣有似笑非笑的緊迫，卻也是某種決心，某種實際，彷彿「在我床上」意有所指，他說的那床，有更廣的意義，世俗之外的意義。

她對他說不，是天大的錯嗎？這不等於提醒了他，她被困在怎樣的牢籠裡？而那個牢籠，無論誰都會稱之為「真實的生活」。

沙灘近乎全空——大家想說今天下雨，也就不出門了。沙變得很重，凱特琳沒法堆城堡、挖溝渠。不過反正她也只會和爸爸一起玩沙，因為她感覺得出，爸爸是真心喜歡和她一起做這些事，媽媽卻不然。凱特琳孤伶伶地在水邊走來走去，說不定，她還寧願有別的小孩在一旁玩鬧。彼此不知姓名，卻馬上可以打成一片的朋友；偶爾互丟石頭、互踢水花的仇人。放肆的尖叫、四濺的水花、連撲帶滾的孩子們。有個個頭比她高一點的男生，在沙灘遠處獨自站在及膝的水中。假如這兩人能湊得起來也不壞，或許可以幫這趟沙灘遊加分。凱特琳這時往水裡衝，濺起朵朵水花，寶琳看不出凱特琳是不是為了這男生才這麼做，也看不出男生望她的眼神帶著興味，還是鄙夷。

瑪拉不需要人陪，至少現在用不著。她跌跌撞撞朝水裡走，察覺水淹上了腳，隨即改變主意，停步四下打量，看見了寶琳。「寶。寶。」她認出了媽媽，開心地喊著。「寶」就是她在叫「寶琳」，而不叫「媽」或「媽咪」。她因為環視四周，沒站穩，一半身子跌坐沙裡，另一半浸在水中，嚇得她尖叫出聲，哭鬧了一陣。但她也很快學會把全身重量放到手上，笨拙地撐起身子，搖搖晃晃走起來，一臉得意。她學會走路已過半年，但要走在沙地上，還是不太容易。不過她這會兒正走回寶琳身邊，嘴裡嘟噥著自己發明的語言。

「沙。」寶琳捧起一團沙，對瑪拉說。「妳看，瑪拉，沙耶。」

瑪拉說寶琳講得不對，又吐出個別的字，聽著很像「嘩」。塑膠小褲包著厚厚的尿布，加上毛巾布料的連身外衣，把她的小屁屁裹得渾圓，配上她胖嘟嘟的臉頰、肉肉的小肩頭，和她斜眼看人那副認真的表情，完全是個古靈精怪的女舍監。

寶琳覺得有人在喊她，大概已經喊了兩、三聲，卻不是她耳熟的聲音，她不知是誰，便站起來揮手。結果是度假村商店的女店員，把身子探出陽台，高喊：「基廷太太，基廷太太？有妳的電話，基廷太太。」

寶琳把瑪拉抱起來架在腰間，一邊喊凱特琳過來。凱特琳和那小男孩已經玩起來了，兩人從水底撿石頭，又扔回水裡去。寶琳叫她回來時，她沒聽見，或是假裝沒聽見。

「商店。」寶琳喊。「凱特琳，商店。」她確定凱特琳聽了「商店」（就是指度假村那間可以買冰淇淋、糖果、香菸、汽水果汁等的小店）便曉得要跟上來後，便一路穿過沙灘，走過一叢叢北美白珠樹，踏上通往門房的木造階梯。走到一半又停下來，忍不住碎碎念：「瑪拉，妳重死了。」說著把瑪拉放到另一側繼續抱著。凱特琳則拿了根木棍，邊走上階梯邊敲打扶手。

「我可以買巧克力冰棒嗎？媽？可以嗎？」

「再說吧。」

「拜託嘛，我可以買巧克力冰棒嗎？」

「等等。」

公用電話在大廳另一邊的布告欄旁，正是餐廳大門的對面。因為那天下雨，餐廳裡正在玩賓果遊戲。

「希望他還在線上。」女店員喊道。她人在櫃檯後面，只聞其聲，不見其人。

寶琳一手還抱著瑪拉，拿起懸在半空搖來晃去的話筒，上氣不接下氣：「喂？」她以為會是布萊恩，跟她說他們有事在坎伯河耽擱了，又或者是問她要他在藥妝店買的是什麼。因為只有一樣東西（止癢藥膏），他就沒特地寫下來。

「寶琳。」傑佛瑞的聲音。「是我。」

瑪拉在寶琳身上扭來扭去，迫不及待想下來。凱特琳跟到了門房，走進商店，拖著一串黏著沙的濕腳印。寶琳忙道：「等等，等等。」先把瑪拉放下來，再忙去關上通往階梯的門。她不記得自己對傑佛瑞提過這度假村的名字，但曾大概說過它的位置。她聽見那女店員尖聲對凱特琳喊，假如孩童有家長陪伴進店，那女人就不是這種語氣。

「妳是不是忘了先沖腳？」

「我人在這兒。」傑佛瑞說。「沒妳在，我就過得不好。我根本過不下去。」

餐廳傳出主持賓果遊戲的男聲：「N下面是……」瑪拉彷彿聽到召喚，逕自往餐廳走去。

「這兒，你是說哪兒？」寶琳問。

她讀著電話旁布告欄上用大頭釘釘著的告示。

十四歲以下之人，若無成人陪伴，不得乘船、划獨木舟。

釣魚大賽。

烘焙食品與工藝品特賣，聖巴爾多祿茂教堂。

命運操在自己手中。讀掌紋、解塔羅牌。收費合理、正確解讀。請電克萊兒。

「一間汽車旅館。在坎伯河。」

寶琳張開雙眼之前，已然知道自己身在何處。什麼都嚇不到她。她睡是睡了，但還沒睡沉到人事不知的地步。

她在度假村的停車場和孩子們一起等布萊恩回來，向他拿了車鑰匙。她當著布萊恩父母的面，說要去坎伯河買點東西。他問，什麼東西？她身上有錢嗎？

「就買點東西。」她回道，這樣他就會以為她是去買衛生棉條、避孕用品之類的東西，所以不好明說。「那好。」

「好，不過妳得先去加點油。」他說。

之後她得和布萊恩通電話。傑佛瑞說，這通電話她非打不可。

「我說的話他不會聽。他會以為我綁架妳什麼的，他不會信的。」

但最怪的就是這點，那天布萊恩好像立刻就相信了這一切。就站在她不久前站的地方，大廳裡的公用走道上——賓果遊戲結束了，但大家仍來來去去，她聽得見人聲，眾人晚餐後走出餐廳的聲音。他說的不過就是：「喔。喔。喔。好。」那語氣應該是很快就克制住自己才發出的聲音，像是他相信這是命定，又像他早已預見這一切，卻又表現得太過頭。

彷彿他一直都知情，知道她到底怎麼回事，一直。

「那好吧。」他說。「那車怎麼辦？」

他又說了些別的，常人難以接受的事，就掛了電話。她走出電話亭，電話亭旁邊是坎伯河的某個加油站。

「很快嘛。」傑佛瑞說。「比妳想得還簡單。」

寶琳只說：「我不曉得。」

「他搞不好潛意識裡早就知道了。人就是有這種預感。」

她搖搖頭，示意他別說了，他開口：「對不起。」兩人沿著街一路走，沒碰對方，也沒交談。

他們得出門找電話亭，因為汽車旅館裡沒有電話。而到了清晨，寶琳閒閒環視四周（這是她走進那間房後，首次擁有真正的空間，或說，自由），才發現房裡沒什麼東西。只有一只破爛的五斗櫃、少了床頭板的床、襯了軟墊而沒扶手的單椅。窗上雖然裝了百葉窗，卻有一條葉片斷了；橘色的塑膠窗簾，原本應該有類似紗帘的作用，底部不必縫一層摺邊，不過這會兒底部整塊沒了。空調很吵——傑佛瑞在夜裡把它關了，但窗戶是密封的，只得把門打開，掛上門鏈。門現在是關上的，想必是他夜裡起來關的。

這就是她有的一切了。無論布萊恩在他們的小屋裡睡著、醒著，她與那間小屋的關係都斷了。那棟代表她與布萊恩的生活、他們共同目標的房子，也和她斷了。她再也沒有家具。之前買的那堆又大又重的東西，洗衣機、乾衣機、橡木桌子、重新粉刷的衣櫃、仿製維梅爾某幅畫中的吊燈等等，她都自行斬斷了關係。她自己的東西也一樣——她愛收集的壓製玻璃小杯、禱告用的地毯（當然不是真品，但還是相當美麗）。尤其和這類東西更要斷得徹底。連她的書也一樣，她或許已經失去了。連衣服也一樣。她為了來坎伯河這趟而穿的衣裙、涼鞋，或許是目前她名下僅有的東西。她絕不會回去要東西。萬一布萊恩連絡她，問她東西該怎麼辦，她應該會說，他想怎麼辦就怎麼辦，假如他想把東西全部扔進垃圾袋、往垃圾桶一丟，那就這麼辦吧。（其實她知道，他應該會把東西都裝進車子的行李廂，小心翼翼地全部送來。除了她冬天的大衣、靴子外，連她在婚禮上穿了一次之後便沒再穿的束腰也一起打包，最頂層再罩上那禱告用的地毯，像是最後一次訴說著他的寬容，無論是真心，還是算計。）

她深信自己不會再在意住哪種房間、穿哪種衣服。她不會再用這種方式，讓別人知道她是什麼樣的人，會做什麼樣的事。甚至也不讓自己知道。她之前所做的，就已經夠了，就已經代表全部。

她這次做的這檔事，會成為她之前聽過讀過的事。這是安娜．卡列妮娜的老路子，是包法利夫人想踏上的路。布萊恩的學校有位老師也一樣，對象是學校的祕書。他和祕書跑了。大家就是這麼稱呼的，「和某某跑了」、「和某某溜了」，語氣有不屑、有調侃、有豔羨。這等於是通姦的再升級。會這麼做的人，幾乎都早就有了外遇，暗地往來一段時間之後，再也按捺不住，或突然生出勇氣，就走到這一步。久久一次，或許會有對男女說，他們的愛是完全精神層面、全然純潔的，假如真有人相信這套說法，便會覺得他們不僅認真、高尚，卻也近乎莽撞，愚不可及。和賭上一把、拋下一切，跑去朝不保夕的貧困國家工作的人，差不多是同一個等級。

而其他的人，通姦之人，是公認的不負責任、不成熟、自私，甚至殘忍。但也很幸運。說「幸運」，因為他們在停妥的車裡、長草叢間，在對方與配偶平日睡的床上（已遭玷汙），或機率最高的汽車旅館內（像他們這樣）享受的性，想必欲仙欲死。否則他們絕對不會不計一切代價，對對方生出那種渴望；絕對不會堅信他倆共享的未來，必定比兩人各自的過去更好更不同。

不同。此刻的寶琳必然如此相信——相信人生、婚姻、人與人之間的結合，總有極大的差異。有些差異是必然，是注定，有些則不然。當然，一年前的她，或許會說同樣的話。大家都這麼說，也似乎都相信自己的情況是初體驗、最特別，哪怕誰都看得出這並非實情，誰都知道當局者迷，講的事自己也不清楚。換作寶琳，她也不會知道自己在講什麼。

屋裡實在太熱。傑佛瑞的身體太熱。他的身體像是不斷釋放出堅定的信念，和隨時準備與人議論的態度，連在睡夢中也不例外。他體格比布萊恩壯一些，腰間也比較厚。骨架外多包了些肌肉，卻不鬆垮。整體來看，他不算是俊男——她很肯定外人都會這麼說。他也沒那麼在意小節。床上的布萊恩，渾身一點味道都沒有；而每次她與傑佛瑞一起時，傑佛瑞的皮膚總有一種烘烤後帶點油的味兒，或者說堅果味。他昨夜沒洗澡——可是，她也沒洗。根本沒時間。他有可能想到帶牙刷來嗎？她沒帶，但那時她不曉得自己就這樣留了下來。

她和傑佛瑞會合時多少還想到，待會兒回家得編出個漫天大謊才能交代，而且她（也就是他倆）動作還得快點。傑佛瑞對她說，他已下定決心，他們一定要在一起，她就和他一起去華盛頓州，那齣舞台劇也別管了，因為一旦事情傳開，維多利亞省不會有他倆容身之處。她望他，雙眼空茫，就像地震發生的那一刻，你望著某人那樣。她想好了一堆理由，想告訴他這條路行不通，也想著那就這麼跟他說吧，只是在那一刻，她的人生變成漫無目的的漂泊。要走回頭路，就像自己給自己蓋布袋。

她後來只回了一句：「你確定嗎？」

他答道：「當然。」講得情真意切。「我絕不離開妳。」

這實在不像他會講的話。然後她才懂了，他是引用劇本裡的台詞（或許這其中還有諷刺的意味）。奧菲在車站販賣部初遇尤瑞迪絲沒多久，便對她說了這句話。

於是她的人生向前滾動，她成了私奔之人。令眾人震驚與不解、放棄一切的女人。有人會挖苦說，這麼做是為了愛。這句話的同義詞就是「為了性」。要不是為了性，這些都不會發生。

可是話說回來，這有很大的差別嗎？不論你聽別人怎麼描述這過程，說穿了其實這中間沒什麼變化。肌膚、動作、接觸、成果。寶琳不是讓你空手而回的女人。布萊恩就得到他的成果。搞不好誰都辦得到，只要不是太笨拙或下流之徒就可以。

不過確實，一切都不同了。和布萊恩的一切（尤其是和布萊恩，她為他奉獻某種利己的善意、與他同住在婚姻的共犯結構裡）——都不同了。再也不會有這樣的離去，不可避免的出走，她不必費力爭取，只需棄防，就像呼吸，或如死去。她相信，這種感覺只在一種時候出現——她與傑佛瑞肌膚相親，任他動作，壓在她身上的那重量裡，藏著他的心，藏著他的習性、思緒、怪癖，他的雄心、寂寞（就她所知，應該大多和他少年時代有關）。

就她所知。她不知道的事還有很多。他喜歡吃的東西、喜歡聽的音樂、他母親在他生命中扮演的角色，她所知無幾（他母親的角色肯定很神祕，卻是關鍵，就像布萊恩的父母）。不過有件事她很肯定——無論他有什麼偏好、什麼禁忌，都是不能翻盤的。

她從傑佛瑞搭著她的手下方輕輕抽身，鑽出兩人蓋的被單，那散發著刺鼻的漂白水味。她溜下床，兩腳踏地，發現黃中帶綠的繩絨床罩扔在地上，連忙拿起來裹住自己。

她不希望他睜眼時看到她背影，發現她鬆垮下垂的臀部。他之前看過她裸體沒錯，但那時的標準比較寬鬆。

她漱了口，沖了個澡，旅館附的肥皂不過兩小塊薄薄的巧克力那麼大，硬得像石頭。兩腿之間經過多次激戰，已經腫了起來，散發一股味道。連小便都成了苦差事，感覺像便秘。昨晚他們出去吃漢堡，她什麼也吃不下。她本該學著重新面對這些生活的瑣碎，她的生活會自然而然把這些事情各自歸位。只是在這一刻，她彷彿無心於此。

她皮包裡有點錢。她得出去買牙刷、牙膏、止汗劑、洗髮精。還得買陰道潤滑劑。他們昨晚頭兩次有用保險套，但第三次就什麼都沒用了。

她沒帶錶來，傑佛瑞也沒戴錶的習慣。房裡自然沒有時鐘。她想時間還早——天氣雖熱，看陽光的樣子，應該還早。商店八成還沒開，不過一定有哪裡可以買杯咖啡。

傑佛瑞翻身到另一側繼續睡。想必她有那麼一刻吵醒了他。

他們會有一間臥室，一間廚房，一個地址。他會去上班。她會去自助洗衣店。也許她也會去上班。賣東西、端盤子、當家教。她懂法文和拉丁文——美國高中會教法文和拉丁文嗎？不是美國人，在美國找得到工作嗎？傑佛瑞就不是美國人呀。

她把房間鑰匙留給他。她再回房時，就非吵醒他不可。房裡完全沒有東西能充當寫便條的工具。

天還很早。這間汽車旅館在鎮的北端，旁邊就是橋。這時還沒有車流。她在寬葉白楊樹下拖拖沓沓走了好一陣，終於傳來某輛車轟隆隆駛過橋上的聲音——雖然昨天橋上的車流不時搖撼他倆的床，直至夜深。

有什麼過來了。是輛卡車。但不僅是卡車——有個巨大冷酷的事實朝她逼來。而且，不是憑空襲來——它一直等在那兒，打從她起床，或者說，前夜一整晚，都無情地戳刺著她。

凱特琳和瑪拉。

布萊恩昨晚在電話上，雖然像是為了顏面，不願表現出自己的驚駭，既無異議，也沒求她回來，刻意把語氣放得很平、很克制，幾乎到了親切的程度——最後，他還是露出了真面目，帶著輕蔑與盛怒，完全不管旁邊有誰在聽：「那——小孩怎麼辦？」話筒在寶琳耳邊簌簌顫抖起來。

她才開口：「我們再討論……」他卻如充耳不聞。

「兩個孩子，」他的嗓音仍一逕微顫著，也有想給她一點顏色瞧瞧的意味。他把「小孩」改口為「孩子」，聽在她耳裡就像拿塊木板朝她劈頭砸下——沉重、正式、正當的威脅。

「孩子留在這兒。」布萊恩說。「寶琳，妳聽清楚了沒有？」

「不，」寶琳忙回道：「是，我有聽到你說的，可是……」

「那好。妳聽清楚了，那就記住這點，孩子留在這兒。」

他只能做到這裡為止。讓她親眼看看自己做了什麼，一手了結了什麼，萬一她真的硬幹，那這就是給她的懲罰。沒人會怪他。或許她會花言巧語，或許她願意談條件，或許她願意低聲下氣，可是那就如同要她吞下一塊冷冰冰的小圓石，像古時候的小炮彈。除非她的心來個一百八十度大轉變，否則那石頭還是卡在她食道裡。孩子要留下。

他倆的車，她和布萊恩共用的車，還停在汽車旅館的停車場。布萊恩勢必得請他爸或他媽今天載他過來拿車。車鑰匙還在她皮包裡。當然，家裡有備用鑰匙，他也一定會帶來。她轉開車門鎖，把自己那串鑰匙扔在座位上，再從車裡鎖了車門，把門關上。

這下子她不能回頭了。她沒法子坐進車裡、開回去，說都是她之前腦袋不清楚。假如她真這麼做，他會原諒她，卻絕不會把這事拋諸腦後，她也不會。不過他們日子當然還是照過，大家都這麼做。

她走出停車場，沿著人行道一路走到鎮上。

昨日，瑪拉的重量還在她髖骨間。地板上還有凱特琳的腳印。寶。寶。

若要回到她們身邊，她也用不著鑰匙，用不著開車。她可以在路上請人讓她搭便車。別再掙扎了，別再堅持了，就回去吧，她怎麼可以不回去？

套布袋。

一種流動的選擇，幻想的選擇，潑在地上，瞬間凝結，成為無法改變的形狀。

這是劇痛。之後會轉為長久的痛。長久，代表會是永久，但或許不是一直存在。也可能代表妳不會因此而死。這種痛，妳擺脫不掉，卻也死不了。妳不會無時無刻都覺得痛，但得以倖免的空檔也不多。於是妳學會了緩解這種痛的技巧，也可能真把它擋在門外，只為不去摧毀妳承受這痛楚而換來的成果。這不是他的錯。他仍天真，或說冷血，他不知這世上有一種痛如此頑強。不如就這麼對自己說吧，反正妳總有一天也會失去她們。她們會長大。做母親的，私底下總會有這種小小的、莫名其妙的淒楚等在眼前。孩子會忘記這段時間，她們無論用哪種方式，總有一天會與妳斷絕關係。或者也有可能，她們會待在妳身邊，直到妳不知該拿她們怎麼辦為止。布萊恩就是這樣。

但話說回來，這痛是何等的痛啊。一輩子扛著，得去習慣、得去接受，直到它不過是她感傷的過往，絕不可能成為現實的時候。

她的兩個孩子都長大了。她們並不恨她，不恨她遠離，不恨她保持距離。她們也沒原諒她。也許她們曾願意原諒，只是到頭來還是沒這麼做，不過，那應該有別的原因。

凱特琳對那年夏天在度假村大廳的事，已經不太記得了。瑪拉是完全沒印象。有天凱特琳自己對寶琳提起來，說那是「爺爺和奶奶住的地方」。

「那是妳走掉的時候，我們住的地方。」凱特琳說。「只是我們後來才曉得，妳是和奧菲一起走了。」

寶琳說：「不是奧菲啦。」

「不是奧菲啊？爸以前老說是奧菲。他都說：『後來妳們的媽就和奧菲跑了。』」

「那是他開玩笑吧。」寶琳回道。

「我一直以為是奧菲耶。不是他，那就是別人嘍。」

「也是那齣戲的人。我和那人同居了一陣子。」
「不是奧菲喔。」
「不是。從來就不是他。」

銅臭

一九七四年某個夏日傍晚，飛機緩緩靠近空橋準備停妥。凱琳伸手往下探，在背包裡摸索。拿出來的是頂黑色貝雷帽，她把帽子偏一側斜斜戴上，又以窗為鏡（這時多倫多天已黑），塗上大紅的唇膏。還有一根細長的黑色菸嘴，她準備等時機到來那一刻再叼著。貝雷帽和菸嘴都是她繼母在某化妝舞會上穿戴的「愛瑪姑娘」打扮，現在成了她的戰利品。唇膏則是她幫自己買的。

她知道她再怎麼打扮也不可能像風騷的成年女子，但她也不願讓別人看成去年夏天坐上飛機的十歲女生。

人群裡無人多看她兩眼，哪怕她叼起菸嘴、換上陰沉的眼神也沒用。人人行色匆匆，心神不寧，或開心，或迷惘。還有很多人像是穿著戲服。幾名黑人男子穿著鮮豔長袍，戴著小小的繡花帽，咻一下掠過身邊。有些老婦弓身坐在自己的行李箱上，把披肩拉到頭上。一群嬉皮人士穿戴著串珠和破衣。她發現身邊有陣子圍了群表情嚴肅的男人，人人戴著黑帽，一串串細小的捲髮垂在臉頰兩側搖來晃去。

來接機的人不應該在這裡出現，不過這些人還是偷溜過自動門硬闖進來。凱琳在行李轉盤另一端的人群中，發現了她媽媽，蘿絲瑪麗，只是媽媽還沒看見她。蘿絲瑪麗穿著深藍色長洋裝，上面有金色和橘色的月亮圖案。剛染的頭髮黑得出奇，盤在頭頂，像個倒塌的鳥巢。她比凱琳記得的樣子要老，有那麼點形單影隻的淒涼。凱琳的視線很快掠過媽媽——找尋起德瑞克的身影。要在人海中發現德瑞克並不難，因為他有顯眼的身高、閃亮的額頭、及肩的波浪狀淡金髮。也因為他沉穩晶亮的雙眸、總愛挖苦的嘴，與不動如山的耐力。蘿絲瑪麗恰恰相反，不時動動身子，舒腰伸腿，用迷惘而喪氣的眼神打量四下。

德瑞克沒站在蘿絲瑪麗後面，也不在附近一帶。除非他是去洗手間了吧，總之他人不在。

凱琳抽出菸嘴，把貝雷帽往腦袋後面推。既然德瑞克不在，也沒必要開這種玩笑了。要拿這裝扮去鬧蘿絲瑪麗，只會讓她一頭霧水——何況蘿絲瑪麗那表情早已如墮五里霧，寫滿了失落。

「妳擦了口——紅喔。」蘿絲瑪麗說著，眼眶微濕，滿是驚豔的語氣。她將凱琳一把裹在翅膀般的長袖臂彎裡，濃濃的可可亞油氣味籠罩著兩人。「該不會是妳爸讓妳擦的吧。」

「我是打算鬧妳的啦。」凱琳說。「德瑞克人呢？」

「沒來。」蘿絲瑪麗回道。

凱琳發現行李轉盤上出現了她的箱子，忙壓低身子在人群間穿梭殺出一條路，硬是把行李箱拖出來。蘿絲瑪麗想幫她拿，凱琳卻說：「沒事，沒事。」兩人合力把行李箱推出出口大門，推過等著接機的人（這些人沒膽子也沒耐心往裡擠）。一路上她們都沒交談，直到出得機場，走進燠熱的夜，步向停車場，凱琳才發話：「怎麼啦——你們倆又飆起來啦？」

「飆」，蘿絲瑪麗與德瑞克慣用這字眼形容兩人吵架。會吵，都是因為他們倆一起做德瑞克的書，但合作得很不愉快。

蘿絲瑪麗一臉正色，心平氣和：「我們沒往來了，也不會一起做書了。」

「真的？」凱琳問：「妳是說你們分了？」

「連我們這種人都會分呢。」蘿絲瑪麗說。

車燈的光匯聚成河，滔滔流遍每一條進入市區的路，同時也化為出城的車流，沿著高架道路畫出光弧，也流過高架道路下。蘿絲瑪麗的車裡沒有空調（她不是買不起有空調的車，只是因為她不信空調這一套），非得車窗大開不可，任來往車輛的嘈雜，混著汽油味一起湧進車內。蘿絲瑪麗很不喜歡在多倫多開車，碰上每週得和出版社開會，她都坐公車進城，或多半請德瑞克載她去。她們駛離機場高速公路，往東開上四〇一號公路，蘿絲瑪麗始終心神不寧，開了八十多英里路之後，轉上二級公路，這會通到蘿絲瑪麗住處一帶。凱琳這一路上都沒作聲。

「那，德瑞克走了嗎？」凱琳先是這麼問，又補上：「他是去旅行了？」

「就我所知是沒有。」蘿絲瑪麗答道。「不過話又說回來，我哪知道。」

「那安呢？安還在嗎？」

「大概吧。」蘿絲瑪麗說。「她反正也不太出門。」

「他把東西都搬走了嗎？」

德瑞克那時除了編他那堆手稿必需的用品以外，又帶了一堆東西，搬進蘿絲瑪麗的拖車。書當然不可少——除了工作時的參考書籍，還有工作閒暇時讀的書和雜誌，那時他多半會躺在蘿絲瑪麗的床上。要聽的唱片、萬一想去林子裡走走時換穿的衣服和靴子、胃痛頭痛時該吃的藥，連木工用的工具和木材都帶來了（他後來蓋了個小涼亭）。刮鬍用品放在浴室，外加他的牙刷、敏感牙齒專用的牙膏。他的磨豆機放在廚房檯子上（安之前買了個更新更先進的機種，放在他自己家的廚房裡——那還是他家）。

「都搬空了。」蘿絲瑪麗說著，把車轉進一間甜甜圈店的停車場停好。店就在這條公路的第一個小鎮邊界上，還沒打烊。

「來喝點救命的咖啡。」她說。

以前他們在這家店停車時，凱琳多半和德瑞克待在車裡。他不喝這種咖啡。「妳媽因為小時候過得很慘，才老是愛來這種地方。」他說。問題不是蘿絲瑪麗童年時被大人帶來這種店吃東西，而是因為大人不准她來這種地方，也不准她吃油炸食物和甜食，她只能吃蔬菜和黏糊糊的粥。她爸媽並不窮（其實相當有錢），只是早在現代講究健康食物之前，她爸媽就已經對飲食矯枉過正。德瑞克與蘿絲瑪麗相識的時間雖不長（與凱琳的父親泰德相較之下），但他聊到蘿絲瑪麗童年的頻率，遠遠超過泰德，而且總會爆出某些細節，像是她家每週固定灌腸等等，但換作蘿絲瑪麗自己講起家中事，這種細節就會略過不談。

凱琳的學生生活，與泰德與葛莉絲同住的生活，完完全全不可能走進這種店——燒焦的糖、炸油、菸霧、臭烘烘的咖啡，全部混雜起來，駭人的臭味充塞整間店面。但此時蘿絲瑪麗歡天喜地逐一打量五花八門的甜甜圈，有奶油（刻意寫成crème）夾心與果醬夾心，有牛油糖與巧克力口味的糖霜，有法蘭奇、閃電泡芙、方形甜甜圈、夾心可頌、超大巧克力餅乾等等。除了怕胖，她想不到不吃的理由，也不信這世上居然會有人不想吃這些東西。

兩個奇胖無比、頂著超大波浪捲髮的女人坐在櫃檯前（店家的告示寫著，坐在櫃檯的時間限制為二十分鐘），兩人中間夾著個瘦男，男孩氣的表情，老人的皺紋，講話飛快，像是和這兩女說笑。兩女笑得花枝亂顫之際，蘿絲瑪麗拿了她想吃的杏仁可頌，那男人忽然對凱琳眨眨眼，色瞇瞇的，心照不宣的眼神。凱琳這才想起，她嘴上還有唇膏。「就是忍不住不吃，對吧？」那男人對蘿絲瑪麗說，她笑了，就當這是鄉下人情味的表現吧。

「從來也沒忍得住。」她回他。「妳確定嗎？」她接著問凱琳：「妳一個都不買嗎？」

「小女生怕胖喔？」滿臉皺紋的男人丟出這一句。

這鎮的北邊就沒什麼車了。空氣逐漸降溫，散發沼澤的氣味。某些個角落傳出青蛙大合唱，聲音大得居然蓋過了車聲。這條雙線道的公路，會經過幾片黝黑的常青樹林，偶見些許杜松的小片灰黑田地，還有林間的農場。在某個過彎處，車的頭燈照亮了一堆石頭，有些閃著晶亮的粉紅，有的是灰色，有的是血跡乾了的紅。沒多久，這些石頭將不再推擠成一堆，而會平鋪成或厚或薄的數層，彷彿出自手工，顏色轉灰，或白中帶綠。這種現象未來只會愈來愈常見。石灰岩，凱琳印象裡是這樣。石灰岩的石床，在此與前寒武紀地盾的岩石一起變化。這都是德瑞克教她的。德瑞克說過，他很喜歡石頭，真希望自己是個地質學家，可是他又不喜歡幫採礦公司賺錢，再說，他也很喜歡歷史——真是怪異的組合。他說，內向的那個他喜歡歷史，外向的他喜歡地質學，他講得一本正經，她因此明白他是自嘲。

凱琳此刻想徹底擺脫的，是一種宛如驚弓之鳥，又自覺高人一等的情緒——她多希望這感受能順著車窗湧入的子夜空氣，一併沖走。對那杏仁可頌、對蘿絲瑪麗一路上趁隙偷喝的恐怖咖啡、對坐在櫃檯那男的，還有蘿絲瑪麗身上那件年輕嬉皮風洋裝和滿頭亂髮。她也想擺脫對德瑞克的思念，擺脫心底有洞得填滿的感覺，擺脫逐漸渺茫的希望。她忽地大聲說：「我很慶幸，我很慶幸他走了。」

蘿絲瑪麗問她：「真的？」

「這樣妳會比較開心。」凱琳答道。

「是啊。」蘿絲瑪麗說。「我覺得我也把自信心找回來了。妳知道嗎，要到妳開始想辦法找回自信的時候，才會明白之前自己把它糟蹋到什麼程度，知道它有多珍貴。我希望我們兩個能過個開開心心的暑假。我們甚至可以去哪裡玩玩，只要路況不是太糟糕，我倒是很樂意開車。我們也可以去以前德瑞克帶妳去林子裡健行的地方。我想試試看。」

凱琳回道：「好啊。」只是有點納悶，少了德瑞克，她們會不會迷路。她想的不是健行，而是去年的某個場景。蘿絲瑪麗在床上的被窩裡蜷成一團，哀哀哭泣，悲極生怒，抓著被子枕頭一小角往嘴裡塞。德瑞克坐在他倆的工作桌邊，把手稿中的一頁拿起來讀。「妳有沒有辦法讓妳媽靜一靜？」他問。

凱琳說：「她要的是你。」

「她這樣子，我實在沒辦法應付。」德瑞克說，放下讀完的那一頁，又拿起一頁來看。在換頁時，他瞟了凱琳一眼，扮了個鬼臉，無聲訴說長久的逆來順受。他已然心力耗竭，老態龍鍾，乃至枯槁。終於，他開口：「我受不了了，對不起。」

凱琳遂起身去臥房，輕撫蘿絲瑪麗的背，蘿絲瑪麗同樣說了對不起。

「德瑞克在幹麼？」她問。

「他坐在廚房裡。」凱琳答道。她不想說「看稿」。

「他怎麼說？」

「他說我應該進來和妳聊聊。」

「噢，凱琳，我覺得好丟臉。」

所以是怎麼吵起來的？蘿絲瑪麗在冷靜下來、梳洗過後，總是會說為了工作，他們倆為了工作意見不和。「那妳別幫他做書不就好了？」凱琳說。「妳還有自己的一堆事要忙啊。」蘿絲瑪麗是文稿編輯，她和德瑞克就是這樣認識的。不過德瑞克並沒把稿子投到蘿絲瑪麗上班的那間出版社（他還沒動手），他們結緣，是因為德瑞克的一個朋友也認識她，建議德瑞克：「我認識一個女的，可以幫你的忙。」沒多久，蘿絲瑪麗就搬到鄉間的拖車裡，距德瑞克家不太遠，方便就近工作。起先她還留著多倫多的公寓，後來索性放棄，因為她住在拖車的時間愈來愈多。她別的工作也照做，只是分量不多，又安排自己每週挪一天去多倫多上班，早上六點就出門，晚上十一點以後才回家。

「這書是寫什麼的？」泰德曾問過凱琳。

凱琳的答案是：「大概是講法國探險家拉薩爾和印地安人的事。」

「這傢伙是歷史學家喔？他是在大學教書？」

凱琳也不知道。德瑞克做過很多事——當過攝影師、礦工、測量師，但她一直以為他在教高中。安總形容他的工作是「體制外」。

泰德在大學教書，他是經濟學家。

想當然耳，她沒對泰德和葛莉絲提這本書引爆的爭執，與繼之而來的哀傷。蘿絲瑪麗很自責，說是兩人之間繃得太緊。有時她又說是更年期的緣故。凱琳聽過她對德瑞克說「原諒我」，德瑞克則回以「沒什麼好原諒的」，冷靜而滿意。

他語落，蘿絲瑪麗隨即走出房間。德瑞克和凱琳都沒聽見她哭，卻一直等著那哭聲響起。德瑞克定定望著凱琳雙眼——隨即扮了個鬼臉，是傷痛，也是迷惘。

我這次又做了什麼啦？

「她就是很敏感。」凱琳說，話裡滿是羞慚。是因為蘿絲瑪麗的舉止？還是因為德瑞克似乎把她，凱琳，看作某種滿足感（與嫌惡）的來源之一？抑或是因為她竟不禁為此深感榮幸？

有時她索性就出門去，一路走去探望安，而安好像總是很歡迎她。安從不問凱琳來訪的原因，但要是凱琳自己招了：「他們又吵起來了，就為一點點小事。」或者到後來，德瑞克和蘿絲瑪麗自己發明了專用語，凱琳說的就成了「他們又飆起來了。」安聞言從不意外也無不悅。她可能會說：「德瑞克是要求很嚴格的人，」要不就是「我想他們自然會有辦法解決的。」不過只要凱琳想再多講一點，說「蘿絲瑪麗在哭」，安的反應就變成「我覺得有些事情，還是別說比較好，妳說是不是？」

安還是樂於聽點別的事，只是偶爾會露出帶點保留的微笑。她長得就是很可親的那種人，豐腴的身材，淺灰色的髮剪了劉海，隨意搭在肩上。講話的時候眼眨個不停，而且也不太願意直視妳（蘿絲瑪麗說，這問題和神經有關）。兩片唇薄得出奇，她一笑，那唇就似無形。不過她幾乎不太張口，像是藏著什麼心事。

「妳知道蘿絲瑪麗怎麼認識泰德的嗎？」凱琳問。「地點是下雨天的公車站，她當時正忙著塗口紅。」講這故事之前，她得先倒帶說明蘿絲瑪麗的家庭背景。蘿絲瑪麗得在公車站塗口紅，因為這是背著爸媽偷偷做的事。他們家信的教，不允許口紅這種東西，想當然耳，電影、高跟鞋、跳舞、糖、咖啡、酒精、香菸，一律禁絕。蘿絲瑪麗當時念大一，可不想讓人覺得她是怪異的虔誠教徒。泰德當時是助教。

「不過他們早就知道有對方這麼個人。」凱琳說，因為他們倆就住同一條街上。泰德家是那條街上第一大豪宅裡的門房屋，他父親是司機兼園丁，母親是管家。蘿絲瑪麗家就在那豪宅對街，屬於普通豪宅（但她家的生活一點也不「普通豪華」。她爸媽既不賭博，也不參加派對，不出門旅行；不知何故也不用冰箱，而是用保冷箱，直到製冰公司倒閉才換了冰箱）。

泰德自己有輛車，是他花了一百元買來的，他看蘿絲瑪麗在雨中等公車很可憐，就順便載她。

凱琳講起這段往事之餘，也想起她爸媽描述當時經過的樣子，兩人總會大笑，照慣例互相打岔。泰德總喜歡講到那車的價錢、車款、年份等（一九四七年的Studebaker）。蘿絲瑪麗則會說，副駕駛座那邊的門打不開，泰德得先下車，讓她從駕駛座爬過去。他還會講到他沒多久就帶她去看她生平第一場電影（下午場），是瑪麗蓮・夢露的《熱情如火》（Some Like it Hot）。片子看完，兩人走出戲院，迎向下午的天光，卻只見他臉上滿是口紅的痕跡。原來蘿絲瑪麗雖然知道塗口紅，卻沒學會塗完之後該拿紙輕輕按一下，或撲點粉之類。「她好熱情喔。」他總是這麼說。

然後兩人就結婚了。泰德有個朋友的父親是牧師，於是就去了牧師家完成儀式。兩人的父母都不知道這對新人暗中策劃了婚禮。禮成後，蘿絲瑪麗發現月經來了，泰德為善盡人夫之責所做的第一件事，就是出門去買衛生棉。

「妳媽知道妳跟我講這些嗎，凱琳？」

「喔，她不在意的。後來她媽知道他們結了婚，非得去床上躺下來不可，她傷心到極點了。要是她爸媽曉得她要嫁給一個異教徒，早就把她關到多倫多的教會學校去。」

「異教徒？」安問。「真的？唉，真可惜。」

說不定她的意思是，經歷了這麼多曲折，這段婚姻還是沒能走下去，實在可惜。

凱琳蜷在座位上，頭抵著蘿絲瑪麗的肩。

「我這樣會不會礙到妳？」凱琳問。

「不會。」蘿絲瑪麗說。

凱琳說：「我不是真的要睡。等我們開到山谷裡，我一定得醒著。」

蘿絲瑪麗唱起歌來。

「醒來，醒來，親愛的柯瑞……」

她學彼得・席格（Pete Seeger）在唱片裡的嗓音，唱得徐緩低沉。等凱琳又醒轉，才發現車停下來。她們早已爬過車轍滿布的那一小段路，停在拖車外的樹下。拖車裡的燈光透過門縫照出來，只是裡面少了德瑞克，少了他的東西。凱琳完全不想動，不依地扭著身子，發出撒嬌的怪聲。她只有在蘿絲瑪麗面前才會使這種性子。

「出來，出來啦。」蘿絲瑪麗喊。「妳很快就可以睡床上去啦，快點。」她一邊把凱琳拖出來，一邊笑。「妳以為我還拖得動妳喔？」等她終於把凱琳拖下車，看凱琳自己跌跌撞撞走向拖車大門，忽地喊：「快看星星，看星星，好漂亮喔。」凱琳只一逕垂著頭，嘴裡喃喃不知念些什麼。

「上床去，上床去。」蘿絲瑪麗吆喝。兩人進了拖車。車內隱約有一絲德瑞克的味道——大麻、咖啡豆、木頭的氣味。還有拖車門窗全關後悶了很久的味兒，地毯的味兒，飯菜的味兒。凱琳連衣服都沒脫，就「噗」一聲往自個兒的小床上倒，蘿絲瑪麗隨即把她去年穿的睡衣扔過去。「換了衣服再睡啦，否則隔天早上可有得妳受的。」她說。「明天早上再去車裡拿妳的行李。」

凱琳活像這輩子還沒使過這麼大力氣似的，吃力坐起，東拉西扯脫掉衣服，套上睡衣。蘿絲瑪麗則走進走出，忙著打開車內的幾扇窗。凱琳墜入夢鄉前，只聽見蘿絲瑪麗問：「那個口紅啊——妳怎麼想到要擦口紅？」只隱隱感到有塊小毛巾按上她的臉，那是母親會做的事，不帶溫柔撫觸，在她臉上猛擦一通。她把那帶進嘴裡的味兒用力吐掉，恣意享受孩子任性的特權，享受身軀下涼爽的床，巴不得沉沉睡去。

那是週六晚上，或者說週六晚與週日清晨間的事。到了週一早上，凱琳問了：「我可以去看看安嗎？」蘿絲瑪麗一口答應：「當然，去吧。」

她們倆週日很晚才睡，而且整天都待在拖車裡。蘿絲瑪麗很詫異居然下雨。「昨晚兒星星有出來啊，我們回家的時候有星星啊。」她一直念。「妳來過暑假的第一天就下雨！」凱琳只得不斷說沒關係，反正她也懶得出門。蘿絲瑪麗為她做了杯牛奶咖啡，又切了甜瓜，只是瓜還沒全熟（這種事，安就會注意，蘿絲瑪麗不會）。到了下午四點，兩人做了豐盛的一餐，有培根、格子鬆餅、草莓、人造發泡奶油。結果傍晚六點，太陽出來了，她倆身上還是睡衣，一整天也就這麼毀了。「至少我們沒看電視。」蘿絲瑪麗說。「我們應該對自己說，幹得好啊。」

「現在可破功了。」凱琳說著打開電視。

兩人身邊處處是成堆的舊雜誌，是蘿絲瑪麗從碗櫥裡拖出來的。她剛搬到拖車來住時，這些雜誌就在了，她自然也說過總有一天會把它們丟了——但她得先整理一下，看看有沒有可以留的。結果她也沒怎麼整理，因為她總是找得到東西大聲朗讀。凱琳聽著起先覺得很無聊，但後來也隨她去，任自己墜入時光隧道，翻看舊雜誌裡希奇古怪的廣告與難看的髮型。

她注意到電話機上壓著疊好的毛毯，不禁問：「妳不曉得怎麼把電話關掉嗎？」

蘿絲瑪麗說：「我不是真的想把它關掉，我是想聽它響，但不要接。我就是要不理它。不過我也不希望它太大聲。」

可是電話沒響，整天都沒有。

週一早晨，電話上仍擺著毯子，雜誌全在櫥櫃中，因為蘿絲瑪麗終究狠不下心把它們全丟掉。是多雲的天，但沒下雨。兩人又起晚了，因為前一天熬夜看電影看到凌晨兩點。

蘿絲瑪麗把一些打字稿攤在廚房桌上。不是德瑞克的稿子——那一大疊稿子已經不在了。「德瑞克的書真的很有意思嗎?」凱琳問。
她之前從沒想過和蘿絲瑪麗聊這話題。那稿子一直都像永遠攤在桌上的一大團帶刺鐵絲網,而德瑞克與蘿絲瑪麗費盡心力要把它解開。
「唔,他老是改來改去的。」蘿絲瑪麗說。「內容是很有意思,但是也叫人看得一頭霧水。起先他對拉薩爾最有興趣,後來又變成龐蒂亞克酋長,他想寫的東西太多了,怎麼都不合他的意。」
「所以妳該慶幸終於把那本書甩掉嘍。」凱琳說。
「慶幸,十二萬分的慶幸。那東西真的沒完沒了,扯不清。」
「可是,妳不想德瑞克嗎?」
「我和他的友情已經磨光了。」蘿絲瑪麗這句講得有點心不在焉,她忙著俯身看稿,做標記。
「那安呢?」
「安啊,我和她的友情,我想應該也磨光了吧。老實說,我一直在想,」她擱下了筆:「我一直在盤算要離開這裡。不過我想還是等妳來了再說。我可不希望妳一回來,就發現什麼都變了樣。不過待在這兒的理由,不就是為了德瑞克的書嘛。嗯,是為了德瑞克，妳也明白。」

凱琳補上一句：「德瑞克和安。」

「德瑞克和安。對。現在這理由沒了。」

這時凱琳問了：「我可以去看看安嗎？」蘿絲瑪麗一口答應：「當然，去吧。我們用不著馬上做決定。我只是有這麼個想法而已。」

凱琳沿著碎石路往前走，納悶除了雲朵之外，還有哪裡不同？只是她對這山谷的記憶中，也沒有雲就是了。然後她才明白，是少了田野中吃草的牛群。正因如此，草長高了，杜松樹叢蔓延開來，再也看不到溪中的水。

這山谷既長且窄，德瑞克和安的白屋就在山谷遠方那端的盡頭。谷底是牧草，去年還很平坦整齊，有清澈的小溪從中蜿蜒流過（安把地租給一個養黑安格斯牛的男人）。兩側有森林滿布的山脊矗立，在山谷盡頭交會（也就是他們家後方）。蘿絲瑪麗租的拖車，原本是給安的父母住。他們等冬季山谷滿是積雪時就會過來，同時也希望不要離鎮上大路轉角的那間商店太遠。而現在，此處空無一物，僅餘混凝土的平台，上面留下兩個空洞，原本是瓦斯槽，和一輛窗前掛滿旗幟的老巴士，裡面住了一些嬉皮。這些人有時會坐在平台上，蘿絲瑪麗駛過面前時，他們會一本正經、很有分寸地朝她揮揮手。

德瑞克說這些嬉皮在林子裡種大麻，不過他不會向他們買，覺得他們的貨不牢靠。

蘿絲瑪麗也不願和德瑞克一起抽大麻菸。

「有你在，我整個人都亂了。」她說。「我覺得這樣不好。」

「隨便妳。」德瑞克回道。「抽點可能還有幫助呢。」

安也不抽，她說抽完會覺得自己怪怪的。反正她什麼都沒抽過，連怎麼吸進去都不知道。

她們有所不知——德瑞克其實讓凱琳試過一次。凱琳同樣不知道怎麼吸進去，他只得教她。她努力嘗試，結果做得過了頭，吸得太用力，得使勁才能忍著想吐的感覺。他和她當時人在穀倉，德瑞克把自己從山脊上蒐集來的石頭樣本都放在那邊。他為了讓她鎮定下來，就跟她說看看這些石頭。

「妳看著石頭就好。」他說。「仔細看，看那些顏色。別盯得太用力。只要先看，看會變成怎樣。」

但最後讓她鎮定下來的，是紙箱上的字。穀倉裡有一堆紙箱，是安與德瑞克幾年前從多倫多搬回這裡時打包用的。有個紙箱邊上印了一艘玩具戰艦的剪影，寫著「無畏號」（Dreadnought），「畏」字（Dread）還印成紅色。那字樣宛如霓虹燈管扭成似的閃閃發光，對凱琳發號施令，是比「畏」的字義更深的事。她必須把字拆解開來，找到藏在裡面的訊息。

「妳在笑什麼？」德瑞克問，她便照實說了。那字母神奇地逐漸崩解。

Read（讀）、Red（紅的）、Dead（死的）、Dare（敢）、Era（時代）、Ear（耳朵）、Are（是）、Add（加）、Adder（蝰蛇）。這其中Adder最厲害，把所有字母都用上了。

「了不起。」德瑞克讚歎。「了不起的凱琳。怕紅蝰蛇（Dread the Red Adder）。」

他從來不必叮囑她，別向她媽或安提這檔事。當晚蘿絲瑪麗親她時，嗅了嗅她的髮間，笑道：「老天，這味道到處都是，德瑞克真是個老菸槍。」

那算是蘿絲瑪麗的快樂時光。他們去德瑞克和安的家吃晚餐，坐在加了屋頂與窗的陽光門廊上。有次安說：「凱琳，跟我來，看妳有沒有辦法幫我把慕斯倒出模型來。」凱琳跟她去，卻又回來——假裝要拿薄荷醬。

蘿絲瑪麗和德瑞克對坐著，探身向前和對方調笑，噘嘴故作親吻狀。兩人始終沒看見她。

或許就是在那晚，她們母女要告辭時，蘿絲瑪麗笑起後門外擺的兩張椅子來。兩張歷史已久的暗紅色金屬椅，配上座墊。椅子朝西擺，迎向夕陽最後的餘暉。

「那兩把舊椅子啊，」安說：「我曉得，它們上不了檯面。是我爸媽的椅子。」

「可是那椅子坐起來不怎麼舒服啊。」德瑞克說。

「不會，不會。」蘿絲瑪麗說。「這兩把椅子很漂亮，很像你們。我很喜歡。就像代表德瑞克和安。德瑞克和安。德瑞克和安忙了一天之後，一起看日落。」

「要是可以透過豆子藤蔓看到日落的話。」德瑞克接話。

之後凱琳幫安去後院摘菜時，發現椅子不見蹤影。她沒問安椅子怎麼了。

安的廚房在屋子的地下室，不過只有一部分真的在地下，你得走下四級台階才行。凱琳走下樓梯，把臉貼著紗門往裡瞧。這廚房的窗子比較高，外面又有成排的灌木叢，所以裡面比較暗。從前凱琳來這兒時，廚房燈總是亮著。不過廚房現在沒亮燈，凱琳起先以為裡面沒人，但隨即看見有人坐在桌邊，是安，只是頭的形狀不太一樣。原來她是背對著門坐。

她剪了頭髮，剪短後又梳蓬，很多上了年紀、滿頭華髮的女管家都是這種髮型。她手上正忙著什麼，手肘動個不停。她就著昏暗的光線做事，只是凱琳看不見她在忙什麼。

她想用念力讓安回過頭來，使勁瞪著安的後腦勺，但不奏效。她又用手指輕輕在紗門上畫著，終於發出了一點聲音。

「嗚嗚—嗚—嗚—嗚嗚。」

安站起來，很不情願地回過身。那瞬間凱琳忽地沒來由起了疑心——安可能早就知道她在門外，也可能早就看到她來了，才坐成那種防禦的姿態。

「是我，是我，妳失散多年的小孩。」凱琳開玩笑道。

「啊！真的是耶！」安也跟著演起來，一邊拉開門鉤。她見了凱琳並不去抱——不過她和德瑞克也從沒擁抱過凱琳。

安胖了些，或許是頭髮剪短的緣故。臉上有些紅斑塊，像是蟲咬。兩眼看來甚是痠痛。

「妳眼睛痛嗎？」凱琳問。「所以得到這麼暗的地方才能做事？」

安回道：「噢，我自己都沒注意。我沒發現燈沒開，我就是在清那些個銀器，想說反正我看得見嘛。」這句話講完，她彷彿得奮力裝出開朗歡樂的模樣，把凱琳當小小孩那樣講話。「擦銀器真的很無聊，擦著擦著就會想睡。妳來幫我忙，真是太好了。」

凱琳想，那就暫時扮成小小孩也無所謂，於是一屁股坐到桌邊的椅子上，手腳一攤，大搖大擺地問：「好——那德瑞克大叔呢？」她猜想，安舉止不太對勁，或許是代表德瑞克又去爬山，不回來了，留下安和蘿絲瑪麗兩人。也可能是德瑞克病了？德瑞克的憂鬱症又犯了？安之前說過：「我們離開大都市之後，德瑞克憂鬱的次數就少了很多。」凱琳曾納悶，「憂鬱」是形容這狀況的字嗎？她眼中的德瑞克，對什麼都要大肆批評，有時則表現出受夠了一切的那種煩躁。這算是憂鬱嗎？

「我相信他就在這附近。」安說。

「他和蘿絲瑪麗鬧翻了，妳知道嗎？」

「噢，是啊，凱琳，我知道。」

「妳會難過嗎？」

安這時說了：「我有個清銀器的新方法，我示範給妳看。妳就拿根叉子湯匙什麼的，放到水槽這個溶劑浸一下，再拿出來，放到清水裡浸一下，再擦乾。看到沒有？亮得跟什麼似的。我以前擦個半死，還得上光，才能做到這麼亮。應該是，我想應該是一樣亮。我去換乾淨的清水來。」

凱琳拿了支叉子放進清水，說：「蘿絲瑪麗和我昨天一整天，想幹麼就幹麼，連衣服都沒換。我們做了格子鬆餅，翻舊雜誌看，很舊的《女士家居雜誌》。」

「那是我媽的。」安說，語氣有點生硬。

「她好美，」凱琳背起雜誌上看到的廣告詞：「她訂了婚。她用旁氏。」

安展顏一笑（算是鬆一口氣），道：「我還記得。」

「這段婚姻還有救嗎？」凱琳問，語氣凝重，隨即又轉為親切甜美的嗓音，絮絮叨叨碎念起來。

「問題是我家那口子真的很壞，我拿他一點辦法都沒有。就說他把我們家小孩都吃掉好了，我又不是沒給他好東西吃，我幫他弄的都是好料耶。我成天在爐子邊做牛做馬熱得要死，幫他弄好吃的晚餐，結果他回家第一件事，就是把小嬰兒的腿扯掉……」

「別說了。」安打斷她，臉上的笑意不見了。「別說了，凱琳。」

「可是我真的想知道嘛。」凱琳雖然話講得收斂了點，還是掩不住執拗。「這段婚姻到底還有沒有救？」

凱琳去年一整年，若說有什麼「自己最想去的地方」，她能想到的就是這間廚房。

這地方很大，就算燈全開，四個角落還是暗的。綠葉的剪影不斷拂著窗子。裡面擺的各種東西，嚴格說來都不是廚房用品。有腳踏縫紉機，有很大的扶手椅，扶手上的紫紅色套，磨成了灰綠色。一幅很大的瀑布畫，是安的母親多年前畫的，那時她新婚，還有空檔，後來就再也沒這種餘裕了。

（「這是我們大家的幸運物。」德瑞克說。）

院子傳來車聲，凱琳想，有可能是蘿絲瑪麗嗎？蘿絲瑪麗變得憂鬱、孤身一人，所以跟著凱琳過來，省得自己孤伶伶？

靴子踏上廚房階梯之際，她曉得了，是德瑞克。

她隨即喊：「想不到吧，看看，是誰來了！」

德瑞克走進屋內，打了招呼：「呵——囉，凱琳。」毫無歡迎之意。他把兩袋東西放在桌上。安很客氣地問：「你買到對的底片了嗎？」

「買到了。」德瑞克應了聲，隨即問：「這髒兮兮的玩意兒是啥？」

「清銀器用的。」安說，像為了圓場似地，回頭對凱琳解釋：「他剛去鎮上買底片，想幫他那些石頭拍照。」

凱琳只俯身一逕擦著刀子。萬一她哭了（換作去年，這根本不可能），場面肯定會很難看。安又向德瑞克問起別的事（還買了哪些東西之類），凱琳刻意抬起眼，定定望著爐子的正面。安對她說過，這爐子現在已經沒人生產了。這是可以燒柴也可以插電的爐子，烤箱門上印著一艘帆船。船上方有「快艇爐」幾個字。

這，她也記得。

「我想凱琳可以幫你點忙。」安說。「她可以幫你擺石頭。」

一瞬的沉默，或許是因為他們倆互望了一眼。然後德瑞克開了口：「好吧，凱琳。來幫我拍照吧。」

許多石頭只是放在穀倉地上，還沒整理分類，或是還沒貼標籤。還有些石頭放在架上，刻意分開，附上寫了石頭名稱的卡片。德瑞克有好陣子一語不發，只是把東西移來挪去，又開始擺弄相機，想找到最好的角度、最合適的光。等他正式開拍，會朝凱琳喊一、兩句，要她幫石頭換個位置、斜放、撿地上的石頭（就算沒標籤他也一樣拍）等等。她覺得其實他真的不需要（或者說，不想要）她幫忙。有幾次他深吸一口氣，彷彿「用不著妳幫忙」這句話就要出口，要不就是想對她說什麼很重要卻又刺耳的話，但最後他出口的只是「把它往右邊挪一點」，或「把那一面轉過來」。

去年整個夏天，凱琳為了要德瑞克帶她同行，總愛使小孩性子念念，要不就是正色拜託他。糾纏許久，他終於說她可以去，而且刻意刁難，考驗她。兩人都噴了防蚊液，卻仍無法完全防堵蟲咬，而且蟲兒居然有本事鑽進他們的髮間，鑽到頸帶和袖套裡。他們還得涉水走過沼澤地（靴印隨即被水淹沒），隨即爬上陡峭的河堤，上面長滿了莓果叢、野玫瑰叢，和容易絆倒人的粗韌藤蔓。兩人還要爬過光溜溜而極陡的岩石。他們頸上都繫了鈴鐺，這樣萬一分散，也能知道對方的位置，熊聽到鈴聲，應該也不會過來招惹他們。

兩人路上看到一大坨小山似的熊糞，還閃著剛出爐的光，夾雜消化了一半的蘋果核。

德瑞克對她說，這國家到處都有礦區，幾乎各種礦物都有，只是產量不到獲利規模，他說。他走遍這些無人聞問的廢棄礦區，蒐集石頭樣本，或就只是單純撿撿石頭。「我頭一次帶他回家，他就自個兒上山去，找到了一個礦坑。」安說。「那時我就知道，他大概會娶我。」

凱琳看著這些礦坑，覺得很失望，只是永遠也說不出口。她一直希望能看見什麼阿里巴巴的洞穴，黑暗中閃著寶石的晶光。而德瑞克只帶她看一條很窄的入口，幾乎可說是岩石自然生成的縫隙，而現在這入口被一棵白楊樹擋住，那樹就在這麼詭異的地方生了根，長成扭曲的形狀。另一條德瑞克說是最可能的入口，只不過是小丘邊的一個洞，地上橫陳著幾道腐爛的梁；有些梁則仍支撐著礦坑頂，兩邊有些磚，負責擋土與碎石。德瑞克指著地上隱約的礦車軌道痕跡給她看。地上四散著雲母碎片，凱琳就拿了一些，至少雲母很漂亮，看著就像正統的寶物，如平滑的黑玻璃碎薄片，拿起來對著光看便化為銀色。

德瑞克說她應該只拿一片自己留存，不該給人看。「妳自己守著祕密就好。」他說。「我不想談這地方的事。」

凱琳問：「你要我對上帝發誓嗎？」

他只說：「妳記得這是祕密就好。」然後問她想不想看城堡。

結果凱琳不但又失望一次，還聽到一個笑話。他帶她看的是一處四面水泥牆的廢墟，他說之前可能是存放礦石的地方。他指著高聳林間的某處縫隙，種滿了樹苗，那曾是礦車的軌道。笑話則是，幾年前有幾個嬉皮在這兒迷了路，等找到路走出來時，跟眾人說他們發現了城堡。德瑞克很討厭別人這樣，不是視物而不見，就是缺乏常識信口開河。

凱琳踏在搖搖欲墜的牆頂上走著，他也沒叮囑她要走穩，不小心就可能摔斷脖子云云。

回家路上起了暴風雨，兩人只得躲在一大片濃密的雪杉下。凱琳實在坐不住——她分不清自己是害怕抑或狂喜。嗯，就說是狂喜吧，她想，不禁蹦跳起來，繞著圈跑，雙臂狂舞，每遇閃電的強光毫不留情穿透這小小的遮棚，她便驚叫出聲。德瑞克叫她鎮靜下來，只要乖乖坐著，在每次閃電後數到十五，看看雷聲會不會出現。

不過她感到他有她同行頗愉快。他也不覺得她是害怕。

是的，有些人，你就是拚了命也要討好。德瑞克就是這樣的人。萬一你馬屁拍到馬腿上，這種人便會在心裡把你歸類，永遠看不起你，你一輩子翻不了身。怕閃電也好，怕看到熊糞也好，或一心相信那廢墟曾是城堡——就連分不出雲母、黃鐵礦、石英、銀、長石，這種種都可能讓德瑞克決定棄了她，一如他用不同的方式，棄了蘿絲瑪麗與安。而此時與凱琳同行的他，比平日嚴肅得多，對各種事物格外留意。他唯有與她獨處，身邊沒有蘿絲瑪麗也沒有安時，才是這樣。

「妳有沒有發現，今天家裡氣壓有點低？」德瑞克問。

凱琳正撫著一塊石英，那石英長得就像冰塊裡點了支蠟燭。她說：「是因為蘿絲瑪麗嗎？」

「不是。」德瑞克說。「是正事。有人向安出價，要買這塊地。斯多克有個很精的傢伙跑來跟她說，某間日本公司想買這塊地，重點是雲母，他們打算做汽車的陶瓷發動機。安正在考慮這件事。只要她有意願，當然可以賣，地是她的。」

凱琳問：「她怎麼會想賣呢？」

「錢呀。」德瑞克說。「錢這個理由怎麼樣？」

「蘿絲瑪麗付她的房租還不夠嗎？」

「靠房租能撐多久？今年牧草地租不出去，太濕了。這間房子很花錢，沒錢就要垮了。我花了四年做一本書，居然還沒做成。我們手頭自然有點緊。妳知道那個房仲跟安說什麼嗎？他說：『這裡可能就是下一個薩德柏立。』他可不是說笑喔。」

凱琳不懂那人為何有說笑的必要。她對薩德柏立一無所知。「假如我有錢，我可以把它買下來。」她說。「你就可以像現在這樣過日子了。」

「總有一天妳會很有錢。」德瑞克淡然道。「不過那還要好一陣子。」他把相機裝在相機套裡，放到一邊。「別得罪妳媽。」他說。「她滿身銅臭。」

凱琳頓時覺得臉一熱，這幾個字的重量沉沉壓在身上。她從沒聽過這個詞。銅臭。充滿恨意的字眼。

他開口喊：「好——啦，我們去鎮上，看他們什麼時候可以把照片洗好。」他沒問她想不想一起去，她也沒法回答他。她雙眼已經傷心得汪著兩包淚。他說的那幾句話，把她轟得腦袋一片空白。

她得去洗手間，便逕自走向屋子。

廚房傳來美妙的香味——是小火慢燉著肉的味兒。

整間屋子唯一的浴室在樓上。凱琳聽見安在樓上自己房間走動的聲音。她沒出聲喊安，也沒探頭去看安在不在。不過她要下樓時，安叫住了她。

安臉上化了妝，所以紅斑看來沒那麼明顯。

床上、地上到處是成堆的衣服。

「我在整理東西。」安說。「這兒有些衣服，我自個兒都忘了。我得丟掉一些才行。」

這也就是說，她要搬走是認真的了。想在她搬走前把東西都清掉。蘿絲瑪麗當年搬家、把東西裝到後車廂時，是趁凱琳還在學校上課時。凱琳始終沒看到她怎麼篩選要帶走的東西，只看到後來這些東西在多倫多的公寓出現，之後又到了拖車裡。有抱枕、有一對燭台、一只大盤子——都是熟悉的物品，只是和周遭環境再也不搭調。在凱琳看來，蘿絲瑪麗不如什麼都別帶還比較好。

「妳看到那個箱子嗎？」安問她。「在衣櫃頂上？妳如果拿把椅子站上去，可以搆得到嗎？妳可不可以把它翻過來，我在下面接就好？我剛剛想自己拿，結果頭好昏。妳就稍微把它拉一下，讓它掉下來，我自己會接。」

凱琳爬上去，把箱子推出衣櫃邊緣，安也順利接住，隨即上氣不接下氣謝過凱琳，把箱子「噗」一下扔上床。

「我有鑰匙。我有鑰匙的。」她喃喃道。

鎖卡得有點緊，扣環也很難撬開。在凱琳幫忙之下，終於打開。箱蓋掀開後，立時飄出樟腦丸的味兒，裡面是一大疊柔軟的布。蘿絲瑪麗很喜歡去二手店買東西，這味兒凱琳再熟悉不過。

「這些是妳媽留下來的東西？」她問安。

「凱琳！這是我的婚紗呢。」安似笑非笑地答。「這只是拿來包婚紗的舊床單。」她拿開外層泛灰的布，捧出層層蕾絲與塔夫綢。凱琳忙在床上騰出位子來讓她放婚紗。安小心翼翼把正確的那面翻出來。塔夫綢如樹葉簌簌作響。

「還有我的頭紗。」安說著，掀起連著塔夫綢的一片薄紗。「噢，我實在應該好好保養的。」

裙身上有一道細長的裂縫，像是刮鬍刀片割出來的。

「我早該把它掛起來。」安說。「早該把它放到洗衣店的那種袋子裡。塔夫綢很嬌貴，要不是我把它摺起來，也不會有那道縫。我後來就知道了。塔夫綢絕對、絕對不能摺。」

安接著把成疊的布料逐一掀起攤好，每掀一次，都會發出低低的驚呼聲，過了一陣，終於把整疊布料整理成婚紗的樣子。頭紗則躺在地上。凱琳拾了起來。

「紗網。」凱琳說，但她開口，主要是想把德瑞克的聲音逐出腦海。

「薄紗。」安說。「是T-u-l-l-e這個字。蕾絲和薄紗。我沒好好保養，真是糟糕。就這樣放了這麼多年，還是好好的，太神奇了。它居然可以放這麼久。」

「薄紗。」凱琳跟著說。「我從來沒聽過薄紗。我想我也沒聽過塔夫綢。」

「有陣子做衣服都用塔夫綢。」安說。「那是從前的事了。」

「妳有妳穿婚紗的照片嗎？妳有婚禮的照片嗎？」

「我爸媽有一張，不過我不曉得他們放哪兒去了。德瑞克不喜歡拍結婚照，他連婚禮都沒興趣。我還真不曉得怎麼說服他的。婚禮是在斯多克教堂辦的，很不可思議吧。我請了三個朋友來幫忙，桃樂絲．史密斯、繆芮兒．里夫頓、棠．恰勒瑞。桃樂絲彈管風琴、棠當我的伴娘、繆芮兒負責唱歌。」

凱琳問：「妳的伴娘穿什麼顏色的衣服？」

「蘋果綠。蕾絲禮服，拼接雪紡綢。喔不對，倒過來才對。雪紡綢禮服，拼接蕾絲。」安邊說邊檢查禮服的接縫，語氣有那麼點酸溜溜。

「那個負責唱歌的，唱了什麼歌？」

「喔，繆芮兒。她唱的是〈完全的愛〉。『噢，完全的愛，超越人間的愛』——其實它是首讚美詩，形容的是神聖的愛。我不曉得誰選了這首歌。」

凱琳輕撫著塔夫綢，感覺乾而涼爽。

「穿穿看。」她說。

「我嗎？」安問。「這可是給二十四腰的人穿的耶。德瑞克去鎮上了嗎？有帶底片去嗎？」

她沒聽見凱琳說「對」，當然，想是聽見了車聲。

「他覺得非得拍照記錄不可。」安說。「我是不知道幹麼要這麼趕。拍完照之後，又得裝箱、做好標籤。好像這輩子就不會再看第二次似的。妳看他的樣子，會覺得這地方已經賣了嗎？」

「我還沒這種感覺。」凱琳說。

「對，還沒。我要到萬不得已才會這麼做。假如不是非做不可，我也不會動手。不過我覺得總會有這麼一天。有時候，有些事就是非做不可。大家實在不必覺得天要塌了，也犯不著以為是公報私仇。」

「我可以試穿嗎？」凱琳問。

安打量了她一下，才開口：「我們得非常小心才行。」

凱琳脫了鞋和短褲，脫下裙子。安幫她把婚紗當頭套下，有那麼一會兒，把她裹在白雲裡。蕾絲袖子要非常小心往下拉，到袖子末端正好貼著凱琳的手背為止。蕾絲的白，襯得她的手成了咖啡色，只是她根本沒晒黑。鉤子和扣眼集中在腰側，脖子後面還有一整排得扣，以便緊緊固定繞著凱琳頸間的一圈蕾絲。凱琳在這婚紗底下，就只穿著內褲，覺得被蕾絲弄得很癢。蕾絲本就細緻，而且又包著她全身上下，完全不同於她之前穿過的布料。蕾絲觸著乳頭有種怪異的感覺，她不由縮了一下，所幸原本留給安胸部的突出空間，此刻鬆垮垮的。凱琳的胸部還很平，只是乳頭偶爾會覺得漲痛，像是下一秒就要炸開。

然後得從凱琳兩腿間拉出塔夫綢，把裙子整理成鈴鐺狀，再讓蕾絲撐開罩住裙子。

「妳比我想得高耶。」安說。「妳可以穿著它走一下，只要把裙子拎起來一點就好。」

她從梳妝台上拿來梳子，梳起凱琳的頭髮，直梳到她披著蕾絲的肩頭。

「堅果色的頭髮。」安說。「我記得書上寫，以前的女生，頭髮是像堅果那樣的褐色。她們還真的用堅果來染色喔。我媽就記得，有女生會煮核桃做成染料，就往自己頭上塗。當然啦，要是妳兩手沾上了，別人一看就知道。那很難洗的。

「別動喔。」安說，把頭紗稍稍抖開，罩住已梳順的頭髮，站在凱琳面前，拿髮夾把頭紗固定住。「原本配的頭飾已經不見了。」她說。「我一定是在別的場合戴過它，要不就是送給誰結婚的時候戴。我不記得了。總之現在來看一定很呆。是像蘇格蘭女王瑪麗一世那樣的頭飾。」

安四下張望，從梳妝台上的花瓶抽了假花（帶枝的蘋果花）。這一來她得把固定頭紗的髮夾拔掉重夾，又把蘋果花的枝子折彎，做成頭飾。枝子有點硬，不過她終於折彎了，固定成自己滿意的樣子。她讓到一邊，輕輕把凱琳推到鏡子前。

凱琳問：「噢，我結婚的時候可以穿這件婚紗嗎？」

她嘴上問，心裡根本沒這個意思。她從沒想過要結婚，這麼說只是讓安開心，畢竟安為她費了這麼大勁，況且還能掩飾自己對著鏡子的窘迫。

「等妳結婚那時候，一定又流行不一樣的款式了。」安說。「這款式就連現在都不流行啦。」

凱琳先不去看鏡子，等穩住了自己，做好心理準備，才又調回視線。她看到的是個聖人。閃亮的髮絲、淡雅的花朵，垂在面前的蕾絲，在她兩頰投下隱約的暗影，如故事書寫的那樣全心奉獻，那樣認真專注的美，帶著命定的意味，反而顯得愚蠢。她故意扮了個鬼臉，想展顏微笑，卻沒成功——彷彿這新娘，這在鏡中誕生的女孩，此刻是主導一切的人。

「我在想啊，德瑞克要是見了妳穿成這樣，不知會怎麼說？」安說。「我都不曉得，他到底知不知道這是我當年的婚紗？」她羞怯而緊張地眨著眼，湊近了凱琳，好把假花和髮夾拿下來。凱琳嗅到她腋下肥皂的香味，與指尖殘留的大蒜味。

「他大概會說，這是哪來的怪衣服啊？」凱琳故意學德瑞克端架子的嗓音，安則拿起頭紗，放到一旁。

兩人都聽到了車開進山谷的聲音。「正說到他呢，他就到了。」安先發話，突然急著把鉤子一一解開，但手指反而轉動不靈，發起抖來。她想把整件婚紗拉高，拉過凱琳的頭時，有什麼卡住了。

「糟糕。」安脫口而出。

「妳先去忙。」凱琳的聲音罩在婚紗中，悶悶的。「妳先去忙，我自己來，沒問題的。」

等她順利脫下婚紗、探出頭來，只見安扭曲的臉，像是悲傷已極。

「我剛剛學德瑞克那麼說，只是開玩笑的。」她忙說。但說不定安那表情，只是緊張的表現，擔心婚紗會不會弄壞。

「妳是指什麼？」安問。「噢。噓。算了。」

凱琳站在樓梯上一動不動，靜靜聽著廚房裡他們倆的聲音。安早她一步先跑下樓，進了廚房。

德瑞克問：「妳現在在煮的是什麼？應該會好吃吧？」

「是燉牛膝。」安答道。「希望這次燉得好。」

德瑞克的嗓音不同了，沒有怒意，多了友好的意願。安的聲音像是卸下心上大石，只是上氣不接下氣，忙著迎合德瑞克的心情轉變。

「牛膝夠吃嗎？我們有客人。」他問。

「什麼客人？」

「只有蘿絲瑪麗。希望菜還夠，因為我請她過來。」

「蘿絲瑪麗和凱琳。」安平靜地說。「牛膝是夠，不過家裡沒酒了。」

「現在有了。」德瑞克接話。「我剛剛去買了一些。」

接著傳來德瑞克對安喃喃低語，又或者是放輕了聲音。想必他貼近了她，對著她的髮間或耳朵細訴。那態度似調笑，似懇求，似安慰，答應會好好回報她，這麼多情緒，同時在這番話間湧出。凱琳怕極了它們到最後會引出的、她聽得懂也忘不掉的話——於是她索性直跑下樓，衝進廚房，大喊：「誰是蘿絲瑪麗？你剛剛是不是說『蘿絲瑪麗』？」

「別這樣偷偷鑽出來嚇我們好不好，小鬼。」德瑞克說。「至少出點聲音，我們才知道妳來。」

「你剛剛是不是說『蘿絲瑪麗』？」

「是妳媽的名字。」他答道。「我發誓，是妳媽沒錯。」

壓抑的一切不快頓時煙消雲散。此時的他又是志得意滿、精神抖擻，去年夏天他偶爾流露的神情。

安瞄了葡萄酒一眼，說：「這酒滿不錯的，德瑞克，和菜應該會很搭。這樣，凱琳，妳來幫忙，我們去布置門廊上的那張長桌，今晚就用藍色的盤子和高檔銀器，嗯，還好我們才把銀器都清過。桌上放兩組蠟燭。比較長的、黃的蠟燭放中間，凱琳，再用白色小蠟燭在旁邊繞一圈。」

「跟雛菊一樣。」凱琳說。

「沒錯。」安說。「我們這頓晚餐要慶祝慶祝，因為妳回來過暑假啦。」

「那我要做什麼？」德瑞克問。

「我想想喔。嗯——你可以去幫我買點沙拉要放的東西。買點生菜、買點酸模，喔，你覺得溪裡面會有水芹嗎？」

「有。」德瑞克說。「我有看到。」

「那就也拿一些回來。」

德瑞克一隻手順著她肩頭滑下，說：「都會搞定的。」

德瑞克在一切都快就緒時，放了張唱片。他當時帶了一堆唱片去蘿絲瑪麗的拖車，這是其中一張，想是又全部帶回來了。專輯的名稱叫《魯特琴演奏之古老樂曲與舞蹈》，封套上有一群舊式打扮的纖瘦女子，穿著高腰禮服，細小的髮卷垂在耳前，繞圈跳著舞。德瑞克聽了這音樂，往往就會一本正經跳起舞來，跳得十分逗趣，看得凱琳和蘿絲瑪麗也跟著一起跳。凱琳跟得上他的舞步，蘿絲瑪麗卻不行，她十分努力要跟上，但動作總是慢半拍。努力歸努力，這種事靠的完全是當下的本能。

凱琳繞著廚房餐桌跳起舞來，安則在桌邊摘菜準備沙拉，德瑞克忙著開葡萄酒。「『魯特琴』演奏之『古老樂曲』與『舞蹈』，」凱琳唱得如癡如醉：「我『媽』要來吃晚飯，我媽要來吃『晚飯』。」

「我想凱琳的媽媽要來吃晚飯沒錯。」德瑞克說，開酒瓶的手突然停下。「噓，噓，是她的車嗎？」

「喔糟糕，我至少應該洗把臉才好。」安忙道，拋下手上的菜，急忙跑到玄關，衝上樓。

德瑞克把唱片停了下來，拿起唱針，又放回唱片起頭。樂聲再度揚起，他出門去迎接蘿絲瑪麗──這是他以前不太做的事。凱琳原本想跑出門帶媽媽進來，但德瑞克已經出去了，她便打消念頭，反而隨著安上樓去。不過她沒一直跟著安。樓梯頂階處有扇小窗，平常沒人會在那兒盤桓，也不會從那扇窗往外望。窗前有紗簾，所以就算望出去，外面的人也不太可能看到你。

她很快上樓去，所以正好看見德瑞克跨過草坪，穿過樹籬之間的縫隙。他踏著急切而鬼祟的步伐大步向前，好趕得及在車前俯身，以誇張的動作打開車門，接蘿絲瑪麗下車。凱琳從未見他如此，卻清楚此時他出於真心。

安還在浴室裡──凱琳聽見蓮蓬頭的水聲。這代表她還有幾分鐘可以獨自靜靜觀察。她聽見車門關上，但聽不見兩人的聲音。整間屋子流洩著唱片放出的音樂，她想聽也聽不見。兩人始終沒從樹籬的縫隙中現身。還沒。還沒。還沒。

蘿絲瑪麗離開泰德後，馬上又回來了。不過不是回家裡──她理應不該進屋。泰德開車載凱琳去某餐廳見蘿絲瑪麗。母女倆在那兒吃了午餐。凱琳點了杯「雪莉鄧波兒」

和薯條。蘿絲瑪麗對凱琳說，她要搬去多倫多，她在那兒的出版社找到了工作。凱琳那時不曉得什麼是「出版社」。

他們倆出現了。兩人彼此緊挨著，一同穿過樹籬間的縫隙，他們本該走成一直線，不是嗎？蘿絲瑪麗穿著老爺褲，是又薄又軟，覆盆子色的棉褲。布料下是她若隱若現的腿。上衣是較厚的棉布，覆滿刺繡花紋和手工縫上的迷你亮片。她好像對盤高的頭髮很不放心，突然舉起手，把在眼前晃動的幾綹髮絲與捲髮弄鬆開來（《魯特琴演奏之古老樂曲與舞蹈》封面上的女子，也同樣有捲髮在耳際晃動），顯露緊張卻十分迷人的舉止。她指甲油的顏色正好與褲子相襯。

德瑞克完全沒把手放在蘿絲瑪麗身上，他的眼神卻彷彿在說，他隨時都想這麼做。

「好，可是妳會一直住在那邊嗎？」凱琳在餐廳這麼問。

高大的德瑞克俯身湊向蘿絲瑪麗蓬亂的秀髮，彷彿那就是他將落腳的巢，如此全神貫注，無論有沒有身體接觸，有沒有對她開口。他就是一心一意要把她拉過來。只是他自己也止不住投向她的懷抱，止不住縱情的欲望。凱琳看得出那種欲拒還迎的美妙情愫，就像你會說，不，我不睏，不，我還醒著……

蘿絲瑪麗這下子不知如何是好，卻也覺得不妨暫且按兵不動。看著她在自己玫瑰色的牢籠裡轉圈圈，那會轉出一縷縷糖絲的牢籠。看蘿絲瑪麗在籠中嘰嘰喳喳，目眩神迷。

銅臭。他說。

安出得浴室，花白的濕髮顏色深了一層，緊貼在頭上，因為剛沖過澡，兩頰閃著紅光。

「凱琳。妳在這兒幹麼？」

「看東西。」

「看什麼？」

「看一對小鴛鴦。」

「妳喲，真是，凱琳。」安邊說邊走下樓。

沒多久，前門（代表是特殊場合）和走道就傳來快樂的驚呼，「好香啊，是什麼？」（蘿絲瑪麗的聲音）「喔，安在燉牛骨，燉很久了。」（德瑞克的聲音）

「哇，那真是……好美啊。」大夥兒邊走向客廳，蘿絲瑪麗邊說，指的是安放在客廳門邊小奶油壺裡的花草，有綠葉、恰草、早開的珠芽百合。

「還不就是安弄來的雜草嘛。」德瑞克說。安的反應則是：「唉喲，我覺得它們很好看啊。」蘿絲瑪麗又附和：「好美啊。」

母女吃完午餐後，蘿絲瑪麗說要幫凱琳買個禮物。不為生日，也不為聖誕節——就是買個很棒的禮物。

母女倆去了百貨公司。凱琳每次放慢腳步，打量某個東西，蘿絲瑪麗就會立刻百般熱心要掏腰包。就這樣，她差點就買了領口袖口滾毛皮邊的絲絨大衣、復古風的木馬、粉紅色的絨毛大象（幾乎是真象的四分之一縮小版）。凱琳看這樣一直窮晃下去不是辦法，便挑了個很便宜的裝飾品——是個對鏡擺姿勢的芭蕾舞伶。只是這舞伶不會轉圈，裝置上也不能播放音樂。她想不出選這個東西的理由。你以為蘿絲瑪麗會懂，她早該懂得凱琳選這東西的原因——那就是，凱琳不是個你做了什麼就能討她歡心的人，裂痕已生，無法修補，也永無寬恕之日。只是蘿絲瑪麗看不見這點，也或者是她選擇不去看。她只說：「嗯，我也喜歡。她樣子很優雅，放妳梳妝台上很漂亮。嗯，好。」

凱琳之後便把芭蕾舞伶收在抽屜裡。葛莉絲發現時，她說那是學校朋友送的，她不忍說她其實不喜歡這種東西，只好收下。

葛莉絲那時還不太習慣和小孩相處，否則她可能會質疑凱琳的說法。

「我懂。」葛莉絲說。「那我就捐給醫院的義賣會好了，妳朋友應該不會看到。反正他們同一批商品，一做好幾百個。」

樓下傳來冰塊叮叮噹噹的聲音，原來是德瑞克把冰塊丟進飲料裡。安說：「凱琳就在屋裡，我相信她很快就會跑出來了。」

凱琳把腳步放得極輕極輕，繼續爬上樓，走進安的房間。床上堆了一堆衣服，還有重新包進床單裡的婚紗，放在那堆衣服的最上面。她脫了短褲、上衣、鞋子，急切地、吃力地把婚紗穿上。這次她不從頭套下，而是扭動身子，讓自己穿過簌簌作響的裙身和滿是蕾絲的上半身，整個鑽進婚紗，再把手臂伸進袖子裡，小心翼翼不讓指甲刮到蕾絲。她的指甲向來很短，應該不會傷了衣服，不過她還是小心為上。她把固定用的蕾絲繫帶拉過手背，再由下而上一一扣上腰際的鉤子。最難的就是脖子後面的鉤子。她微微低下頭，弓起肩，想儘量搆到鉤子。只是無論再怎麼小心，她還是闖禍了——一邊腋下的蕾絲扯破了一點點，害她驚呆了片刻。但都穿到這個地步，現在放手太可惜，再說所有的鉤子都已經順利扣上。等她脫掉婚紗，再來縫那道裂縫好了。要不然就扯個謊，說她穿上婚紗前，就已經發現那兒有道裂縫。安搞不好自己都沒看到。

然後是頭紗。她得非常小心，只要扯到一點就會很明顯。她抖開頭紗，想學安那樣，用那束假蘋果花把它固定住。只是她沒法把枝子彎成對的角度，髮夾滑溜溜的，也別不住頭紗。她想說不如就拿條緞帶或飾帶把頭紗整個綁在頭上，便走到安的衣櫃，看能找到什麼。衣櫃裡吊著男用領帶架，掛著男人的領帶。德瑞克的領帶。不過她從沒見過他打領帶就是。

她拿出一條有條紋花樣的領帶，繞過額頭，在後腦勺打結，把頭紗牢牢固定住。她是對著鏡子綁的，綁好後，她覺得反而有種吉普賽風味，很搶眼的某種趣味。於是忽地心生一念，使勁把所有鉤子一一解開，再把安床上的衣服拿來緊緊捲起，塞進婚紗胸前的空間，把胸前那面垂著的蕾絲（原本是為安的胸部設計的），用衣服塞得緊緊實實，又繼續塞。這樣不錯，最好逗得他們哈哈大笑。塞滿後，鉤子就扣不回去了，不過還有些鉤子沒解開，至少可以固定住這滑稽到極點的胸部。接著扣上頸帶。等全部弄完，她已經滿身大汗。

安之前沒有塗口紅，眼部也沒化妝。不過凱琳很意外梳妝台上面擺了一小盒發硬的腮紅。凱琳朝小盒裡吐了點口水，在自己頰上抹出圓圓的紅斑。

前門進來，到樓梯底之間就是玄關。玄關有扇邊門，可以通往門廊；同一邊還有另一扇門通往客廳。你可以直接從門廊最裡面的一扇門走進客廳。這棟房子的隔間有點怪，也可說根本沒規劃隔間，安說。住在裡面的人想怎麼改就怎麼改，愛加什麼就加什麼。就拿四面裝了玻璃的長窄型門廊來說，本意是做成日光屋，但門廊在屋子東邊，窗外是一片白楊樹的幼樹，它們天生長得快，所以門廊始終綠蔭蔽天，陽光根本照不進來。安小時候，門廊的主要用途是存放蘋果，但安和妹妹最愛的是門廊總共有三扇門，可以進進出出繞著屋子跑。她現在則喜歡趁夏天把晚餐桌搬到門廊。桌子拉出來架好後，餐椅和靠屋那面牆之間，就幾乎沒有空隙了。不過假如大家都坐桌子同一邊，面對玻璃窗，兩端再各坐一人，那就還有空間讓瘦子通過。今晚的桌子就是這樣擺，凱琳通過絕對沒問題。

凱琳光著腳走下樓。客廳裡的人沒看到她。她故意不從慣常的門進客廳，而是走到門廊，沿著桌子進客廳，要不也可以突然衝進去嚇他們。他們絕對想不到她會從門廊過來。

門廊已經有點昏暗。安早就點上兩根最長的黃蠟燭，周圍一圈小白蠟燭還沒點。黃蠟燭有檸檬香，安或許想說點著可以去掉屋內窒悶的霉味。同時她也敞開長桌一端的窗子。就算是完全無風的傍晚，白楊樹間還是會有陣陣微風飄來。

凱琳走過桌邊時，兩手拎著婚紗下襬，這樣才能順利挪步。再說她也不希望塔夫綢簌簌作響。她盤算要在現身門口時，唱她改編的〈婚禮進行曲〉。

新娘來了
又胖又壯
看她走路

左搖右晃……

窗外吹來一陣風，帶著點勁道，掀起她的頭紗。但她之前把頭紗綁得很牢，不怕風吹跑。

她要轉進客廳時，整片頭紗被旋身的氣流揚起，掠過燭火。客廳裡的人見到她的瞬間，也同時目睹火撲上她的身。她自己則是聞到蕾絲遭火吞噬崩解的氣味——混著爐上燉著牛骨髓的香味，成了某種詭異的刺鼻毒氣。接著一股莫名的高熱與尖叫襲來，將她無情擲入黑暗。

蘿絲瑪麗最先衝到她身邊，拿著抱枕猛打她的頭。安跑去走道上拿了裝花的容器，把裡面的水、百合、草等等，一股腦兒倒在她著火的頭紗與頭髮上。德瑞克一把抄起地毯，高腳椅與桌子與酒杯全摔成粉碎。他用地毯緊緊裹住凱琳，壓熄最後一星火苗。凱琳濕漉漉的頭髮上，還黏著些許悶燒的蕾絲。蘿絲瑪麗幫她撕開蕾絲時，燙傷了手指。

她的肩膀、上背部、脖子的一邊，都留下燒傷的疤痕。好在德瑞克的領帶把頭紗往後拉了些，沒全披在臉上，因此臉部沒有明顯的燒傷痕跡。不過即使日後她又留長了頭髮，也把頭髮往前梳，還是無法完全遮住脖子上的疤。

她做了一連串的植皮手術，外貌變得好看了些。她上大學時，已經可以穿泳裝了。

她在貝拉維爾醫院的病房裡頭一次睜開雙眼，只見身邊各色雛菊環繞：白色的、黃色的、粉紅的、紫色的，連窗台上都擺了雛菊。

「漂亮吧？」安說。「他們一直送雛菊來。之前的還長得很好呢，至少還不到要丟掉的地步，結果他們又送新的來。他們一路旅行，到了某個地方，就送雛菊來。這會兒他們應該在布雷頓角吧。」

凱琳不禁問：「妳賣了農場嗎？」

蘿絲瑪麗忍不住點醒她：「凱琳。」

凱琳閉上眼，又努力睜開。

「妳以為在這兒的是安？」蘿絲瑪麗說。「安和德瑞克去旅行啦。我剛不是跟妳說了嗎。安是真的把農場賣了，反正她遲早都會賣。妳會記得這事兒還真妙。」

「他們去度蜜月了啊。」凱琳說。這是她的小把戲——假如剛剛在這兒的真的是安，這一句應該可以把她叫回來。她會回得不以為然：「噢，凱琳。」

「妳是因為那婚紗才這樣想的吧。」蘿絲瑪麗說。「他們去旅行，是為了去找下一個要住的地方。」

所以真的是蘿絲瑪麗沒錯。安去旅行了。安和德瑞克去旅行了。

「這算是二度蜜月吧。」蘿絲瑪麗說。「妳可沒聽過有人三度蜜月吧？還是十八度？」

於是皆大歡喜，人人各得其所。凱琳覺得自己好像費了九牛二虎之力，才促成了這一切。她知道她該心滿意足，她也確實快慰。但從某個角度來說，這一切卻又像無足輕重。彷彿安與德瑞克（甚至或許也有蘿絲瑪麗）隱身樹籬後，但樹叢太密，翻過去太費事。

「不過呢，我人在這兒。」蘿絲瑪麗說。「我一直都在這兒，只是他們不讓我碰妳。」

蘿絲瑪麗這最後一句，講得像是她因此心碎。

她偶爾還是會把這句話掛在嘴上。

「我最記得的就是我沒法碰妳，一直在想妳到底懂不懂。」

凱琳說懂，她懂。她懶得出口的話是，當時她一直覺得蘿絲瑪麗的悲傷很荒謬，彷彿是埋怨和她之間隔了個大陸。因為，那時的凱琳覺得自己變成了一塊大陸——巨大、閃閃發光、自給自足，某些地方痛苦地拱起，其餘一片平坦，一無所有，一望無際。而這大陸的邊緣是蘿絲瑪麗，只要凱琳動念，隨時都可以把蘿絲瑪麗縮成吵鬧不休的小黑點。而她自己，凱琳，可以像這樣盡情伸展，同時又縮進自己的領土中心，渾圓光潔，如珠子，如瓢蟲。

當然，最後她走了出來，回來做那個凱琳。大家都以為她除了皮膚的傷，一切如昔。沒人知道她變成怎樣的人；沒人知道，疏離、有禮、幹練打理自己的生活，對她而言何等自然。沒人知道，她意識到自己多麼獨立時，偶爾會覺得思緒無比清明，像是打了勝仗。

改變之前

親愛的R，我爸和我看了甘迺迪與尼克森的電視辯論會。你上次來訪後，他買了台電視機。小螢幕、兩隻兔子耳朵，就擺在飯廳的餐具櫃前。所以後來我們想拿高級一點的銀具或桌巾出來用，都沒那麼容易了。飯廳的椅子坐起來都不算舒服，那幹麼要把電視機擺在飯廳裡呢？因為他們過了好一陣子才想起來還有個客廳，也或者是因為巴利太太想在晚餐時看電視。

你記得這屋裡的樣子嗎？除了多台電視機，一切都沒改變。厚重的對開窗簾，淡米色的底、酒紅色的葉子，中間掛著紗簾。加拉哈德爵士領著馬兒的畫，和格倫科屠殺的畫（畫的是紅鹿，沒畫大屠殺）。幾年前從我爸診間搬來的舊檔案櫃，還是找不到地方放，所以就一直擱在那兒，甚至沒讓它靠著牆。還有我媽那台緊閉的縫紉機（他唯一提到她那次，說的就是「妳媽的縫紉機」）。種在紅土盆或空罐裡的同一堆植物（或說看來都一樣），沒長得特別好，但也沒死。

我回家了。沒人開口問我要住多久。我只是把我所有的書、報告、衣物，全部塞進我那輛Mini，一天之內從渥太華一口氣開到這裡。我之前在電話上跟我爸說，我論文告一段落了（其實我是放棄了，只是懶得跟他說實情），需要放空（break）一下。

我問，啥？

「放空？」他那語氣，像是從沒聽過有人這麼形容。「好，只要不是神經放空就好。」

「神經崩潰（breakdown）啦。」他的乾笑聲中帶著示警的意味。他對恐慌症來襲、強烈焦慮、憂鬱症發作、一蹶不振等等，一律這麼稱呼，搞不好還會叫他的病人「振作起來」。

真不公平。他可能只要給病人一些麻痺感覺的藥、講些不帶感情的好話就行。別人的缺失他比較能忍受，我的短處他可沒那麼輕易放過。

我回家時沒有盛大歡迎，卻也沒人驚惶失措。他繞著我的Mini走來走去，看到不順眼之處，就發出不以為然的「呃」聲，又戳了戳幾個輪胎。

「妳還真回來了，好意外。」他說。

我有想到要親他——倒不是出於對他的感情，比較像是耍個性吧，想告訴大家「我這人做事就是這樣」。只是待我雙腳一踏上碎石地，便心知我辦不到。B太太就站在車道與廚房門之間。於是我沒往我爸那兒走，而是走去環住她，把鼻子埋進她枯癟小臉旁（算是）中式鮑伯頭的黑髮。我嗅得到她開襟毛衣放久了的霉味、她圍裙上的漂白水；感覺得到她細小纖弱的骨架。她身高差不多才到我鎖骨而已。

我當下心情還沒整理好，便說：「今天天氣好好啊，開車過來的時候，路上風景好漂亮。」確實如此，這一路風景真的很美。樹還沒變色，只是葉子邊緣鏽影初露，收成後的小麥田一片金澄。那為什麼到了我父親的地盤、看到他出現，我因為美景而一軟的心腸便不復存在（喔，對，別忘了，巴利太太也在場，這是她的地盤）？為何我講到天氣（或者說，我講的時候很認真，完全不是隨口敷衍）和我環住B太太，像是同類行為？一是無禮之舉，一是故作姿態。

辯論會結束，我爸起身關掉電視。他不看電視廣告，除非有B太太在場，而且主動說起某某廣告很不錯，她好想看那個可愛的暴牙小孩，或是看雞追「那個叫什麼來著」的東西（她不會費那個勁說「鴕鳥」這字，也可能是想不起來那叫「鴕鳥」）。只要是她喜歡的東西，他都沒意見（連跳舞的玉米片也行），而且還可能會說：「嗯，這廣告也算有特色，滿厲害的。」我覺得這是某種給我的警訊。

他覺得甘迺迪和尼克森如何？

「喔，不就是兩個美國人嘛。」

我努力想打開話題。

「你是指什麼？」

假如你請他多講一點的事情，他覺得沒必要談；又或者，你想吵一件結論早就擺在眼前的事，他就有種特別的表情：上唇嘛到一邊，露出一對菸草染黃的大牙。

「就兩個美國人啊。」他那語氣像是我第一遍沒聽清楚。

於是我們就坐著，什麼也沒說，但也不算是一聲不響，因為你應該還記得吧，他呼吸很大聲。他吸進去的氣，就像一路給拖進滿地石頭的小巷、穿過幾道吱嘎作響的大門，接著音調驟轉如鳥兒啁啾，又似水流潺潺，彷彿他有什麼非人類的裝置卡在胸腔裡。塑膠管線，彩色泡泡。你本不該注意到的，我也很快就會習慣。只是，整間屋子都聽得到這聲音。老實說，他腆著硬硬的大肚子，一雙長腿加上他那表情，整間屋子不就等於他一人的主場嗎。他是什麼表情？嗯，就像他有一長串「看不順眼」的清單，一樁樁記得一清二楚，也等著一一發生。你自己知道踩到地雷便罷，麻煩的是你根本不覺得是地雷的東西也會惹到他，而那時他會毫不客氣讓你明白，你可以考驗他的耐性到什麼程度。我想有很多做父親、做爺爺的，都卯足了勁要擺出那副表情（連和他相反、出了家門便無實權的男人也不例外），不過他是表情永遠最到位的那個人。

R，我在這兒有很多事要做，套他們的話，我沒時間自怨自艾。候診室的牆，在一代又一代的病人靠牆坐之後，磨得全是刮痕。桌上的《讀者文摘》早翻得破爛不堪。一紙箱一紙箱的病歷表堆在看診台下。垃圾桶（籐編的）頂蓋像老鼠啃過似的全都爛了。家裡也好不到哪兒去。樓下洗臉台爬滿了褐髮似的裂縫；馬桶裡有令人看了不快的鏽斑。嗯，想必你已經注意到了。說來很扯但最最讓我受不了的，就是無處不在的折價券和廣告傳單：抽屜裡、小碟下，要不就隨手一擱，處處可見。而且上面宣傳的特價優惠早就過了不知幾週、幾個月，甚或幾年。

我不是說他們棄自己的本分於不顧，也不是說他們不用心。只是這一切真的不是這麼簡單。他們把衣服送出去給店裡洗，這倒是說得過去，總比讓B太太一直洗要好。問題是我父親記不得哪一天衣服會洗好送回來，於是總會為了「手術服夠不夠」鬧得不可開交。B太太又堅信洗衣店暗中動手腳，花時間把寫了我們名字的牌子撕下來，縫在比較差的衣服上。她為此還和送衣服的人吵過，說他故意最後才把衣服送來；搞不好這是真的也說不定。

此外，屋簷也到了該清洗的時候，B太太的姪子原本要來清理的，結果因為他日前傷了背，換成他兒子來。只是他兒子因為一下子得接手太多工作，進度趕不及沒法來之類的。

我爸把這兒子叫成B太太姪子的名字。他對誰都是這樣。鎮上的商店與公司行號，他都只叫前任老闆的名字，有時甚至是前前任老闆。這已經不單是記性不好的問題，而是種囂張的態度。自己最大，把事情記對記清楚、留心事情的變化、察覺各人的不同，統統都是小事。

我問他想把候診室的牆壁漆成什麼色。淺綠？淺黃？我問。他回我，誰要來粉刷？

「我啊。」

「我不知道妳是油漆工。」

「我自己住過的地方，都是我親手漆的。」

「妳講是這麼講，可我又沒看過。妳來上漆的時候，我的病人要怎麼辦？」

「我等到星期天再做。」

「有些人聽了會不高興的。」

「你開玩笑吧？現在都什麼年代了？」

「八成沒妳想得那麼現代喲。至少這裡不是。」

後來我說那我就晚上滾吧，但他說那味道隔天可能會害很多人不舒服。搞到最後，他只准我把《讀者文摘》丟了，換上幾期《麥克林》、《女主人》、《時代》、《週六夜》等雜誌。後來他又說有人抱怨：他們想在《讀者文摘》裡翻找自己記得的老笑話，但現在沒得找了。而且有些人還不喜歡現代作家，像皮爾·勃頓（Pierre Berton）。

「真糟糕。」我說，不敢相信自己的嗓音居然在發抖。

我接著開始整理飯廳那個檔案櫃。我以為那裡面應該裝滿了年代久遠的病歷，病人想必都過世多年了。要是我能清掉這些病例，就可以把紙箱裡的檔案放進櫃子裡去，再把檔案櫃移回診間，它是辦公用品，原本就該放在醫生辦公室裡。

B太太見我整理檔案櫃，便直接去跟我爸說了。一個字也沒跟我提。

他發話了：「誰跟妳說可以在這兒東翻西翻的？我可沒說。」

R，你還在這兒的時後，B太太和她家人去過聖誕（她丈夫大半輩子都為肺氣腫所苦，夫妻倆也沒小孩，不過倒是有一大群姪子姪女親戚等等），所以我想你根本沒見過她。可是她見過你。她昨天還問我：「妳原本訂了婚的那個誰呀，他現在人呢？」她自然是發現了我沒戴訂婚戒指。

「我想是在多倫多吧。」我應道。

「我去年聖誕節要去我姪女那邊，我們倆看到妳和他走到水塔那兒，我姪女問：『不曉得他們兩個要去哪兒？』」她平常就是這副語氣，我也聽慣了，不覺得哪裡不對勁，但直到此刻提筆寫下，我才覺得怪。我想這句話的弦外之音，是說我們倆要去哪兒親熱吧。不過你應該也記得，那天冷得要命，我們倆只是想離開那房子。不對。我們得出門，才能繼續吵下去，而這件事，我一直只能深埋心中。

B太太約莫是在我離家去念書時，開始在父親手下做事。在她之前，有好幾位年輕小姐來幫過忙，我也很喜歡她們，只是最後她們都離職結婚去也，要不就是去戰時工廠上班。我大約九、十歲時，去過幾個同學家玩，回家後問我爸：「為什麼我們家的傭人得和我們一起吃飯？別人家的傭人都不會。」

我爸說：「妳要叫巴利太太『巴利太太』。要是妳不喜歡和她一起吃，妳可以自己去小木屋吃。」

後來我漸漸習慣在她身邊閒晃，想引她開口講話，只是她往往不從。不過只要她開口，總可以聽到很多東西。我在學校常學她講話。

（我說）妳頭髮真的好黑喔，巴利太太。

（B太太說）我家的人頭髮都很黑。不但黑，而且還不會變白喲。這是我媽家那邊傳下來的。連人進了棺材，頭髮都還是黑的。我外公死的時候，地都結冰了，沒法下葬，他們就把他擱在墓園一整個冬天。等春天來了，可以下葬的時候，我們之中不知是哪個人提議說：「我們來看看，一整個冬天過去，不知他變成怎樣了？」我們就叫他打開棺蓋。結果老人家一張臉好好的，也沒變黑，也沒塌掉，而且頭髮還是黑的。黑的咧。

我連她那輕笑的模樣都學去了。你可以說是輕笑，也可以說是呵呵笑，總之那不是覺得事情好笑的反應，只是她表達情緒轉折的方式。

我認識你的時候，已經受不了自己這樣模仿她。

B太太跟我講了這個黑髮故事後，有天我正好撞見她從樓上浴室裡出來。她急著接電話（我在家是不許接電話的），頭髮用毛巾裹著盤起來，一道黑色小水柱順著她一邊臉頰往下淌。黑中帶紫的水滴。我那時還想，她是在流血嗎。

彷彿她的血異於常人，是歹毒的黑血。她性子有時好像就是這樣。

「妳頭在流血耶。」我說，她只回我：「唉呀，閃一邊去。」便匆匆忙忙掠過我身邊去接電話。我隨即進浴室一看，洗臉盆裡滿是紫色的痕跡，架上還擺著染髮劑。我們後來沒人再提這件事，她照樣和大家講她娘家的人進了棺材還是黑頭髮的故事，以後她也會一樣云云。

那幾年，我爸對我的態度很奇怪。我人可能在家裡的某處，他一邊走過我身邊，一邊假裝沒看到我，逕自講起話來：

「亨利金最大的毛病，
就是愛嚼細繩頭……」[27]

---

27 譯注：英國詩人Hilaire Belloc寫的童詩〈Henry King〉。

有時則是刻意很誇張的低吼：

「哈囉，小妹妹，想不想吃糖？」

我也學會故作小娃娃狀，嗲聲嗲氣地回他：「喔好啊先生。」

「哇噢。」他會故意把那個「哇」的尾音拖長一點。「哇噢。不——准妳吃。」

還有：

「『索羅門・葛朗迪，出生那天是星期一……』」[28]他會用手指頭戳我一下，示意我接下去。

「『星期二受洗……』」

「『星期三娶妻……』」

「『星期四生病……』」

「『星期五倒地……』」

「『星期六歸西……』」

「『星期天葬禮……』」

然後我們一起扯開嗓子大喊：「沒戲了，索羅門・葛朗迪！」

我們念完這些詩後，他從不解釋，也沒評語。有時我會開玩笑，叫他索羅門・葛朗迪。叫個四、五次之後，他說了：「夠了，我又不叫這名字。我是妳爹。」

後來我們好像也就沒再一起念詩了。

我頭一次在校園遇見你，那時你一個人，我也是。你那表情像在說，你記得我，但不確定要不要講出來。那時因為我們老師生病，你幫他來代一堂課而已，講邏輯實證主義。你還開玩笑說，請神學院的老師來代這堂課，可真妙。

你好像遲疑該不該跟我打招呼，所以我先開口：「前法國國王是禿頭。」

那是你在課堂上舉的例子，說這句完全沒道理，因為主體根本不存在。可是你一聽我這樣講，卻十分驚訝地望了我一眼，像是被逮個正著，不過你隨即又擺出專業姿態，綻開笑顏。那時你對我有什麼看法？

好個自以為是的傢伙。

R，我的肚子還有點鼓鼓的。上面沒什麼斑痕，不過我可以用兩手捏起一團肉。除

---

28 譯注：十九世紀的英國童謠〈Soloman Grundy〉。

此之外我還好，體重也回復正常，還可能比以前輕了些。我倒是覺得我看起來年紀大了點，比一般的二十四歲還老。我一樣留長髮，完全不時興的樣式，老實說，用「一團亂髮」形容還比較貼切。這是為你留的嗎？因為你始終不喜歡我剪髮。只是，現在的我，也不會知道答案了。

總之呢，我現在會繞著這個鎮，散長長的步當運動。以前我習慣在夏天出門，愛去哪兒就去哪兒。我對當地的規矩、對不同等級的人，一點概念都沒有。或許是因為我從來沒念過鎮上的學校，也可能是因為我們家在大路遠遠的另一端，不在鎮區內，算不得鎮上一員。我走到賽馬場旁的馬廄，那兒的大人都是馬主，要不就是受雇的馴馬師；小孩則都是男生。我一個人也不認得，可他們都認得我。講白一點，因為我爸的緣故，他們非得將就我不可。大人准我們做的事，不過是幫馬兒放飼料、清清馬糞而已，但做來感覺十分刺激過癮。我戴著我爸的舊高爾夫球帽，穿著垮褲。我們爬到屋頂上去，男生們互相扭打，想把對方推下屋頂，完全把我晾在一邊。大人呢，只會三不五時叫我們滾一邊去。他們會對我拋來這句：「妳爸知道妳在這兒嗎？」那些男生隨即你一言我一語笑鬧起來，遭大家取笑的那個男生，就會故意裝出嘔吐聲。我心裡清楚這和我有關，所以後來就不去了。我放下要成為「黃金西部女郎」一員的念頭，改去碼頭邊看湖裡的船，不過自然沒傻到幻想讓船上的人收我當雜工，也無意讓他們誤以為我不想當女生。有個男的在我上方探出身子，朝我喊：

「嘿。妳那裡長毛沒有？」

我差一點就要脫口而出：「不好意思，你說什麼？」與其說我被這句話嚇到或臉紅，不如說「大惑不解」還比較貼切。有正當工作的堂堂男子漢，居然會對我兩腿之間竄出小毛、發癢的那塊地方感興趣？而且居然還因此覺得噁心？因為聽他那語氣，顯然就是這態度。

馬廄已經拆掉。通往港口的路不那麼陡了。有了新的升降式穀倉。這新的郊區風光，和別的郊區沒什麼兩樣，大家就是喜歡這點。沒人走路了，大家都開車。郊區沒有人行道，原本沿著舊時小路的人行道，現在沒人走，路面也因霜害龜裂翹起，隱身荒煙蔓草中。松林下沿著我們家那條小巷的長長泥土路，如今覆滿成堆的松針、紅色的小樹苗、野生覆盆子的枝條。幾十年來，大家都是走這條小徑來看醫生。這小徑是從鎮區往外、沿著公路的人行道上，一段特別多出來的支線（唯一的另一條支線則通往墓園），順著這條支線，再走到小巷那側的兩排松樹之間，就是了。打從上個世紀末以來，就有位醫生住在那房子裡。

整個下午，各種骯髒邋遢的病人，鬧哄哄地進進出出，小孩、媽媽、老人。比較安靜的病人則在傍晚自個兒來看醫生。那時我們屋外有棵梨樹，周圍有一大叢紫丁香密密環繞，我就坐在梨樹下偷望這些病人，小女生總是愛偷窺。那一大叢紫丁香現在也全沒了，因為B太太的姪孫要推割草機割草，把它們全清掉，割起草來比較方便。我那時也喜歡偷窺為了看醫生而盛裝打扮的女子，戰後不多久流行的衣服款式我都還記得：寬襬長裙、馬甲式腰帶、燈籠袖襯衫，有時還配上短白手套，那時手套不是只有去教堂時才戴，夏天也可以。帽子同樣可在教堂之外的場合戴。粉彩的草帽讓臉的輪廓分外鮮明。夏日洋裝綴著輕盈的荷葉邊；肩上有打褶的飾邊，宛如小小的斗篷；腰際一圈緞帶般的綬帶。這小斗篷般的飾邊隨著微風輕揚，女子戴著鉤針編織手套的手便緩緩舉起，在飾邊拂過臉頰時，把它輕輕撥開。在我眼中，這動作就是可望不可即的女性神韻。那麼一絡蛛網般輕盈的料子，拂過絲絨般的完美紅唇。或許我有這種想法，和我沒了母親多少有點關係，可是我也不認識誰的母親有她們這等風采。我會窩在花叢中，一邊吃著長滿斑點的黃梨子，一邊以崇拜的眼神癡望她們。

我們有個老師教我們讀《派翠克．史奔斯爵士》和《兩隻烏鴉》這類的老歌謠，所以那陣子大家很愛在學校編歌來唱，編了一大堆。

我走在走廊上
讓好朋友看得到
我去上廁所
好好尿一泡……

歌謠真的能讓你跟著它押的韻一路唱下去，你只管唱著唱著，不會去思考歌詞到底是什麼意思。而梨樹下吃得滿嘴梨子的我，自然也不能免俗地編了一首。

有位小姐走著長長的小路
離開小鎮不回頭。
她離開家，離開生氣的爸爸
因為她注定要尋求……

我後來被黃蜂吵得受不了，只好進屋去。巴利太太大多在廚房抽菸聽廣播，等我爸喚她。她會一直等到最後一個病人出門，把地方收拾乾淨了才走。要是我爸在診間喊她去，她偶爾會自個兒輕輕哼笑起來：「叫啊，你再叫啊。」我向來懶得跟她描述我看過女子怎樣穿著打扮，因為我明知她根本不欣賞長得好看或會打扮的人。這些人對她來說，只是具備不必要的知識而已，就像多學一種外語。不過會玩牌的人、織東西很快的人，她倒是相當欽佩——她欣賞的人就這樣而已。她覺得很多人都一無是處，我爸也這麼說。他看不起那些人。我不禁想問，萬一他們真有用處，那會是什麼？但我也知道他們倆都不會給我答案，只會對我說，妳腦袋別那麼好行不行。

佛德列克．海德玩得一身泥
叔叔一把抓住他
左邊右邊晃呀晃
揍得他眼淚又鼻涕[29]

假如我決心把寫的這一切寄給你，該寄到哪兒去呢？一想到要在信封上寫下完整的地址，我整個人都癱了。想到你還在同一個地方照樣過日子，只是少了我，這痛著實難以承受。但想到你不在那兒，而在我不知的他方，這痛便更加錐心。

親愛的R，親愛的羅賓（Robin），你怎麼會以為我不知情呢？那一直都在我眼皮底下不是嗎。假如我念的是這兒的學校，我肯定早知道了。假如我有朋友的話。只要是高中女生、年紀大一點的女生，絕對會有辦法跟我報信。

即便如此，逢年過節，我手上還是一大把時間。倘若我沒在鎮上閒晃自得其樂、瞎編那堆歌謠，我早該察覺得到了。如今回想起來，我知道有些傍晚才來的病人（那些女子）是坐火車來的。我把她們的人、美麗的衣裳，和傍晚的火車聯想在一起。還有一班晚班火車，她們要搭上才回得了家。當然，也可能會有車把她們載到小徑的盡頭，讓她們下車便開走。這種車很常見。

那時有人跟我說（我想是B太太，不是我爸），這些女子來找我爸，是來打營養針。我記得，因為那時的我還在想，喔，這女的現在在挨針哩。那時我們一聽到女人在

29 譯注：英國詩人Hilaire Belloc寫的童詩〈Frederick Hyde〉。

診間裡發出的聲音，我就有點訝異，如此成熟自持的女人，怎麼對打針反應這麼強烈呢。

就連現在，我還是花了好幾週工夫才明白。這陣子我努力適應這個家運作的方式，努力到我再也不去幻想自己有拿起油漆刷的一天；若要整理抽屜，或丟掉八百年前買菜的收據，我必會先問過B太太（反正她向來拿不定主意）。最後，我甚至不再說服他們接受用過濾式咖啡壺煮的咖啡（他們寧願喝即溶咖啡，因為味道永遠都一樣）。

我爸在我盤子旁邊放了張支票。就在今天，週日的午餐。巴利太太週日都不來。我爸上教堂，我就趁這空檔弄了冷盤午餐，有肉片、麵包、番茄、酸黃瓜、起司，等他回來我們一起吃。他從沒要我跟他一起去教堂——也許是覺得我一旦同行，反而有機會講些他懶得聽的觀點。

支票上寫的金額是五千元。

「給妳的。」他說。「這樣妳至少有個底。妳可以存到銀行去，或看妳想投資點什麼。看利率好不好，我平日沒在看就是。當然，房子以後也是妳的。套那句老話，等到時機成熟。」

這是賄賂嗎？我暗想。可以拿來做點小生意？去旅行？也可以拿來當頭期款，給我自己買間小房子；要不就回大學去念書，再拿幾個他所謂「不實用的」學位。

五千大洋，把我踢走的代價。

我謝了他，沒話找話之下，我問他怎麼處理自己的錢。他說這不重要。

「妳需要建議的話，就去找比利．史耐德。」他說完這句才想起，比利．史耐德已經不幹會計了，他早退休了。

「那兒新來了一個名字很怪的傢伙。」他說。「好像叫伊普西蘭提（Ypsilanti），可是又不是伊普西蘭提。」

「伊普西蘭提是密西根州的一個鎮。」我說。

「是密西根州的鎮沒錯，可是在它變成密西根州的鎮之前，是人的姓氏。」我爸這麼說。一八〇〇年代初，率領希臘人反抗土耳其人的領袖，好像就是這個姓。

我回道：「噢，打拜倫戰爭的時候啊。」

「拜倫戰爭？」我爸不滿起來。「妳幹麼這麼叫？拜倫又沒打仗。他是得斑疹傷寒死的。他一死，就成了大英雄，為希臘人而死啦什麼的。」他一副要吵架的神態，好像大家誤解拜倫，這堆關於拜倫的爭議，都是我的問題。不過後來他又平靜下來，幫我（或者是幫他自己）話說從頭，把對抗鄂圖曼帝國的戰爭故事又說了一遍。他提到「樸特」（the Porte），我實在很想說，我從來不能肯定是否真有個閘門，還是它其實是君士坦丁堡？或蘇丹的內廷？不過還是別打斷他的好。每次他這樣講話，就像在打一場不宜而戰的地下戰爭，而此時戰火稍歇，是雙方喘息的空檔。我面窗坐著，可以透過紗簾望見窗外地上成堆的黃褐色落葉，浴著明豔飽滿的陽光（從今晚的風聲判斷，我們可能會有好一陣子看不到這種陽光），這讓我不由想起孩提時，每當他聽我發問或一句無心之言，這般滔滔不絕起來，能令我稍稍喘口氣的救星，我私密的小小樂趣。

好比說，地震。地震發生在有火山活動的山脊，但有個數一數二的大地震，位置正好在北美大陸的中央，一八一一年，發生在密蘇里州的新馬德里（提醒你，正確念法是「新—馬德—里」）。這是他跟我說的。山谷都震出了裂縫。光看表面，完全看不出那地區這麼不穩定。地震在石灰岩上挖出大深洞，水在地下川流不息，假以時日，高山也能化為碎石。

還有數字。我曾問過他關於數字的事，他說，唔，那叫阿拉伯數字，不是嗎，隨便哪個傻瓜也知道。不過他又說，希臘人其實大可整理出一套很好的系統，他們也真的辦得到，只是他們沒有零的概念。

零的概念。我先把這詞兒挪到腦袋的某個角落，猶如架上的一只包裹，等哪天再拆吧。

倘若B太太也在這兒，我絕對不可能引他講出這種話。

算了無所謂，他會說，吃妳的飯吧。

好像我問的問題背後都有個更高的動機，我想應該是這樣吧。我刻意操作話題，以便主導談話，卻冷落B太太，很不禮貌。所以，我們必須順從她對地震成因、對數字史的態度（不僅淡漠，甚至可說是輕蔑），她的意見才是王道。

所以我們又講回B太太了。現在的，B太太。

我昨晚十點左右進的家門。之前我出門去開歷史學會的一個會，或者說，至少是去開籌備歷史學會的會。結果來了五個人，其中兩個走路得用枴杖。我打開廚房門時，見B太太杵在通往後走廊的門口——後走廊是從診間、洗手間一路往屋子前方的這條通道。她端著一個蓋住的盆子，正要去洗手間。我進門那時，她大可以一路走過廚房去洗手間，我也不太會注意到她。不過她卻在半路上停下來，就站在那兒，略略轉身向我，一臉不悅的怪相。

喔—喔。抓到了晌。

她接著便急急走向洗手間去了。

全是演出來的。故作驚訝、故作不悅、急忙走開。連她端著盆子的樣子也是，讓我不看那盆子都不行。全是刻意之舉。

我隱約聽見我爸在診間和病人說話，聲音嗡嗡作響。診間的燈亮著，我也看到外面停著病人的車。這年頭沒人願意只靠兩條腿了。

我脫下大衣上樓去。那時我在意的應該只是別讓B太太為所欲為。我不會問她什麼，也不會在明白真相後大吃一驚。我不會上演「喔，B太太妳盆子裡裝的是啥呀？喔，B太太，妳和我爹地到底在幹麼？」這種戲碼（我也從沒叫過他「爹地」）。我馬上在一箱還沒上架的書裡面翻找起來，只為了找出安娜．詹姆森的日記。那晚開會時，我答應要幫一個人（屬「七十歲以下」組）找出它們。這人是攝影師，對「上加拿大」的歷史略有涉獵，原本想當歷史老師，卻因有口吃問題而未能如願。我們之前站在人行道上聊了半小時（他就跟我說了這些），沒果斷選擇一起喝杯咖啡。最後互道晚安時，他說本想邀我去喝杯咖啡，但得回家和太太換班，因為他們的寶寶得了腸絞痛，兩人要輪流照顧。

我還沒找出所有的日記本，倒是把整箱書都拿了出來，感覺就像望著遠古時代的廢墟。我一本本翻看，直到病人回去了、我爸送B太太回家、上樓上完廁所上床睡覺為止。結果我東看西看，也讀到昏昏沉沉，差點直接睡在地上。

今天午餐時，我爸終於發話了：「誰管土耳其人啊？都老掉牙的歷史了。」

我只得說：「我想我知道這兒到底在搞什麼名堂了。」

他頭一仰，哼了一聲。他居然還有這一招，活像匹老馬。

「妳知道，是嗎？妳知道什麼妳？」

我回道：「我不是怪你。我也沒說我不贊同。」

「是嗎？」

「我覺得墮胎有它的道理。」我說。「我相信這應該要合法才對。」

「我再也不許妳在這個家講這兩個字。」我爸說。

「為什麼不能講？」

「因為這家裡該講什麼字，由我說了算。」

「你根本不懂我的意思吧。」

「我懂，妳講話不用大腦。妳不但大嘴巴，連點常識都沒有。書念太多，腦袋還是空空。」

我居然沒住口的意思，還要辯：「大家應該要知道。」

「是嗎？知道和碎碎念還是有差好嗎？妳自己好好想清楚。」

那天後來我們都沒講話。晚餐我照例做了烤肉，我們也照吃，就是沒交談。我看他不覺得一直沉默有哪裡不自在，我也不，因為整件事實在太扯了，我又在氣頭上，不過我也不想一直鬧情緒，或許我是可以向他道個歉（你或許不會訝異吧）。顯然是我該走的時候了。

昨晚那位年輕人對我說，他覺得很自在，完全沒口吃了。就像跟妳講話的時候，他說。或許我可以讓他有點愛上我吧，玩玩嘛，這麼做有何不可。我如果待在這裡，過的就可能是這種生活。

親愛的R，我還沒離開，Mini車況不太好，我把它送去車廠大修。加上天氣也變了，秋風狂掃，不僅肆虐湖面和沙灘，也把巴利太太摺倒在她自家門前台階上，她側面著地，摔碎了手肘骨。雖然傷的是左肘，她也說她可以用右手照常工作，但我爸說她這骨折是複雜性骨折，叫她好好休息一個月。然後又問我把出發日延一下有沒有關係。他的話是這樣說的——「延後離開」。他沒問我打算上哪兒去，只知道車的事。

我也不曉得我打算上哪兒去。

我說好吧，我就趁還能幫點忙的時候，留下來幫點忙。所以我和我爸打破冷戰，恢復邦交。感覺其實還滿好的。我就在家盡量做B太太原本做的事。我不再打算整理家裡，也不開口提要修理東西的事（屋簷已經修好了。B太太的親戚來時，我既訝異又感謝）。我學B太太，用兩本厚重的醫學教科書放在高腳凳上，抵住烤箱的門。我用她的方法料理肉類與蔬菜；即便看到超市的酪梨、朝鮮薊心、蒜頭在特價，我也沒想要買回家。我把即溶咖啡粉放在玻璃罐裡沖咖啡，自己也喝喝看，看能不能適應這口味，結果當然沒問題。我每天在診所關門後清理診間，也負責管衣服送洗收發。我從不怪罪洗衣店的人，所以他很喜歡我。

現在我可以接電話了，不過假如有女人要找我爸，又不講緣由，我該做的就是請她留下號碼，說醫生會再回電。我說到做到，只是有時某些人聽到這兒就把電話掛掉。我跟我爸說了，他的反應是：「她應該會再打來。」

這種病人不太多——他稱之為「特殊病人」。我不清楚，也許一個月有那麼一個吧。他大部分時候忙著對付喉嚨痛、結腸痙攣、耳朵流膿之類的。心跳過快、腎結石、消化不良。

R，今晚他來敲我房門。我們沒有全關，但他還是敲門。我那時正在看書。他來問我，可不可以到他診間幫忙——當然，他不是用「求」的語氣，但我覺得他話裡有一定程度的尊重。

這是B太太因病告假以來，第一位特殊病人。

我問他想要我幫什麼忙。

「大概就是讓她心情穩定下來。」他說。「她還年輕，不習慣這種事。妳也要把手好好刷洗乾淨，用樓下洗手間瓶子裡的洗手乳。」

這位病人躺在診察台上，腰部以下蓋了床單，上半身穿得整整齊齊，深藍色開襟毛衣配白襯衫，領口滾著蕾絲邊，鬆垮地覆著她外凸的鎖骨、平坦的胸部。一頭黑髮往後梳綁成辮子，牢牢固定在頭頂上。這拘謹素樸的打扮，把她的脖子襯得更長，也凸顯她那張白臉上端莊的顴骨。站遠一點看，說她四十五歲也不為過。要湊近看，才會發現她其實相當年輕，大概二十歲左右。格子裙就掛在門後，露出白色的底褲滾邊，顯然她很細心，把底褲掛在裙子裡面。

她直發抖，但診間並不冷。

「好，瑪德琳，」我爸開口。「首先，來，把妳的膝蓋彎起來。」

我在想，他是不是認識她？還是他先問病人名字，對方說什麼，他就叫她什麼？

「慢慢來。」他說。「慢慢的，慢慢的喔。」他把腳蹬固定好，讓她把腳放上去。她光溜溜的雙腿一片慘白，像是從沒見過太陽。腳上的樂福鞋也沒脫。

她雙腿從沒擺成這種姿勢，不住顫抖，膝頭互碰。

「妳得冷靜下來，好嗎？」我爸說。「妳要知道，我們各有各的任務，妳把妳的部分顧好，我才能把我的事做好。妳要不要蓋條毯子？」

他隨即對我說：「去幫她拿條毯子，在那邊架子最下面那層。」

我拿來毯子，蓋住瑪德琳的上半身。她沒看我一眼，上下排牙齒格格打戰，於是她閉緊了嘴。

「保持這個姿勢，往下挪一點。」我爸先對瑪德琳說，又朝向我：「把她膝蓋固定住，打開來，別讓她亂動。」

我把手放在她膝上，往左右拉開，盡量把力道放輕。滿屋子都是我爸的呼吸聲，不時伴隨著嘟嘟噥噥的怪聲。我得牢牢握住瑪德琳的膝蓋，以防她突然猛地把腿闔上。

「那位老太太呢？」她問。

我應道：「她在家。她之前摔倒了。我來代她的班。」

這表示她來過這兒。

「她動作很粗魯。」她說。

她這句講來雲淡風輕，聲音壓得很低。我感受得到她身體焦躁不安，但她語氣倒是沒那麼緊張。

「希望我動作沒那麼粗魯。」我說。

她沒作聲。我爸拿起一根細棒，很像打毛衣的棒針。

「好，比較難受的部分來了。」他說，就像和人聊天一樣，我從來沒聽過他這麼溫和的語調。「妳愈緊張，就愈難受，所以妳就——放輕鬆，對，放輕鬆。乖，乖。」

我趕緊動腦筋，想找點什麼來說，幫她緩和一下情緒，分散注意力。現在我看得出我爸在做什麼了。他身邊的小桌上蓋著白布，上面放了一排棒子，長度都一樣，只是粗細不同。他會逐一用這些工具打開、擴張她的子宮頸。我站的地方因為中間隔著她膝上的那層床單，看不到這些工具實際在做哪些隱密的事，可是我感覺得到從她身體傳來的一波波疼痛。這痛，蓋過了恐懼帶來的痙攣，反而讓她靜了下來。

妳是哪兒人？在哪兒上的學？妳有上班嗎？（我注意到她的婚戒，但來這兒的女人，很可能都帶著婚戒）妳喜歡這份工作嗎？妳有兄弟姊妹嗎？

她幹麼要回答這些問題？就算她身上不痛，她有必要回答嗎？

她透過齒間深吸一口氣，兩眼睜得大大的，望著天花板。

「我懂。」我說。「我懂。」

「快好了。」我爸說。「妳好乖。都沒叫。就快好了。」

我發話了：「我之前想粉刷這間房間，不過一直還沒動手。假如是妳，妳會選什麼顏色？」

「呵。」瑪德琳喊了一聲。「呵。」突來的驚駭，讓她重重吐出一口氣。「呵。呵。」

「黃色。」我說。「我打算用淺黃色。或者淺綠也不錯？」

等我爸用到最粗的那根工具時，瑪德琳的頭已經往後仰，緊緊抵著平放的枕頭，脖子伸得老長，嘴也張得大開，雙唇緊繃，包著牙齒。

「想想妳最喜歡的電影吧。妳最喜歡哪部片？」

有個護士曾這麼問我，那時的我，正攀上無止無盡的疼痛巔峰，深信疼痛永遠不會有消失的一天，至少這次不會。這世上怎麼還會有電影呢？而現在，我對瑪德琳說一樣的話，瑪德琳掃了我一眼，那淡漠、人在心不在的表情，就像把活人看成一只停擺的鐘，一無是處。

我不顧可能的風險，把放在膝蓋上的一隻手，挪去碰她的手。結果她迅速一把使勁抓住，把我的手指捏在一起，我嚇了一跳。我畢竟還有點用處。

「妳跟我說說話……」她透過齒間咻咻噴氣。「ㄅ……ㄟ也可以。」

「不錯，」我爸說：「有點進展嘍。」

背。

我要背什麼？童謠嗎？

浮現腦海的，是你曾說的「流浪者安格斯之歌」。

「我遊蕩到一片榛樹林／因為心裡有團火……」

後面的我就記不得了。我無法思考。後來，我只想到最後那一整段。

「儘管浪跡天涯，年華已朽
走過空谷，越過高丘
也要找到你的去向
吻你的臉，牽你的手……」

在我爸面前背這首詩，是怎樣的場面啊。

她對這詩的看法，我無從得知。她閉上了眼。

我以為我會變得怕死，因為我母親就是這樣死的，難產而死。但在我攀上痛苦的巔峰之際，發現生與死其實是不相干的概念，就像「最喜歡的電影」。我被拉扯到極限，深信自己完全動不了那東西分毫──它像巨蛋、像燃燒的星球，總之完全不像個寶寶。寶寶卡住了，我也卡住了，卡在某個時空裡，就這樣下去，無止無盡。我完全沒有脫困的理由，我所有的不平之鳴已徹底淹滅。

「現在我要妳過來這邊幫忙。」我爸說。「妳到這邊來，去拿盆子。」

我把同一個盆子放在正確的位置，正是我見過巴利太太拿的那盆子。我爸忙著用某種設計精巧的廚具之類的東西，刮著她的子宮（我不是說那東西真是廚具，只是它看來就像常用的家用品）。

即便像她這樣纖瘦的女生，下半身血淋淋的時候，下體也可能看來又大又厚實。產後那幾天，產科病房裡的女人橫七豎八地躺著（甚至還帶點不服氣的神情），帶著血的傷口就這麼大剌剌露在外面，傷口上還有黑色的縫線；無力晃動的肉，大而無力的胯部。那真稱得上是奇觀。

這時從子宮出來的除了血，還有一團酒紅色的果凍狀物，在那其中某處，就是胚胎。就像早餐穀片盒裡附的小玩意兒，爆米花盒裡的小贈品。小小的塑膠娃娃，和指甲一樣，不注意根本看不見。我沒去找胚胎到底在哪兒，只仰起頭，避開暖烘烘的血發出的氣味。

「浴室。」我爸說。「有蓋子。」他指的蓋子是染血的工具旁，有一疊摺好的布。我不想說出口：「沖下馬桶？」就當他是這個意思了。我端著盆子，順著走道到了樓下的浴室，把盆子裡的東西倒進去，沖了兩次水，又把盆子洗過端回去。我爸這時正在幫她包紮，向她說明之後如何護理。這點他很在行，非常厲害。只是他表情沉重，非常疲憊，像是整個人都要癱了。這時我才想到，他希望我手術全程都在，應該是怕他萬一中途倒下去吧。至少B太太過去顯然都是待在廚房，等到手術最末才進去。她可能是最近才全程在旁。

萬一他真倒下去，我還真不知道該怎麼辦。

他拍拍瑪德琳的腿，說她可以平躺了。

「先躺幾分鐘，別起來。」他叮囑。「妳有請人載妳回去嗎？」

「他應該在外面吧。」她答得有氣無力，話裡卻含著怨毒。「他應該哪兒都不會去才對。」

我爸脫下手術袍，走到候診室窗邊。

「還真的。」他說。「就在那兒。」他咕噥了一陣，聲音裡五味雜陳，然後才問：「洗衣籃呢？」後來想起洗衣籃就在那燈光大亮的手術間，於是轉回去把手術袍放到籃裡，對我說：「可以麻煩妳把這裡清乾淨嗎？多謝妳。」清乾淨，也就是說整個地方要消毒、擦洗過。

我說好。

「那好。」他說。「我先跟妳說晚安嘍。等妳感覺好點、要回去的時候，我女兒會送妳出去。」聽他沒喊我名字，而是稱我為「我女兒」，我有點訝異。當然，以前在他需要向別人介紹我的場合，我聽過他這麼叫我，但此時他這麼做，我還是很驚訝。

我爸一離開房間，瑪德琳隨即翻身下床，但根本站不穩，我忙上前扶住她。她只一逕說著：「沒事，沒事，只是下床下得太快了。我把裙子放哪兒了？我可不想一直這副樣子。」

我從門後拿了她的裙子和底褲，她沒要我幫忙，自己穿上，只是身子抖得厲害。

我說：「妳可以休息一下。妳先生會在外面等的。」

「我先生在肯諾拉附近的樹林裡幹活兒。」她回我：「我下個禮拜要過去。他那兒有地方給我住。

「喔。我把大衣放哪兒去了？」她問。

我最喜歡的電影（你應該知道答案，護士問我時，我真應該想起來的）是《野草莓》。我還記得那間泛著霉味的小戲院，我們以前在那兒看了一堆瑞典日本印度義大利電影。我記得這間戲院原本演「Carry On」系列和「馬丁與路易斯」系列電影，最近才換片，可是現在演什麼我也記不得。你在培育牧師的搖籃教哲學，你最愛的電影理應是《第七封印》，但真是如此嗎？我以為那是日本片，也忘了它在演什麼。總之，我們以前習慣從戲院走路回家，大約一、兩哩路吧，路上我們熱烈討論人類的愛、自私、上帝、信仰、絕望。我們回到我分租的房子時，就得一聲不吭了。我們得輕手輕腳走上樓，到我的房間。

啊啊啊啊，你一進門後總會舒暢又驚異地發出這長長的一聲。

說回去年聖誕，要不是我們已經吵得那麼凶，帶你回家我實在很緊張。我會覺得一定要護著你，不想讓你和我爸見面。

「羅賓？這是男的名字喔？」

你說，對啊，我就叫這名字。

他假裝從沒聽過這名字的樣子。

不過說實在的，你們倆處得還滿不錯。你們不是還聊到十七世紀不同級僧侶之間的嚴重衝突？這些僧侶吵的是應該怎麼剃頭。

捲捲頭的竹竿，他這麼稱呼你。這種話從他嘴裡出來，幾乎就等於讚美。

我在電話上跟他說，我和你到頭來還是結不成婚，他的反應是：「喔——喔。那妳覺得妳這輩子還有辦法找得到人嗎？」倘若我不滿他這麼說，他就會順水推舟說，他只是開玩笑。那也真的是玩笑話。我沒想法子找新的對象，可是或許也是我自己狀況不好，沒去試。

巴利太太回來了。她本應休養一個月，結果不到三週就回來了。不過她的工時沒法和以前一樣，得提早下班。她光是穿上衣服、料理自己的家務，就得花很多時間，所以她多半要到早上十點左右才會過來（她姪兒或姪媳會開車載她）。

「妳爸看來氣色很差。」是她對我說的第一句話。她說中了。

「也許他應該休息一下。」我說。

「有太多人來煩他了。」她說。

我的Mini修好了，錢也進了我的銀行帳戶。我應該就此啟程的，只是我不斷生出很扯的念頭。萬一我們又有特殊病人怎麼辦？B太太要怎麼幫他？她左手還不能使力，拿不住東西，光靠右手又拿不了盆子。

R，就是這一天。第一場大雪後的第一天。雪下了一夜，隔天早晨，天空是清澄的藍，無風，明亮得反常。我一早就出去散步，在松樹下。雪透過層層枝葉當頭落下，晶瑩如聖誕樹裝飾又似鑽石。公路和我們這條巷子，都已經有人剷過雪，這樣我爸就可開車去醫院，我也能開車去我想去的地方。

有些車駛過，進城的、出城的，日日早晨如此。

我回家前，想看看Mini能不能發動，結果可以。副駕駛座上有盒東西，是兩磅裝的巧克力，藥妝店就可買到的那種。我想不通我車上怎麼會有巧克力——該不會是那個歷史學會的男的送的禮物？多荒謬的念頭。可是又有誰會這麼做？

我在後門外重重跺腳，把靴上的雪抖掉，這才想起我得把掃帚拿出來。廚房滿是耀眼的晨光。

我以為我知道我爸會說什麼。

「出去欣賞大自然啦？」

他就坐在桌邊，帽子大衣都在身上。通常這時候他早已出門去醫院看病。

他發話了：「他們把馬路剷過了嗎？外面那條巷子呢？」

我回說大路小路都剷過雪了，開車出去沒問題。他只要從窗子望出去，就能看到巷子已經剷過雪。我拿壺裝了水燒上，問他要不要在出門前再喝杯咖啡。

「好啊。」他說。「只要他們剷過雪，我就可以出門了。」

「這天真是的。」我說。

「只要不用自己剷雪開路就還好。」

我沖了兩杯即溶咖啡放在桌上，自己面向窗坐下，對著照進屋內的光。他坐在桌子的另一端，挪了下自己的位子，讓光在他背後。我看不見他的表情，但他的呼吸聲依然如影隨形。

我對我爸講起自己的事。我根本沒打算要講的，只想說自己該走了。但一張嘴，話就衝了出來，聽在耳裡既喪氣，又快慰，像是聽自己酒後吐真言。

「你一直都不知道，我生了個寶寶。」我說。「七月十七日生的，在渥太華。我一直在想，這整件事多諷刺啊。」

我跟他說，寶寶一落地，立刻有人領養，我連孩子是男是女都不知。我請他們不要告訴我，也叫他們不用抱給我看。

「我和喬西一起住。」我說。「你記得我提過的朋友喬西吧。她現在在英國，不過那時她一個人住在爸媽家。她爸媽被派去南非，真是天上掉下來的好機會。」

我對他說了孩子的父親是誰。我說是你，免得他胡思亂想。何況你我已有婚約，而且是正式訂了婚，我那時以為，你我只要結婚就沒事了。

但你想的不是結婚。你說，我們得找個醫生，可以幫我墮胎的醫生。

他倒沒念我，說我絕對不可以在這家裡提到那兩個字。

我告訴他，你說我倆不可以就這麼結婚了事，因為大家都會算，算得出我在結婚前就懷了孕。除非我肚子裡沒孩子，否則我們沒法結婚。

要不然，你在神學院的飯碗就不保。

他們可能會向校委會舉發你，由校委會來審查，判斷你品行是否端正，是否適合教導年輕的牧師。他們或許會認定你品行不端。就算審查結果不致如此，你也保住飯碗，只是遭到申誡；也可能連申誡都沒有，卻永遠升不了職，就此留下汙點。即便沒人對你明說什麼，也暗中對你有所評斷，你受不了這個。新生會從學長處聽說你的種種，關於你的笑話傳得滿天飛。你的同事有了可以鄙視你的機會，或許也有能體諒你的人，但其實同樣難以承受。你會變成大家暗中（或半公開）嫌惡的對象，再也抬不起頭。

不可能這樣的，我說。

噢，當然有可能。絕不要低估人性中惡毒的那面。而且這對我一樣殘忍。年紀較長的教授，什麼都聽太太的。她們肯定會讓我吃不完兜著走，即使在對我相當親切的時候亦然——尤其是她們親切的時候。

那，我們打包走人，去別的地方總行吧，我說。去沒有人知道的地方。

他們當然知道。總會有人傳話，搞得人盡皆知。

再說，這就代表你又得從底層幹起。你得降格以求，領低得可憐的薪水，這樣怎麼養一家三口？

我驚異不已。我們吵的這些事，和我愛的那個人的想法，好像走岔了線。我們讀過的書、看過的電影、討論過的事——我問這一切對你難道沒有意義嗎？你說當然有，可是這是真真實實過日子。我問，你是不是承受不了他人的訕笑，只能在一票教授夫人面前畏首畏尾？

你說，重點不是這個，根本不是這個。

我拔下訂婚鑽戒往旁一扔，鑽戒滾到一輛停著的車底下。那時我們走在離我住處不遠的路上，邊走邊吵，像現在一樣，是冬季。一、二月的事吧。只是我們的戰爭仍沒完結。我本應向朋友打聽墮胎的事，因為朋友的朋友據說做過。我讓步了，說我會去做。你唯恐風聲走漏，連幫我打聽都不願意。但後來我對你撒了謊，我說醫生搬走了。隨後我承認自己撒謊，我說我辦不到。

問題在於寶寶嗎？從來就不是。主因是，我在這番論戰中，深信自己是對的。

我不屑。看你扭動著鑽到那輛車底下，你大衣下襬在臀部兩邊掀動的樣子，我感到不屑。你扒著雪，尋找鑽戒，終於找到時，你大大鬆了口氣。你原本想抱住我，笑我，以為我也同樣會鬆口氣，我們當下就會和好如初。我對你說，你這輩子做不出一件令人敬佩的事。

偽君子，我說。愛哭鬼。哲學老師。

吵這一架並非結束。因為後來我們還是和好了，只是誰也沒原諒誰，誰也沒採取行動。拖到最後，為時已晚。我們都明白，我倆為了堅持自己立場正確，投注了太多，於是我們放手，反而是種解脫。是的，那時我很肯定對我倆都是解脫，也是某種勝利。

「這不是很諷刺嗎？」我對我爸說。「想想這整件事？」

我聽到巴利太太在門外跺腳抖雪的聲音，所以整件事我講得很快。我爸始終板著臉坐著，我以為他聽了這番話十分窘迫，也可能極為不悅。

巴利太太邊開門邊說：「該把掃帚拿出去……」隨即失聲驚呼：「妳坐在那兒幹麼？妳是怎麼回事？妳沒看到妳爸死了？」

他沒死，坦白說，他的呼吸聲比平常還吵。她即使迎著強光也看得出，我爸中風了，害得他癱瘓失明，而我，我本應該看到的，但我在講自己的事時，一直沒正眼看他。他的坐姿微微前傾，渾圓的肚子抵著桌緣。我們努力想把他拖起來，結果只害他把頭往桌上一靠，完全不願起身。他帽子仍戴在頭上，咖啡杯仍在距他眼睛數吋之處，只是那隻眼睛已經看不見了。咖啡杯還是半滿的。

我說我們倆肯定搬不動他，他太重了。我忙打電話給醫院，請醫生來看一下。鎮上還沒有救護車。B太太完全不理我的話，只是不斷拉扯我爸的衣服，把鈕釦都解開，又扯下他的長大衣，邊使勁拉扯邊吼邊嗚咽。我跑到屋外的巷子，門沒關，又跑回來拿了掃帚擺在門外。然後回屋裡把手搭上B太太的胳膊，說：「妳不能……」（反正是這一類的話），結果她白我一眼，那眼神完全是正在嘔吐的貓。

醫生來了。我和他合力把我爸拖出去，移到車上，讓他坐在後座。我也跟著一起坐進去，好扶住他，免得他倒下。他的呼吸聲愈發囂張，好像用這聲音來批評我們做的每一件事。但實情是，你可以在此時完全制住他，把他移來挪去、隨意擺布，這感覺實在詭異至極。

B太太一見醫生來了便往後退，不再出聲。她甚至沒跟著我們出門，看我父親由我們移上車。

那個下午他就死了，大約五點的事。有人對我說，這叫福氣。

巴利太太進門那時，我其實還有好多話想說。我原本想問我爸，萬一哪天法律改了呢？我想說，法令也許很快就會改，也許不會，但總是有這個可能。那時他就沒生意上門了，或者說，有某部分的生意就沒了。這會對他有什麼很大的影響嗎？

我能指望他怎麼回答呢？

生意是吧，這不關妳的事。

也許他會說，我還是可以掙錢啊。

不，我會說。我不是指錢的事，我是說你要冒的險，要瞞的事。這種權力。改變法律，改變人的作為，改變一個人的本質？

還是說，他會去冒別的險，製造別的難題，基於善心，而做出不可告人的可疑之事？

假如法律改了，那別的事也有可能生變。這時我想到你，假如你不必以娶孕婦為恥，那會是怎樣的光景。無需羞愧。時間往前跑幾年，只要幾年，這種事就可能是喜事。他們會為懷孕的新娘戴上花環，引她到聖壇前，甚至可能就在神學院教堂成親。

倘若這一切都成真，還是可能會有別的事，讓我們蒙羞、恐懼；還是會有我們想規避的過失。

那我呢？我是否還是一樣繼續尋找，非找到自命不凡的理由不可？道德省思、心靈昇華、為所當為，這些都能讓我的失落成為可炫耀的理由。

改變這個人。我們都說，希望可以改變一個人。

改掉這種法，改變這個人。然而我們不希望一切（完整的一切）都由外人指揮。我們不希望自己的本質、自己的一切，都以這種方式編造而成。

我說的「我們」，到底是指誰呢？

R，我爸的律師說：「這實在很不尋常。」我明白，對他來說，這字說得很重，也足以道盡一切。

我爸銀行裡的錢還夠辦他的後事，套一般人的話，夠把他埋了（這不是律師的話，他不講這種話的），但也所剩無幾。他保險箱裡沒有股份證明，也沒有投資紀錄。什麼都沒有。他沒留什麼給醫院或教會，也沒留一筆錢給高中當獎學金。最令人訝異的是，他沒留一毛錢給巴利太太。房子和房裡的一切都留給我。所有的財產分配也就這樣了。我得到了五千元。

律師很窘迫的樣子，窘迫已極，也很擔心事情變成這樣。或許他在想，我可能懷疑他從中搞鬼之類的，想抹黑他。他想知道我房裡（我爸的房裡）有沒有保險箱，有什麼可以藏得了一大筆現金的地方。我說沒有。他很努力想暗示（用很迂迴的方式，可是實在太迂迴了，我起先根本不知他在說啥），我爸想把自己的收入瞞著大家，應該是有什麼原因。或許這代表他把一大筆現金藏在某個地方。

我對律師說，我倒不會太過操心錢的事。

這句話真嗆。他一時無法正眼看我。

「也許妳該回家好好找找。」他說。「別忽略最明顯的地方。很可能在餅乾罐裡、床底下的盒子裡。有時人就是會選些很玄的地方，連腦袋很好、很清楚的人，也可能會這麼做。」

「或枕頭套裡。」我走出律師辦公室時，他說。
有個女人打來，說要找醫生講話。
「很抱歉，他過世了。」
「我是要找史壯醫生。我沒找錯人吧？」
「是，沒錯，可是很抱歉，他過世了。」
「那有沒有人……他有沒有一起開業的醫生，我可以找他談談？有沒有別人可以幫忙？」
「沒有。他沒有合夥人。」
「那妳能不能給我什麼醫生的電話？有沒有別的醫生可以……」
「沒辦法，我沒號碼可給，我沒認識什麼人。」
「妳一定曉得我為什麼打來。這真的很重要，是非常特殊的情況……」
「我真的很抱歉。」
「錢不是問題。」

「我實在幫不上忙。」
「拜託幫我想想還有誰可以幫忙。萬一妳後來想起來了，可以打給我嗎？我把電話留給妳。」
「妳不應該隨便把電話給人吧。」
「我不管，我相信妳。總之也不是為了我自己。我知道大家肯定都說不是為了自己，但這真的不是。是我女兒，她狀況非常差。精神方面，她狀況非常差。」
「很抱歉。」
「假如妳知道，我為了拿到這個電話號碼，吃了多少苦頭，妳一定會幫我忙的。」
「對不起。」
「拜託妳。」
「真的很抱歉。」
瑪德琳是他最後一位特殊病人。我在告別式上看到了她。她沒去肯諾拉，也可能是去而復返。她戴了頂平插著羽毛的寬邊黑帽，所以起先我沒認出來。帽子想必是她借來的——她不太習慣羽毛垂在眼前。在教堂大廳的接待處，我逐一和前來致意的賓客說話，她排在眾人中。我對她說的也是對大家說的話。

「感謝妳過來。」

然後我才想到，她對我說的話很怪。

「我想妳一定愛吃甜的。」

「也許他不是每次都收費。」我對律師說。「說不定他有時什麼都不收。有些人會做公益服務。」

律師現在比較習慣和我相處了。他只說：「也許吧。」

「可能他真的是做善事。」我說。「什麼紀錄都不願留下的善事。」

律師定定望了我一會兒。

「善事啊。」他說。

「我還沒把地下室的地板挖起來。」我說。他對我這句玩笑話，回以扭曲的一笑。

巴利太太沒給我離職通知，但人再也沒來過。當然，告別式是在教堂辦的，之後的餐會也是在教堂大廳，她等於沒事可做。她也沒來告別式，連她家人都沒來。那天人太多，要不是有人問我：「我沒看到巴利家有人來，妳有看到嗎？」我還真沒注意到這件事。

葬禮後幾天，我打電話給她，她說：「我感冒太嚴重了，沒法去。」

我說我不是為這個打電話來。我說我安排自己的生活不成問題，我只是關心她接下來有何打算。

「噢，我想我現在也沒必要回去了吧。」

我說她應該過來一趟，拿點東西做紀念。這時我已經知道我爸對錢的安排，很想對她說，我覺得很難過，只是不知如何開口。

她說：「我是有些東西放在那兒。等我哪天能出門的時候再說好了。」

隔天早晨她來了。她得拿的東西是拖把、桶子、刷子、洗衣籃。很難相信她很在意要把這些東西拿回去，也很難相信她是惦念情分才要拿回去，不過，或許她心情確實如此。這些東西她用了好幾年——在這屋裡的這幾年，她在這裡耗費的光陰，比在她自己家裡還多。

「還想拿點什麼嗎？」我問。「留個紀念也好？」

她環視廚房，抿著下唇。也或許是抿住笑。

「我想這兒應該沒什麼可用的東西。」她說。

我準備了支票給她，只差寫上金額。五千元裡面要分多少給她，我始終拿不定主意。一千？我想的是這個數。現在看來一千有點拿不出去，我覺得最好加倍。

我把藏在抽屜裡的支票拿出來，又拿了筆，寫上四千元。

「這是給妳的。」我說。「感謝妳做的一切。」

她接過支票，瞟了一眼，就塞到口袋裡去了。我想她或許沒看清楚金額。然後我看見她逐漸轉暗的臉，伴隨著窘迫，與很難出口的「謝」字。

她用沒受傷的那隻手臂，吃力地把她要的東西都拿了。我幫她開了門，急著等她開口，免得我說出我嚥下去的話——抱歉只有這麼多。

我改口：「妳手肘沒有好一點？」

「好不了了。」她說，縮著頭，彷彿生怕我要親她，然後只回：「好了多謝再見。」

我望著她走向車。以為是她姪媳載她來。

不過這車不是她姪媳開的那輛，那瞬間我想到，或許她找到了新東家。一隻胳膊廢了也沒關係，總之是個有錢的新東家。所以才這麼急急忙忙、舉止怪異。

從車裡出來、幫她放東西的，是她姪媳沒錯。我朝她揮揮手，但她忙著放拖把和桶子。

「好漂亮的車。」我大喊，我想她們倆應該都會很高興吧。我不知車款，總之是台亮晶晶的新車，很大，很時髦。顏色銀中帶紫。

她姪媳也喊：「喔，是啊。」巴利太太則縮縮頭致意。

我身上還是家居服，在屋外凍得發抖，可是因為總覺得對巴利太太過意不去，加上被這輛車搞得有點迷糊，我一直站著朝她們揮手，直到看不見車了才進屋。

送走巴利太太，我靜不下心，什麼也做不了。我只幫自己煮了咖啡，坐在廚房裡，又從抽屜裡把瑪德琳送的巧克力拿出來吃掉幾顆。只是這些巧克力裡面都包著化學染色的橘黃夾心，我就算愛吃甜，也對此興趣缺缺。當時若能好好向瑪德琳致謝就好了，只是現在也辦不到——我連她姓什麼都不知。

我決定出去滑雪。我們家這塊地後面，有幾個採礫場，我想我跟你說過。我穿上木製滑雪板。從前冬天要是小路沒剷雪，我爸就會穿上這木製滑雪板出門，一路滑過田野，可能是去接生，也可能是去割盲腸。滑雪板上只有扣帶可以固定你的腳。

我滑到採礫場，那兒的坡道這些年來已覆上了草，現在又多了層雪。雪上有狗兒鳥兒的足印，還有田鼠快跑時形成的模糊圈印，就是沒有人的蹤跡。我滑上又滑下，滑上又滑下，一開始還比較謹慎滑對角線，之後就直接往陡坡下衝。當然不時會摔倒，不過因為雪剛下，雪量又充足，摔得也不痛。就在這麼仆麼起之間，有那麼一瞬，我發現，我想通了一件事。

我知道錢到哪兒去了。

也許是做善事。

好漂亮的車。

外加五千元裡的四千元。

從那一刻起，我一直都很快樂。

有人讓我明白，看著錢從橋上往下扔，或往空中撒，是什麼感覺。錢，希望，情書——這種種都可以扔到空中，待它往下墜時，已變了樣，變得輕盈，不帶意義。

我無法想像我爸會屈服於勒索，尤其對不很可靠或不太聰明的人，他不會屈服；尤其整個鎮似乎都站在他那邊（或至少選擇站在沉默的那邊）時，他不會屈服。

不過我能想像的，是他有悖常理的大動作。或許是先下手為強，也或許只是表現出他不在意。他等著看律師震驚的表情，看我比以前更拚命想讀懂他的心思，只是他已經走了。

不對。我不覺得他這麼想。我不覺得他有這麼常想到我。即使我願意這麼相信，應該也不是實情。

我一直不願去面對的是，這一切的動機，或許是因為愛。

那就說是為愛吧。絕對別排除這個可能。

我爬出採礫場，才一走到田野，風就迎面撲來。風挾著雪，掃過狗兒的足印，掃過田鼠隱約的圈圈痕跡，掃過我父親滑雪板滑過的林間小道，這很可能是最後一次滑了。

親愛的R，羅賓——我對你說的最後一句話，該是什麼？

再會，祝你好運。

送上我的愛。

（萬一有人真的這麼做——用郵件送出自己的愛，也藉此把愛掃地出門？他們會送什麼給對方？一盒巧克力，夾心像土耳其蛋的蛋白？一個只留兩個眼洞的泥娃娃？一束只比爛掉時好聞一點的玫瑰？用染血報紙包裝、沒人敢拆的包裹？）

自己好好保重。

記得——當今法國國王是禿頭。

母親的夢

夜裡（或者說，在她熟睡時），下了場大雪。

我媽透過一扇大拱窗向外望，就是大宅院或老式公共建築常見的那種大拱窗。她俯視覆滿白雪的草坪、灌木叢、樹籬、花園、樹林，雪疊成堆、積成團，即使颳風，也難以動搖分毫。這時的白雪不像白天映著陽光時那樣刺眼。這時的白，是近破曉時、無雲天空下的白。萬物靜止，宛如〈伯利恆小鎮〉歌中的敘述，只是這時星星已經消失了。

不過這裡有點不對勁，這一幕有問題。這裡所有的樹、灌木叢、植物等等，時值夏季，都長著完整的葉片。樹下有幾塊草皮，因為有樹擋住落雪，依然清新翠綠。所幸是夏季，雪下一夜就停了。季節變化就是這樣，無從解釋，難以預料。而且，大家都走了（雖然她想不起「大家」是指誰），我媽孤伶伶，置身這偌大的宅邸，周遭是精心布置的樹叢與庭園。

她以為，無論之前發生了什麼事，應該很快就會有人來跟她說。只是，沒有人來。電話沒響，花園大門的門閂沒人拉開。她沒聽到有車來，連大街（假如她人在鄉間，那就得說「馬路」）在哪個方向都不清楚。她得走出那棟屋子才好，屋裡的空氣太窒悶。

她出門後便想了起來。她想起自己在下雪前，把寶寶留在外面不知哪裡，而且是下雪前好一陣子。這段記憶，這種確定，伴著恐懼襲上心頭。彷彿從夢中醒轉。而夢中的她，又從夢裡醒來，清楚自己的責任與過失何在。她把自己的孩子丟在外面一整晚，又忘得一乾二淨。寶寶像她已經玩膩的洋娃娃，在外面任憑風吹雨打。而且，搞不好不是昨晚的事，或許她已經把寶寶留在外面一整週，或一個月；一整季，或不知幾回春夏秋冬。她心有旁騖。她甚至可能出了遠門，才剛回來，卻忘了自己是回哪兒去。

她四處走動，看看樹籬和寬葉植物下有沒有東西。不過她已預見寶寶在外縮成一團的模樣。斷了氣、蜷縮著，變成褐色的一團，頭像顆堅果，不再出聲的小臉上有種奇特的表情，不是不悅，而是哀傷，屏息靜氣、久候無著的悲傷。那表情沒有一點責怪的意思，怪她，他的母親——只是耐著性子，無助地等待救星出現，抑或等命運的結局來臨。

我媽的悲，是因為寶寶等了那麼久，她卻完全不知他在等。她是他唯一的希望，她卻把他忘得一乾二淨。寶寶才剛出生，還那麼小，連避開雪都辦不到。她傷心得透不過氣，整個人什麼也容不下，只充塞著一個意念：她知道自己做了什麼。

於是，發現她的寶寶就躺在嬰兒床裡，是種暫時躲過一劫的感覺。寶寶俯臥著，頭轉向一邊，皮膚淨白嬌嫩宛如雪花草，頭上軟軟的汗毛如晨曦般金紅。紅髮就像她，長在此刻安穩躺著的寶寶身上，這絕對是她的親生骨血。想到自己獲得寬恕，真是無比快慰。

雪、綠蔭扶疏的花園、怪異的房子，都退去了。那片白僅餘的痕跡，是嬰兒床裡的毯子。輕柔的白色羊毛嬰兒毯，堆疊在寶寶下半身。天氣熱，貨真價實的暑熱，寶寶只穿著尿布，外面套著塑膠小褲，免得尿濕床單。塑膠小褲上有蝴蝶的花樣。

我媽肯定還在想著大雪，及通常隨之而來的嚴寒，不由把嬰兒毯拉高，蓋住寶寶裸露的肩與背，和長著紅色軟毛的頭。

這件事發生在真實世界時，是清晨。一九四五年七月的世間。寶寶熟睡的時候。早晨餵當天頭一次奶永遠是件苦差事。做媽媽的儘管站直身、張著眼，腦袋仍深陷夢鄉，納悶著到底該不該餵。寶寶和媽媽歷經長期抗戰，早已身心俱疲，媽媽累到連這點都忘了。母子倆腦中的線路有些早已停擺，進入堅不可摧的沉寂狀態。媽媽（也就是我媽）完全沒意識到晨光每過一分就亮一些。她杵在原地，渾然不覺太陽一寸寸升起。前天、子夜發生了什麼，她完全不記得。她把毯子拉過寶寶的頭，覆著他柔和、滿足的睡臉，再輕步走回自己房間，倒上床，立時不省人事。

這棟房子和夢中的完全不同。一層半高的白木屋，有點侷促，但門面整潔，外有門廊，距人行道大約幾呎。飯廳有扇廣角窗，可以看到外面用樹籬圍成的小院。房子在小鎮的小路旁，而這小鎮在外地人眼裡，和休倫湖方圓十至十五英里一帶的小鎮沒什麼不同（這一帶曾是人口稠密的農地）。我爸和兩個姊姊都在這棟房子長大。我媽搬過去時，我奶奶和兩個姑姑都還住在那兒（那時我也在，只是在我媽肚子裡活蹦亂跳）——那是我爸戰死後的事。二戰的歐洲戰事再幾週就結束，我爸卻偏在這時命喪沙場。

我媽（她的名字是吉兒）站在飯廳的餐桌旁，浴著近晚時分的一屋燦燦白光。屋裡滿滿是人，在教堂的告別式後，受邀到這兒來聚餐。這些人喝茶喝咖啡之餘，還有辦法在指間夾著迷你三明治、香蕉蛋糕、堅果蛋糕、磅蛋糕之類的吃食。卡士達塔和葡萄乾塔這種派皮易碎的甜點，原本該用小瓷盤盛著（瓷盤上還有吉兒的婆婆當年出嫁時，親手畫的紫羅蘭圖樣），用甜點叉叉著吃，吉兒卻是什麼都用手拿的人。於是派皮屑屑掉了、葡萄乾掉了，她黏著食物碎屑的手就往身上的綠絲絨洋裝一擦。那件洋裝當天穿其實太熱，而且根本不是孕婦裝。那是她公開演奏小提琴等正式場合穿的禮服，寬鬆的長袍款式。她懷著我，所以禮服褶邊跑到了正面。不過她身邊只有這件衣服尺寸夠大，也算正式，可以穿去參加丈夫的告別式。

她怎麼老是吃個不停？賓客們不注意到也難。「一人吃兩人補嘛。」艾爾莎對一群賓客說，省得他們對弟媳議論紛紛（或故意隱忍不發），讓她難堪。

吉兒其實整天都想吐，結果到了教堂，想到這管風琴實在爛得可以，忽然間便餓得像頭狼。在唱〈英勇之心〉時，她滿腦子只想著淌著肉汁的肥美漢堡，配上融化的美乃滋；而此刻的她想知道，核桃加葡萄乾加紅糖變出來的東西，甜到牙齒發酸的椰子糖霜，柔潤的香蕉蛋糕，或是一團卡士達，是否也像漢堡那麼好？當然，沒有東西能代替漢堡，但她願意繼續嘗試。待食物終於入口、止了飢，她幻想出來的飢餓卻仍蠢動不已，甚至鬱積成了惱怒，幾近恐慌，她只好不斷把食物往嘴裡塞，根本嘗不出味道。她難以形容那種躁怒，大概只能說，感覺毛毛的，又緊繃。窗外豔陽下宛如芒刺的茂密小櫱樹籬；絲絨禮服緊貼著微濕腋下的黏膩；大姑艾爾莎頭上的那團雞蛋花（與葡萄乾搭上的葡萄乾同色）；連瓷盤上畫的紫羅蘭都像可以隨手摳掉的痂，這一切的一切，在她眼中分外駭人，壓得她喘不過氣，即使明知這都是再平常不過的物事。這一切好像都包含與她意外新生活有關的某種訊息。

怎麼說「意外」？這時的她已經知道我存在，也知道喬治．科肯可能遇難，畢竟他是空軍（何況今天下午，科肯家一屋子賓客，都背著她和她大姑小姑竊竊私語——你就是知道，他那種人回不來了，因為他相貌堂堂活力十足，是他家的榮耀，全家的希望都在他身上）。她心裡明白，但還是繼續過著尋常日子，在漆黑的冬日清晨，使勁把小提琴盒拖上電車，一路坐到音樂學院。一小時又一小時，在校園迴盪的人聲樂聲中練琴，她卻是孤獨的，一人關在小小的房間裡，只有暖氣轟隆轟隆的聲音為伴。起先凍紅的手，到了乾燥的暖氣房裡又烘得乾裂。她仍住在租來的小房間，窗子沒裝好，無法密合，夏天會有蒼蠅飛進來，冬天雪花飄上窗台。她身體還算舒服時，就會幻想香腸、肉派、大塊的黑巧克力。學校的人對她懷孕這事都很小心，彷彿她肚子裡的是腫瘤。反正她也是懷孕到很後期，肚子才比較明顯，下盤寬的大塊頭女生，懷第一胎通常都看不太出來。哪怕我在她肚子裡翻跟斗，她照常在外演奏。只是那時她體態已經大了好幾號，濃密的長紅髮垂在肩際，一張大臉神采奕奕，滿是全神貫注的鄭重。她在畢生最重要的一場演奏會上獨奏。孟德爾頌小提琴協奏曲。

她多少還是關心世事——她知道仗要打完了。她以為我出生沒多久，喬治就會回來；也知道自己不會一直住那小房間，她會和他另找地方築起一個家。她也曉得，那時我就會是他們生活中的一員，只是她認為生下我是某種了結，不是起點。這代表我不會再一直踢她肚子始終發疼的某個點，她起身時下體不會再因瞬間充血發疼（那感覺就像在那兒貼了塊發燙的膏藥）。乳頭不會再腫大變黑、凹凹凸凸。她起床前不必再在腿上纏繃帶，裹住腫脹的靜脈。不必每半小時就小便；腿終於可以消腫，穿回懷孕前穿的鞋子。她以為只要我出世，就不會再給她找麻煩。

她知道喬治歸來無望後，想說應該可以繼續懷著我在那小房間住一陣。她買了本育兒書，也買了我需要的基本用品。那棟樓有個老太太可以在她練琴時幫忙照顧我。她可以去申請戰時遺孀撫卹金，再六個月她就能從音樂學院畢業了。

結果艾爾莎坐火車下來接她。艾爾莎說：「我們可不能放妳一人，困在這哪兒也去不了。大家都納悶呢，說喬治出國去，妳怎麼也沒搬過來。現在是妳來的時候了。」

「我們家是瘋人院。」喬治跟吉兒這麼說過。「艾爾娜是緊張大師；艾爾莎應該當士官長。我媽是老人癡呆。」

他還說：「艾爾莎頭腦好，只是我爸死後，她沒法繼續上學，就到郵局上班。我遺傳到外表，可憐的艾爾娜什麼也沒遺傳到，只有很糟糕的皮膚和很糟糕的神經。」

他們一家人到多倫多來送喬治出國時，吉兒首次見到他兩個姊姊。她和喬治的婚禮是兩週前的事，不過她們沒來參加。喬治家完全沒人出席，婚禮只有喬治、吉兒、牧師、牧師娘，還有被找來當第二見證人的鄰居。我自然也在，在吉兒肚子裡包得好好的，不過我不是他們結婚的理由，而且當時根本沒人知道我存在。禮成後，喬治堅持要和吉兒一起去自拍快照亭，拍幾張一本正經的結婚照。他這股衝勁一來，什麼都顧不了了。「這應該可以搞定那些人了。」拍好後，他看著照片說。吉兒在想，是有什麼特別的人他需要去搞定嗎？是艾爾莎嗎？還是那群漂亮可愛的女生？活潑大膽、追著他不放、寫肉麻兮兮的情書給他、幫他織菱形格紋襪的女生？他只要有機會就會穿別人送的襪子，而且總是把禮物收進口袋，還在酒吧裡念這些情書當笑話。

吉兒在婚禮前什麼早餐也沒吃，婚禮儀式中，她滿腦子想著圓鬆餅和培根。

這兩個姊姊的長相，比吉兒想得還一般，不過喬治說他遺傳到外貌，確是事實。他黑金相間的髮有柔滑的波浪，眼中總有興奮的光芒，五官光潔得惹人豔羨。唯一的缺點是他不算高，只差不多到可以直視吉兒的高度，也正好是空軍飛行員的身高底限。

「他們不想要高個子的飛行員。」他說。「我就打敗他們啦，那堆王八瘦竹竿。很多演電影的其實都很矮，要拍吻戲的時候還得站在箱子上。」

（喬治看電影時，偶爾會很囂張，會在吻戲時發出噓聲。他在現實生活裡對吻的興致也不高。他會說，我們直接上吧。）

這兩個姊姊也是矮個子。兩人的名字都是蘇格蘭的地名，因為父母在家道中落之前，曾在蘇格蘭度蜜月。艾爾莎比喬治大十二歲；艾爾娜比喬治大九歲。在聯合車站的人潮中，她倆顯得矮胖又茫然。兩人都穿戴了新帽子與套裝，活像她們才是新婚的人。不過兩人也都一臉不快，因為艾爾娜把一雙高檔手套忘在車上了。艾爾娜確實皮膚不好，不過此時並沒長痘痘，也許那個階段已經過去了，皮膚有不少凸起的斑塊，先前的疤痕未消，在粉紅的蜜粉下顯得有點髒。有些帽子沒蓋到的髮絲低垂下來，噙著兩眼淚水，不知是艾爾莎說了她什麼，還是因為弟弟要出國打仗。艾爾莎的頭髮燙成緊密的小捲，捲髮上頂著帽子。鼻梁架了副鏡框鑲亮片的眼鏡，鏡片後是炯炯有神的淡色眼珠。兩頰嫣紅，下巴上有個小洞。她和艾爾娜都是凹凸有致（凸胸、細腰、寬臀），但艾爾娜的身形像是生錯了，只能弓著肩，兩手抱胸來掩飾。艾爾莎對自己的曲線倒是很有自信，只是也不會刻意暴露，彷彿她是堅固的陶土做成的人兒。兩人都有喬治黑金相間的色調，只是少了他的光采，而且好像也少了他的幽默感。

「好，那我走了。」喬治說。「我要去佩遜戴爾戰場，死得像個英雄。」艾爾娜隨即道：「喔，別這麼說。你別講成這樣嘛。」艾爾莎把覆盆子色的嘴一撇。

「我看到那邊有失物招領的牌子。」艾爾莎說。「可我不曉得那是指在車站丟的東西？還是他們在火車上找到的東西？佩遜戴爾可是一戰的事喔。」

「是嗎？妳確定？所以我趕不及了？」喬治說著，故意用手摀胸。

幾個月後，他在愛爾蘭海上空的訓練飛行中化為一團火焰。

艾爾莎始終掛著微笑。她說：「嗯，當然我是覺得很光榮啦。真的。可是喪親的又不只我一個。他終究是盡了他的本分。」有些人覺得她這麼輕描淡寫，很是訝異；有些人則嘆道：「可憐的艾爾莎。」多年來她的重心都在喬治身上，努力攢錢供他讀法學院，結果他就這麼辜負了她——他自願從軍，一走了之，然後死於非命。他就是等不及。

兩個姊姊為了他，犧牲了自己求學的機會，連整牙都放棄——是，她們連自己的牙也犧牲了。艾爾娜後來去上了護校，但若要事後諸葛，整牙對她還比較有用處。如今她與艾爾莎到頭來擁有的，就是一位英雄，大家公認的——英雄。這年頭的年輕人覺得家裡出了個大英雄很了不起，這一刻的意義長存，也將是艾爾莎與艾爾娜畢生的榮耀。〈英勇之心〉的旋律將永遠在她倆身邊繚繞。還記得前一場大戰的老一輩則很清楚，她倆終究只能得到一個刻在陣亡將士紀念碑上的名字，因為撫卹金是給遺孀的，那個不斷餵臉吃東西的女生。

艾爾莎一直閒不下來，有個原因是她已經連續兩晚沒睡，忙著打掃。其實屋子之前也大掃除過，只是她覺得有些事還是非做不可，像是所有的鍋碗瓢盆裝飾小物等都要洗過，每只畫框的玻璃都得擦亮；冰箱得拖出來，好刷洗背後那塊地；地下室的台階要洗過，垃圾桶裡要倒入漂白水。餐桌上方天花板的燈得拆下來，把每個零件放到肥皂水裡泡、用清水沖洗、擦乾，再組裝起來。艾爾莎白天還得到郵局上班，所以這活兒只能在晚餐後做。她現在是郵局局長了，放自己一天假不成問題，只是艾爾莎就是艾爾莎，絕不請假。

這會兒艾爾莎的臉在妝容下發燙，深藍色蕾絲領洋裝下的身子焦躁不安，完全坐不住。她在餐盤重新裝滿了食物，輪流遞給大家，一邊暗怪客人的茶可能涼了，急忙又去煮一壺新的。她以賓客的舒適為己任，頻頻問候他們的風濕與各種小病痛，即使自己有喪親之痛，還是笑臉迎人，一再說像她這樣遭遇的人還有很多，大家一樣苦，她不該有怨；一再說喬治不會樂見朋友為他悲傷，大家應該感謝眾人同心協力終結戰事。她從頭到尾都是那麼高亢明快的語氣，帶著愉悅的嗔怪，是大家在郵局聽慣了的語調。客人反而因此不安起來，想自己是不是說錯了什麼，就像在郵局，工作人員嫌自己的筆跡不清不楚，或是郵包沒有包裝好云云。

艾爾莎心知自己的音調太高，笑得太用力，還不斷倒茶給說不用添茶的人。她在廚房暖壺的時候，說：「我不曉得自己怎麼搞的，整個人好緊張。」

聽她說這句話的人是山茲醫師，就住她後院對街。

「馬上就過去了。」他說。「妳要吃點鎮靜劑嗎？」

他正說著，通往飯廳的門開了，他語調立時一變，「鎮靜劑」三個字說得果斷又專業。

艾爾莎原本自怨自艾的嗓音，也隨之轉為明快堅毅，說道：「喔，不用了，謝謝你。我會努力自己過下去。」

艾爾娜的職責是顧著母親，看她有沒有打翻茶（這滿有可能，不過不是手腳不靈活的問題，而是健忘），還有，萬一她開始吸鼻抽泣，艾爾娜就得趕緊把她帶出去。但科肯太太始終和藹親切，也比艾爾莎更能讓客人覺得輕鬆自在。這之中大約有二十五分鐘左右吧，她頗進入狀況（也可能是表現出進入狀況的樣子），勇敢發言，振振有詞，說她會永遠惦念兒子，但也非常慶幸自己還有兩個女兒，艾爾莎向來精明能幹又可靠；艾爾娜一副好心腸。她甚至記得提到剛過門的媳婦，只是她講的話題，她這年紀的女人在社交場合（何況又有男人在場）根本不會提，所以後來她微微露出自己可能講過頭的表情。那時她瞟了我與吉兒一眼，說：「很快就有好事上門了。」

她之後又在不同房間內穿梭，和不同的賓客寒暄，不多久就什麼都忘了，只四下打量自己的房子，問道：「我們湊在這裡是幹麼？這麼多人——我們是慶祝什麼嗎？」

待了解這與喬治有關後，她問：「是喬治的婚禮嗎？」她忘了最新消息，也忘了舉止的分寸。「不是妳的婚禮，對吧？」她問艾爾娜。「不是，我想不是，妳從來沒交過男朋友，對吧？」嗓音隨即滿是「現實就是這樣，妳自己看著辦吧」的意味。待她瞄到吉兒時，忽地放聲大笑。

「這不會是新娘吧？喔—喔，這下就明白了。」

但她突然又想起是怎麼回事了，她的記性就是這樣，來得急，去得快。

「有什麼最新消息嗎？」她問。「喬治的消息？」隨即涕泗縱橫，艾爾莎最怕的就是這個。

「萬一她又鬧起來，快把她帶出去。」艾爾莎之前就叮囑過。

艾爾娜完全沒法把母親拖出去——她這輩子從不曾對別人施威。好在山茲醫師的夫人一把抓住老太太的胳膊。

「喬治死了？」科肯太太驚恐地問。山茲太太回道：「沒錯。不過妳知道嗎，他太太懷孕了。」

科肯太太倚著山茲太太，整個人癱了，輕聲問：「我可以喝茶嗎？」

我媽在這屋裡不管到哪兒，好像都看得到我爸的照片。最後一張（也是正式的一張）是他的軍服照，擱在飯廳廣角窗前、縫紉機頂蓋的繡花蓋布上。艾爾娜在照片四周放了花，但艾爾莎把花拿走了，說擺花會顯得他像什麼天主教聖徒。樓梯間掛了幾張照片，有一張是我爸六歲時在人行道上拍的，他單膝跪在玩具推車裡。吉兒臥房裡的照片，則是他站在腳踏車旁，車上掛著《自由報》的報袋。科肯太太房裡有張他八年級時演出輕歌劇的照片，戴著紙板做的金皇冠。他唱歌會走音，演不了主角，不過當然還是能出任最佳背景角色，當國王。

餐具櫃上方有張照片，是相館手工上色的，影中人已然模糊。我爸那時是三歲金髮小孩，拖著破布娃娃的一隻腿。艾爾莎想過要把這照片拿下來，怕大家看了想哭，但後來還是沒動，好擋住壁紙上一塊亮斑。沒人對這張照片發表意見，唯一的例外就是山茲太太。她在照片前停步，說了些之前早說過的話，不過這次沒淚眼汪汪，反而帶了點被逗樂了的讚美。

「啊——不就是《小熊維尼》裡的那個羅賓嘛。」

大家都習慣了不去搭理山茲太太的話。

喬治在照片裡總是神采飛揚，不戴軍帽或皇冠時，額前總垂著一撮金黃如豔陽的髮。就連他只是個小娃兒時，也非常清楚自己是個蹦蹦跳跳、古靈精怪的開心果。他絕不讓人落單，萬一碰上了，他必有辦法逗對方大笑，有時笑話的素材是自己，不過通常是別人。吉兒還記得看他喝酒，他自己喝歸喝，卻總不會醉，而且還有辦法讓喝醉的人老實供出自己最怕的事、避談的事，何時失去童貞、何時劈過腿等等，然後再把這些事編成笑話或取笑人的綽號，當事人聽了，也只好裝笑了事。他有一群跟在身邊的人，也有一堆朋友，這些人之所以會巴著他，或許是因為害怕——也可能只是因為如大家常形容的，他總能炒熱氣氛。他無論在哪兒，都是現場的焦點，他周遭的氣氛充滿未知的危險與歡欣。

吉兒自己怎麼看這樣的戀人呢？她認識他時不過十九歲，之前也沒和誰交往過。她不知道自己哪點吸引他，也看得出沒人有答案。她在同齡的人眼中是個謎，卻是個無趣的謎。整個生活都給了小提琴，一點興趣嗜好都沒有的女孩。

事實倒也不盡然。她還是有抱著破毯子、幻想有個戀人的時候，只是幻想中的他，絕不像喬治這樣搶眼又愛搞笑。她想過會是身材如熊又親切的大個兒，要不就是比她大個十歲的大師級音樂家，床上功夫相當了得的那種。她雖不算最欣賞歌劇，對愛的想法倒像歌劇那樣戲劇化。只是喬治會在做愛時說笑，事後總愛在她房裡走來走去，又愛發粗魯幼稚的怪腔怪調。在他展露雄風的短暫片刻，確實給了她些許的歡愉（那是她從自己身上學到的感受），不過她也說不上失望就是。

不如說，她對事情進展之速感到頭暈目眩，還比較貼切。她也希望能在滿腦子考慮物質與社會現實之餘，感到快樂——感恩，而快樂。喬治殷殷追求，她將步入禮堂——這都像她生活中出現了燦爛的延伸。像燈光大亮的房間，綻放令人目眩神迷的華彩。之後來了炸彈，來了颶風，來了不測風雲，一切生活的延伸瞬間消失，炸成粉碎、化為烏有，徒留她守著與往昔同樣的空間、同樣的選擇。想當然耳，她是失去了什麼，卻不是她曾真實擁有的東西，那不過是她腦中勾勒的假想未來。

這會兒她身邊的東西夠她吃的了。她雙腿因久站而發疼，一旁的山茲太太問：「妳見過喬治在這兒的朋友嗎？」

山茲太太指的是在玄關口的一群年輕人。有幾個長得不錯的女生、一個穿著海軍制服的男生，還有一些人。吉兒望著他們，想通了一件事——沒人真心難過。或許艾爾莎是，但自有原因。沒人真的為喬治之死傷心，連在教堂裡哭的那個女生（還一副要繼續哭下去的樣子）都不算。這會兒這女生大可回想，她愛過喬治，也覺得喬治（不顧一切地）愛她，現在的她，永遠不必怕喬治以言行證明她錯了。湊在喬治身邊的那群人笑起來時，再也不會有人納悶大家取笑的到底是誰，或猜想喬治對眾人說了什麼。沒人需要拚命趕上喬治動腦筋的速度，費心想如何一直討好他。

她沒想到，倘若喬治還活著，或許會變了一個樣，因為她不覺得自己會變成另一種人。

她回山茲太太：「沒。」回得很是沒勁。山茲太太看她這樣便說：「我懂，要認識新朋友真的很難，尤其啊——要我是妳，我還寧願去躺著休息。」

吉兒差點以為她要說的是「我寧願去喝一杯」，可是這兒只供應茶和咖啡，沒有酒。反正吉兒很少喝酒，但倒是聞得出別人口中的酒味，她覺得山茲太太身上就有。

「妳何不去躺一下？」山茲太太提議。「這種事情最累人了。我會跟艾爾莎說一聲。妳去吧。」

山茲太太個頭不高，灰白的細髮，有神的雙眸，一張倒三角臉爬滿皺紋。每年冬天她都會自個兒去佛羅里達住上一個月。她有錢。和先生自蓋自住的房子，就在科肯家後面，呈長矮型，白得刺眼，四面都是圓角，有好幾大塊區域砌上玻璃磚。山茲醫生大概比她小個二十、二十五歲，矮矮壯壯，長得就是很有精神、很親切的樣子，額頭很高很光滑，一頭金色捲髮。夫妻倆沒有小孩，大家都覺得她前一次婚姻應該有孩子，只是始終沒人來看她。實情是，山茲醫生是她兒子的朋友，大學放假，兒子帶同學回家玩，同學愛上了朋友的媽媽；她愛上了兒子的朋友。結局是她離婚，兩人結婚，遠走他鄉，錦衣玉食，往事絕口不提。

吉兒確實聞到了威士忌味。山茲太太無論出席哪種社交場合（套她的話，是「沒什麼搞頭」的社交場合），都會隨身帶著小酒瓶。喝酒並不會害她跌跤、胡言亂語、蓄意找碴、見人就抱；老實說，她或許一直都處於微醺狀態，只是從沒真的大醉過。從前的她，會讓酒精用十分合理而確實的方式進入身體，免得把腦細胞浸得濕透，自然也不致乾枯。旁人會知情的唯一線索就是酒味（此鎮不好杯中物，所以很多人說這氣味是因為她非吃不可的一種藥，甚至還說是來自她得擦在胸口的某種藥膏）。另一個線索可能是她講話慢吞吞的，像是每個字中間都得空一格。當然，她說的某些事，這裡土生土長的婦女根本不會提。她講自己的事，說三不五時就會有人誤以為她是丈夫的媽，等別人發現自己弄錯了，便手足無措，窘迫不堪。不過有些女人（例如某位女侍應生）會死盯著山茲太太，眼神滿是嫌惡，彷彿在說，他是怎麼回事，怎麼就讓妳糟蹋？

山茲太太只對這些人說：「我知道，實在不公平，不過人生嘛，本來就不公平，你還是認了吧。」

今天下午她實在沒辦法找空檔偷喝。廚房、廚房後的狹小儲物間，隨時都有女人進進出出，她得上樓到浴室去，而且還不能太常去。結果到了快傍晚，就在吉兒告退後沒多久，她又上樓去，卻發現浴室的門鎖著。她想那就快快溜去別的浴室用一下。正納悶著哪間浴室是空的，哪間吉兒正在用，便聽見吉兒從浴室裡傳出的聲音：「再一下就好。」或類似的話。很尋常的一句話，語調卻十分緊張，受了驚嚇。

山茲太太在走道上急急吞了口口水，抓住這個緊急狀況當藉口。

「吉兒？妳還好吧？可以讓我進去嗎？」

吉兒雙手雙膝撐地，想擦去浴室地上一攤水。她早在書上讀過「破水」（自然也讀到宮縮、現血、過渡期、排出胎盤等等），但一攤暖烘烘的液體突然噴出，還是嚇了她一大跳。她得用衛生紙擦，因為艾爾莎把所有平常用的毛巾都拿走了，換上柔軟的繡花亞麻小手巾，所謂的「客用毛巾」。

她得抓著浴缸邊緣，才能撐起身來站好，隨即打開浴室門，這時第一波痛楚襲來，她整個人驚呆了。她完全沒經歷微痛的階段，毫無前兆，毫無按部就班的第一階段產程，無情的疼痛直接朝她猛攻，撕心裂肺，猝不及防。

「慢慢來。」山茲太太說，一邊盡力撐著她。「跟我說妳房間在哪兒，我們去躺下。」結果都還沒走到床前，吉兒的手指就狠狠掐進山茲太太纖瘦的胳膊，留下斑斑瘀青。

「噢，好快。」山茲太太說。「第一胎就這樣，也太急了。我去叫我先生來。」

就這樣，我在那間屋子出生了，如果吉兒原先算得準的話，那我大約早產了十天。艾爾莎根本沒時間清場，整間屋子便迴盪著吉兒發出的各種聲音，「不敢相信事情會這樣」的呼號，與繼之而來，肆無忌憚的呻吟。

假如寶寶在預料之外的時間落地，媽媽在家生產，大家通常還是會在產後把媽媽和寶寶送去醫院。但那年鎮上流行某種夏季流感，醫院滿是病情嚴重的患者，山茲醫生認為吉兒和我留在家裡比較好。何況艾爾娜受過一些護理訓練，可以休兩週假，專心照顧我們。

吉兒對「和一家人生活」毫無概念。她是孤兒院長大的孩子，六歲到十六歲，過的是宿舍生活。開燈關燈都有固定的時間；火爐在某個特定日期前後都不生火。大家在鋪著油布的長桌上吃飯寫功課，對街就是工廠。喬治聽了這樣的生活覺得滿好，應該會讓女生變得很堅強，他說。個性會變得沉穩、強悍，自成一格，不會期待無聊愚蠢的浪漫情事。他或許以為孤兒院的經營方式很冷酷，其實不然，負責管理的人也沒那麼小氣。吉兒十二歲那年，院裡的人帶她們一群人去聽音樂會，就在那時，她下定決心一定要學小提琴。院裡那台鋼琴她早已玩熟。結果還真出現有心人，幫她弄來一把品質實在不怎樣的二手小提琴，也安排她上課，她就這樣一路努力，終於拿到音樂學院的獎學金。於是她得出席一場給贊助者和董事們的演奏會，人人盛裝出席派對，啜飲水果潘趣酒，吃蛋糕、聽演講。吉兒自己也得簡短發言，感謝眾人栽培云云。只是，她覺得這一切理當如此。她確信與某把小提琴天生注定相繫，總有一日，即使完全不靠人幫忙，也會相遇。

她當年在宿舍有些朋友，但後來她們都早早就業，去工廠、辦公樓上班，她也就不再與這些人聯絡。到了院童都會去念的那所高中，有位老師和她談過，話中提到「正常」、「多方面發展」這些字眼。老師好像覺得音樂是某種逃避或替代品，代替兄弟姊妹、朋友、約會。她建議吉兒，與其全神貫注一件事，不妨把精力多發洩在其他活動上，放輕鬆，打打排球；假如真要走音樂之路，也可以加入學校的管弦樂團。

吉兒對這位老師從此避而不見，故意上樓或繞路，免得和她講話。同樣，只要在書報雜誌上看到「多方面」、「受歡迎」這種字眼，她索性不讀。

到了音樂學院，日子就好過多了。她認識的人都相當的「非『多方面』」，也相當拚，和她一樣。她有了些朋友，但沒花心思去經營，而且朋友之間同樣爭強鬥勝。有個朋友的哥哥是空軍，崇拜的偶像正好是喬治．科肯（他也是遭喬治捉弄的對象）。一回吉兒受邀，週日去這位朋友家晚餐，朋友的哥哥和喬治來打招呼，準備出門去喝個爛醉。這就是喬治與吉兒相識的過程。我爸就這樣認識了我媽。

由於一直得有人在家照顧科肯太太，艾爾娜便在麵包店上夜班。她負責裝飾蛋糕（連最花俏的結婚蛋糕也行），清晨五點把第一批麵包放進烤箱。她的手抖得很厲害，完全無法幫人端茶倒茶，但只要是她一人就可以做的工作，她的手就變得十分強壯、靈巧、有耐力，幾如神來之手。

有天早上艾爾莎去上班後（這是吉兒搬到科肯家後，我還沒出生前的事），吉兒走過艾爾娜的臥室，發現艾爾娜在裡面輕聲對她打暗號，有什麼祕密似的。只是這屋子不過就這幾個人，還要對誰守密？不可能是科肯太太吧。

艾爾娜得費很大的勁，才終於拉開五斗櫃的抽屜。「可惡。」她邊罵邊自己咕咕笑起來。「真是的。呶，看。」

滿滿一抽屜的嬰兒服——不是平日非穿不可的一般上衣或睡衣（這些吉兒都在多倫多某間專賣二手衣物和工廠瑕疵品的店買了），而是針織小帽、毛衣、小靴、尿布外的小褲、手製小睡衣等。幾乎所有粉彩色都齊備，還有五顏六色的各式組合（完全沒有藍色、粉紅色的刻板分類），配上鉤針勾的滾邊，精細的刺繡小花、小鳥兒、羊咩咩等。吉兒不曉得世上居然還有這種東西。倘若她在百貨公司嬰兒用品部門好好做過功課，或多去看看別人嬰兒車裡的配備，早就會知道這些事了，只是她沒有。

「當然啦，我不曉得妳買了什麼。」艾爾娜說。「妳可能早就買了一堆東西，也可能妳不喜歡親手做的衣服，我是不知道啦……」她咯咯的嬌笑聲，就像發言時的抑揚頓挫，也是某種形式的致歉。她的每句話、每個眼神、手勢，都像裹了無數層黏膩的蜂蜜，或滿懷歉意的濃痰。吉兒不知如何是好。

「真的很漂亮。」她只淡淡回了一句。

「喔糟糕，我根本不曉得妳會不會想要。我不曉得妳會不會喜歡。」

「很好啊。」

「不全是我做的啦，有些是我買的。我去教會的市集，還有醫院志工團辦的市集；我是覺得東西還不錯，不過要是妳不喜歡，或用不著的話，我就直接放到教會的捐衣箱去。」

「我確實有需要。」吉兒說。「我根本沒這種東西。」

「沒有嗎？真的？我自己做的不怎樣，不過教會的太太和志工團賣的東西應該不錯，妳可能會喜歡。」

喬治說艾爾娜緊張兮兮，就是這個意思嗎？（照艾爾莎的說法，艾爾娜在護校崩潰過一次，因為她有點太在意他人的批評，而老師對她又稍過嚴厲）你或許因此以為她巴望著要人肯定，問題是無論你怎麼稱讚她似乎都不夠，她也聽不進去。吉兒覺得，艾爾娜說的話、笑的方式、吸鼻、泫然欲泣的眼神（難怪她的手總是濕濕的），就像會爬到她（吉兒）身上的某種東西、想鑽進她皮下的蚤子。

不過這些都是她假以時日慣了的事情。也可能是艾爾娜收斂了點。每天早晨艾爾莎帶上門的那刻，她和艾爾娜都鬆了口氣，像看老師走出教室的心情。趁科肯太太洗碗時，她們倆會再喝杯咖啡。科肯太太洗碗洗得奇慢（每洗一只杯盤，她就會四下打量抽屜層架，看那杯盤該放哪裡），而且免不了出些小錯。不過她也有自己的一套固定程序，一個步驟都不會漏，像是把咖啡渣灑在廚房門邊的樹叢裡。

「她以為灑咖啡會讓樹長大。」艾爾娜輕聲道。「她都把咖啡灑在葉子上，不灑地上。我們每天還得拿水管來把它沖掉哩。」

吉兒覺得艾爾娜就像孤兒院裡大家最喜歡找碴的對象。這種人總是急著找別人的碴。不過只要你有辦法，先讓艾爾娜經過兩個階段：一是緊張萬分、頻頻致歉，二是拐彎罵人（「他們想要知道那間店怎麼樣？嗯，當然他們不會來問我。」「艾爾莎當然不會聽我的。」「當然啦，喬治向來不遮掩的，他就是很討厭我。」）接著她就可能開始講些滿有趣的事。她跟吉兒說，她們爺爺有棟房子，現在變成醫院的主樓；也提到某些檯面下的暗盤，害她們父親丟了飯碗；又透露麵包店有兩名已婚人士搞外遇。此外還講了山茲家之前發生的種種，連艾爾莎曾對山茲醫生有意都講。艾爾娜之前因崩潰住院而受的電擊療法，很可能在她嘴上鑿出一個洞，結果不僅口風不緊，從這洞中出來的話（在顧左右而言他的垃圾八卦講完後），往往惡毒奸猾。

吉兒的時間也花在嚼舌根上——她的手指已經腫到沒法拉琴了。

我出生後，一切都變了，尤其對艾爾娜而言。

吉兒得臥床一週，即使起了床，要行動也像個全身僵硬的老太太，放低身子坐下時，總是氣若游絲。她縫合的傷口仍在痛，腹部與胸部纏得像個木乃伊（當時的習俗）。母奶倒是源源不絕，多到滲出繃帶，沾上床單。艾爾娜幫她把繃帶放開，想把吉兒的乳頭放到我嘴裡，可是我不配合，不願吃我媽的奶，還叫得呼天搶地。那又大又硬的乳房，活像野獸的鼻子，不斷戳著我的臉。艾爾娜抱著我，給我喝了點煮開的溫水，我便稍稍安靜下來。不過我體重一直掉，也不能只靠水過活，艾爾娜就沖了嬰兒奶粉，把渾身緊繃哭號的我，從吉兒臂彎中接了過來。她邊哄邊輕搖著我，又拿奶嘴的乳頭輕觸我的臉，結果才發現我其實喜歡的是塑膠乳頭。我貪婪吸著配方奶，喝光了也不會吐出來。艾爾娜的臂彎、艾爾娜掌控的乳頭，成了我選擇的家。吉兒的胸部得裹得更緊，也得把母奶排掉（別忘了，這時是夏天），還須忍受漲奶之痛，唯有母奶排盡才能解脫。

「真是個小搗蛋，小搗蛋喲。」艾爾娜柔聲低吟。「妳這個小鬼頭，媽咪的奶好棒喔，妳還不要。」

我不多久就長胖變壯，哭得也更大聲，而且只要抱我的人不是艾爾娜，我就放聲大哭。艾爾莎也好，山茲醫師細心溫暖的雙手也好，我一概不要，不過，大家最關注的，還是我對吉兒的反感。

等吉兒能下床了，艾爾娜便把自己餵我時坐的那張椅子讓給吉兒坐，又把自己的罩衫圍在吉兒肩頭，把奶瓶交在她手裡。

這招沒用，我可沒那麼好騙。我拿臉頰猛撞奶瓶，兩腿打得老直，整個胃揪成一團。我才不要替代品。我大哭起來，死不讓步。

我發出的仍是新生兒細弱的哭聲，這個家卻因此不得安寧，而全家上下有本事擺平這一切的人，只有艾爾娜。只要碰我、對我說話的人不是艾爾娜，我就哭。只要抱我上床、哄我入睡、搖我的人不是艾爾娜，我會哭得倦極睡去，十分鐘後又醒來，再次上演大哭的戲碼。我沒有「好帶」與「難帶」的時段，我只有「艾爾娜在」與「艾爾娜不要我了」的時段，而艾爾娜不在時，就變成「別人」的時段（噢，只能說「雪上加霜」），而這個「別人」多半是吉兒。

這樣一來，艾爾娜怎可能有辦法在兩週假滿後回去上班？她回不去了，沒可能的事。麵包店只好另外找人。艾爾娜，這個原本在家裡飽受冷落的角色，搖身一變成了舉足輕重的關鍵人物。在這一家人與無盡的爭執、無解的怨懟之間，唯有她屹立不搖。她忙得不分白天黑夜，讓這個家勉強算是過得穩當。山茲醫生十分擔心，連艾爾莎也擔心起來。

「艾爾娜，別把自己累壞了。」

不過美好的變化也發生了。艾爾娜蒼白依舊卻容光煥發，彷彿終於走出了青春期。她也終於可以正眼看人，不再發抖，少有嬌笑，嗓音裡少了狡黠的畏縮，多了艾爾莎那樣的霸氣，也多了歡愉（尤其在她為我對吉兒的態度而罵我時，更是歡喜非常）。

「艾爾娜開心得要命——她好愛那個寶寶喔。」艾爾莎對別人都這麼說，不過說真的，艾爾娜這「愛」的舉動，似乎有點太囂張。她為了讓我安靜下來，毫不在意自己有多吵。她會一邊上樓，一邊氣喘吁吁地喊：「我來了，我來了，別急別急。」她會把我搭在肩頭，一手扶著我，另一手忙著打點我的事，就這麼走來走去。她在廚房稱王，徵收爐子當煮奶瓶消毒鍋的專屬工具，餐桌變成她調製嬰兒奶粉的工作桌，水槽是寶寶洗澡的地方。要是她不小心把東西放錯地方，失手潑灑了什麼等等，哪怕艾爾莎在場，照樣口出穢言，難掩喜色。

她很清楚，只要我嚎啕大哭的前導訊號一出，她是唯一不蹙眉、不覺大難終將臨頭之人。她的心跳反而比常人快一倍，為大權在握的快感與感恩之情，樂得直想手舞足蹈。

吉兒等身上的束帶終於拆掉，望見腹部重回平坦，隨即看了一下自己的手。先前的腫脹似已消退。於是她下樓，從衣櫃裡拿出小提琴，掀開罩子。她躍躍欲試，想拉幾個音階。

那是週日下午。艾爾娜在午睡，但永遠有一隻耳朵聽著我的動靜。科肯太太也在午睡。艾爾莎在廚房塗指甲油。吉兒在幫小提琴調音。

我爸和他家的人，對音樂並不感興趣，自己卻渾然不覺。他們自認對某類型音樂的不耐（甚或敵意），是出於某種性子，某種堅持自我的本質、不讓人愚弄的決心。彷彿音樂只要從簡單的曲調走岔了，就是打算唬弄你，而且人人心知肚明；不過有些人（因為個性裡少了單純與誠實，得擺出另一副做作相）打死也不會承認這點。正是由於這種虛假，這種懦弱的一味容忍，我們才有了催眠效果絕佳的交響管弦樂、歌劇、芭蕾舞劇、音樂會。

這鎮上的人大多是這種心態，但吉兒的童年沒在這裡過，不懂這種心態多麼根深柢固，何等順理成章。我爸對這從來不張揚，也不覺得這是什麼優點，他這人本來就不講究優點。他覺得，吉兒是音樂家，很好——好的不是音樂，而是這代表吉兒與眾不同：吉兒的打扮與一頭亂髮，吉兒的生活方式，都是一般人不會做的選擇。他選擇她，就等於讓大家瞧瞧他對他們是什麼想法。給那群一心想占有他的女子瞧瞧。給艾爾莎瞧瞧。

吉兒把客廳裝了窗簾的玻璃門關上，調起音來，動作放得極輕，也可能一點聲音都沒出。萬一艾爾莎在廚房聽到聲音，可能會以為門外有什麼，或附近的人家在聽廣播之類。

吉兒拉起音階。她手指是消腫了沒錯，卻有點轉動不靈。整個人十分僵硬，站姿也很不自然，緊夾住她的這把琴，其實並不信任她。不過這都無所謂，她還是會專心練習音階。她很肯定以前也有過同樣的感覺：她感冒初癒、練習過頭、筋疲力竭時，都發生過，有時甚至毫無來由。

我醒來，一丁點不滿的嗚嗚聲都沒響。沒有預警，沒有前導。單純的尖叫，以土石流摧枯拉朽之勢，對這屋子當頭沖下。我之前端出的各種哭聲花招之中，也從來沒這招。前所未有的苦痛匯成一瀉千里的巨流，悲傷化為一波波懲罰世人的巨石浪，從刑求間的窗口，滾滾湧出排山倒海的哀慟。

艾爾娜倏地起身，頭一次因為我發出的聲音而全面戒備，大喊：「怎麼啦？怎麼啦？」

艾爾莎迅即走來，把窗戶全關了，也大喊：「是小提琴，小提琴啦。」接著猛地推開客廳門。

「吉兒，吉兒，妳搞什麼鬼，也太差勁了吧？妳沒聽見妳女兒在哭？」

她得使勁去拉客廳窗戶下的紗窗，才能把紗窗放下來。她之前穿著和服睡袍塗指甲油，此時有個男孩正好騎腳踏車經過，看到她不經意間敞開的和服。

「我的老天！」她驚呼。很難看到她如此方寸大亂。「妳把那玩意兒拿走好不好！」

吉兒放下小提琴。

艾爾莎又衝到走道上喚艾爾娜。

「今天是星期天耶。妳就不能叫她閉嘴？」

吉兒一言不發，小心翼翼走出客廳，步向廚房。科肯太太正好在流理臺旁，穿了絲襪，沒穿鞋子。

「艾爾莎是怎麼搞的？」她問。「艾爾娜又怎麼啦？」

吉兒走出門，坐在屋後的台階上，望向後院那端，白屋後方的牆在陽光下閃得晶亮，那是山茲家。她四周是鄰居們酷熱的後院、晒得滾燙的牆。戶戶牆內是彼此相當熟悉的一群人，熟知彼此的長相、姓名、過往。從這裡往東走三條街，或往西走五條街，朝南走六個街區，朝北走十個街區，就能看到夏季的農作物已經從土裡抽高，茂密如牆的大片乾草、小麥、玉米等等。豐饒的鄉間。長得一發不可收拾的農作物，加上農舍庭院，邊推擠邊吃草的各種動物，混成一種鋪天蓋地的惡臭，你找不到地方呼吸新鮮空氣。遠處有些育林地，宛如成片綠蔭，讓你安歇，為你擋風遮雨，但其實那只是昆蟲的溫床。

我該怎麼對吉兒形容，音樂是什麼？忘了風景、視野、對話吧。我會說，音樂其實是個問題，她得以嚴謹而大膽的作法去解決、她已當成此生之責的問題——假定那時她能解決問題的工具已被奪走，這問題仍堂而皇之地擺在眼前，他人也讓問題繼續存在，只是對她來說，這問題已經被拿走，不是她的了。她，只有後院的台階、閃亮的牆，和我的哭聲。我的哭聲是一把刀，把她生命中所有一無是處的東西全部剜去。重點是，對我來說，一無是處。

「進來吧。」艾爾莎的聲音透過紗門傳來。「進來吧。我剛剛不應該吼妳的。進來啦，人家會看到。」

那天傍晚，整齣鬧劇終於大事化小落幕。「你們今天一定有聽見我們這兒鬼喊鬼叫的吧。」艾爾莎對山茲夫婦說。他們請她過來露台坐坐，這時艾爾娜則在家忙著哄我睡覺。

「寶寶很顯然不喜歡小提琴喔。不像媽咪。」

這句連山茲太太聽了都笑。

「得等她學著喜歡。」

吉兒聽到他們的聲音，至少聽見了笑聲，不免猜想他們是在笑什麼。她躺在自己床上，讀著從書櫃拿來的《聖路易雷之橋》（她完全不知，要看書櫃的書，得艾爾莎同意才行）。有時她看歸看，故事卻進不了腦袋，這時她就會聽見山茲家院子傳來的笑語，接著隔壁又傳來艾爾娜滿是關愛的一串輕拍聲。她一陣惱怒，忽地渾身是汗。假如這是童話，她會立時化身為少女巨人，從床上升起，排山倒海穿過這屋，見家具就打爛，見人便扭斷脖子。

我六週大時，碰上艾爾莎和艾爾娜每年一度帶母親去歸爾甫的探親之旅。艾爾娜想帶我一起去，但艾爾莎找了山茲醫生來當說客，勸她別在這麼熱的天，帶小嬰兒出門旅行。艾爾娜便說她要待在家。

「我沒法一邊開車一邊照顧媽。」艾爾莎說。

她說艾爾娜整個人整顆心都在我身上了。讓吉兒照顧自己的寶寶一天半，吉兒可以應付的。

「對吧，吉兒？」

吉兒說沒問題。

艾爾娜裝得不是自己想留下來，推說熱天開車，她容易暈車。

「妳不用開車，坐著就好。」艾爾莎說。「那我怎麼辦？我又不是開車玩兒。我得開車，因為有人等著我們去啊。」

艾爾娜只能坐在後座，她說這樣會暈車暈得更厲害。艾爾莎說，那也不能叫媽坐後面。科肯太太說沒關係我不介意。艾爾莎說不行。艾爾娜搖下車窗，艾爾莎發動車子。艾爾娜只是牢牢盯著樓上臥房的那扇窗，那是她每天在我洗過澡、喝過奶後，把我放在床上、哄我入睡的臥房。吉兒站在前門口，艾爾莎朝她揮揮手。

「掰掰，小媽媽。」艾爾莎喊道，語氣裡有欣喜也有點挑釁，這讓吉兒想起了喬治。能離開這個家透透氣，加上這屋裡即將有新的大難臨頭，似乎讓艾爾莎心情好轉不少。或許也是因為，艾爾娜重新回到自己該坐的位置上，這讓她覺得很放心，很好。

她們出門大約是早上十點。接下來的時間，成了吉兒最長也最難熬的一天。生我那天經歷的一切、駭人的陣痛，相形之下根本是小巫見大巫。她們的車還沒開到下個鎮，我便哀叫著醒來，像是可以感到有人把艾爾娜帶走，她不在我身邊。艾爾娜出門前才餵過我，吉兒覺得我不可能這麼快就餓了。不過她倒是發現我尿布濕了，雖然之前在書上看到不必每次尿濕就換尿布，而且寶寶通常不是因為尿濕才哭，她還是決定把尿布換了。這不是她頭一次換，但之前總要費一番工夫，而且艾爾娜多半會來接手做完。我自然也盡我所能，讓吉兒吃足苦頭——雙臂雙腿亂舞，整個背弓起來，使勁想要翻身，當然還要加上從沒斷過的狂嚎。吉兒想把大頭針別在尿布上，手卻抖得沒法順利別好。她佯裝鎮定，努力想對我說話，模仿艾爾娜哄我時說的寶寶話，卻一點派不上用場，這種半吊子討好，反而讓我更火大。她一把我的尿布別好，便把我抱起來，想在胸前和肩頭之間找個讓我舒服的位置，我卻渾身緊繃，彷彿把她全身想成滾燙火紅的釘床。她坐下，輕搖著我；又起身，抱著我上下晃。她對我唱起甜美的搖籃曲，顫抖的歌聲中滿是惱怒，也有應可說是痛恨的成分。

我們在彼此眼中都是怪物。吉兒和我。

她終於輕輕把我放下，比她自己預想的動作還輕。我如釋重負，安靜了下來，不過應該是因為終於可以擺脫她。她躡手躡腳走出房間。沒多久，我又開始喊得驚天動地。

這戲碼就這樣繼續上演。我也不是哭個不停，大概每哭個兩分鐘、五分鐘，或十分二十分，我會休息一下。她拿來奶瓶時，我照喝，只是渾身僵直躺在她懷裡，大聲吸鼻以示警告。等喝了差不多半瓶，我隨即回復開戰模式，大哭一陣後，喝個幾口，再放聲大哭，如此周而復始，終於把整瓶奶喝完，只不過喝得並不專心。之後，我沉沉睡去，她送我上床，再輕聲下樓，站在走道半晌，彷彿在判斷從哪條路線走比較安全。之前這麼一番折騰，加上酷暑的高溫，她早已汗如雨下。她生怕驚擾這得之不易的寧靜，盡可能無聲走到廚房，這才敢把咖啡壺放到爐上。

咖啡還沒煮好，我又發出哭聲，如剁肉刀直朝她腦門劈下。

她這才明白，她忘了什麼。她餵完我之後，忘了幫我拍背，把嗝打出來。當下隨即上樓抱起我，把我憤怒的背又拍又揉，我沒多久打了嗝，但仍哭個不停，她放棄了，把我放到床上。

嬰兒的哭聲究竟為何有這麼大的力量，能瓦解妳自身內外仰賴的秩序？那哭聲如暴風雨——如此急切、如此極端，卻又如此純潔不造作。那是聲聲責怪，不是懇求——哭的源頭是你應付不了的憤怒，與生俱來的那種，沒有愛、沒有憐，隨時可以把你連頭骨帶腦整個壓碎。

吉兒唯一能做的就是四處走。在客廳的地毯踩上踩下，繞著飯桌轉啊轉，又走到廚房，廚房裡的鐘對她說，時光過得多麼多麼慢。她連停下來喝口咖啡的空檔都沒有。肚子餓了，也沒法放下我去幫自己做個三明治，只能用手抓玉米片來吃，灑落的玉米片在屋裡鋪成一條小路。像吃喝這種平日俗事，現在變得危機重重，彷彿做這些事的地點，是在暴風雨中飄蕩的小舟內，或在狂風快把屋梁吹垮的房裡。你得時刻盯著暴風雨的動態，否則下一秒它就可能摧毀你最後一道防線。你想保持頭腦清醒，想抓住身邊可以鎮定心神的事物，怎奈無論靠墊、地毯上的某個人形，或窗玻璃上的小漩渦，都藏著啟動我掀起狂風怒號（那就是我的哭聲）的開關。我不許有人逃走。

整間屋子如盒子層層密封。艾爾莎的愧疚感，有一些轉到了吉兒身上，否則她應該也會生出自己的。做媽的居然安撫不了自己的骨肉——有什麼比這更丟臉？她把門窗都緊緊關上，卻沒打開地上的立扇，因為，她根本忘了有立扇。她再也不去想有什麼具體的事情可以緩解，也沒想到這個週日是整個夏季最熱的一天，我可能就是為這個不開心。有經驗的媽媽，或者感覺比較敏銳的媽媽，應該毫不猶豫就會開門窗讓我透透氣，不會賦予我化身惡魔的權力。她應該只想到天氣熱，黏得渾身不舒服，沒想到屋內的惡臭。

到了下午，吉兒大概是熱昏頭，也可能是走投無路，居然做了個愚蠢的決定；她沒有丟下我一走了之。她是在我一手築成的牢獄中，想到為自己闢一方小天地，在有限的空間中，為自己找一個逃躲之處。她拿出小提琴。打從那天練音階之後，她就沒再碰過小提琴，那天的練習，已經成為艾爾莎與艾爾娜口中的家人笑話。我反正醒著，她拉小提琴也不會把我吵醒，再說我已經一肚子火，還有什麼火可以對小提琴發？

某個角度來說，她給了我聽她演奏的機會。她不再佯做安撫狀，也不再唱虛情假意的搖籃曲，假裝關心我肚子痛，大驚小怪問我怎麼啦小寶貝之類；她只是拉起孟德爾頌的小提琴協奏曲，這是她演奏會上的曲目，畢業考還要再演奏一次，過關才能拿到文憑。

孟德爾頌是她自己選的（雖然她更愛的是貝多芬小提琴協奏曲），相信這樣分數才會高。她覺得自己已練得滾瓜爛熟，考試一定沒問題，她有信心能毫無懼色地在主考官面前大顯身手。她打定主意，決不讓這曲子困擾她一輩子，她絕不需要為此掙扎傷神；她永遠用不著拿它來證明自己。

她只管拉就是。

她調好音，試了幾個音階，想把我的聲音逐出腦海。她明知自己還很生硬，但這次她早有心理準備。她想，只要她開始演奏，逐漸進入狀況，這堆問題自然會慢慢消失。

她拉起小提琴，不斷拉著、拉著，直到曲子結束。她拉得實在很爛，聽著都是折磨。但她不放棄，覺得這非改不可，她一定辦得到，儘管事與願違。什麼都亂了套，她活像電視上那個故意把小提琴拉得很爛的諧星傑克．班尼。這把小提琴一定是中了什麼蠱，嫌惡她這個主人。無論她想做什麼，它就是使性子不合作。這實在已經到了谷底——比起她攬鏡自照，見自己凹陷的臉盡是病容、不懷好意盯著鏡子的那副模樣，現在這樣更是糟上百倍。她無法相信，自己一定是昏頭了，於是她別開視線，又移回來，再次別開視線，又移回來，一而再、再而三。她也用同樣的心態繼續演奏，想回到正常的狀態，只是徒勞無功，而且每況愈下。汗順著她的臉、她的手臂、身子兩側，不斷淌下，手也滑了——她演奏得奇糟，已經到了無下限的地步。

完了。她整個都完了。幾個月前她才把這曲目練到滾瓜爛熟，練到完美無缺，練到毫無令人生畏的難關，現在她卻完全被它打敗了。她從它身上看見自己，一個徹底掏盡、被劫掠一空的人。一夕之間，她被搶了，一無所有。

她並沒罷手。她做了更糟糕的事。她被逼急了，決定重新來過，這次拉的是貝多芬。當然，還是很差，而且愈發不忍卒聽。她的體內像在不斷狂嚎、哀嘆。終於，她把琴弓和小提琴放在客廳沙發上，又拿起來，把它們往沙發底下一塞，眼不見為淨，因為她腦海浮現自己把它們往椅背上猛砸的畫面，令人髮指的誇張場景。

但她拉琴的這段時間，我還是沒罷手。大敵當前，我自然不會善罷干休。

吉兒在天藍色的織錦沙發上躺了下來，這沙發平日除非有客來，否則根本沒人坐，更別說躺。結果她這一躺就睡著了，也不知睡了多久，待她醒來時，整張滾燙的臉早已陷進織錦布面，臉頰印上了花紋，嘴角掛著些許口涎，染上了天藍色布面。我的哭鬧聲時斷時續，起起落落，就像有人不斷重擊腦部的那種頭痛。她的頭確實也在痛。她勉強起身，跌跌撞撞排開燠熱的空氣，走向廚房的碗櫥，艾爾莎習慣把止痛藥放在那兒。滯黏的空氣讓她想起汗水。當然這不意外。她睡著時，我把尿布弄髒了，那股刺鼻的氣味有充裕的時間飄得整屋都是。

止痛藥。再熱一瓶奶。上樓。她沒把我抱起來，直接在嬰兒床裡幫我換尿布。床單和尿布早已一團糟。止痛藥的藥效還沒發作，她俯身時更是頭痛欲裂。把髒衣物先丟到一邊，把我身上弄髒的部位洗乾淨，換上乾淨的尿布，將髒衣物拿到浴室，就著馬桶先搓洗一番，再放進裝了消毒劑的水桶裡。桶子早已滿到快溢出來，因為今天還沒空洗尿布。接著是餵奶，我這才稍稍安靜下來，以便吸奶。不可思議的是我居然還有吸奶的體力，不過因為餵奶的時間比平常晚了一個多小時，我也真的餓了（但或許也是因為賭氣），所以我還真有這力氣，加上積了一肚子的怨，我用力吸，吸光一整瓶奶，終於倦極而眠，而且這次還真的睡著了。

吉兒的頭痛漸漸退去。人雖然頭昏腦脹，手還是勤快洗著我的尿布、上衣、睡衣、床單，刷洗後用清水沖洗，放在沸水裡煮過，免得我生尿布疹（我很容易起疹子）。洗完後，她一一用手擰乾，晾在屋裡，因為隔天就是週日，艾爾莎回家時，可不想看到週日有衣物晾在戶外。反正吉兒也不願意出門，尤其現在暮色漸濃時，大家都喜歡到院子坐著乘涼。在今天鬧了這麼一場後，鄰居想必都聽見了，她可不想讓鄰居看到，連親切的山茲夫妻她也不願見。

今天這漫長的一日就要結束。拉得長長的陽光與陰影逐漸淡去，鋪天蓋地的熱浪，終於透進幾絲宜人的涼意。突然間，群星臨空，群樹如雲般膨脹，灑落一地靜謐。只是這靜謐不久長，對吉兒來說。就在子夜前，傳出一陣細細的哭聲——很難說是一閃即逝，不過至少很細微，像是試探，彷彿我在練習一整天之後，反而沒了大哭的本事，或者也可能是我在納悶，大哭是否值得。總之我有個小小的喘息空檔，刻意把發威的時間延後，裝得像是棄防。不過就在這空檔後，我又重新展開決絕怨怒而無情的攻勢。吉兒才剛煮上咖啡，想趕走殘餘的一絲頭痛，以為這會兒總可以坐下來好好喝了。

結果是她關上爐子。

差不多到了餵今天最後一瓶奶的時候。假如之前那次沒晚了餵，此刻的我應該餓了。或許我真餓了？吉兒邊熱奶，邊覺得應該再多吃幾顆止痛藥，然後又想之前吃的可能沒效，要吃藥效更強的才對。於是她去浴室的櫥櫃裡找，卻只找到胃藥、軟便劑、爽足粉，還有她知道不該去碰的處方藥。不過她曉得艾爾莎因為經痛，會吃強效止痛藥，便去艾爾莎的房間，翻找她的五斗櫃抽屜，終於找到一瓶止痛藥，想當然耳擺在一疊衛生棉上。這止痛藥也是處方藥，不過瓶身標籤上清楚寫著用途。她拿出兩粒，又回到廚房，熱著奶瓶的鍋中滾著水。配方奶太熱了。

她把奶瓶拿到水龍頭下沖，等著降溫。這時我的哭聲一如聒噪的猛禽飛過潺潺的河，她望著躺在流理臺上的那兩粒藥，想著，好。順手拿了刀，從藥丸上刮下一點粉末，旋開奶瓶上的奶嘴，用刀刃盛了一點粉末灑進奶瓶裡，猶如灑落白色粉塵。她接著把那一粒藥丸和剩下的那粒（不知是八分之七粒，還是十二分之十一粒，或十六分之十五粒？）一起吞了，拿了奶瓶去樓上。她抱起我立時繃緊的身體，將奶嘴塞進我吵嚷不停的嘴。我還是覺得奶太燙了點，頭幾口我全吐向她。過了一會兒，我覺得溫度可以了，便一股腦兒吞下去。

艾爾娜不斷尖叫。吉兒醒來，滿屋是刺眼的陽光，和艾爾娜沒命的尖叫。

原本計畫是艾爾莎與艾爾娜帶母親去歸爾甫探親，要那天下午四、五點才會回家，免得趁天最熱時還在外面開車。結果當天早餐後，艾爾娜就開始不高興碎碎念。她想早點回去照顧寶寶，又說自己擔心得整晚沒睡。艾爾莎覺得不好在一屋子親戚面前和她吵，只好讓步，母女三人當天中午前就回到這寂靜的屋子，打開大門。

艾爾莎不由吁了口氣：「呼，這屋子一直都是這味道嗎？只是我們聞習慣了，不當回事？」

艾爾娜欠欠身，急忙掠過她身邊，衝上樓去。

結果就是艾爾娜的驚聲尖叫。

死了。死了。殺人啊。

她不曉得吉兒下藥的事，幹麼要尖叫「殺人啊」？原來是毯子的緣故。她發現毯子整個蓋住我的頭。怕的是窒息，不是中毒。她在電光石火間，連半秒鐘都不到，就從「死了」想到「殺人了」，簡直說風就是雨。她一把將我抱出嬰兒床，拿那條死亡之毯裹著我纏了兩圈，緊緊把這團東西揣在懷裡，一邊尖叫著跑出房間，衝進吉兒的臥房。

吉兒一連睡了十二、三小時，頭昏腦脹，搖搖晃晃起身。

「妳殺了我的寶寶。」艾爾娜朝著吉兒大叫。

吉兒沒糾正她──沒說「是『我的』寶寶」。艾爾娜滿腔怨憤，把我抱到吉兒面前給她看，不過吉兒還來不及看我一眼，艾爾娜就一把將我抱走，一邊嘟噥，一邊忽地彎下腰，像是腹部冷不防挨了一槍。她跌跌撞撞走下樓，不忘把我緊緊抱著，結果正好撞到上樓的艾爾莎，艾爾莎差點站不穩，連忙抓住扶手，艾爾娜卻渾然不覺。她像是忙著把裹著毯子的我，塞進她體內一個新開的、恐怖的洞。她一邊嘟噥，一邊吐出幾個字。

寶寶。愛我的。達令。噢。喔。拿。悶死。毯子。寶寶。警察。

吉兒連被子都沒蓋，衣服也沒換，就這麼睡了。她身上還是昨天穿的短褲和露背上衣，連自己是「睡了一晚」還是「小睡」都不清楚，也不知自己身在何處、今天星期幾？艾爾娜說了什麼？她在迷濛中摸索，套上溫暖的羊毛衣，艾爾娜的哭嚎對她來說，影像還比聲音鮮明。那就像紅色的閃光，她眼皮下滾燙的血管。她原本想，還好沒聽懂艾爾娜在嚎什麼，但隨即她明白，她其實懂。她知道，和我有關。

可是吉兒覺得艾爾娜搞錯了。艾爾娜進入的夢，那部分搞錯了，那部分已經結束了。寶寶沒事。吉兒有好好照顧寶寶。她出門，發現寶寶，拿毯子幫她蓋上。沒事的。

艾爾娜在樓下的走道上，要很費力才能把一堆話全喊出來：「她把毯子整個蓋住頭，她要把寶寶悶死。」

艾爾莎下得樓來，手仍緊抓住樓梯扶手。

「放下。」艾爾莎說。「把寶寶放下。」

艾爾娜把我抱得更緊，又嘟噥起來，然後把我抱到艾爾莎面前，說：「妳看，妳自己看。」

艾爾莎把頭往旁一扭。「我不看。」她說。「我不要看。」艾爾娜聞言湊過來，幾乎要把我黏上艾爾莎的臉——我渾身裹著毯子，但艾爾莎不曉得這點，艾爾娜則根本沒注意，也可能是根本不在意。

這下子換成艾爾莎尖叫，還邊叫邊跑到餐桌的另一端。「放下來，妳把她放下來，我才不要看寶寶的屍體。」

科肯太太從廚房走來，忍不住開口：「妳們兩個，哎喲，妳們到底是怎麼回事？這我可吃不消，妳們也知道。」

「妳看嘛。」艾爾娜回道，撇下艾爾莎，繞過餐桌來，把我抱給她媽看。

艾爾莎去玄關處拿起電話，對接線生說了山茲醫生的號碼。

「噢，小寶寶啊。」科肯太太說著，把毯子拉開。

「她把寶寶悶死了。」艾爾娜說。

艾爾莎在和山茲醫生講電話，用抖個不停的嗓音請他快點趕來。她轉過頭來望著艾爾娜，深吸一大口氣，穩住了自己，才開口：「妳，妳別吵了。」

艾爾娜用高八度的聲音大喊以示抗議，一路從玄關跑進客廳，還是緊抱我不放。

吉兒走到樓梯頂，艾爾莎察覺了。

艾爾莎喊：「下來吧。」

艾爾莎完全不曉得吉兒下樓後，她該怎麼辦、該對吉兒說什麼？她的表情像是想甩吉兒一耳光。「搞得歇斯底里也沒用。」她只這麼說。

吉兒的露背上衣已經整個扯歪了，露出一邊乳房。

「妳整理一下自己吧。」艾爾莎說。「妳沒換睡衣就睡了喔？一副醉醺醺的樣子。」

吉兒像是在自己的夢中，仍在雪白的光中走著。只是現在這夢被一堆瘋子進來擾亂了。

這會兒艾爾莎終於可以清楚思考。該是採取行動的時候了。無論之前發生了什麼事，肯定不是殺人。寶寶在睡夢中，確實有可能毫無理由就死掉，她也聽說過這種事。用不著警察詢問，不必解剖——忍著哀傷，安安靜靜辦個小小的葬禮就好。問題是艾爾娜。山茲醫生可以給艾爾娜打一針，讓她先睡一下，可是山茲醫生又不能每天來幫她打針。

重點是，得讓艾爾娜住進「莫瑞斯維爾」，一間專收精神異常病患的醫院，以前叫做「精神病院」，以後會叫做「精神科醫院」，然後是「身心科」；不過大家都管它叫「墨瑞斯維爾」，因為鄰近的村就是這名字。

就送去「莫瑞斯維爾」嘛，他們說。他們把她帶去「莫瑞斯維爾」。否則這樣下去，最後去「莫瑞斯維爾」的就是妳。

艾爾娜之前就待過那兒，自然也可以再去。山茲醫生會幫她安排，等確定她能出院了，再讓她出來。原因是受寶寶之死影響，產生幻覺。一旦確診，她就不會是威脅。沒人會管她說了什麼。她會整個崩潰。老實說，這可能是真的——她又喊又跑的，看來就像快崩潰的樣子。搞不好以後都是這樣。不過事情也很難說。現在醫學發達，有很多種療法，有藥物可以讓她鎮定下來；假如消去某些記憶比較好的話，也有電擊療法；必要時，針對積重難返、頭腦不清、陷入絕境的患者，還有某種手術，只是手術地點不在「莫瑞斯維爾」，得送去大都市才能做。

這種種念頭，在艾爾莎腦裡飛快閃過，因此她非靠山茲醫生幫忙不可。他熱心幫忙，但不會問東問西，又樂於配合她的想法。不過對清楚她遭遇的人來說，要做到這兩點並不難。她為這個家的聲譽投注的一切、承受的打擊——從事業岌岌可危的父親、神智不清的母親、護校念一半精神病發作的艾爾娜，到海外從軍不幸捐軀的喬治……艾爾莎還經得起讓大家看笑話嗎？——家醜見報、鬧上法庭，說不定連弟媳都得坐牢？

山茲醫生對此倒是不以為然，他是他們的好鄰居，觀察了這麼久，他自有許多理由持反對意見。再說他也明白，不顧自己名聲的人，遲早會有報應。不過他會幫忙的原因不止於此。

他幫忙艾爾莎的原因，全都化為他一路衝進後門，穿過廚房，呼喚艾爾莎的聲音。站在樓梯底階的吉兒，話才剛落：「寶寶沒事。」

艾爾莎回以：「等我跟妳說該說什麼，妳再開口。」

科肯太太站在廚房與走道之間的門口，擋住山茲醫生的去路。

「噢，你來了，真好。」她說。「艾爾莎和艾爾娜在鬧脾氣呢，艾爾娜在門口發現有個寶寶，現在又說寶寶死了。」

山茲醫生把科肯太太挪到一邊，只問道：「艾爾莎？」同時伸出雙臂，不過最後只是把雙手重重按在科肯太太的肩頭。

艾爾娜從客廳出來，兩手空空。

吉兒立時問：「妳把寶寶怎麼了？」

「藏起來了。」艾爾娜狡黠回道，朝她扮了個鬼臉——被嚇得六神無主的人會有這種表情，裝得一臉惡毒。

「山茲醫生要幫妳打一針。」艾爾莎說。「可以讓妳休息一下。」

於是場景變成艾爾娜四處跑，撲向前門（艾爾莎則一躍而上擋住她），又撲向樓梯，山茲醫生正好一把抓住她，跨坐她身上、固定她的手臂，一面說：「好了、好了，艾爾娜，放輕鬆，一會兒就沒事了。」艾爾娜只以不斷的狂嚎與嗚咽回應，最後終於投降。她發出的聲音、東跑西奔、拚命想逃，都像是一場戲。彷彿她真的努力挺身對抗艾爾莎和山茲醫生（雖然這應該用盡她所有的腦力），但成功機率實在太低，她只得使出裝瘋賣傻的招數。不過這也足以證明（說不定她正有此意）——她根本不是想和他們作對，只是徹底崩潰了。場面實在難堪，艾爾莎忍不住對她吼：「妳看看妳這德性，妳自己都該覺得可恥。」

山茲醫生邊打針，邊說：「好乖，好乖，艾爾娜。好了。」

他隨即轉頭對艾爾莎說：「好好照顧妳媽，扶她坐下吧。」

科肯太太擦去臉上的淚。「我沒事，乖女兒。」她對艾爾莎說。「我只是希望妳們姊妹倆別吵架。妳早該跟我說艾爾娜有了寶寶。妳應該讓她留著寶寶的。」

山茲太太在睡衣外面套了件和服就跑來了，站在廚房門邊。

「大家都還好嗎？」她喊。

她望見廚房流理臺上有把刀，想說最好收進抽屜裡。一屋子鬧成這樣，千萬別把刀子放在這麼順手的地方。

吉兒就在一片混亂之際，覺得自己聽見一陣微弱的哭聲。她跌跌撞撞翻過樓梯扶手，繞過艾爾娜和山茲醫生（因為艾爾娜撲向樓梯時，她隨即又往樓梯上跑了幾階），放低身子四處看。她打開通往客廳的門，起先沒看到我，但不一會兒微弱的哭聲又出現了，她循著聲音，來到沙發，往沙發底下看。

我就在那兒，被推到小提琴旁邊。

吉兒從樓梯到客廳的這段路上，什麼都想起來了。那感覺就像呼吸停止，嘴裡塞滿驚恐之餘，她就像夢裡的情節一樣，看見一個活生生的寶寶，不是一具乾癟的屍體；那瞬間，一道喜悅之光，重新點燃她的生命。她抱起我。我不再緊繃、狂踢、弓背。配方奶中的鎮靜劑，害我睡了一整晚加大半天，此時我睡意仍濃。假如劑量再重些（或許用不了太重），我應該真的會一命嗚呼。

問題根本不在毯子。只要仔細觀察，就會發現它很輕，而且織得並不密，有很多孔洞，所以不會讓我吸不到空氣。透過洞就可以輕易呼吸，和臉上蓋張魚網差不多。

或許是我太累了。畢竟我嚎了一整天，如此激烈地表達己見，可能真的累壞了。加上放進配方奶中的白色粉末，讓我睡得極沉，叫都叫不醒，而且氣息應該很微弱吧，艾爾娜才會摸不到。你以為她或許會發現我沒有渾身冰涼，再說後來一屋子哭哭啼啼鬼喊鬼叫，又有人滿屋亂跑，應該很快就會把我吵醒才對。只是我真的不曉得我為什麼沒醒。我想艾爾娜應該是慌了手腳，才沒注意到這點，何況早在她進房看我之前，自己狀況就不穩定了。但我真的不曉得自己為何不早點哇哇哭出來。說不定我真哭了，只是當時家裡亂成一團，沒人聽見。也可能是艾爾娜聽見我哭，瞄了我一眼，就把我塞到沙發底下去，因為那時一切早已亂了套。

之後是吉兒聽見了。吉兒才是那個找到我的人。

艾爾娜被他們帶到同樣的那張沙發躺下。艾爾莎幫她脫鞋，省得鞋弄髒了織錦布面。山茲太太上樓拿了床薄被來，幫她蓋上。

「我知道她夠暖，用不著蓋被子。」山茲太太說。「不過我想等她醒了，蓋著被子，感覺會比較舒服點。」

當然，在艾爾娜躺下之前，一干人等全圍在客廳看著我正常呼吸的模樣。艾爾莎怪自己怎麼沒立刻察覺我其實沒事，也很不情願坦承，她很怕看死掉的寶寶。

「艾爾娜的神經質還真的會傳染。」她說。「我真應該早點發現的。」

她望著吉兒，像是想說，在露背上衣外面套件罩衫之類的吧。只是她隨即想起自己之前對吉兒講的話有多惡劣，而且完全沒來由，所以這會兒她什麼也沒說。她甚至也沒跟母親澄清，艾爾娜其實沒有小孩，不過倒是在對山茲太太的話中，意有所指地說：

「哇，本世紀最大的八卦就在我家了。」

「還好還好，沒出什麼亂子。」科肯太太說。「我有那麼一下子，還以為艾爾娜把寶寶弄死了。艾爾莎，妳也別怪妳妹妹。」

「不會的，媽媽。」艾爾莎回道。「我們去廚房坐吧。」

廚房裡擺著一瓶配方奶，我早該理直氣壯要人餵我的，而且這時已經比早晨該餵奶的時間晚了許多。吉兒忙把奶瓶拿去加熱，始終不忘把我抱在懷裡。

她一進廚房，便馬上找尋那把刀的蹤影，發現刀不見了，很是訝異。不過她倒是看見流理臺上還有一丁點粉末（也可能是她自認為還有），連忙趁著扭開熱水龍頭加熱奶瓶之前，用空出來的那隻手掃掉它們。

山茲太太則忙著煮咖啡，又趁空檔把奶瓶消毒鍋放上爐子，並將昨天沒洗的奶瓶一併洗了。她做來俐落順手，其實只是為了努力掩飾真正的情緒——科肯家這場悲劇，這理也理不清的新仇舊恨，讓她心情大好。

「我想艾爾娜是太放不下這孩子了。」她說。「這種事遲早會發生。」

她從爐前轉身講這段話時，正好看見艾爾莎雙手抱頭，山茲醫生則把艾爾莎的手拉下來，卻又帶著罪惡感似的，立時抽開自己的手。假如不是他這麼快放手，那一幕倒是像他平常安慰人的樣子，是醫生原本就會做的事。

「我說呀，艾爾莎，妳媽是不是也該去躺一下比較好？」山茲太太連氣也不喘一口，隨即體貼地建議。「我去勸勸她好了，她睡一覺，醒來大概就什麼都忘了。老天保佑，希望艾爾娜也是睡醒就沒事了。」

山茲太太進門沒多久，科肯太太便出了廚房，不知神遊到哪兒去。山茲太太最後在客廳找到她，她正望著艾爾娜，手則忙著調整被子，想幫艾爾娜把被子蓋好。科肯太太其實無意小睡，她要的是有人來解釋這是怎麼回事——她知道自己的解讀有點反常。她也希望有人能像以前那樣好好跟她說話，不要像現在這樣，不是特別溫柔，就是自以為是。不過她畢竟素來待人和氣，而且也知道自己在這個家的地位無足輕重，便讓山茲太太帶著她上樓去。

吉兒讀著印在玉米糖漿罐子上的配方奶調製說明。待她聽見有人上樓的腳步聲，立時想到得趕緊把握這個機會。她把我抱到客廳，放在椅子上。

「好。」她生怕別人聽見似的，對我輕喚。「妳乖乖待著別動。」

她跪在地上，伸手去沙發底下，輕輕推拉了一番，終於把小提琴拉了出來。又找到琴盒與套子，把琴裝好收好。我確實一動不動（因為還不太會翻身），而且一聲不響。

此時，只有山茲醫生與艾爾莎在廚房裡，兩人或許並未把握這個相擁的良機，僅是單純地互望。他們擁有的是了解，沒有的是承諾與悲傷。

艾爾娜坦承，她當時沒去探我的脈搏，也從來沒說我渾身冰涼，她說的是我「全身發硬」。隨即又說，不是「硬」，是「很重」，實在很重，她說。所以她馬上想到我應該是沒命了。死掉的人才會那麼重。

我覺得這也有點道理。我是不相信我死了，或是死而復生之類，不過我確實覺得，我隔著一段距離在看這件事，我也許回得來，也許回不來。我想最後的結局並無定論，而且應該用意志就能達成。我是指，要往哪個方向走，其實操之在我。

艾爾娜的愛，固然肯定是我這輩子感受過最真誠的一份，在這關頭卻無法左右我。她的眼淚、她緊到讓我透不過氣的擁抱，對我都沒用，終究沒法收服我。因為，我要勉強自己去接受的人，不是艾爾娜（我早該明白這點——我豈不早該知道，到頭來，對我最好的，不會是艾爾娜？）而是吉兒。我必須勉強自己去接受吉兒，去接受我能從她身上得到的東西，哪怕乍看之下，她能給的並不多。

對我來說，似乎只有在那一刻，我才成為女性。我知道這件事遠在我出生前就已定案，打從我來到世間就明擺著了。但我相信，我是在那一刻決定回來、決定放棄與我媽的抗爭（我想必是為了讓她全面投降而戰）、決定選擇存活而非勝利（若我死了，便是勝利），我接受身為女性的本質。

某種程度上，吉兒也接受了她女性的本質。她變得冷靜理智，心懷謝意，不敢再賭上一次，去想自己之前逃避的是什麼。她接受愛我這件事，因為如果不去愛，另一個選項就是災難。

山茲醫生有點起疑，不過決定放它去。他問吉兒我前天狀況如何，是不是很難搞？她說是啊，真的很難搞。他說，早產兒，即便只早一些些，都很容易受驚嚇，要非常小心照護。他建議讓我維持仰睡的姿勢。

艾爾娜不必接受電擊治療。山茲醫生給她開了藥。他說她為了照顧我，把自己累壞了。麵包店原本接她工作的那個女的，因為不喜歡上夜班，想離職，於是艾爾娜重回工作崗位。

我六、七歲時的夏天，回老家去探望兩位姑姑。我最記得的就是在半夜很反常的時間（通常是小孩不准在外活動的時候），有人帶我去麵包店，看艾爾娜一身白帽白圍裙，忙著揉一大團雪白的麵團，形狀千變萬化，又會起泡泡，活像某種生物。艾爾娜還會用模型切出餅乾麵團，拿剩下不用的部分給我吃。碰上有特殊場合，她還會做結婚蛋糕的造型。那廚房又大又明亮，而每扇窗都是夜色。我從大碗中刮結婚蛋糕的糖霜來吃——那滑溜溜讓人牙酸，無法抗拒的糖。

艾爾莎覺得我不該這麼晚還不睡，也不該吃這麼多甜食，卻一聲不吭，只說很納悶我媽會怎麼想——彷彿改變態度的人是吉兒，不是她。艾爾莎有些規矩，是我在家不必遵守的。外套要掛起來、擦乾玻璃杯之前要先用清水沖過，這樣才不會留水漬。不過我從未見過吉兒印象中那個尖刻又緊迫盯人的人。

再也沒人說吉兒和音樂的壞話，畢竟她是靠這個養活我們母女倆。她終究沒有被孟德爾頌擊倒。她拿到文憑、順利畢業；剪短頭髮、瘦了一圈。由於她可以領遺孀撫卹金，得以在多倫多的高地公園附近租了棟雙拼屋，還雇了個兼職保母來照顧我。後來她在廣播電台的管絃樂團找到工作，也就此邁向職業音樂家之途，再也沒回去教書，這是她自豪的成就。她自己也說，她自忖不是什麼了不起的小提琴手，也沒什麼奇才，更不是生來要走這行，但至少，她可以做想做的事來養活自己。即使在嫁給我繼父、全家跟著一起搬去艾德蒙頓後（他是地質學家），她仍加入當地的交響樂團，演奏不輟，連後來她生我兩個妹妹時，也是分別工作到她們出生前一週為止。她說自己好福氣，她丈夫對這從來沒意見。

艾爾娜後來倒是有幾次狀況，我十二歲左右那次比較嚴重，她被帶回莫瑞斯維爾去住了幾週。我想院裡的人有幫她打胰島素——她又成了那個聒噪的胖女人。她入院時，吉兒帶我和才出生不久的大妹一起回去。從她和艾爾莎的談話中，我才知道，假如艾爾娜在家，最好別帶嬰兒進這屋子，免得「打開她的開關」。我不知那次讓她入院的情況，是否與嬰兒有關。

我覺得那次回去，有些事她們沒讓我知道。吉兒和艾爾莎那時都已經會抽菸，兩人夜深了也沒睡，一起在廚房的桌前喝咖啡抽菸，一邊等凌晨一點的餵奶時間（我媽餵我大妹母奶——我很慶幸得知自己沒享用過這種以體熱加溫的私密餐點）。還記得那時我睡不著，垮著臉走下樓，見她們在聊，自己也打開話匣子，而且講得嘻嘻哈哈誇張得很，想加入她們的話題。然後我才發現，她們聊的是不想讓我知道的事。她們倆，莫名其妙竟成了好朋友。

我拿了根菸，我媽隨即開口：「去去去，別碰這玩意兒。我們有話要講呢。」艾爾莎則要我去冰箱拿點東西喝，可樂或薑汁汽水之類的。我也照辦，但拿了飲料之後我沒上樓，反而往屋外走。

我坐在屋後的台階上，但她倆馬上壓低嗓子，我聽不出她們是在嘆惋，還是互相安慰，只好自己繞著後院，在紗門前那片光影之外的暗處走動。

那屋角砌著玻璃磚的狹長白屋，換了新屋主。山茲家已經搬走，常年住在佛羅里達。他們會寄柳橙給我兩個姑姑，套艾爾莎的說法，那柳橙會讓你一輩子嫌棄加拿大賣的。新屋主蓋了泳池，大多是兩個漂亮的妙齡女兒和男友在使用。倘若哪天我和這兩個女生在街上相遇，她們應該就是能立刻看穿我的那種人。這兩家的院子之間，有些灌木叢已經長得很高，但我還是看得到他們繞著池子跑，嬉鬧尖叫著互推對方入池，搞得水花四濺。我痛恨他們這種無聊惡作劇，因為我把生命看得很重，也覺得戀愛的層次應該更高，質地應該更溫柔。但我也希望他們注意到我。我希望他們哪個人能看到我在黑夜中飄動的白睡衣，以為見到鬼，嚇得沒命尖叫。

木馬文學 98

好女人的心意：諾貝爾獎得主艾莉絲・孟若短篇小說集13
The Love of A Good Woman

作者　艾莉絲・孟若（Alice Munro）
譯者　張茂芸
總編輯　陳郁馨
主編　張立雯
電腦排版　極翔企業有限公司

社長　郭重興
發行人兼出版總監　曾大福
出版　木馬文化事業股份有限公司
發行　遠足文化事業股份有限公司
地址　231新北市新店區民權路108之4號8樓
電話　02-2218-1417　傳真　02-8667-1891
email: service@bookrep.com.tw
郵撥帳號　19588272 木馬文化事業股份有限公司
客服專線　0800221029
法律顧問　華洋國際專利商標事務所 蘇文生 律師
印刷　成陽印刷股份有限公司
初版　2015年12月
定價　新臺幣390元

ISBN 978-986-359-194-8

國家圖書館出版品預行編目(CIP)資料

好女人的心意 / 艾莉絲・孟若（Alice Munro）著；張茂芸譯. -- 初版. -- 新北市：木馬文化出版：遠足文化發行, 2015.12
面；　公分. --（木馬文學；98）（諾貝爾獎得主艾莉絲・孟若短篇小說集；13）
譯自：The love of a good woman
ISBN 978-986-359-194-8（平裝）

885.357　　104024819